Amanda Prowse

Ein Winter voller Wunder

Roman

Übersetzung aus dem Englischen
von Anja Mehrmann

PIPER

Mehr über unsere Autoren und Bücher:
www.piper.de

Von Amanda Prowse liegen im Piper Verlag vor:
Auf Zehenspitzen berühre ich den Himmel
Bis die Flüsse aufwärts fließen
Ein Winter voller Wunder

Die Zitate auf den Seiten 126 und 321 stammen aus Rudyard Kiplings »Die Ballade von Ost und West. Ausgewählte Gedichte englisch und deutsch«, aus dem Englischen von Gisbert Haefs, Haffmans Verlag, Zürich, © by Gisbert Haefs 1992, 2017
Die Zitate auf den Seiten 113/114 und 115 stammen aus Rudyard Kiplings »Das Dschungelbuch«, aus dem Englischen von Peter Torberg © Fischer Verlag, Frankfurt am Main 2008

MIX
Papier aus verantwortungsvollen Quellen
FSC® C083411

Deutsche Erstausgabe
ISBN 978-3-492-31156-4
Oktober 2017
© Amanda Prowse 2015
Titel der englischen Originalausgabe:
»The Second Chance Café«, Head of Zeus, London 2015
© der deutschsprachigen Ausgabe:
Piper Verlag GmbH, München 2017
Umschlaggestaltung: zero-media.net, München
Umschlagabbildung: plainpicture/Lubitz + Dorner
Satz: Uhl + Massopust, Aalen
Gesetzt aus der Sabon
Druck und Bindung: CPI books GmbH
Printed in the EU

*Ich danke meinen Teams bei
Head of Zeus, Midas und PFD von Herzen
für dieses Buch.
Meine Kollegen, meine Freunde.
Ich liebe euch alle sehr.*

Prolog

Bea stand im Licht des frühen Abends und ließ sich den warmen Wind von New South Wales durch das lange, graue Haar wehen. Es war der Jahreszeit entsprechend mild, und die Stadt strahlte etwas Erwartungsvolles aus. Für die Einwohner von Sydney galt: Je wärmer, desto besser, denn das erlaubte ihnen, alles zu genießen, was das Leben im Freien zu bieten hatte. Sie starrte auf das Wildschwein aus Bronze, das vor ihr stand; Il Porcellino starrte zurück, und ihre Finger zuckten in der Tasche ihres grasgrünen Leinenkittels. Pendler, die es kaum erwarten konnten, nach Hause zu kommen und das Beste aus dem sonnigen Abend zu machen, entweder bei einem Ausflug zum Strand oder beim Abendessen im Garten, eilten hinter ihr die Macquarie Street entlang, streiften ihre Jacketts ab und krempelten die Hemdsärmel hoch. Kollegen, die schon jetzt die weihnachtliche Partysaison einläuteten, schlenderten gemeinsam über die Straße, die Arme einander kumpelhaft um die Schultern gelegt, und ihre beschwipsten Neckereien schweißten sie mehr zusammen als jede teambildende Maßnahme am Tisch eines Konferenzraums. Bea beneidete sie um ihre Sorglosigkeit. Sie blickte sich verstohlen um, dann schob sie ihre Schüchternheit beiseite, machte einen Schritt nach vorn und rieb behutsam die blank polierte Nase des Bronzewildschweins.

»Bitte.« Sie formte das Wort mit den Lippen und schloss kurz die Augen, bevor sie die kleine, runde Münze mit dem viereckigen Loch darin in das Wasser zu Füßen der Statue warf. Sie legte den Kopf in den Nacken, atmete tief ein und blickte hinauf zu den prachtvollen Arkaden mit den dekorativen grünen Geländern aus Schmiedeeisen, hinter denen lange Gänge verliefen. Es war ein schönes Gebäude in dieser Stadt, die sie beide liebten; das war an sich schon ein Trost. Es gab weitaus schlimmere Orte zum Sterben.

»Ah, da sind Sie ja wieder. Haben Sie einen kleinen Spaziergang gemacht?« Die freundliche Krankenschwester schaltete die Neonröhre an der Zimmerdecke aus. Nun war der Raum in mattes Licht getaucht; die Wandleuchte über dem Waschbecken gab nur einen schwachen Lichtschein ab. Das war überaus passend; angenehm und beruhigend.

»Eigentlich nicht, ich bin nur hinausgegangen, um ein wenig frische Luft zu schnappen. Heute Abend ist es warm.« Bea griff in den Stoff ihres Kittels und rieb ihn zwischen den Fingern.

Die Schwester nickte. Ihre Schicht würde nicht vor dem Morgen enden; das Wetter draußen spielte für sie also kaum eine Rolle. Sie berührte Peters Handgelenk, strich ihm sanft über die Stirn und blickte ihm lächelnd in die trüben Augen. »Ich bin gleich wieder da, Peter«, sagte sie.

Bea war sehr dankbar, dass die Schwestern so höflich zu ihrem Mann waren. Ob er sie nun hörte und verstand oder nicht – sie war froh, dass sie davon ausgingen, dass er es konnte.

Sie nahm ihren Platz auf dem Plastikstuhl neben Peters Bett wieder ein, noch immer in der Kleidung, die sie schon seit zweiundsiebzig Stunden trug, zerknittert und mit Kaffeeflecken übersät und Spuren von Wimperntusche am Ärmel, die sie sich müde mit dem Arm aus dem nass geweinten Gesicht gewischt hatte.

8

»Wenn Sie etwas brauchen, Mrs Greenstock, dann klingeln Sie einfach«, sagte die Krankenschwester, während sie auf die Tür zusteuerte.

Bea nickte. »Ja, vielen Dank. Glauben Sie, dass er im Augenblick etwas braucht? Mehr Medikamente vielleicht?«

Die Schwester lächelte und sagte langsam wie zu einem Kind: »Nein. Keine Medikamente mehr. Ich glaube, es ist das Beste, wenn wir der Natur ihren Lauf lassen.«

»Wenn Sie schätzen sollten ... was glauben Sie, wie lange wird es noch dauern?« Sie sprach leise, mit abgewandtem Blick, denn sie fühlte sich schuldig, weil sie diese Frage stellte.

Die Schwester schüttelte den Kopf und antwortete ebenso leise: »Das ist schwer zu sagen. Manchmal kann es ziemlich schnell gehen, wenn das letzte Stadium begonnen hat. Aber manche Menschen halten lange durch, sie klammern sich tagelang an das Leben. Wir wissen es nicht, aber ich würde sagen, dass es bei Peter bald so weit ist. Es ist gut, dass Sie hier sind.« Kleine Fältchen zeigten sich in ihren Augenwinkeln, als sie lächelnd die Tür schloss.

Bea war der Schwester dankbar für ihre Aufrichtigkeit und Freundlichkeit. Sie beugte sich auf dem Stuhl vor und stützte die Ellbogen auf ihre knochigen Knie. »Hast du das gehört, Liebling? Es ist gut, dass ich hier bin. Aber ehrlich gesagt, wäre es mir lieber, wenn keiner von uns beiden hier sein müsste. Ich wünschte, wir wären auf einem kleinen Segelboot zu den Whitsundays unterwegs und würden Fisch für das Mittagessen fangen, um ihn dann mit einem Glas kaltem Wein hinunterzuspülen. Danach würden wir auf dem Deck in der Sonne ein Nickerchen halten, und nach dem Aufwachen würden wir in diesem herrlichen Meer schwimmen und dann an Land gehen, um über den feinen, weißen

Sand zu laufen, uns irgendwo hinzusetzen und einfach die Seele baumeln zu lassen.« Sie lächelte. »Erinnerst du dich noch an dieses wundervolle Weihnachtsfest? Nur wir beide. Es war wie im Paradies, nicht wahr? Das schönste Weihnachten, das wir je hatten.«

Bea hielt die Hand ihres Mannes und beugte sich über ihn. Seine Augen schienen trüber geworden zu sein, aber er bewegte den Kopf kaum merklich von einer Seite zur anderen, als suchte er ihr Gesicht, das er nicht mehr sehen konnte.

»Alles ist gut, mein Schatz. Ich bin bei dir. Ich gehe nicht weg.«

Ein leichtes Zucken umspielte seinen Mund. Im gedämpften Licht dieses Krankenhaustrakts schien er sie ein letztes Mal anzulächeln, aber das war vermutlich nur Wunschdenken. Er war mit seinem eigenen Kampf beschäftigt, schweißgebadet und nach Krankheit riechend, während sein Körper sich gegen das Unvermeidliche wehrte. Es war ein süßlicher, unangenehmer Geruch, der ihr in Zukunft an bestimmten Blumen und im Atem von Alten und Kranken auffallen und sie sofort wieder in diesen Raum und diesen Augenblick zurückversetzen würde.

Bea dachte an die vielen Sterbebettszenen, die sie in Filmen und Theaterstücken miterlebt hatte. Mühsam herausgebrachte letzte Liebeserklärungen oder Geständnisse, während im Hintergrund die Geigen im Crescendo spielten. Das war natürlich alles völliger Blödsinn. Bisher hatte sie nur einen einzigen Menschen sterben sehen, bei einem Verkehrsunfall eines Morgens an der Ecke Elizabeth Street und Park Street, und er hatte kaum noch einmal die Augen geöffnet, bevor er starb. Peter kämpfte um jede Sekunde, eisern und entschlossen bis zuletzt. Sie wünschte, die Filmszenen wären kein Blödsinn, sie wünschte, er würde sich aufsetzen, ihr in die Augen sehen, mit geröteten Wangen ihr Gesicht berühren, ihr sagen, dass alles gut werden würde, dass er nichts bereue und sie immer geliebt habe. Dass Letzteres stimmte, wusste sie, aber der Gedanke, es nie wieder zu hören, machte sie unglaublich traurig.

Auf einmal empfand sie heftige Zuneigung und Dankbarkeit für diesen Mann, der in ihr die Liebe seines Lebens gefunden hatte und zufrieden war, an ihrer Seite zu sein, obwohl er wusste, dass er für sie erst an dritter Stelle kam, nach ihrem Sohn und nach der Erinnerung an einen, den sie vor langer Zeit geliebt hatte. Sogar jetzt, während er seine letzten Atemzüge tat, machte er alles mit sich selbst aus, schien bis zum Schluss Rücksicht auf ihre Bedürfnisse zu nehmen, indem er ihr auch diese Erfahrung noch so angenehm wie nur möglich machte. Sie brauchte keine Geigen.

»Es war ein Segen für mich, dass ich dich gefunden habe, Peter. Du bist ein wunderbarer Mann, ein großartiger Freund, und ich liebe dich – das weißt du, oder?« Sie seufzte. »Was soll ich jetzt nur machen, mein Schatz? Wohin soll ich gehen?« In ihrem Inneren hörte sie seine Worte laut und deutlich, das Mantra, nach dem er gelebt hatte: »*Vergiss nie, dem Mutigen gehört die Welt. Wir haben nur dieses eine Leben!*«

»Ich weiß…« Sie nickte. Ihre silbernen Armreife stießen klirrend gegeneinander, das Geräusch zerriss die Stille. Sie drückte seine Hand fest und hoffte, dass er den Druck erwidern würde.

»Oh, mein Lieber, deine Hand ist ganz kalt.« Sie beugte sich über ihn und küsste ihn auf die Nase, die sich unter ihren Lippen genauso kalt anfühlte, aber sein Körper war noch heiß; tief in seinem Innern schien ein Feuer zu glühen, das jedoch nicht mehr imstande war, irgendetwas außerhalb seiner unmittelbaren Reichweite zu erwärmen.

Peter drehte kaum merklich den Kopf, und mit all der Kraft, die ihm noch geblieben war, griff er nach oben und an ihr vorbei, offenbar konzentrierte er sich auf eine Stelle rechts neben ihrem Kopf. Seine dünnen Beine drehten sich in dieselbe Richtung, als wollte er versuchen, sein Sterbebett zu verlassen.

»Wo willst du hin?«, fragte sie und begann zu weinen, denn im selben Moment wusste sie, wohin er ging und dass sie ihm nicht folgen konnte. »Geh nur, mein Liebling, geh, wo immer du hingehen willst. Es ist in Ordnung. Geh und schlaf, und vergiss nicht, dass du geliebt wirst.«

Peter sank auf das flache Kissen zurück, und sein Atem wurde unregelmäßig. Er öffnete und schloss den Mund, als versuchte er etwas zu sagen. Sie beugte sich über ihn, legte ihr Ohr an seinen Mund und hörte ihn sehr leise seine letzten Worte flüstern: »Es war so schön.«

»O ja, Peter, das war es! Das war es wirklich!«

Die Pausen zwischen seinen Atemzügen wurden immer länger, bis es schließlich ganz still wurde.

Bea wartete und blickte ihn an, konzentrierte sich ganz auf die wächserne Haut an seiner Halskuhle, in der Hoffnung auf ein weiteres Zucken, was bedeuten würde, dass er noch immer bei ihr war und sie noch nicht anfangen musste zu trauern. Aber da war keines mehr.

Man hatte ihr gesagt, dass sie die Ruftaste drücken sollte, wenn das Unvermeidliche eintrat oder wenn sie irgendetwas brauchte, aber stattdessen saß sie da und hielt seine Hand. Die andere Hand legte sie auf seine Armbeuge, denn dort fühlte er sich noch warm an. Sie wollte einfach so sitzen bleiben, bis die Wärme verschwand, wollte ihn in den Schlaf singen wie ein kleines Kind und auf den richtigen Augenblick warten, um rückwärts aus dem Zimmer zu schleichen und die Tür einen Spaltbreit offen zu lassen.

Es war weit nach Mitternacht, als sie ihre Liebe schließlich verließ und die Tür hinter sich schloss, nach beinahe dreißig Jahren Ehe.

In der Kantine des Krankenhauses war es ruhig, nur hin und wieder wurde die Stille von einer Gruppe erschöpfter Ärzte gestört, die zerknitterte OP-Kittel trugen und dunkle Schatten unter den Augen hatten. Sie nickten ihr kurz zu, denn sie wussten, dass es keine glücklichen Umstände sein konnten, die sie um diese unchristliche Uhrzeit ganz allein vor einer Tasse heißem, dünnem Kaffee aus der Maschine ausharren ließen. Sie war dankbar, dass sie sie in Ruhe ließen, denn sie wollte mit den Bildern allein sein, die in ihrem Geist allmählich Gestalt annahmen. Peters letzte Minuten brannten sich in ihr Gedächtnis ein, und sie würde sich an jedes Detail erinnern können, wann immer sie in Zukunft das Bedürfnis danach verspüren würde.

Sie musterte die Wände der Kantine, die in den vergangenen zehn Tagen ihre Zuflucht gewesen war, der Ort, zu dem sie stündlich geschlichen war, wenn die Schwestern in das Zimmer kamen, um es »ihm bequem zu machen«. Bea ließ ihnen immer zehn Minuten Zeit, die Aufgaben zu erledigen, die sie nicht mit ansehen wollte; nicht um ihrer selbst, sondern um Peters willen. Ein seltsamer Gedanke, dass nun eine andere Person mitten in der Nacht auf diesem Plastikstuhl sitzen und versuchen würde, das Gefühl der Betäubung loszuwerden. Angehörige, die dasselbe durchmachten, würden die Speisekarte mit den Panini überfliegen, Schokoriegel

13

aus den flachen Körben nehmen und in ihren Taschen nach Wechselgeld suchen. Eine Welle von Mitleid für diese Menschen überrollte sie, denn sie wussten nicht, was auf sie zukam und dass es schrecklich war.

»Da bist du ja!« Wyatts Stimme riss sie aus ihren Grübeleien. Sein kurzärmeliges weißes Hemd war aufgeknöpft und enthüllte ein bisschen zu viel von seiner Brust, und an seinen Khakishorts klebten Grashalme; er sah aus wie jemand, der gerade aus dem Garten hereingekommen war. Er klang leicht verärgert, so als hätte sie sich vor ihm versteckt; seine Haltung und sein Ton verrieten, dass ihm dieses ganze Hin und Her mächtig auf die Nerven ging.

»Ich konnte das blöde Auto nirgendwo abstellen, nicht mal jetzt, mitten in der Nacht. Wir haben das Jahr 2013, wir können Shuttles ins Weltall schicken und mehr Daten auf Chips speichern, als die Nationalbibliothek in Canberra umfasst, aber wir bringen es nicht fertig, uns nach ein paar Stunden wieder Zutritt zu einem inzwischen geschlossenen Parkhaus zu verschaffen. Das ist einfach lächerlich.« Er klimperte mit den Autoschlüsseln.

Bea nickte. Genauso war es. Einfach lächerlich.

»Also, wie geht es ihm?« Wyatt stemmte die Hände in die Hüften; wieder hatte sie den Eindruck, dass er ihr aus irgendeinem Grund böse war.

Sie blickte ihren Sohn an und nestelte an den Armreifen an ihrem Handgelenk. »Er ist tot, Wyatt. Er ist vor ein paar Stunden gestorben.« Es war das erste Mal, dass sie es laut aussprach. »Eigentlich war es ganz friedlich. Er ist einfach eingeschlafen. Ich habe seine Hand gehalten. Er schien an mir vorbeigreifen zu wollen, als versuchte er, irgendwo hinzugelangen. Ich habe ihm gesagt, dass es in Ordnung ist, dass er gehen darf. Die Erlaubnis, mich zu verlassen. Und er ist gegangen.« Sie lächelte kurz.

»O Mama«, sagte er mit ausdrucksloser Stimme.

Sie fragte sich, was das bedeuten sollte. »O *Mama, es tut mir so leid*« oder: »*Ich wünschte, ich wäre eher gekommen*« oder: »*Bitte, Mutter, nicht so theatralisch.*« Es war schwer zu sagen. Wyatt war ein Mensch, der besser mit praktischen Dingen als mit Gefühlen umgehen konnte. Zweifellos hätte er am liebsten sofort mit ihr über die Vorbereitungen zur Beerdigung und über Finanzielles gesprochen, Dinge, mit denen er etwas anfangen konnte, aber nicht darüber, wie sie sich fühlte. Das brachte er einfach nicht fertig.

»Ich wusste nicht, was ich tun sollte, darum habe ich dich angerufen.« Ihr war auf unbehagliche Weise bewusst, dass sie sich für die Unannehmlichkeiten rechtfertigen musste, die sie ihm bereitete.

»Natürlich.« Er nickte. »Ich bringe dich nach Hause, wenn du so weit bist.« Wyatt legte ihr eine Hand auf die Schulter, zog sie jedoch schnell wieder zurück.

Sie spürte den Abdruck seiner Finger auf der Haut; es fühlte sich an wie eine Verbrennung. Sie überlegte, ob sie ihn daran erinnern sollte, dass weder Herzkrankheiten noch Kummer ansteckend waren. Doch er neigte ohnehin zu keinem von beidem. Sie empfand eine Mischung aus Enttäuschung und Erleichterung. Obwohl es schön gewesen wäre, in einer alles umfassenden Umarmung zu verschwinden, hätte sie das in äußerste Verlegenheit gebracht; sie waren einfach völlig aus der Übung.

Zwanzig Minuten später rauschte Wyatts großer, glänzender Holden Storm, ausgestattet mit warmem Leder und einem beeindruckenden, raumschiffartigen Display am Armaturenbrett, über die Elizabeth Street und bog dann in die Reservoir Street im Herzen des wohlhabenden Stadtteils Surry Hills ein. Beide Straßen waren nahezu menschenleer. Das Scheinwerferlicht des Wagens streifte die Häuserwände, und Bea zuckte zusammen bei dem Gedanken, dass sie etliche Anwohner aufwecken würden.

Wyatt hielt am Bordstein und wandte sich seiner Mutter zu. »Bist du sicher, dass ich nicht mit raufkommen soll?« Dass er seinen Gurt nicht öffnete und den Motor laufen ließ, sagte ihr alles, was sie wissen musste.

»Nein, nein, es geht mir gut. Fahr du nur zu Sarah und Flora zurück. Danke, dass du den weiten Weg auf dich genommen hast, Wyatt, mitten in der Nacht.«

»Wenn du meinst.«

»Ja, absolut. Nach Manly brauchst du noch eine gute halbe Stunde. Fahr lieber los, mein Schatz.«

Sie spürte, wie seine Anspannung nachließ, und ihr wurde bewusst, dass auch sie sich vor der Aussicht auf Small Talk und lange Schweigepausen bei einer Tasse Tee gefürchtet hatte.

Bea stieg die Treppe hinauf und drehte den Schlüssel im Schloss; in der Wohnung war es still und dunkel. Peter war zehn Tage im Krankenhaus gewesen, und sie war nur drei Mal auf einen Sprung nach Hause gefahren, um zu duschen und sich umzuziehen; doch heute Nacht kamen ihr die Zimmer noch leerer vor, als spürten die Ziegel und der Mörtel, dass er nicht mehr nach Hause kommen würde. Sie ließ sich auf das Sofa fallen und saß dort in der Dunkelheit, fand Trost in dem Frieden und der besonderen Stille, die die Nacht mit sich bringt.

Peters Turnschuhe standen im Badezimmer nebeneinander

auf dem Boden. Seine Pyjamas lagen noch im Wäschekorb, und seine Bücher waren in zwei Stapeln auf seinem Nachttisch angeordnet. Einer der Stapel wartete darauf, gelesen zu werden, der andere bestand aus seinen Lieblingsbüchern, die er gern in seiner Nähe hatte. Rudyard Kiplings *Dschungelbuch*, das er seit seiner Jugend geliebt hatte, gehörte dazu. Beas Gedanken schweiften zurück in die Vergangenheit, zu einem anderen Buch von Kipling, einem anderen Mann, einem anderen Leben. Ein großer Mann mit einem grünen Schal, der ihr die Hand auf das Herz gelegt und so den Takt geschlagen hatte. Das war vierunddreißig Jahre her, und doch erinnerte sie sich daran, als wäre es gestern gewesen.

Sie nahm ein grünes Seidenkissen in die Hand und drückte es an sich, während sie Peters Sachen betrachtete. Sie waren nun alle überflüssig, einschließlich der Brille, die neben dem Etui auf dem Couchtisch lag. Behutsam nahm sie sie in die Hand und drückte sie sachte an ihre Brust. Wie seltsam, dass diese harmlosen Gegenstände auf einmal so große Bedeutung annahmen, sich von etwas Alltäglichem in wertvolle Talismane verwandelten. Sie fing an zu schluchzen, ihr Verlust und die Erschöpfung überrollten sie wie eine Welle, die sie nach Luft schnappen ließ. Sie weinte nicht nur um den wundervollen Mann, den sie verloren hatte, sie weinte auch um die wahre, bedingungslose Liebe, die sie ihm nicht hatte geben können.

»Es tut mir leid, Peter. Es tut mir so leid.«

Eins

Langsam öffnete Bea ein Auge und spähte von ihrem Kopf-
kissen aus in den neuen Morgen. Die Reste eines Traums gingen ihr noch durch den Sinn – er hatte sie in vergangene Zeiten zurückgeführt, zum Takt einer Trommel und dem Flattern
der Segel eines Windjammers, der durch die Wellen pflügte.
Zur heftigen Sehnsucht einer jungen Frau, deren Körper sich
nach den Berührungen ihres Mannes verzehrte, zur Erinnerung an einen Tanz unter Sternen auf einem schwankenden
Deck, dem Gefühl seines Baumwollhemdes unter ihren Fingerspitzen, zu seinem Blick, der ihrem begegnete, sie in sich
aufnahm. Und zu seiner Stimme, tief und entschlossen, den
lauten, deutlichen Worten, ausgesprochen an einem stillen,
heißen Sommerabend, während die Zikaden zirpten und
schwarze Flughunde über ihren Köpfen kreisten. »*Ich möchte
mit dir fortgehen. Ich möchte mich irgendwo niederlassen,
wo wir einander lieben können, ohne verurteilt zu werden
und ohne uns verstecken zu müssen. Ich wünschte, ich könnte
dich heiraten, gleich hier und jetzt. Ich werde dich niemals
gehen lassen. Ich werde dich mitnehmen, hier drin...*« Mit
zwei Fingern hatte er sich im Rhythmus seines Herzschlags
auf die Brust geklopft.

Bea seufzte. Die Sonne schien durch das offene Fenster
herein und warf den gezackten Schatten des voll erblühten
Lacebark-Flaschenbaums auf den Holzfußboden. Instink-
tiv streckte sie die Hand zur anderen Seite des Betts aus. Sie
konnte kaum glauben, dass schon ein ganzes Jahr vergangen

war, seit sie auf der spärlich beleuchteten Station eines Krankenhauses Abschied von Peter genommen hatte; aber der Schmerz hatte nachgelassen, wenigstens ein bisschen. Was sie überraschte, waren Augenblicke wie dieser, wenn sie die Hand ausstreckte und feststellen musste, dass er nicht in einem seiner blau gestreiften Pyjamas neben ihr lag, oder wenn sie nach ihm rufen wollte, um ihm irgendetwas zu erzählen.

Schuldbewusst blickte Bea auf Peters Bettseite. Auch nach so vielen Jahren hatte ein beunruhigender Traum, ein Erinnerungsblitz, ein Bild, ein Wort noch diese Wirkung auf sie: All das konnte sie in eine Zeit vor Peter zurückversetzen, eine Zeit, bevor ihre ganze Welt aus den Fugen geraten war. Und dann war er – glücklicherweise – aufgetaucht und hatte sie mit seiner Liebenswürdigkeit gerettet.

Sie warf die leichte Baumwolldecke von sich und schwang die Füße auf den nackten Holzfußboden, sodass ihr der Seidenpyjama um die Beine floss und die Ärmel bis zu den Handgelenken hinabrutschten. Eigentlich mochte sie den Kontrast zwischen dem cremefarbenen Stoff und den hellen Altersflecken auf ihrem Handrücken. Den Seidenkimono zog sie heute nicht an, sie ließ ihn auf dem Bett liegen und stellte sich vor den hohen Spiegel, streckte die Arme hoch über den Kopf und drehte sich ruckartig nach links, während sie auf das vertraute Knackgeräusch ihres Nackens wartete. Danach beugte sie sich vor, die Hände über dem Kopf gefaltet, und so verharrte sie eine Minute lang, bis ihr Rücken ebenso geschmeidig war wie ihr Pyjama. Das waren nur einige der kleinen Rituale, die sie zu Beginn jedes neuen Tages zelebrierte.

Bea hielt den Atem an und zog die Jalousie hoch. Wie stets erfüllte sie der Blick auf die Reservoir Street unter ihr mit

Freude und Erleichterung. Sie unterschied sich so sehr von Kings Cross, wo sie sich sechs Jahre lang ein schäbiges, möbliertes Zimmer mit Wyatt geteilt hatte. Selbst Jahrzehnte später noch juckte ihr bei der Erinnerung an das winzige, heiße Zimmer die Haut. Sie lächelte, als sie den Anblick der abschüssigen Straße mit den aufgereihten viktorianischen Villen in Pastellfarben und den schmiedeeisernen Balkonen in sich aufnahm, die stolz auf beiden Seiten der Durchgangsstraße prangten. Ein Läufer quälte sich auf der anderen Straßenseite die Steigung herauf. Als er sie sah, hob er eine Hand – lustig, wie viele Leute sie wegen ihres Geschäfts kannten.

Sie seufzte. Es war ein großartiger Tag, der auf einen schönen Sommer hoffen ließ, und trotz der drohenden Einsamkeit hatte die frühe Stunde etwas Wunderschönes an sich, die Stille vor dem Wahnsinn des Tages. Sie war schon immer eine Frühaufsteherin gewesen, und das hatte sich als äußerst förderlich für den Erfolg der *Reservoir Street Kitchen* erwiesen. Weil sie mit den Hühnern aufstand, brannte bei ihr schon das Licht, waren die Öfen warm und aufnahmebereit, die Wasserkessel gefüllt und die Lieferungen sortiert und verstaut, bevor Kim und Tait auftauchten.

Bea warf einen letzten liebevollen Blick auf die leichte Delle auf Peters Seite des Betts, die hoffentlich niemals verschwinden würde. Denn so konnte sie sich vorstellen, er sei nur kurz fortgegangen, um unten im Hafenviertel The Rocks einen Kaffee zu trinken oder die Morgenzeitung zu holen. Irgendwie half es ihr, sich vorzumachen, dass er jeden Moment zurückkommen könnte.

Im Hintergrund dudelte Radio 2GB, Alan Jones' unverkennbare Stimme erfüllte den Raum und informierte sie über die jüngsten Vorkommnisse in aller Welt. Mehr brauchte sie nicht, um bessere Laune zu bekommen. Sie hatte noch immer nichts von Wyatt oder Sarah wegen der bevorstehenden Weihnachtsfeiertage gehört, und genau in diesem Augenblick hasste sie es, dass sie die beiden brauchte. Sie versuchte, stoisch zu bleiben, sich nicht länger mit der Tatsache zu befassen, dass sie ihren Sohn und seine Familie nur einmal im Monat sah oder von ihnen hörte. Doch es half nichts, es machte ihr etwas aus, vor allem weil dieser spärliche, unangemessene Kontakt bedeutete, dass sie von ihrer Enkelin Flora ferngehalten wurde, einer quirligen Dreizehnjährigen, die Bea vergötterte. In den letzten Jahren war sie an Floras Geburtstag immer zwanzig Minuten zu früh bei dem Haus in Manly angekommen, um noch ein bisschen Zeit mit ihrer Enkelin zu verbringen, bevor sie hinausging, um mit ihren Freundinnen zu spielen. Und jedes Jahr hatten sie nach Sarahs Weihnachts-Grillfest miteinander am Strand gesessen und geplaudert. Bea fragte Flora, welche Bands »in« waren, und Flora neckte sie und nannte sie eine alte Oma, obwohl sie dieses Jahr erst dreiundfünfzig geworden war. Ja, sie sah die Familie ihres Sohnes wirklich selten, aber Bea rief sich ins Gedächtnis, dass sie viel beschäftigt waren und ein ausgefülltes Leben führten und dass wenig Kontakt besser war als gar keiner.

Sie machte sich eine Tasse Earl Grey mit einem großen Zitronenschnitz, stellte sich vor die offenen Glastüren, die auf den kleinen Balkon führten, und blickte hinaus in den warmen Morgen von Sydney. Der weite Himmel war klar und strahlend blau, und ihre Gedanken wanderten zu einem ebenso vollkommenen Sommertag vor genau einem Jahr zurück, an dem die Sonne ihrer Trauer zu spotten schien. Es war sieben Tage nach Peters Tod gewesen, sie hatte auf dem

Sofa gesessen, elegant in dezentes Aubergine gekleidet, der Welt entrückt und unnahbar wie eine Bienenkönigin, umgeben von einem Schwarm summender Gäste. Genau wie bei einer Hochzeit hatte jeder ein wenig Zeit mit ihr, der Hauptattraktion, verbringen wollen. Der Trick bestand darin, sich nicht vereinnahmen zu lassen und nicht zu viel zu reden; auf einer Beerdigung beschränkt man sich auf kurze, bedeutungsvolle Sätze. »Herzliches Beileid ...«, »Für ihn ist es ein Segen ...«, »Jetzt ist er erlöst ...«, »Er war ein wunderbarer Mensch.« Die Beileidsbekundungen ähnelten sich sehr sowohl im Inhalt als auch in der Art, wie sie vorgebracht wurden, den Kopf zur Seite geneigt, mit kummervoller Miene, die Stimme kaum mehr als ein Flüstern.

Das einzige aufrichtige Gefühl hatte Flora gezeigt, die das Ganze eher als Party betrachtet hatte und der auf erfrischende Art nicht klar war, warum es unangemessen sein könnte, laut zu lachen, zu singen oder dem ahnungslosen kleinen Honigfresser auf dem Baum unterhalb des Balkons Häppchen zuzuwerfen. Bea hatte gesehen, wie Wyatt seine Tochter von der anderen Seite des Raumes wütend angestarrt hatte – was vermutlich wirkungsvoller war, als direkt einzugreifen. Sie erkannte, dass Flora immer schon so gewesen war, nie wirklich im Einklang mit dem, was der Rest des Rudels von ihr erwartete. Und in Wahrheit gefiel ihr Floras Haltung: Bei einer Beerdigung sollte das Leben eines Menschen gefeiert werden. Peters Leichenschmaus war viel zu ruhig verlaufen; das leise Klirren von Glas gegen Glas und das kaum hörbare Summen der Gespräche war beklemmend gewesen. Sie hatte beobachtet, wie sich Peters Schwester und sein Bruder flüsternd und hinter vorgehaltener Hand unterhielten, heimlich die Brauen hoben und den Kopf schüttelten, bevor sie den nächsten Schluck Wein tranken, auf eine Art, die dafür sorgte, dass sich jeder im Raum unbehaglich und ausgeschlossen fühlte.

Es war kein Geheimnis, dass sie Bea nicht mochten, und offen gesagt war auch sie nicht übermäßig angetan von ihnen; sie erinnerte sich noch, wie sie ihr die kalte Schulter gezeigt hatten, als sie sich vor vielen Jahren zum ersten Mal begegnet waren. Ein Gespräch darüber, warum sie Bea so gering schätzten, hatte nie stattgefunden, aber vermutlich lag es daran, dass sie weit unter dem Niveau lag, das sie sich für jemanden wie Peter erhofft hatten. Sie war seine erste Frau und viel jünger als er gewesen – eine gerade Fünfundzwanzigjährige und ein reifer Mann von siebenundvierzig, was sie vermutlich ebenso wenig guthießen. Mit ihrem kleinen Sohn und ohne ehrenhafte Vorgeschichte – weder war sie in jungen Jahren tragisch verwitwet, noch musste sie sich um ein verwaistes Kind kümmern, das nicht ihr eigenes war – betrachtete man sie als beschädigte Ware. Doch jetzt, nachdem sie Peter in ein ruhiges Grab an einem sonnigen Fleck des South-Head-General-Friedhofs gebettet hatten, von dem aus man auf die Tasmanische See blicken konnte, hatte sich die Abneigung von Peters Angehörigen in Feindseligkeit verwandelt. Und eines wusste Bea genau: Der Grund war, dass der Großteil von Peters Vermögen an sie gegangen war ... an sie, die vermeintliche Hochstaplerin! Zwar war es kein riesiges Vermögen, aber es war genug, um gut davon zu leben. Und es war ein weiterer Grund, ihrem wunderbaren Ehemann ewig dankbar zu sein.

Sie hatte sich in dem Raum umgesehen und sofort gewusst, was die junge Bea den Beerdigungsgästen zugerufen hätte: *»Wisst ihr was? Ich möchte jetzt viel lieber allein sein, und* *die Hälfte von euch hat Peter sowieso nicht gemocht. Bitte, seht zu, dass ihr schleunigst nach Hause kommt, und wenn ihr weg seid, werde ich Wein trinken und barfuß tanzen, bis ich völlig erschöpft bin und endlich schlafen kann!«* Aber sie war nicht mehr die Bea von früher; sie war über fünfzig und hatte gelernt, dass es manchmal das Beste war, sich an die alte Regel zu halten: »Reden ist Silber, Schweigen ist Gold«. Genau auf diese Art überstand sie die nächste Stunde voller Plattitüden darüber, dass die Zeit all ihre Wunden heilen würde. Sie wusste aus bitterer Erfahrung, dass das nicht stimmte. Fünfunddreißig Jahre waren vergangen, und noch immer beschleunigte sich ihr Puls, wenn sie daran dachte, wie sie sich mit bloßen Händen an ihren Liebsten geklammert, ihn angefleht, angebettelt hatte, sie nicht allein zu lassen. Die Zeit hatte ihre Wunden nicht geheilt; sie hatte nur eine dünne Schicht von Empfindungslosigkeit darübergelegt, die den Schmerz betäubte, sodass sie leichter damit leben konnte.

Bea schüttelte den Kopf, um die Erinnerung loszuwerden, hob die Tasse mit dem nach Zitrone schmeckenden Tee an die Lippen und ging langsam zum Sofa hinüber. An ihrem Handgelenk ertönte das vertraute Klirren. Zwölf schmale, silberne Armreife waren an ihrem linken Arm aufgereiht, jeden einzelnen davon hatte ihr Peter zu einem besonderen Geburtstag oder zum Hochzeitstag geschenkt; in die Innenseite jedes Reifes war eine Liebeserklärung oder ein lustiger Spruch eingraviert. Auf dem Armreif, den er ihr zu ihrem fünfzigsten Geburtstag geschenkt hatte, stand: »Jetzt bist du offiziell alt! Willkommen im Club!«

Sie lächelte bei der Erinnerung an seinen wundervollen Humor und wünschte sich ein weiteres Mal, sie hätte ihn ebenso sehr lieben können, wie er sie geliebt hatte. Sie war glücklich mit ihm gewesen, er war Wyatt ein guter Vater und hatte ihr geholfen, die *Reservoir Street Kitchen* aufzubauen, das Café, das ihr ganzer Stolz und ihre Freude war. Aber sosehr sie sich auch wünschte, es möge anders sein: Ihre Gefühle für ihn waren immer ein blasses Abbild dessen geblieben, was sie für ihre erste Liebe empfunden hatte, ihre Hand in seiner, als sie über das hölzerne Deck schwebten, der Vollmond für eine nahezu vollkommene Kulisse sorgte, als das Herz ihr in der Brust hüpfte und ihr Fuß im Takt der Musik auf den Boden tippte, in jener Nacht, die, wäre es nach ihr gegangen, niemals hätte zu Ende gehen sollen. Bea strich sanft über das dunkelgrüne Seidenkissen und ließ ihre freie Hand auf dem Stoff ruhen.

Nachdem sie geduscht und ihr dickes graues Haar zu üppigen Wellen geföhnt und es mit einer Haarspange zu einem losen Knoten zusammengenommen hatte, trug sie dunkelroten Lippenstift auf und tuschte sich zwei Mal die langen Wimpern. Während sie ihre olivenfarbene Dreiviertelhose mit einer ärmellosen Tunika und drei Halsketten aus dicken, beigen Perlen kombinierte, rief sie sich ins Bewusstsein, welch großes Glück sie gehabt hatte. Wenn Peter nicht gewesen wäre, hätte ihr Leben tatsächlich ganz anders verlaufen können. Dann schlüpfte sie in ihre petrolblauen Chucks und verbannte die Erinnerungen und den Traum an den Rand ihres Bewusstseins.

Bevor sie nach unten ging, um das Café aufzumachen, betrachtete sie das Foto an der Wand und sprach dieselben Worte in den strahlend blauen Morgen, die sie auch an den vergangenen 364 Tagen gesagt hatte.

»Es tut mir leid, Peter. Es tut mir leid.«

26

Zwei

»Hallo Mr Giraldi! Wie geht es Ihnen heute?« Von ihrem Standort vor dem großen, restaurierten Bücherregal winkte Bea einem Herrn mit Hut zu. Gerade hatte sie ein Miniatur-Schaukelpferd aus Holz zurechtgerückt, das zwischen anderen Pferdchen und abgenutzten Exemplaren von *Betty und ihre Schwestern* und *Moby Dick* stand. Sie wischte das kleine Pferd mit den Fingerspitzen ab und versuchte so, das Beste aus seiner schütteren Mähne und dem abgewetzten Lack zu machen.

»Gut, danke, Bea. Abgesehen von der Tatsache, dass jemand an meinem Tisch sitzt!« Er nahm den Strohhut ab, der ihm Schutz vor der heißen Sonne von Sydney bot, hob seinen Spazierstock und deutete auf die beiden Touristen, die vor dem Fenster mit den Faltflügeln saßen. An sonnigen Tagen stand das Fenster offen, sodass man praktisch im Freien speiste und zudem das Treiben in Surry Hills beobachten konnte, einem der lebhaftesten Viertel in der Innenstadt von Sydney. Das Paar, das sich seines Fehlers nicht bewusst war, plauderte und nippte an seinen Gläsern mit geeistem Gewürz-Chai-Latte. »Wie lange bleiben die noch? Haben sie schon um die Rechnung gebeten?«, rief Mr Giraldi in die Richtung der beiden.

»Weiß ich nicht, aber warum setzen Sie sich nicht einfach dort drüben hin? Wir plaudern ein bisschen, und später können Sie immer noch umziehen«, schlug Bea vor.

Sie hoffte, dass das verliebte Paar, sie Engländerin, er Amerikaner, das bei seinem ersten Besuch in der *Reservoir Street Kitchen* aus dem Schwärmen, den Ah!- und Oh!-Rufen, gar nicht mehr herausgekommen war, ihn nicht gehört hatte. »Wir lieben Feinkostläden und Cafés«, hatte der charmante rothaarige Mann erklärt. »Das hat Tradition bei uns – ich habe Megan, meine Frau, in einem Café kennengelernt.« Er hatte gelächelt. »Ach, sei still, Edd! Wie wir uns kennengelernt haben, interessiert doch keinen!« Die Frau war errötet und hatte gestrahlt. Die beiden waren eindeutig sehr verliebt.

»Was haben Sie denn da aufgetrieben, noch mehr Ramsch?«, erkundigte sich Mr Giraldi und deutete mit einem Kopfnicken auf das kleine Schaukelpferd, während er seinen Hut auf einen der abgeschliffenen und gebleichten Holztische legte und Platz nahm.

Das Pferdchen war die neueste Ergänzung der skurrilen Dekoration. Beas Kunstobjekte standen in starkem Kontrast zu den polierten Betonböden, den frei liegenden Stahlträgern und gehärteten Glaselementen des Lokals. In seinem früheren Leben war das Haus in der Reservoir Street eine Textilfabrik gewesen, und Bea und Peter waren ihrer Zeit weit voraus gewesen, indem sie sich die rauen Industriematerialien des Gebäudes zunutze gemacht hatten. Anstatt die rostigen Flaschenzüge zu entsorgen, die wie kleine Seilbahnen unter der hohen Decke entlangliefen, anstatt den Versuch zu unternehmen, die verwitterten Ziegel zu verkleiden und die angeschlagenen, grün emaillierten Lampenschirme auszutauschen, die in Trauben tief von der Decke herabhingen, hatten sie sie einfach in die Gestaltung mit einbezogen. Ein Kritiker hatte ihr neues Projekt als »wunderbar unkonventionell, gewagt und vielseitig« bezeichnet, worüber sie bei einer Flasche Rotwein ausgiebig gekichert hatten – sie selbst hatten sich eigentlich nur für sparsam gehalten! Das war nun zwanzig Jahre her.

Bea lachte. »Wie ich immer sage, Mr Giraldi: Erstens sind diese Sachen kein Ramsch, sondern nur abgeliebt. Und zweitens finde nicht ich sie, sondern *sie* finden *mich*. Für diese Dinge bin ich wie ein Magnet, und ich glaube, sie verschönern dieses Lokal, meinen Sie nicht?«

Er schnalzte nur missbilligend mit der Zunge, während sie den Blick über die ausgefallene Mischung von Gegenständen schweifen ließ, die auf den Industrieregalen standen. Die alten Bäckereigestelle waren Jahre zuvor aus Europa per Schiff herübergebracht worden – auf manchen davon klebten noch verkrustete Mehlflecken, hart wie Stein; auf den rostigen Rädern an allen vier Ecken mussten sie über gefliese Bäckereiböden geschoben worden sein, um Landbrot und Gebäck zu transportieren, wie sie es noch heute bestimmt gern anbieten würde. Eine alte Nähmaschine auf einem kunstvoll verzierten, gusseisernen Gestell schmiegte sich in eine Ecke. Nicht mehr funktionsfähige Feuerlöscher aus Messing dienten als Türstopper, und die riesigen, hohen Wände waren mit allem Möglichen geschmückt, vom ausgestopften Kopf eines Kudus bis zu einem Kinderstuhl, der mit Comicfiguren beklebt war.

Bea lächelte; jeder einzelne dieser Gegenstände war mit einer besonderen Erinnerung verbunden oder ließ sie an eine glückliche Zeit denken. »Diese Fotos da zum Beispiel.« Sie zeigte auf eine Wand aus nackten Ziegeln wie zwei weitere Wände auch, an der alte, zu mehreren Gruppen angeordnete Schwarz-Weiß-Bilder in nicht zueinanderpassenden Rahmen hingen. Eines davon zeigte einen viktorianischen Gentleman mit einem ziemlich dandyhaften Hut, ein anderes einen verschwommenen Schnappschuss von barfüßigen Kindern, die auf der Stufe vor einem Gebäude versammelt waren, das nur wenige Minuten Fußweg von der Stelle entfernt war, an der Bea jetzt stand. Absurderweise belief sich der Preis für diese Stufe und das Haus dahinter inzwischen auf mehrere Millionen Dollar. » All diese Bilder habe ich auf meinen Streifzügen gefunden, entweder beim Trödler oder in Antiquitätenläden. «

»Ist doch dasselbe«, warf Mr Giraldi vom Tisch aus ein.

Bea legte den Kopf leicht schief. »Das mag schon sein, aber in jedem Fall stehen diese Bilder für viele glückliche Tage, an denen ich in den Straßen umhergewandert bin und entweder den Sonnenschein genossen oder auch Zuflucht vor dem Regen gesucht habe. Und ich habe sie gerettet, diese Fotografien, die niemand will. Diese Leute, die irgendjemandes Vater oder Tochter waren. Ich kann den Gedanken nicht ertragen, dass sie einfach weggeworfen werden, verloren gehen, all diese Menschen, die ein Leben hatten, die wichtig waren. «

»Kann mir nicht vorstellen, dass diese dürren, schmutzigen Kinder besonders wichtig waren!«, mischte sich Tait in das Gespräch ein. Er hob die Brauen und deutete mit einem Kopfnicken auf das Bild, das er meinte, während seine Hände mit einem großen, runden Tablett beschäftigt waren.

Bea sah zu, wie er es behutsam auf einen Tisch stellte, um den vier Mädchen, die dort saßen, die bestellten Köstlichkeiten zu servieren. Auf dem Tablett standen eine glänzende weiße Teekanne, weiße Tassen, ein Zuckerstreuer aus Glas im Stil der Fünfzigerjahre mit einer schicken Tülle aus Chrom und ein glänzender, dreistöckiger Tortenständer aus Metall. Darauf lagen Flusskrebs-Sandwiches mit Zitronenmayonnaise und vier Stücke frisch mit Zuckerguss überzogener Möhrenkuchen. Sie beobachtete, wie die Mädchen auf Taits sonnengebräunte Arme und seine breite Brust starrten. Peter fand das zynisch von Bea, weil sie einen sehr gut aussehenden jungen Surfer zur Bedienung ihrer Gäste eingestellt hatte, die fast alle weiblich waren; sie selbst hingegen hatte ihre Idee für genial gehalten, und sie hatte sich nicht geirrt. *Ich vermisse dich so sehr, Peter.* Jeden Tag gab es diese Augenblicke, in denen sie nach ihm suchte, an ihn dachte, ihm etwas erzählen wollte, und jedes Mal, wenn ihr wieder bewusst wurde, dass es ihn nicht mehr gab, spürte sie auf ihrer Brust den Druck von Schuldgefühlen und Kummer, die sie stets mit einem Gefühl der Leere zurückließen.

»Nein, Tait, ich finde, jeder einzelne kleine Fratz auf diesen Bildern war sehr wichtig. Sie waren nur kleine Kinder, sie konnten sich nicht aussuchen, wo oder von wem sie zur Welt gebracht wurden. Und wenn du dir ihre Gesichter ansiehst, dann sind sie natürlich schmutzig, arm und ziemlich mager, aber gleichzeitig sehen sie sehr glücklich aus.« Sie schlenderte zu ihrer Bildergalerie hinüber – längst verstorbene Menschen, die sie nie kennengelernt hatte – und deutete auf ein Bild ungefähr in der Mitte. Ein Junge, nicht älter als sechs oder sieben, stand an einen Türrahmen gelehnt da; er rauchte eine Tonpfeife, seine Augen blitzten unter seiner Leinenkappe hervor. »Da, sieh mal, die Fältchen in seinen Augenwinkeln. Er sieht älter aus, als er ist, aber er lacht viel, das sehe ich genau.« *Ich hoffe, dass das stimmt. Armes kleines Würmchen.*

»Wenn du meinst.« Tait lächelte, und seine perfekt geformten weißen Zähne hoben sich leuchtend von seiner goldbraunen Haut ab. Wie so oft strich er sich einige widerspenstige

Strähnen seines langen, blonden Haars aus dem Gesicht. Bea sah, dass die Mädchen ihm mit ihren Blicken folgten, als er durch die Schwingtür in der Küche verschwand.

»Ich habe nicht einmal Bilder meiner eigenen Familie, geschweige denn von fremden Leuten«, brummte Mr Giraldi.

»Kommen sie Weihnachten alle nach Hause?« Bea stützte die Hände in die Hüften, und die Armreife an ihrem Handgelenk klirrten, gaben das für Bea typische Geräusch von sich. Bis zum ersten Weihnachtstag dauerte es nur noch vier Wochen, und es wurden bereits Pläne geschmiedet.

»Giovanni, seine Frau und ihre Jungs, ja, für ein paar Stunden. Claudia, Roberto und die Kinder kommen Heiligabend, aber Berta nicht. Sie bleibt in Melbourne und arbeitet. Ich habe nur eine kleine Wohnung, und verreisen möchte ich nicht. Außerdem bleibe ich gern da, wo Angelica früher geschlafen hat, und für die ganze Familie habe ich keinen Platz. Es wäre schön, alle auf einmal dazuhaben, aber so ist es nun mal. Ich kann sie nicht unterbringen. Außerdem muss ich mich noch um diese Sache mit dem Computer kümmern – Gio kann das für mich erledigen. Ich habe keine Ahnung, wie so was geht.« Er schlug sich mit seiner großen Hand auf die Brust, als könnte er das Problem mitsamt der Technologie damit zum Teufel jagen.

»Das kann ich gut verstehen. Ich schaffe es kaum, mein Handy ein- und auszuschalten, ganz zu schweigen vom Computer. Das hat alles Peter für mich gemacht.«

»Erzählen die Leute Ihnen immer noch, dass es mit der Zeit leichter wird?«, fragte er, auf seinen Spazierstock gestützt.

»Ja.« Sie nickte. Peters ersten Todestag hatte sie begangen, indem sie zum Krankenhaus gelaufen war und Il Porcellino die Nase gerieben hatte, bevor sie eine Münze in den kleinen Brunnen warf.

»Lügner, allesamt. Und ich muss es wissen, bei mir sind es schließlich schon siebzehn Jahre.« Er zog ein großes weißes Taschentuch aus seiner Hosentasche und wischte sich die Augen.

»Bestimmt vermissen Sie sie sehr.«

»Ja.« Er atmete ruckartig ein, als schmerzte ihn schon die Erinnerung. »Sie war unsere Dolmetscherin – wissen Sie, was ich meine?«

Bea fragte sich, ob er damit sagen wollte, dass sie vom Italienischen ins Englische übersetzte, aber das kam ihr seltsam vor, denn Mr Giraldi sprach ein fehlerfreies Englisch mit einem schönen Akzent. »Nein, leider nicht, tut mir leid«, gestand sie.

Er blickte in den Himmel, als könnte er dort die passende Erklärung finden. »Sie hat mich verstanden. Sie hat uns alle verstanden! Berta ist distanziert und still. Ich erinnere mich, wie ich Angelica einmal gefragt habe, warum Berta so kalt ist. Und sie hat mit der Zunge geschnalzt, als wäre ich ein bisschen dumm, und dann sagte sie: ›Berta ist nicht kalt! Sie ist ein Ofen voller Leidenschaft, Wärme und Liebe, aber sie ist so schüchtern, so in sich gekehrt, dass es sie quält, und darum hat sie eine Mauer um sich errichtet.‹« Er schüttelte den Kopf. »Ohne Angelicas Vermittlung hätte ich meine Kinder niemals verstanden und sie mich auch nicht. Gio ist nicht dauernd wütend, sondern er fürchtet sich! Claudia ist nicht so hart im Nehmen, wie sie vorgibt, aber sie weint im Verborgenen und zeigt ihren Kummer nicht. Und ich? Sie hat den Kindern gesagt, dass ich für jeden von ihnen mein Leben geben würde, ohne mit der Wimper zu zucken, egal,

33

wie grimmig ich wirke oder wie oft ich abwinke, wenn sie mir mit ihren verrückten Ideen kommen. Und sie hatte recht, ich würde es tun.« Er nickte.

Bea dachte über seine Worte nach. Vielleicht war es das, was Wyatt und ihr fehlte – ein Dolmetscher. »Klingt, als wären Sie ein wundervolles Team gewesen.« Sie lächelte.

»O ja, das waren wir. Sie war der Kitt zwischen uns. Ich weiß, wenn ihre Mama noch da wäre, fiele es den Kindern nicht so schwer, Weihnachten nach Hause zu kommen. Platz hin oder her.« Die letzten Worte hatte er geflüstert. »Ich vermisse nicht nur ihre Weisheit, sondern auch ihren Anblick. O Bea, sie war einfach atemberaubend. Und mit ihr zu tanzen…« Er verstummte und versuchte seine Fassung wiederzuerlangen. »Ihre Hand in meiner zu halten und mich mit ihr im Takt der Musik zu wiegen! Davon träume ich noch heute.«

In ihrem Kopf hörte Bea den Klang einer Trommel, erinnerte sich, wie ihr Herz im Rhythmus der Musik gepocht hatte.

»Das Leben ist einfach nicht mehr dasselbe.« Er zuckte mit den Schultern.

Bea nickte. Sie wusste, dass er es so empfand. »Was darf ich Ihnen heute bringen, Mr Giraldi?« Sie schob die Hände in die Taschen der dunkelblau und weiß gestreiften Kochschürze, die sie sich umgelegt hatte. Peter hatte sie stets für ihre zierliche Gestalt bewundert, wenn sie Röhrenjeans und knöchelhohe Chucks trug, und behauptet, dass sie darin, von der Seite betrachtet, die Form eines Golfschlägers habe. Sie hatte es als das Kompliment genommen, das es sein sollte. Selbst jetzt noch musterten sie gelegentlich junge Männer von hinten, waren dann jedoch beim Anblick ihres dreiundfünfzigjährigen Gesichts enttäuscht.

34

»Ich nehme einen Flat White und ein bisschen von dem Müsli mit Honig und Früchten.« Mr Giraldi bestellte immer, als täte er ihr damit einen Gefallen wie ein netter Onkel, der den Rest des Kuchens aufaß, damit sie ihn nicht wegwerfen musste.

»Kommt sofort. Einen Flat White und ein Müsli für Mr Giraldi!«, rief sie beim Betreten der Küche.

Kim nickte nur zur Antwort. Sie stand über drei Scheiben Vollkornbrot gebeugt, die sie akkurat mit Avocadoschnitzen belegte. Wie immer, wenn sie sich konzentrierte, blitzte ihre Zunge aus dem Mundwinkel hervor. Ihr hoher Pferdeschwanz wippte im Rhythmus ihrer Bewegungen, als sie von der hölzernen Arbeitsplatte zum Kühlschrank und wieder zurück tänzelte.

»Was hast du Weihnachten vor?«, fragte Tait seine Chefin und stapelte Teller in die Spüle. »Deinen Sohn und seine Familie besuchen?«

Bea nahm eine Kaffeekanne aus dem Regal und überlegte, was sie am besten antworten sollte. Nicht, dass sie sie nicht eingeladen hätten ... Es war immer dasselbe, bei jedem Anlass, zum Beispiel wenn Floras Geburtstag bevorstand: Wochen im Voraus kreisten ihre Gedanken darum, sie wartete auf eine Einladung, bis sie es schließlich nicht mehr aushielt und selbst anrief. Sarah ging ans Telefon, plauderte freundlich drauflos und lachte Bea aus, als wäre sie eine dumme alte Schachtel – »Aber *natürlich* bist du eingeladen! Du musst unbedingt kommen. Kannst du es einrichten?« –, und dann steckte Bea in der Zwickmühle. Einerseits wollte sie hinfahren, ihre Enkelin besuchen und Zeit mit ihrer Familie verbringen, aber andererseits war ihr schmerzlich bewusst, dass sie sich im Grunde selbst eingeladen hatte. Wie eine dunkle Wolke umgab die Verlegenheit sie dann noch auf der Feier selbst.

»Ja, ich denke schon.« Die Worte schlüpften ihr mit aufgesetzter Heiterkeit über die Lippen. »Noch vier Wochen Zeit, um mir etwas einfallen zu lassen. Mal sehen.« Lächelnd löffelte sie Kaffeepulver in die kleine blaue Stempelkanne aus Blech, ein seltenes Fundstück vom Flohmarkt in Paddington.

»Und was hast du vor, Kim?« Tait blickte zu der jungen Frau hinüber, für die die Essenszubereitung eine Kunst war. Ihre langen, schmalen Cellistinnenfinger arbeiteten äußerst präzise.

»Ich ... äh ... g...glaube ...« Sie schluckte. »Meine Mama und mein Papa kommen, und dann f...fahren wir zu meiner ... meiner Schwester nach Gold Coast.« Sie seufzte, froh, den Satz zu Ende gebracht zu haben.

Tait nickte und verzichtete taktvoll darauf, ihr noch weitere Fragen zu stellen, sodass sie die Minuten einsparten, die Kim gebraucht hätte, um eine Antwort zu formulieren – Zeit, die sie nicht erübrigen konnten. Er schnappte sich Mr Giraldis Kaffee und sauste aus der Küche.

»Um Himmels willen, Bea, was ist bloß los mit mir? Ich kann einfach nicht vernünftig mit ihm reden!« Kim warf das Geschirrtuch auf die Arbeitsplatte. »Ich bringe diese blöden Wörter einfach nicht heraus. Er glaubt, dass ich stottere!«

»Weil du tatsächlich stotterst, wenn du mit ihm redest«, stellte Bea fest.

»Nein, falsch, wenn ich mit ihm zu reden *versuche!* Das hilft mir nicht gerade weiter, Bea! Himmel, er ist so wahnsinnig schön; das macht irgendetwas mit meinem Gehirn. Er ist perfekt, einfach vollkommen! Nicht nur, dass ich nicht mit ihm reden kann – mir fällt nicht mal etwas ein, das ich zu ihm sagen könnte.« Kim griff nach der Pfeffermühle und drehte sie wütend über den Sandwiches. »Meine Freundinnen glauben, dass ich hysterisch bin. Normalerweise bin ich eine richtige Quasselstrippe, sie können mich nicht dazu bringen, den Mund zu halten. Und ich bin witzig! Richtig witzig! Aber bei ihm ist das anders. Er ist nicht nur vom Aussehen her eine ganz andere Liga als ich, sondern er glaubt auch noch, dass ich einen verdammten Sprachfehler habe! Grrr!«

Die Schwingtür ging auf, und Tait erschien wieder in der Küche. »Für wen sind die?« Er nahm die Teller mit den Sandwiches und blickte Kim abwartend an.

»Äh... T...Tisch... äh...«

»Tisch Nummer zwölf«, sprang Bea helfend ein.

Tait nickte, lächelte Kim an und verschwand mit der Bestellung.

Bea drehte sich um und sah, wie Kim mit dem Kopf gegen das Spülbecken schlug. Sie lachte.

Drei

Mit geschlossenen Augen genoss Bea die warme morgendliche Brise, die ihr über das Gesicht strich. Sie war an einem ihrer Lieblingsorte – am Fuß einer Platane im Prince-Alfred-Park saß sie auf ihrem zusammengefalteten Sweatshirt. Bei Sonne war der Park der schönste Ort, den man sich vorstellen konnte. Blickte sie nach rechts, sah sie über weite gepflegte Grünflächen, die sich bis zu dem beliebten großen Freibad erstreckten. In der anderen Richtung erhob sich das majestätische Stadtbild mit dem hoch aufragenden Sydney Tower, der sie an ein Raumschiff denken ließ, das auf einem Maibaum gelandet war. Ein flotter Spaziergang die Elizabeth Street entlang hatte sie von zu Hause hierhergebracht. Bea nutzte die Zeit, um einen klaren Kopf zu bekommen und der Küche zu entfliehen, bevor die ersten Gäste kamen. Als sie nun friedlich dasaß und mit einer Hand über das Gras strich, trug die leichte Brise den Klang von Kinderlachen aus dem Freibad zu ihr herüber. Es war eines der schönsten Geräusche, die sie kannte. Sie öffnete die Augen und lächelte, weil sie sich an die Zeit erinnerte, als Wyatt noch klein gewesen war, daran, wie es sich angefühlt hatte, von einer hauchzarten Berührung an ihrer Wange aufzuwachen. Leise war er in ihr Schlafzimmer geschlichen und hatte ihr seine winzige Hand auf die Wange gelegt. »Wach auf, Mama!«, flüsterte er ihr dann ins Ohr. Mit der Zeit hatte sich herausgestellt, dass es keine schönere Art gab, geweckt zu werden. Sie sah einer jungen Mutter zu, die hinter ihrer entflohenen kleinen Tochter herlief, sie einfing und in die Arme nahm und ihr kleines Gesicht unter dem Sonnenhut mit Küssen bedeckte. Das kleine Mädchen kreischte fröhlich und schlang ihrer Mutter die Arme um den Nacken. Bea spürte, wie sich ihr Magen bei der Erinnerung an Wyatt in demselben Alter vor Sehnsucht zusammenzog. Das Leben war hart gewesen, aber in mancher Hinsicht war es auch die schönste Zeit überhaupt, als er noch klein war und schon zufrieden, wenn er einfach nur bei ihr saß, mit ihr Karten spielte oder etwas vorgelesen bekam.

Sie fragte sich, wann es angefangen hatte, dass er sie nicht mehr berühren wollte. Als Kind hatte er sich glücklich auf ihren Schoß plumpsen lassen und ihr einen Kuss auf die Wange gedrückt. Sogar als Teenager hatte er sie noch umarmt, wenn er nach Hause kam oder fortging, und wenn sie Seite an Seite über die Promenade in Manly schlenderten, hatte er ihr bisweilen den Arm um die Schultern gelegt. Diese spontanen Gesten hatte sie geliebt. Er schien stolz auf sie, auf seine junge Mama, zu sein. Vielleicht hatte es aufgehört, als er Sarah begegnet war oder als sie eine Tochter bekamen, vielleicht war er nicht in der Lage, außer diesen beiden Frauen noch eine dritte angemessen zu lieben. Sie wusste es nicht mehr genau, und im Grunde spielte es auch keine Rolle, denn es lief in jedem Fall auf dasselbe hinaus.

Bea warf einen Blick auf ihre Uhr – allmählich musste sie zurückgehen, denn bald würden die Mittagsgäste eintrudeln, und dann wurde sie im Café gebraucht. Als sie die Reservoir Street hinauflief und das Ziehen in den Waden spürte, bemerkte sie, dass im Schaufenster des Secondhand-Kleiderladens gegenüber dem Café chinesische Lampions hingen, und in der Ladentür war ein Schild mit der Aufschrift »Frohe Weihnachten« zu sehen. Wie immer zauberte ihr der Anblick der Dekorationen ein Lächeln ins Gesicht. Sie beschloss, es dem Inhaber des Ladens gleichzutun und später ihren Karton mit Lichterketten aus dem Keller zu holen und dazu noch ein ganz bestimmtes Fundstück vom Trödel, mit dem sie das Café nur zur Weihnachtszeit schmückte. Es handelte sich um ein Foto in einem Rahmen aus Zink und Glas, eine viktorianische Magd mit weißer Haube, die die dünnen Kerzen an einem ziemlich kargen Christbaum anzündete. Die Miene des Mädchens wirkte schwermütig, und Bea kam es vor, als fragte sie sich, warum sie all die Arbeit tun musste, sich aber weder an dem Baum noch an den darunter verteilten Geschenken erfreuen durfte.

Bea eilte in die Küche, wo Kim über die Arbeitsfläche gebeugt stand und ihre ganze Aufmerksamkeit darauf richtete, den Couscous für den Salat aus gebratenem Gemüse und Granatäpfeln abzuwiegen. Bea fing an, einen großen Bund pfeffriger Brunnenkresse unter kaltem Wasser abzuwaschen; sie spürte die weichen Blätter unter ihren Fingern und dachte an die geräucherten Lachsraspel mit Chili, die sie bei der Zubereitung der Spezialsandwiches des Tages auf die Kresse legen würde. Dazu würde sie ein würziges Zitronen-Paprika-Aioli anrühren, perfekt zum Dippen mit zweimal frittierten Pommes frites geeignet. Es bescherte ihr ein starkes Glücksgefühl, das Essen, das sie später servieren wollte, vor ihrem inneren Auge zu sehen und es im Geiste schon zuzubereiten.

Kim brach das Schweigen. »Hey, Chefin, weißt du eigentlich, dass heute ein Brief für dich gekommen ist? Ein richtiger, handgeschriebener Brief aus Schottland? Ich platze vor Neugier zu erfahren, was drinsteht.« Kim winkte Bea mit dem cremefarbenen Umschlag zu und legte ihn auf die

Arbeitsfläche. »Er ist gekommen, als du draußen warst – wenn mir genug Zeit geblieben wäre, hätte ich ihn ja über Wasserdampf geöffnet und dann wieder verschlossen.« Sie zwinkerte ihrer Chefin zu.

»Aus Schottland?«, fragte Bea mit ruhiger Stimme. Sie drehte den Wasserhahn zu, schluckte und trocknete langsam die Kresse in ihren Händen ab. Ihre Finger zitterten.

»Alles in Ordnung, Bea? Du siehst ein bisschen blass aus.«

Sie bemerkte Kims besorgten Blick, legte die Kresse auf das Schneidebrett und sagte leichthin: »O ja! Ja, natürlich! Ich habe nur... äh... an das Mittagessen gedacht. Ob Lachs eine gute Idee ist oder vielleicht doch lieber Halloumi mit Zwiebelmarmelade oder so was.« Ihre Worte klangen gezwungen und wenig überzeugend, das spürten sie beide.

»Komm, mach endlich den Brief auf! Die Neugier bringt mich noch um. Ich kenne niemanden in Schottland – na ja, abgesehen von Ewan McGregor, und wenn der Brief von ihm ist, musst du mir die Adresse geben, unbedingt. Bitte!« Kim lachte.

Bea trocknete sich die Hände mit dem Geschirrtuch ab und wischte zur Sicherheit noch einmal über ihre Schürze, bevor sie nach dem Kuvert griff. Sie ließ ihren Blick über die krakelig wirkende Schrift schweifen und strich mit dem Daumen über die Briefmarke, dann drehte sie den Umschlag zögerlich um und betrachtete die Rückseite, auf der jedoch nichts geschrieben stand. Langsam schob sie einen Finger unter die Klappe und bewegte ihn vorsichtig, um den Umschlag nicht zu beschädigen, hin und her. Mit angehaltenem Atem drehte sie sich um, sodass sowohl der Briefbogen als auch ihr Gesicht Kims Blick entzogen waren.

Sie atmete scharf aus, zwang sich zu lächeln und ließ endlich erleichtert die Schultern sinken. »Also, er ist von einer Dame, die in Edinburgh ein Café führt. «

»Und was will Frau Edinburgh? Einen Job vielleicht? Ist ein bisschen zu weit, um zu pendeln, oder? « Kim war heute gut in Form.

»Nein. « Mit schmalen Augen überflog Bea den Brieftext. »Keinen Job. Offenbar führt sie eine Art Club, eine Gesellschaft ... «

»Das klingt schmutzig und geheimnisvoll, erzähl mir mehr! « Kim beugte sich über das Brett mit gebratenem Gemüse, auf dem sie gerade Butternusskürbis-Stücke, Baby-Rote-Bete und Frühlingszwiebeln mit schwarzem Pfeffer und etwas Oregano würzte.

Bea rang sich ein Lachen ab und unterdrückte das Zittern in ihrer Stimme. »Tut mir leid, ich muss dich enttäuschen, es ist nichts dergleichen. « Sie las schweigend und formte mit den Lippen einige Worte, während sie sich weiterhin auf den Text konzentrierte. »Sie betreibt eine Art kleines Forum für die Inhaber von Cafés und Teestuben auf der ganzen Welt. Sie gehen online und tauschen Rezepte, schicken einander Fotos, so was in der Art. « Bea blickte auf. »Weißt du, vielleicht wäre das ja ganz nett. Ein Café zu betreiben, ist manchmal eine ziemlich einsame Angelegenheit. «

»Oh, schon klar, nichts für ungut. « Kim hob die Hand und lachte.

»Natürlich nicht immer. « *Nur früh am Morgen oder spät am Abend, wenn ich allein bin. Dann fühle ich mich einsam ...* »Aber weißt du, wenn ich darüber nachdenke, ob ich mich vergrößern soll, oder wenn ich geschäftliche Entscheidungen treffen muss, wäre es vielleicht gut, mit Leuten auf der ganzen Welt reden zu können, die in einer ähnlichen Situation sind, und die Dinge mit ihren Augen zu sehen.«

»Aha, ein *globales* kleines Forum also – wow! Obwohl ich mir vorstellen könnte, dass du dich mit dem Internet schwertust.« Kim lachte.

»Oh, schon klar, nichts für ungut«, witzelte Bea, denn sie wusste, dass Kim recht hatte. Aber sie wurde immer besser und konnte den Rechner inzwischen immerhin ohne fremde Hilfe ein- und ausschalten. »Na ja, wer weiß – vielleicht können wir hier bald Gerichte aus so weit entfernten Städten wie Tokio oder Toulouse anbieten!«

»Toulouse? Das sind dann bestimmt Wurstgerichte. *Gibt* es denn Mitglieder aus Tokio und Toulouse?«

»Na ja, ich weiß es nicht, aber möglich ist es natürlich. Sie kommen von überall her. Von Florida bis Berlin.«

»Berlin? Also noch mehr Wurstgerichte. Ich glaube, das ist ein Würstchenclub.« Kim kicherte.

Bea faltete das Blatt zusammen und steckte es wieder in den Umschlag, bevor sie ihn in die Tasche ihrer Küchenschürze schob. »Der Brief ist wirklich sehr nett. Offenbar ist sie ganz begeistert von dem Projekt. Sie schreibt, sie habe eine Rezension über uns auf dieser Reise-Dingsda-Seite gelesen, und darum lädt sie mich zu ihrem Forum ein. Außerdem sagt sie, dass ich mal in Edinburgh vorbeischauen soll. Das ist ja süß, als wäre das gleich um die Ecke und nicht mehr als fünfzehntausend Kilometer weit weg.«

»Wie heißt sie?«

Bea zog den Brief wieder hervor und fuhr nervös mit dem Zeigefinger über das Blatt bis zum unteren Ende der Seite. »Alex. Alex McKay.«

Kim lächelte. »Uh, Miss McKay! Großartig! Jetzt kann

ich sie mir genau vorstellen. Ich wette, sie ist klein und dick vom Probieren der Würstchen. Und sie hat eine Betonfrisur, trägt eine Brille mit Goldrand, liebt rosa Nagellack mit Glitzer und hat eine Schwäche für Katzen!«

»Woher willst du wissen, dass sie alt und dick ist? Sie kann genauso gut schlank und bildschön sein«, gab Bea zu bedenken.

Kim schüttelte den Kopf. »Nö. Ich sehe sie genau vor mir: Sie ist unglaublich dick, und sie liebt Katzen, eindeutig! Und hat genauso eindeutig überhaupt keine sozialen Kontakte, wenn sie Zeit hat, jeden Tag mit Leuten aus Tokio oder Toulouse über Würstchenclub-Angelegenheiten zu reden.«

»Nun, vielleicht würde sie mich genauso beschreiben.« Bea hob die Hände und stand auf.

»Auf keinen Fall! Du bist wunderschön! Aber ich bin nun mal enttäuscht, weil Ewan McGregor dich nicht zum Tee einlädt. Ich hatte gehofft, du würdest mich vielleicht mitnehmen. Er ist einfach toll.«

Bea schürzte die Lippen und betrachtete Kim eingehend. »Ich dachte, du hättest nur noch Augen für Tait?«

»Psst!« Sie legte den Zeigefinger an die Lippen und spähte zur Tür. »Er kann dich hören!«

»Ja, und dann wüsste er, was du für ihn empfindest. Du könntest vielleicht aufhören zu stottern, und meine beiden besten Mitarbeiter kämen endlich mal zur Sache«, sagte Bea lächelnd.

»Erstens sind wir deine einzigen Mitarbeiter, das hat also überhaupt nichts zu sagen. Und zweitens ist es schlicht und einfach unmöglich, dass er sich für mich interessiert! Hast du Janine mal gesehen, seine letzte Freundin? Die war total scharf, sie hatte wahnsinnig lange Beine und war wunderschön. Ich bin nicht sein Typ. Oder kannst du dir etwa vorstellen, dass er sich nach der Orchesterprobe mit mir trifft und mein Cello trägt, mit dem Surfbrett unter dem anderen Arm?« Kim seufzte. »Dazu wird es nicht kommen.«

»Und ob ich mir das vorstellen kann! Was du brauchst, ist mehr Selbstvertrauen, Kim. Du bist eine liebenswerte junge Frau. Und woher willst du wissen, was passiert, wenn du dich nicht einfach mal ins Leben stürzt – du kannst nicht immer und ewig am Rand stehen bleiben und zusehen und hoffen, dass die Dinge zu dir kommen. Nimm deinen Mut zusammen! Versuche es!«

»Ich weiß. Aber was mir fehlt, ist nicht Mut, sondern zwanzig Zentimeter Körpergröße und Brüste wie Janine! Das würde vieles leichter machen. Ich meine, wenn ich es versuche und er mich zurückweist – wie sollen wir dann weiter zusammenarbeiten? Jedes Mal, wenn ich ihn sähe, würde ich mir wünschen, im Erdboden zu versinken.«

»Und ist das jetzt etwa anders?«

Kim seufzte. »Können wir bitte das Thema wechseln? Und ich meine es ernst, Bea, du bist wunderschön, eine der coolsten Bräute, die ich kenne – total stylish, absolut fantastisch.«

Bea lachte. »Das musst du ja sagen, schließlich bin ich deine Chefin.«

»Stimmt, das muss ich, aber glücklicherweise meine ich es auch so. Du bist echt 'ne heiße Braut, obwohl du immer so tust, als wärst du hundertdrei.«

»Eigentlich sogar hundertvier.«

»Wer ist hundertvier?« Tait kam herein, um die Tafel zu holen, auf der das Tagesmenü geschrieben stand. Eine köstliche Suppe mit Sommergemüse, dazu hausgemachtes Brot aus Cashewkernen, Linsen und Quinoa und ein pikantes Joghurtdressing.

»Ich meine nur ... äh ... Beas Brief, also, sie ...« Kim errötete und wedelte mit dem Messer, mit dem sie gerade arbeitete, vor ihrem Gesicht herum, als würde ihr das das Sprechen erleichtern.

Tait starrte sie eine Sekunde lang an, dann ging er mit der Tafel in den Händen wieder hinaus.

»O verdammte Scheiße!«, rief Kim.

»Ich bin zwar schon hundertvier, aber das habe ich genau gehört!«, sagte Bea mit gespielter Missbilligung.

Die Nachmittagsflaute kam. Bea atmete tief durch und schnappte sich den Karton mit der Weihnachtsdekoration. Sie nahm ein scharfes Messer in die Hand und ging auf die Knie. Mit der Spitze fuhr sie an dem Klebeband entlang, das den Pappkarton zusammenhielt. Sie dachte daran, dass Peter der Letzte gewesen war, der ihn verschlossen hatte. Nach und nach zog sie das Band von der Pappe ab und wickelte es sich um die Hand. Ihr kam in den Sinn, dass sich wahrscheinlich noch seine Fingerabdrücke auf dem Klebeband befanden, ein winziges Stück von ihm an diesem Ort, den er geliebt hatte. Sie wollte gerade anfangen, den Karton zu durchstöbern, da überfiel sie unvermittelt die Traurigkeit. *Heute hole ich diesen Schmuck aus den Schachteln, und diesmal werde ich es auch sein, die ihn wieder weggeräumt. Das bedeutet, dass ich Weihnachten ohne dich gefeiert haben werde, richtig gefeiert. Letztes Jahr, so kurz nach deinem Tod, bin ich gar nicht auf die Idee gekommen, irgendwelchen Weihnachtsschmuck aufzuhängen. Diese Dinge verbinde ich noch immer mit dir ...*

»Kann ich dir helfen?«, fragte Tait, als er sah, wie Bea den

Karton betrachtete, auf dem mit schwarzem Filzstift »Lichterketten« geschrieben stand.

Sie blinzelte. »Ich überlege gerade, ob wir die hier aufhängen sollten.«

»Ja! Unbedingt. Holen wir uns weihnachtliche Stimmung ins Haus!« Er klatschte in die Hände. »Soll ich sie vielleicht entwirren? Kimmy kommt sicher eine Weile alleine klar.«

»Nein danke. Ich lege sie zurecht, und du hilfst mir beim Aufhängen. Und dann kommen wir hier zur großen Illumination zusammen.«

Tait schenkte ihr ein freundliches Lächeln. Er war ein netter Kerl.

Bea öffnete die breiten Klappen des Kartons und zögerte, bevor sie die fein säuberlich aufgewickelten Rollen aus grünem Draht herausholte. Peter hatte stets alles sorgfältig eingepackt und systematisch geordnet. Er hatte sogar etwas blaues Klebeband um die Enden der Lichterketten gewickelt: Wie immer hatte er ihr das Leben so leicht wie möglich zu machen versucht.

Bea ordnete die Stränge zu zwei Haufen an, stand auf und wischte sich die staubigen Hände an der Schürze ab. »Okay, Tait, ich wäre dann so weit.«

Sie reichte ihm das Ende einer Lichterkette. Er zog einen Stuhl hervor und stieg auf die Sitzfläche, befestigte eine Glühbirne am Ende eines Deckenbalkens und ließ die anderen Lämpchen nach und nach durch die Finger laufen. Er zog den Stuhl über den Boden und stellte sich mitten im Raum wieder darauf, um die restlichen Glühbirnchen zu befestigen.

»Das wird großartig aussehen!« Mit einem Lächeln reichte Bea ihm die zweite Lichterkette. Eine Stunde lang sortierten sie hingebungsvoll die Lämpchen und brachten sie

48

an, wobei sie die Kabel kreuz und quer befestigten, bis die ganze Decke mit einem Netz von Lichtern bedeckt war. Aufgeregt schloss sie das Café ab, verriegelte die Tür und drehte das Schild auf »Geschlossen«. Dann rief sie Kim zur großen Illumination herein.

»Also, ihr Lieben, hier und jetzt beginnt für mich Weihnachten. Sobald die Lichter brennen, weiß ich, dass diese ganz besondere Zeit im Jahr gekommen ist. Ich finde, wir sollten uns alle etwas wünschen. Was meint ihr?«

»Ja.« Tait nickte, seine weißen Zähne blitzten.

Verlegen schlang Kim sich die Arme um den Leib, presste die Lippen zusammen und blickte auf den Boden.

»Schließt die Augen«, befahl Bea. »Wir wünschen uns etwas, bei drei öffnen wir die Augen wieder, und dann beginnt in der *Reservoir Street Kitchen* offiziell die Weihnachtszeit!«

Sie machte die Augen zu und drückte auf den Schalter an dem Verlängerungskabel. Hinter geschlossenen Lidern sah sie das Licht aufflammen, während sie im Stillen ihren Wunsch formulierte. Sie hatte beschlossen, sich ein glückliches, unabhängiges Leben als Witwe zu wünschen, ein Leben, in dem sie Peters Andenken in Ehren halten konnte. Plötzlich aber tauchte erneut der Traum vor ihrem inneren Auge auf. Es war, als hätte das Unterbewusstsein ihr das Wünschen abgenommen: *Ich möchte ihn sehen, nur ein einziges Mal, um sicher zu sein, dass er glücklich ist. Das ist alles, was ich will: einfach nur wissen, dass er glücklich ist und dass ich mir nicht alles nur eingebildet habe. Ich möchte wissen, ob er mich wirklich geliebt hat.*

Vier

Die Türklingel riss Bea aus ihren Träumereien. Sie war froh über die Ablenkung; das Geräusch kam gerade rechtzeitig, um die Einsamkeit aufzuhalten, die sich gegen Abend anschlich, kalt und beklemmend. Sobald die Dämmerung einsetzte, war es immer dasselbe; es begann, wenn sie das Café abgeschlossen und sich von Kim und Tait verabschiedet hatte, und endete erst, wenn sie ins Bett fiel. Sie drückte auf den Aus-Knopf des Laptops, denn sie wusste nicht, wie sie die Programme richtig schließen musste, und befürchtete, dabei versehentlich alles vom Rechner zu löschen. Irgendwie fiel es ihr leichter, einfach für einen schwarzen Bildschirm zu sorgen und den Deckel zuzuklappen, bevor sie den Laptop in die Küche stellte.

Sie nahm ihr weiches graues Umhangtuch von dem verchromten Kleiderständer aus den Dreißigerjahren, den sie in Rozelle auf dem Antiquitätenmarkt ergattert hatte, und legte es sich über die Schultern. Blinzelnd warf sie einen Blick durch das Sicherheitsglas der Wohnungstür. Überrascht und entzückt erkannte sie das Gesicht, das sie dahinter anlächelte.

»Flora! Um Himmels willen!«, sprudelte es aus ihr heraus. Sie zog den Riegel zurück und drehte den Türknauf, um ihre Enkelin hereinzulassen.

»Hi Omi!«, sagte Flora lässig und hob die Schulter, um ihren Rucksack zurechtzurücken, der offensichtlich ziemlich schwer war.

»Flora, mein Schatz! Was für eine nette Überraschung! Ist alles in Ordnung? Wo ist dein Papa?«

Flora warf ihr dickes Haar über die Schulter zurück und starrte Bea an, als sei sie überrascht, dass ihr plötzliches Auftauchen sie beunruhigte. »Er stellt nur schnell das Auto irgendwo ab, dann kommt er rauf, leider.« Ihr Blick verfinsterte sich. »Ich habe ihm gesagt, dass ich die Fähre nehmen und allein herkommen kann, aber nicht mal das erlauben sie mir, obwohl ich den Weg genau kenne. Sie behandeln mich wie ein kleines Kind!«

Bea sah, dass Flora die Fäuste geballt hatte.

»Zwei Stunden lang haben sie mich in einer Tour angeschrien, und im Auto, wo ich nicht wegkonnte, hat Papa immer noch weitergemacht. Ich werde noch verrückt! Ich will doch einfach nur meine Ruhe haben. Sie hören mir nicht zu, nie hören sie zu, dauernd machen sie mir Vorschriften oder erzählen mir, was ich alles falsch mache! Mama hat mich gefragt, was ich mir zu Weihnachten wünsche, und ich hab gesagt: Ohrstöpsel, damit ich ihr Gemecker nicht mehr den ganzen Tag hören muss.«

»Oh.« Bea wusste nicht recht, was sie sagen sollte, aber plötzlich war sie aufgeregt wie immer bei dem Gedanken, ihren Sohn zu sehen. Überraschungsbesuche dieser Art kamen äußerst selten vor; normalerweise sah sie ihre Familie nur, wenn sie verabredet waren. Sie stand da und versuchte zu verstehen, was vor sich ging. Offensichtlich gab es irgendeinen Konflikt zwischen Flora und ihren Eltern, aber worum es dabei genau ging, musste sie noch herausfinden.

Bea hielt die Tür einen Spaltbreit auf und musterte ihre Enkelin halb in Gedanken. Sie sah hübsch aus in der abgeschnittenen Jeans, die ihre langen Beine zur Geltung brachte,

52

und in dem locker sitzenden Top, unter dem der Sport-BH hervorblitzte. Mit dreizehn stand sie an der Schwelle zum Frausein, besaß noch die rundliche, engelhafte Schönheit eines Kindes, trug aber die Kleidung, den Schmuck und die Haltung des älteren Teenagers zur Schau, der sie endlich sein wollte.

»Also, kann ich reinkommen?« Flora deutete in den Flur.

»Ja, natürlich. Entschuldige, Liebes, ich bin nur ein bisschen überrascht, dich zu sehen.«

»Das hat Mama auch gesagt und dass ich mich nicht wundern soll, wenn du schon was anderes vorhast.« Flora rührte sich nicht vom Fleck. »Und? Hast du etwas vor?«

»Nein, gar nichts. Ich habe nichts vor, und es ist eine wunderschöne Überraschung!« Sie lachte, war aber zugleich ein wenig verärgert bei der Vorstellung, dass Sarah versucht hatte, ihre Enkelin von einem Besuch bei ihr abzuhalten.

»Ich war schon ewig nicht mehr hier!«, rief Flora.

»Ein ganzes Jahr«, bestätigte Bea.

»Hey, Mama.« Wyatt kam mit schnellen Schritten die Treppe herauf. Wie immer musterte Bea eingehend sein Gesicht und seine Gestalt und suchte nach Anzeichen von Glück, Krankheit oder Erschöpfung, wie sie es von dem Tag an getan hatte, an dem er zum ersten Mal in ihren Armen gelegen hatte.

»Wyatt! Wie schön, dich zu sehen! Ist Sarah nicht mitgekommen?« Sie blickte an ihm vorbei die Treppe hinunter.

»Nein.« Keuchend versuchte er, wieder zu Atem zu kommen, denn im Gegensatz zu ihr war er den steilen Anstieg der Straße vor Beas Haus nicht gewöhnt.

»Na dann, komm herein!« Bea unterdrückte die Freude, die in ihr aufkeimte, als sie hörte, dass Sarah nicht mit-

53

gekommen war, denn das bedeutete automatisch, dass sie in der Hackordnung vorübergehend eine Stufe höhergestiegen war.

Wyatt ging an ihr vorbei in die Wohnung. Bea folgte ihm und füllte in ihrer ordentlichen, minimalistischen Küche sofort Wasser in einen Kessel.

»Gerade habe ich zu Flora gesagt, dass sie vor einem Jahr das letzte Mal hier gewesen ist.«

»Ist das wirklich schon so lange her?« Wyatt stand in dem quadratischen Flur und musterte seine Mutter mit aufrichtig verblüffter Miene, überzeugt, dass sie sich geirrt haben musste.

Bea wusste, dass Wyatt und Sarah – die in ihren Augen mit ihren vierunddreißig Jahren beide noch jung waren – ein geschäftiges und ausgefülltes Leben führten, und es konnte leicht passieren, dass sie das Gefühl für die Zeit verloren. Sie selbst hingegen hakte im Geist jeden einzelnen Tag ab, während sie immer weiter auf etwas zusteuerte, von dem sie nicht recht wusste, was es war. Sie nickte. »Ja, wirklich. Ich habe euch zweimal draußen in Manly besucht, aber ihr seid nach dem zwanzigsten November definitiv nicht mehr hier gewesen. Ich habe es noch vor Augen: Es war ein strahlend schöner Mittwoch mit blauem Himmel und herrlichem Sonnenschein, und ich kann mich an jede einzelne Minute erinnern. Es war der Tag, an dem wir Papi beerdigt haben.«

Wyatt blickte auf den Boden, und Bea sah, wie seine Wangen sich vor Verlegenheit, dass er das vergessen hatte, röteten.

»Aber hey, jetzt seid ihr da, und das ist eine schöne Überraschung«, fügte sie hinzu, um den Besuch nicht mit Schuldzuweisungen oder Vorwürfen zu verderben.

54

»Ich muss mal kurz ins Bad«, sagte er und durchquerte bereits den Flur.

»Bitte. Du weißt, wo es ist.«

Bea schlenderte ins Wohnzimmer, wo Flora am Fenster stand und das Kommen und Gehen unten auf der Reservoir Street beobachtete. Ihre Tasche hatte sie mitten auf dem Teppich fallen lassen.

»Es ist laut, oder?« Flora drehte sich zu ihrer Großmutter um.

»Ja, ein bisschen schon. Aber ich habe mich daran gewöhnt, es gefällt mir sogar. Ich finde es schön zu wissen, dass Leute um mich herum sind, und ich höre gern den Gesprächen zu, die zu mir heraufwehen – du glaubst gar nicht, was ich von hier aus alles heimlich belausche!« Bea zwinkerte ihr zu.

»Zum Beispiel?« Flora legte den Kopf schief, betrachtete neugierig ihre Großmutter und drehte ihren Fuß in dem Turnschuh hin und her.

Bea versuchte, sich an ein Gespräch zu erinnern, das nicht anzüglich, abstoßend oder schockierend war, aber alle alltäglichen und damit zum Erzählen geeigneten Geschichten waren ihr entfallen.

»Puh, jetzt geht es mir besser.« Mit großen Schritten kam Wyatt ins Zimmer. Bea bemerkte, wie finster Flora ihn anblickte. »Tut mir leid, dass wir dich so überfallen, Mama. Ich wusste nicht, was ich sonst tun sollte.« Er fuhr sich mit den Fingern durch seinen dünner werdenden Pony und strich sich das Haar aus der Stirn. Zwei widerspenstige Strähnen fielen ihm trotzdem wieder ins Gesicht und bildeten ein kleines Herz auf seiner gebräunten Stirn.

»Sei nicht albern! Du kannst jederzeit herkommen. Das

weißt du.« Beas Gedanken überschlugen sich. Sie hatte ganz vergessen, wie es sich anfühlte, die Frau in Wyatts Leben zu sein, auf die er sich immer verlassen konnte, und es war großartig! Unzählige Fragen gingen ihr durch den Kopf: Hatten er und Sarah sich gestritten? War einer von ihnen krank? Geldprobleme?

»Das habe ich ihm auch gesagt.« Flora trat vor und nahm ihre Großmutter fest in den Arm.

»Ach, mein Kleines.« Bea drückte sie sanft; sie war ziemlich überrascht, weil sie solch deutliche Liebesbeweise nicht gewöhnt war. Das Mädchen so im Arm zu halten, trieb ihr die Tränen in die Augen. Sie hustete und wandte ihre Aufmerksamkeit ihrem Sohn zu. »Ich mache uns Tee.«

»Großartig.« Wyatt gähnte.

»Hast du schon gegessen? Ich habe Quinoasalat und ein paar leckere Avocados, die schmecken köstlich mit Zitrone und schwarzem Pfeffer. Hast du Hunger?« Ihr zwanghaftes Bedürfnis, ihren Sohn zu füttern, hatte seit dem Tag seiner Geburt nicht nachgelassen.

Wyatt hob eine Hand, als fühlte er sich durch die bloße Erwähnung ihres Essens bereits belästigt. »Für mich nicht. Aber ich helfe dir ein bisschen beim Tee.« Mit einem Kopfnicken deutete er in Richtung Küche.

Fast unmerklich nickte Bea und befreite sich aus Floras Umarmung. »Dein Papa und ich kochen jetzt den Tee. Möchtest du vielleicht mal meinen Computer ausprobieren?«

Lächelnd schüttelte Flora den Kopf und fing an, im Rucksack nach ihrem iPad zu suchen.

In der Küche stand Wyatt an die Spüle gelehnt, die Arme vor der Brust verschränkt. »Entschuldige, dass wir einfach so hereinplatzen, Mama.«

»Ihr seid nicht hereingeplatzt. Wie ich schon sagte, ihr seid hier alle jederzeit willkommen. Ist doch klar.«

»Sarah ist mit ihrem Latein am Ende, und ich wusste einfach nicht, was ich tun sollte, darum...«

Bea legte eine Hand auf die Arbeitsfläche, als rechnete sie damit, gleich eine Stütze zu brauchen. Ihr Puls raste bei dem Gedanken, was alles passiert sein konnte. »Was ist denn los?«

Wyatt zögerte, überlegte offensichtlich, wie er die Dinge am besten in Worte fassen sollte. »Flora ist vom Unterricht suspendiert worden«, sagte er leise und schüttelte den Kopf, als könnte er diese Tatsache noch immer nicht fassen. »Und sie denken darüber nach, sie endgültig von der Schule zu verweisen.«

»Warum in aller Welt sollten sie das tun?« Bea blickte zum Wohnzimmer hinüber, wo das süße Mädchen mit dem karamellfarbenen langen Haar und dem unschuldigen Lächeln stand, das seine Oma so liebevoll umarmt hatte.

Wyatt hob die Arme und ließ sie wieder sinken. Offensichtlich wusste er nicht recht, wo er anfangen sollte. »Sie ist mehrmals verwarnt worden...«

»Verwarnt weshalb?«

»Störendes Verhalten, Frechheit. Solche Sachen.« Wyatt blickte noch immer auf den Boden.

»Nein! Das glaube ich einfach nicht. Doch nicht Flora! Das sieht ihr überhaupt nicht ähnlich.«

»Das haben wir anfangs auch gedacht.« Nun blickte Wyatt sie an. »Aber das geht jetzt schon eine ganze Weile so. Und heute hat es sich noch einmal zugespitzt. Ob du es glaubst oder nicht: Sie hat einen Jungen angegriffen.«

»Einen Jungen angegriffen?«, wiederholte Bea ein biss-

57

chen lauter als beabsichtigt und legte sich eine Hand auf die Brust.

»Ja. Er hat geblutet«, flüsterte Wyatt, und er klang beschämt und schockiert. »Sie kann von Glück sagen, dass sie nicht die Polizei eingeschaltet haben.«

»Was? Nein! Ich fasse es einfach nicht!«

Wyatt fuhr sich mit der Hand über sein stoppeliges Kinn. »So habe ich auch reagiert, aber dann habe ich den Brief gelesen, den sie uns nach Hause geschickt haben. Sarah musste sie heute Mittag abholen, und im Büro des Direktors ging es ziemlich hitzig zu. Ich kam nach Hause, und da bin ich explodiert. Ich bin so wütend – nicht unbedingt auf sie, aber auf dieses ganze verdammte Chaos.« Er stemmte die Hände in die Hüften. »Flora hat gesagt, dass sie herkommen und bei dir bleiben möchte, und Sarah hat sie angeschrien, das sei eine gute Idee. Ich weiß nicht, was das Beste ist, Mama, aber ich glaube wirklich, dass die beiden sich erst mal ein bisschen beruhigen sollten. Ich fühle mich jetzt, als würde ich sie dir aufbürden, und du kannst natürlich auch Nein sagen. Ich nehme sie wieder mit nach Hause, wenn du lieber…«

»Ach was! Ich freue mich, wenn sie hier ist, und vielleicht kann ich der Sache auf den Grund gehen und herausfinden, was überhaupt los ist. So ist sie doch gar nicht, Wyatt. Natürlich sagen das alle Eltern, deren Kind in so einer Lage ist, aber wir *kennen* Flora doch; sie ist so lieb, so freundlich.«

Wyatt verzog das Gesicht. »Einige Eltern haben zu Sarah gesagt, dass ihre Kinder keinen Kontakt mehr zu Flora haben dürfen. Sich so etwas anhören zu müssen…« Er biss die Zähne zusammen und schluckte sichtbar. »Du hast immer darauf geachtet, dass ich nicht vom rechten Weg ab-

58

komme, Mama.« Das war ein ungewöhnliches Eingeständnis von ihm, in gewisser Weise ein Kompliment.

»Na ja, dafür zu sorgen, dass du dich anständig verhältst, war nicht so schwer, eigentlich hast du nie etwas Schlimmes getan, mal abgesehen von Mrs Dennis' Hamster, dem armen Viech.« Sie lächelte ihren Sohn an.

»Wie ich damals schon sagte: Sie können nichts beweisen!« Er lachte, was nur selten vorkam, und das Lachen war so schnell vorüber, wie es begonnen hatte. »Sarah und ich sind außer uns.«

»Das kann ich mir vorstellen. Fahr nach Hause und schlaf erst mal über die ganze Sache, mein Schatz. Nach einer guten Nacht fühlst du dich garantiert besser. Ich behalte sie hier, gebe ihr im Café etwas zu tun, und dann sehen wir weiter.«

Flora erschien in der Tür zur Küche. »Also, kann ich hierbleiben?«

Bea wusste nicht, wie viel sie gehört hatte. »Ja, Liebes, für eine Nacht oder zwei, aber dann wollen deine Mama und dein Papa dich sicher zurückhaben.«

»Was ist, wenn ich gar nicht mehr zu ihnen zurückwill, nie mehr?«, fragte Flora und blickte ihrem Vater herausfordernd in die Augen.

»Nun, Flora, dann wäre das eingetreten, was wir auf der Arbeit immer *verdammtes Pech* nennen. Denn du bist erst dreizehn und hast nicht darüber zu bestimmen, was passiert und was nicht.« Mit unbewegter Miene musterte Bea ihren Sohn.

»In ein paar Wochen werde ich vierzehn!«

»Selbst wenn du schon im reifen Alter von fünfzehn Jahren wärst, würden immer noch dieselben Regeln gelten«, stellte Bea fest.

»Lass sie bitte weder ihr Handy noch ihr iPad mit ins Bett nehmen«, unterbrach Wyatt sie. »Sonst hängt sie die halbe Nacht im Internet.«

»Meine Güte, selbst im Gefängnis hat man mehr Freiheiten, als ich sie bei euch habe«, jammerte Flora.

»Ach wirklich? Das ist gut für dich, denn wenn du so weitermachst wie bisher, wirst du irgendwann den direkten Vergleich haben.« Wyatts Stimme klang scharf und sarkastisch.

Bea nickte und sah, wie ihrer Enkeltochter die Tränen in die Augen traten. »Alles wird wieder gut, mein Schatz. Nicht weinen!«

»Ich weine nicht!«, murmelte Flora, während ihr die Tränen über die Wangen liefen. Wyatt trat einen Schritt vor, um sie in die Arme zu nehmen, aber sie drehte sich um, steuerte auf das Badezimmer zu und verschloss die Tür von innen.

Bea winkte ihrem Sohn vor dem Haus zum Abschied und sah ihm nach, wie er die Reservoir Street hinunterging, die Hände in den Taschen vergraben. Sie kehrte in die Wohnung zurück und klopfte an die Badezimmertür.

»Möchtest du eine heiße Schokolade, Flora?«

»Okay.« Flora schniefte.

Endlich tauchte sie wieder auf. Sie drückte sich im Flur herum und wirkte ein bisschen verloren; auch ihr Atem hatte sich noch nicht beruhigt. Es brach Bea fast das Herz, ihr einziges Enkelkind so aufgewühlt zu sehen.

»Wir trinken eine schöne Tasse Kakao, setzen uns zusammen aufs Sofa und plaudern ein bisschen. Was hältst du davon?«

Flora nickte.

»Möchtest du Mama oder Papa eine SMS schreiben und ihnen sagen, dass es dir ein bisschen besser geht? Dein Papa

60

macht sich sicher Sorgen, weil du so aufgeregt warst, als er gegangen ist.« Wie immer dachte Bea zuerst an Wyatts Wohl; sie wollte unbedingt verhindern, dass er eine schlaflose Nacht verbrachte.

»Ich schreibe ihnen morgen früh. Sie behandeln mich wie ein Kleinkind, aber ich bin nicht mehr sechs. Ende Dezember habe ich Geburtstag. Ich bin fast vierzehn.«

»Ja, ich weiß, mein Schatz. Aber so komisch es auch klingen mag: Ob die Kinder sechs, vierzehn oder dreißig sind, Sorgen macht man sich immer um sie, glaub mir.«

»Dauernd haben sie entweder Angst um mich, oder sie schreien mich an.« Floras Stimme klang jetzt sanfter, eher bedrückt als empört. Bea hatte den Verdacht, dass sie den patzigen Teenager nur Wyatt zuliebe gespielt hatte, weil sie glaubte, dass er das von ihr erwartete.

»Sie lieben dich nun mal.« Bea lächelte, als sie zum Kakao einige Stücke Kirsch-Shortbread aus dem Kühlschrank holte.

»Haben sie dir gesagt, dass du mir das erzählen sollst?« Flora schlang die Arme um ihren schmalen Oberkörper. Die dicken Haare waren stumpf geschnitten und fielen ihr über die nackten Schultern.

»Nein, und selbst wenn – ich hätte es ohnehin gesagt, weil es die Wahrheit ist.«

»Warst du zu Papa damals auch so streng? Das kann ich mir gar nicht vorstellen, du bist total cool.«

»Genau das hat Kim auch gesagt. Ich finde das komisch, denn ich bin eigentlich die uncoolste Person, die ich kenne. Ich hasse Technik und bin ziemlich altmodisch.«

»Trotzdem bist du cool, Omi. Und du hast in London gelebt, das ist obercool!«

»Ach was, das ist doch eine Ewigkeit her, und ich habe

in Surrey gewohnt und nicht direkt in London; eine ganz andere Welt.« Bea erinnerte sich an das ruhige Leben in Epsom Downs und an die dörfliche Atmosphäre. Ihre Eltern hatten dort jeden gekannt, und kein Fehlverhalten blieb ihnen je verborgen, sodass Bea kaum Gelegenheit gehabt hatte, übermütig zu werden. Sie lächelte, als sie an Diane dachte, ihre große Schwester, die sie geliebt hatte. Sie waren sowohl Schwestern als auch enge Freundinnen gewesen. »Gelegentlich in die City zu fahren und dort in einem heruntergekommenen, verrauchten Café zu sitzen, das fühlte sich nicht gerade nach einem Leben in Saus und Braus an, das kann ich dir versichern! Ich habe mir mit meiner Schwester in eisiger Kälte eine Scheibe Toast geteilt und mich gefragt, was ich mit meinem Leben anfangen soll.«

»Hast du in London mal eine berühmte Band gesehen?« Floras Augen waren geweitet. Sie selbst war Fan von *5 Seconds of Summer* und hatte eine besondere Schwäche für Ashton.

Bea stellte die Tassen und Teller auf das Tablett und dachte nach. »Nein, in unserem Lieblingscafé waren nie welche.« Sie zwinkerte Flora zu. »Aber ich kannte einen Schneider, der Mick Jaggers Maße für einen Anzug aus der Savile Row genommen hat – gilt das auch?«

»War Mick Jagger bei den Beatles?«, fragte Flora.

»Du bist ja lustig. Nein, war er nicht, aber ich glaube, er war mit ihnen befreundet.«

»Ein bisschen wie 5SOS und 1D?«

»Kann sein.« Bea ließ eine großzügige Menge Mini-Marshmallows in die Kakaotassen plumpsen und hatte nicht den Hauch einer Ahnung, wovon ihre Enkelin sprach.

Flora lachte. Aber ihr Kichern verwandelte sich rasch wieder in Tränen, die sie vergeblich zurückzuhalten versuchte und mit dem Handrücken wegwischte.

»O Liebling! Was ist denn nur los?«

»Nichts. Tut mir leid.« Flora schniefte.

»Es muss dir nicht leidtun. Und nun komm. Komm her und setz dich.« Bea nahm ihre Enkeltochter bei der Hand und steuerte mit ihr auf das Wohnzimmer zu.

Es war ein lauer Abend, vom Hafen wehte ein warmer Wind herein. Die Doppeltür zum Balkon stand offen, und die leichte Brise trug die Geräusche von Surry Hills bis unter die Dachsparren der Wohnung im oberen Stock. Bea lächelte, als sie die perlenden Rhythmen einer Konzertgitarre hörte, das fröhliche Lachen von Mädchen und die Stimmen von Männern, die miteinander plauderten, während sie an den zahlreichen Restaurants vorbeischlenderten, die in dem Viertel wie Pilze aus dem Boden geschossen waren. Von echter mexikanischer oder vietnamesischer Küche bis zu selbst gemachten Bioburgern war in fußläufiger Umgebung vor ihrer Haustür alles zu haben – eine unglaubliche Fülle von Angeboten. In ganz Sydney gab es keine Gegend, in der sie lieber gelebt hätte.

Seit Peters Tod hatte sie an der Wohnung nur wenig verändert, denn ihr gefiel die Vorstellung, dass sein Blick und seine Hände alle Gegenstände darin berührt hatten. Es war ein moderner, geräumiger Loft, der das industrielle Gepräge des Cafés, seine klaren Linien und die nüchterne Ausstattung wiederaufnahm. Kim hatte ihr das größtmögliche Kompliment gemacht, als sie sagte, dass sich das Alter der Person, die hier wohnte, nicht erraten ließ, dass sie zwanzig, aber ebenso gut achtzig Jahre alt sein konnte. Bea hatte darauf hingewiesen, dass ihr noch ungefähr zwei Jahrzehnte bis zum achtzigsten Geburtstag fehlten, auch wenn sie ihre Ge-

63

lenke in regelmäßigen Abständen an diese Tatsache erinnern musste.

Der Fußboden im Wohnzimmer bestand aus gewachstem Eichenholz und wies Kerben und Löcher überall dort auf, wo in vergangenen Zeiten Maschinen und schwere Büromöbel ihre Abdrücke hinterlassen hatten. Ein riesiges schwarzes Ledersofa stand vor einer weißen Wand, an der ein großes fernöstliches Gemälde hing. Das Motiv erinnerte Bea an einen gebogenen Weidenbaum, bestand tatsächlich jedoch aus einer zufällig wirkenden Ansammlung von Linien und Pinselstrichen in Salbeigrün, was zwar den Eindruck eines Baumes erweckte, bei näherem Hinsehen jedoch keiner war. Ein Hocker von Eames und ein Clubsessel aus scharlachrotem Leder standen neben dem Balkonfenster; den Sessel bedeckte ein pelzartiger weißer Überwurf, der an ein Eisbärfell erinnerte. Daneben stand ein schickes verchromtes Teleskop, perfekt geeignet, um den Sternenhimmel zu betrachten. Trotz der modernen Atmosphäre wirkte das Zimmer alles andere als kalt. Die grau und senfgelb gemusterten Wolldecken auf den Sofalehnen verliehen dem Raum Struktur, und die Kerzen in den silberfarbenen Petroleumlampen spendeten sanftes Licht. Auf der Glasplatte des niedrigen, auf verschlungenen Stahlträgern ruhenden Couchtisches stapelten sich mehrere große Bücher mit Schwarz-Weiß-Fotografien zu Themen, die von Design bis zu Hochseefischerei reichten.

Drei gerahmte Schwarz-Weiß-Fotos standen auf der niedrigen Backsteinmauer in der Ecke zwischen Kamin und Sofa. Eines zeigte Wyatt und Sarah an ihrem Hochzeitstag, und Sarah strahlte, als hätte sie einen Hauptgewinn gezogen. Auf dem zweiten Bild war Peter beim Picknick im Botanischen Garten mit einem Glas Wein in der Hand zu sehen, gebräunt und gut aussehend, und das dritte Bild zeigte Flora auf dem Boot ihres Vaters nur etwa zwei Jahre zuvor. Damals war sie noch schlaksiger und weniger zurechtgemacht gewesen, hatte sich als Kind in ihrer Haut noch wohlgefühlt. Sie trug den Anglerhut ihres Vaters, strahlte vor Stolz und stellte ihre Zahnspange zur Schau, ohne die Befangenheit und die Selbstzweifel, die sie inzwischen ausstrahlte. Bea gefiel es, dass sie immer, wenn sie aufblickte, Bilder von Menschen sah, die sie liebte und die einen festen Platz in ihren Gedanken hatten. Denn so war es, obwohl Wyatt und Sarah offenbar in der Lage waren, wochen- und monatelang keinen einzigen Gedanken an sie zu verschwenden, der erschreckend geringen Anzahl ihrer Treffen nach zu urteilen. Es sei denn, sie brauchten sie, so wie jetzt.

»Ich gehe noch den Kakao holen. Mach's dir gemütlich.« Bea lächelte Flora zu.

»Danke, Omi.«

Im Flur blieb Bea zögernd stehen. »Flora, eine Sache noch: Musst du mich unbedingt Omi nennen? Ich finde, das klingt so alt. Kannst du nicht einfach Bea zu mir sagen?«

»Klar.« Flora nickte. »Wenn du willst.«

»Ja, bitte.«

»Warum hast du mir das noch nie gesagt?«

»Ich hatte noch keine Gelegenheit dazu, weil dein Vater immer höchstens zwei Meter von uns entfernt war. Er hätte den Vorschlag sofort als eine meiner verrückten Hippie-Ideen niedergemacht.«

Flora lächelte, denn sie wusste, dass ihre Großmutter recht hatte. Außerdem gefiel es ihr, ins Vertrauen gezogen zu werden. Sie kam sich ziemlich erwachsen vor.

Bea verschwand in der kleinen Küche. Kurze Zeit später kam sie mit dem Kakao zurück und stellte ihn auf den Couchtisch.

»Komm, setz dich.« Sie klopfte neben sich auf das Sofa.

Flora ließ sich auf das Polster fallen und atmete hörbar aus. »Ich mag dieses Zimmer.«

»Meine kleine Oase.« Lächelnd hielt Bea ihre Tasse in beiden Händen. »Willst du Kims Shortbread probieren?«

»Nein danke.«

Bea sah, wie Flora sich eine Hand auf den flachen Bauch legte, als wollte sie sich ins Gedächtnis rufen, warum Kuchen keine gute Idee war. Sie konnte sich nicht erinnern, wann ihr eigener Bauch sich zuletzt flach und straff angefühlt hatte. Nicht, dass sie dick war, absolut nicht, aber ihre Haut schien im Laufe der Zeit immer schlaffer und faltiger zu werden. Sie umspannte nicht mehr straff ihre Muskeln; mehr denn je schien sie mit der Schwerkraft im Bunde zu sein. »Dann vielleicht später.« Sie lächelte.

Flora verdrehte die Augen, als erinnerte dieser Kommentar sie an die Nörgeleien ihrer Mutter. »Ja, vielleicht.«

Bea trank einen kleinen Schluck Kakao. »Du kannst bleiben, solange du willst, Liebes. Das weißt du. Solange Mama und Papa damit einverstanden sind.«

Flora nickte. »Danke.« Ihr hübsches, offenes Lächeln war Bea vertraut. So sah sie sie in ihren Gedanken vor sich und nicht als das mürrische Bündel Angst, dem sie vorhin begegnet war.

»Ich mache im Arbeitszimmer das Dachfenster auf, rolle den Futon aus und schließe die Lampe ans Stromnetz an. Du wirst dich dort pudelwohl fühlen.«

»Ich fühle mich sowieso wohl bei dir, O... – Bea. Es ist total gemütlich.« Flora kickte sich die Flipflops von den Füßen und zog die Beine auf dem Sofa unter ihren Körper.

»Danke. Mir gefällt es auch sehr gut. Sogar nach zwanzig Jahren gibt es kaum etwas, das ich verändern möchte.« Lächelnd blickte Bea zu dem offenen Fenster hinüber, das auf die Reservoir Street hinausging. »Dabei wäre es fast gar nicht dazu gekommen – Opa und ich wären stattdessen fast in Mollymook gelandet, meilenweit weg von hier.«

»Du meinst, als Opa in Rente gegangen ist?«

»Genau. Als dein Papa noch ein Teenager war, ist Opa in Frührente gegangen, und wir haben den Betrieb verkauft und sind weiter unten an die Küste nach Mollymook gezogen. Du bist noch nie dort gewesen, stimmt's?«

Flora schüttelte den Kopf. Über die Jugend ihres Vaters wusste sie nicht besonders viel.

»Ich glaube, dir würde es dort gefallen – es gibt Wale und Delfine und ein hübsches, aus Naturstein gebautes Becken namens Bogey Hole zwischen den Felsen, in dem man schwimmen kann. Wir waren so aufgeregt. All die Jahre hatten wir darauf hingearbeitet. Wir konnten es kaum erwarten, das Strandleben zu genießen, ständig Golf zu spielen und jeden Abend frischen Fisch zu essen.« Beas Augen funkelten, als ihr die Erinnerungen durch den Kopf gingen. »Aber nach ungefähr einem Monat wurde Opa kribbelig, er konnte sich nicht mehr entspannen, und das dauernde Golfspielen fing an, ihn zu langweilen. Er war nun mal ein Stadtmensch, und er musste in den Trubel zurück.«

»Aber was war mit dir? Wärst du nicht lieber am Strand geblieben?« Flora war neugierig, denn sie kannte die Geschichte nur aus Gesprächen ihrer Eltern, die sie zufällig mitgehört hatte, und von Dinnerpartys, auf denen erzählt wurde, wie ihre Großeltern sich an die Küste zurückgezogen, es dort aber nur wenige Wochen ausgehalten hatten. »Sie haben das Handtuch geworfen«, hatte ihr Vater grinsend gesagt und den Kopf geschüttelt, als wären die beiden irgendwie gescheitert.

»Ich wollte nur, dass Peter glücklich ist. An dem Tag, an dem er den Mietvertrag für unser Haus in Mollymook kündigte, war er so energiegeladen wie schon lange nicht mehr. Aber ich weiß noch, dass ich sehr besorgt war, weil ich nicht wusste, wo um alles in der Welt wir leben sollten. Das Haus in der Melville Terrace hatten wir damals schon nicht mehr, also kam ein Umzug nach Manly nicht infrage. Aber Opa hatte alles genau geplant. Dieses Haus hier hatte er nicht verkauft.« Bea blickte zu dem hohen Spitzdach mit den freiliegenden Stahlträgern hinauf. »Es schien uns passend, wieder hier zu landen, an dem Ort, an dem alles angefangen hat, an dem wir uns kennengelernt haben.«

»Das ist total cool!« Flora musterte ihre Großmutter mit neu erwachtem Respekt. »Sich fast aus dem Nichts ein eigenes Zuhause zu erschaffen. Woher wusstest du, wo du anfangen musstest?«

»Es war ein großes Abenteuer, aus den Büros und Warenlagern in diesem Gebäude eine Wohnung zu machen, da hast du recht. Und dann die Gründung der Kitchen...« Bea trank noch einen Schluck Kakao und genoss das Gefühl der weichen, geschmolzenen Marshmallows an ihrem Gaumen. »Weißt du, viele Leute haben uns für verrückt erklärt. Anstatt am Wasser zu sitzen oder auf dem Golfplatz herumzulaufen und den lieben Gott einen guten Mann sein zu lassen, haben wir uns Arbeitsoveralls angezogen und Vorschlaghämmer in die Hand genommen! Vielleicht waren wir ja wirklich ein bisschen verrückt.« Bea lachte. »Na ja, nicht nur vielleicht!«

»Warum habt ihr zwei das Café eröffnet?«, fragte Flora.

Beas Lider zuckten kaum merklich. *Weil ich Leute bewirten wollte, die um einen Tisch versammelt sind. Mit Liebe für sie kochen und ihre Dankbarkeit spüren. Ich dachte, das könnte mir die große, eng verbundene Familie ersetzen, nach der ich mich so sehnte.* »Wer möchte das nicht? Ein Café zu führen macht großen Spaß!«

»Kann ich mir vorstellen. Aber es ist auch harte Arbeit…« Flora zwinkerte ihr zu, und Bea hatte den Eindruck, dass auch diese Formulierung in einer von Wyatts Schimpftiraden über die albernen Ambitionen seiner Mutter vorgekommen war, die einzige Frau, die er kannte, die sich *freiwillig* jeden Tag die Seele aus dem Leib arbeitete.

»Weißt du, Flora, ich glaube, es gehört zu den größten Privilegien im Leben, etwas zu tun, weil man es tun will, und nicht, weil man muss. Meinst du nicht auch?«

»Ich glaube schon.« Flora nickte, ohne genau zu wissen, ob sie ihre Großmutter verstanden hatte. »Diese Wohnung ist echt toll, obwohl es ein bisschen laut ist, wenn die Türen offen stehen. Aber es ist cool hier.«

»Danke, freut mich, das zu hören. Schon komisch, meine eigene Oma kam mir immer so alt vor, obwohl sie damals viel jünger war als ich jetzt!« Sie lächelte und sah im Geist ihre verstorbene Großmutter vor sich, so wie sie aussah, als sie alle noch in England gelebt hatten. »Sie besaß in Surrey ein kleines Haus im edwardianischen Stil, nicht weit von den Epsom Downs entfernt…«

»Du bist also aus Surrey in England nach Surry Hills in Australien gekommen – cool!«

Bea lächelte ihre humorvolle, scharfsinnige Enkeltochter an. »Es gibt keine zwei Orte, die unterschiedlicher sind als diese beiden, mein Schatz!« Sie kicherte. »Die Epsom Downs, wo meine Großmutter lebte, waren für Pferderennen berühmt. Meistens wurden die Pferde am frühen Morgen trainiert, und ich habe immer furchtbar gern zugesehen, wenn sie mit gesenktem Kopf und dampfendem Körper durch den Nebel galoppierten. Was für ein Anblick! Aber ich mochte das Haus meiner Großmutter nicht besonders: Es war so altmodisch, lauter Lampen mit Quasten daran, Messingbeschläge, kitschige Kissen und gestickte Hundebilder, stell dir nur vor! Und überall roch es nach Mottenkugeln. Am liebsten hätte ich alle Fenster aufgerissen, es war erdrückend.«

»Klingt eklig.«

Bea lachte; sie mochte die Ehrlichkeit des Mädchens. In einträchtigem Schweigen nippten sie an ihrem Kakao.

»Es war eben anders. Ich glaube, vor langer Zeit war es mal in Mode, überall altmodische Blumenmuster zu haben, aber ich persönlich kann mir nichts Schlimmeres vorstellen, als eine von diesen Frauen zu sein, deren Kittel und Regenmäntel zu ihren Brotkästen passen.«

Flora lachte; das klang irgendwie nach den Freundinnen ihrer Mutter. »Warum haben deine Eltern Surrey eigentlich verlassen und sind nach Australien gezogen? Ich meine, ich bin natürlich froh, dass ihr hergekommen seid, aber ich habe mich schon öfter gefragt, was der Grund dafür war.«

»Na ja, ich weiß nicht, was dein Papa dir so erzählt hat, aber mein Vater war Pfarrer. Ein Mann Gottes, zumindest war es das, was er jedem erzählt hat.« *Wenn du fortgehst, nimmst du deine Schande mit dir. Du bist nicht mehr meine Tochter...* Die Worte hallten in ihrem Kopf wider, als hätte er sie erst gestern zu ihr gesagt. »Er und meine Mutter haben eine Kirchengemeinde in Byron Bay übernommen, oben im Norden von New South Wales.«

»Aber du bist nicht bei ihnen geblieben?«

»Nein.« Bea atmete tief ein, denn sie fühlte sich heute nicht in der Lage, darüber zu reden. Sie musste das Thema wechseln. »Flora, ich mache mir Sorgen um dich. Es ist wirklich schön, dich zu sehen, aber ich bin beunruhigt. Ich fand es schrecklich, dich so aufgewühlt zu sehen. Dein Papa hat gesagt, dass du ein paar Probleme in der Schule hast. Du musst natürlich nicht mit mir darüber reden, aber wenn du willst, können wir uns gern darüber unterhalten. Okay?«

Flora hielt ihre Tasse in beiden Händen. »Okay. Ich wollte nur einfach nicht zu Hause sein...« Sie trank einen kleinen Schluck, um weiteren Erklärungen aus dem Weg zu gehen.

»Na ja, ich bin froh, dass du daran gedacht hast, zu mir zu kommen. Du siehst hübsch aus, ein bisschen zu dünn, aber hübsch.«

Flora blickte ihre Großmutter aus dicht bewimperten Augen an. »O... – Bea, wünschst du dir manchmal, du könntest die Zeit vor- oder zurückspulen?«

Bea musterte ihre Enkelin, die bald ihr eigenes Leben beginnen würde. Ein Bild aus ihrer Jugend kam ihr in den Sinn, sie war nur wenige Jahre älter als Flora gewesen: ein schmales Bett in einem abgeschlossenen Zimmer, eine kleine Plastikwanne für ihre Notdurft und kalte Angst in der Brust vor dem, was passieren würde, wenn ihre Zeit gekommen war. *Wenn ich noch einmal zurückgehen könnte, würde ich ihn finden. Ich wäre stärker! Ich würde die Welt umrunden, so schnell ich kann, ihn nie wieder loslassen, und dann würden wir miteinander alt werden.* Bea seufzte, denn sie wusste, dass sie nichts dergleichen getan hätte. Sie hatte ihn loslassen müssen, und damit hatte sie sich abgefunden.

»Das wünschen wir uns wohl alle gelegentlich«, sagte sie leise. »Wie weit würdest du die Zeit zurückdrehen?«

Flora betrachtete die Fotos an der Wand und warf sich das lange Haar über die Schultern. »Ich würde nicht zurückgehen. Ich würde die Zeit vorspulen.«

»Und wie weit?«

»Bis ich älter bin, mein eigenes Geld auf der Bank habe, mir eine eigene Wohnung nehmen und machen kann, was ich will.« Sie reckte das Kinn.

»Oh! Und was würdest du in deiner eigenen Wohnung tun?«, fragte Bea nervös.

Flora dachte eine Weile nach. »Ich würde lange aufbleiben und erst ins Bett gehen, wenn ich Lust dazu habe. Ich würde niemals Gemüse essen. In meinem Schlafzimmer hätte ich einen Whirlpool, und an die Wände würde ich Poster von 5 Seconds of Summer anstatt Tapeten kleben. Oh, und ich hätte einen Hund.«

»Tatsächlich? Einen Hund?« Floras unschuldige Worte rührten Bea. »Was denn für einen?«

»Eine Französische Bulldogge – die sind so süß! Du kannst mit ihnen spazieren gehen, oder sie sitzen einfach auf deinem Schoß, wenn du fernsiehst. Sie sind perfekt.«

Bea sah, wie Floras Miene sich aufhellte. »Hört sich ganz danach an.«

»Wenn man einen braven Hund hat, dann ist das ein bisschen, als hätte man einen besten Freund, oder?« Das Lächeln in Floras Gesicht erlosch.

»Ganz bestimmt.« Bea fragte sich, ob sie sich dem Kern des Problems näherten.

Flora zupfte an einem losen Faden ihrer abgeschnittenen Jeans. »Manchmal kommt es mir vor, als wäre ich der einzige Mensch auf der Welt, der sich so fühlt, wie ich mich fühle. Als gäbe es da diesen riesigen Club von Leuten, die alle wissen, wie es läuft, und ich bin die Einzige, die keine Ahnung hat. Als wäre ich ganz allein.« Und schon drohte sie wieder in Tränen auszubrechen.

Bea drückte ihrer Enkelin die Hand. »Du bist nicht allein, Flora. Du wirst geliebt, und du weißt, wenn ich irgendwie helfen kann, die Dinge wieder ins Lot zu bringen, dann tue ich das.« Mehr sagte sie nicht, denn sie wollte nicht aufdringlich sein und ihre Nase in Angelegenheiten stecken, die sie nichts angingen.

»Danke. Ich glaube nicht, dass jemand wieder alles in Ordnung bringen kann.« Flora blinzelte, um die Tränen zu unterdrücken.

Eine Weile herrschte unbehagliches Schweigen. »Kennst du dich mit Computern aus?«, fragte Bea schließlich.

»Ich glaube schon.« Sie zuckte mit den Schultern. »Ganz gut sogar.«

Bea musterte sie. »Weißt du, wie man E-Mails verschickt und solche Dinge?«

Flora warf den Kopf zurück, sodass er gegen die Sofalehne stieß, und fing schallend an zu lachen, was Bea ins Gedächtnis rief, dass sie tatsächlich erst dreizehn Jahre alt war. »O… – Bea! Wer weiß denn heutzutage nicht, wie man eine E-Mail versendet?«

»Na ja, ich zum Beispiel. So lustig ist das gar nicht! Bis ich ungefähr vierzig war, habe ich kaum je einen Computer zu Gesicht bekommen, und Opa hat sich immer um alles gekümmert, was mit Elektronik zu tun hatte. Ich habe mich so durchgewurschtelt und versucht, mir selbst ein paar Dinge beizubringen, aber ehrlich gesagt, weiß ich nicht mal, wie ich ein Programm schließen soll. Ich habe immer Angst, dass ich die falsche Taste erwische und alles lösche.«

»Es ist ziemlich schwierig, *alles* zu löschen. Wo ist dein Laptop?« Flora rutschte auf dem Sofa nach vorn, warf sich das Haar über die Schultern zurück und ließ die Fingerknöchel knacken.

Bea holte den Laptop aus der Küche und gab ihn ihrer Enkelin, die ihn aufklappte und die Finger sachkundig über die Tastatur tanzen ließ. Plötzlich heulte sie auf: »O Gott, du hast ja tausend Sachen geöffnet!« Flora schüttelte den Kopf und verdrehte die Augen, was Bea sehr an Wyatt erinnerte, der das ebenfalls oft tat.

»Wie gesagt, in Sachen Technik bin ich ein hoffnungsloser Fall.« Bea hörte, wie Flora missbilligend mit der Zunge schnalzte und gleichzeitig auf ein kleines Quadrat klickte, das irgendetwas auslöste.

»Okay – damit wären schon mal einige Fenster geschlossen. Es ist ganz einfach, Omi... äh... Bea. Du musst nur wissen, wo du klicken musst.« Sie nickte. »Das *Christmas Café* – da hast du mehrere Seiten aufgemacht. Dabei gibt es da gar nicht viel zu sehen, die Website ist ziemlich schlicht.«

»Äh... ja.« Bea hüstelte, um ihre Verlegenheit zu überspielen. »Die Dame, der die Seite gehört, leitet da so einen Club, und sie hat mich gefragt, ob ich mitmachen will. Ich habe alle möglichen Fotos angeklickt.«

»Oh, schau mal!« Aufgeregt deutete Flora auf ein Bild. »Das ist die Straße vor dem Café, und da liegt Schnee! Da würde ich jetzt am liebsten drauf herumlaufen und meine Fußabdrücke hinterlassen. Es sieht wunderschön aus!«

Bea spähte auf den Bildschirm. »Ja, das stimmt. Irgendwie lässt der Schnee alles gleich viel weihnachtlicher wirken.«

»Mensch, Omi! Sieh dir nur die Schaufensterdekoration an!« Flora zeigte auf die verschlungenen Bahnen aus Schottenstoff, die von einer Seite des Fensters zur anderen verliefen und in deren Falten sich winzige Tannenzapfen und kleine Zweige von Heidekraut drängten.

»Das ist schön, findest du nicht? Ich glaube, Miss McKay ist viel kreativer als ich. Ich habe schon Opas Weihnachtsbeleuchtung immer für großartig gehalten, aber sieh dir nur das hier an!«

Flora klickte auf eine Seite mit der Überschrift: »Der perfekte Weihnachts-Cupcake.«

»O wow! Die würde ich am liebsten alle aufessen.«

Die beiden bewunderten ausgiebig die hübschen, weihnachtlich dekorierten Cupcakes, die allesamt mit weißem Zuckerguss überzogen und entweder mit winzigen grünen Stechpalmenblättern und Beeren oder mit Miniatur-Nikoläusen aus Fondant verziert waren. Am Rand der großen silbernen Kuchenplatte waren kleine Rentiere aufgereiht, ebenfalls aus Fondant geformt. Mit hauchdünnen Fäden aus Zuckerwerk waren sie vor einen Schlitten gespannt, der vor Geschenken und Päckchen überquoll. Die Details der Glasur waren atemberaubend. Es handelte sich um das Werk eines Mr Guy Baudin, kreativer Kopf des Cafés der Woche, der *Plum Patisserie* in Mayfair. »Oh, Mayfair, das ist aber nobel!«, sagte Bea. »Da befinden wir uns wirklich in guter Gesellschaft.«

»Du könntest auch Café der Woche werden«, schwärmte Flora. »Was würdest du auf deiner Seite zeigen?«

Bea überlegte. »Hm, ich weiß nicht. Vielleicht meine weltberühmte Mousse au Chocolat?«

Flora zog die Nase kraus und zögerte. »Ich glaube, dazu sollte Kim sich mal ein paar Gedanken machen.«

Bea lachte. »Okay, schon verstanden!«

Flora scrollte die Liste der ausgezeichneten Cafés durch.

»Oh, schau dir das mal an!«, sagte Bea. »*Kaffeehaus Lohmann* in Osnabrück, wo auch immer das ist! Sieh dir nur diese Erdbeertorte an! Ich kann sie förmlich riechen.«

»Wie lange kennst du diesen Club schon?«, fragte Flora.

»Ich hatte keine Ahnung, dass es ihn gibt, bis ich einen Brief von der Dame bekommen habe, die ihn leitet. Ich habe auf ein paar Seiten geklickt, um mir ein Bild von dem Forum zu machen, von dem sie mir geschrieben hat, aber ich wusste nicht, wie ich wieder zurückkommen sollte, wenn ich etwas geöffnet hatte. Ihren Brief habe ich noch irgendwo hier.«

Bea setzte ihre Brille auf und griff in ihren Rucksack aus weichem Leder. Sie holte den Brief heraus und reichte ihn an Flora weiter, die den Laptop auf den Knien balancierte und das Papier aus dem Umschlag zog, nachdem sie den Poststempel und die Briefmarke genau untersucht hatte.

»Oh, Schottland! Das ist aber eine schöne Marke.«

»Ja, das habe ich auch gedacht. Kim sagt, der Brief klingt, als wäre die Dame, die ihn geschrieben hat, fett und hätte eine Vorliebe für Katzen.«

Flora blickte auf. »Wie lustig! Meine Lehrerin ist ein Katzenmensch, aber ich habe ihr gesagt, dass ich Hunde mag…«

»Französische Bulldoggen, um genau zu sein«, unterbrach Bea sie.

»Genau!« Flora strahlte glücklich, weil ihre Großmutter ihr aufmerksam zugehört hatte. »Vielleicht hasst sie mich ja darum so sehr.«

»Deine Lehrerin? Oh, ich bin mir sicher, dass sie dich nicht hasst!«

»Liegt Edinburgh in der Nähe von London?«, fragte Flora und wechselte das Thema.

»Nein!« Bea lachte leise. »Es ist ungefähr sechshundertfünfzig Kilometer weit weg.«

»Also nicht besonders weit.«

Bea lächelte über ihre Enkelin: Geboren und aufgewachsen in Australien, hatte sie nichts von der Einstellung der Bewohner kleinerer Inseln an sich, mit denen Bea aufgewachsen war. Wenn das eigene Land so groß war, dass das Vereinigte Königreich über dreißig Mal darin Platz hatte, was bedeutete dann schon eine siebenstündige Fahrt auf der Autobahn?

»Was glaubst du, warum heißt es *Christmas Café*? Glaubst du, sie ändern den Namen, wenn Weihnachten vorbei ist? Vielleicht heißt es dann ja *Ostercafé*?« Floras Augen leuchteten; offensichtlich gefiel ihr die Vorstellung.

»Oh, *Ostercafé* wäre schön. Nichts als Schokolade – kannst du dir das vorstellen?« Bea leerte ihre Kakaotasse. »Könntest du ihr eine Mail von mir schicken?«

»Klar, hast du die Adresse?«

»Ja, ich habe doch ihren Brief.« Bea zeigte auf das Blatt Papier.

»Nein!«, sagte Flora und kicherte. »Die E-Mail-Adresse meine ich. Keine Sorge, ich finde sie sicher auf der Website.«

Bea zog sich das weiche graue Umhangtuch enger um die Schultern und sah zu, wie Floras Finger über die Tastatur flogen. Sie fand es erstaunlich, wie versiert dieses junge Mädchen in technischen Dingen war. Sie dachte an die Zeit zurück, als sie selbst dreizehn Jahre alt gewesen war. Sie

77

und ihre Schwester Diane hatten sich Spiele ausgedacht, bei denen es darum ging, Gegenstände im Garten zu verstecken, die eine von ihnen dann suchen musste, oder sie schrieben Theaterstücke und führten sie vor ihren Eltern auf. Ihr liebster Zeitvertreib hatte darin bestanden, jeden Sonntagabend die Top Forty mitzusingen und sie mit dem Radiorekorder aufzunehmen. Dabei versuchten sie sich in der Kunst zu vervollkommnen, den Pausenknopf genau dann zu drücken und wieder loszulassen, wenn der DJ zwischen den Songs zu sprechen begann. Die Kassette hörten sie dann die ganze Woche bis zum Überdruss, bevor sich der Vorgang am darauffolgenden Sonntag wiederholte. Es war eine völlig andere Welt.

»Okay, du sagst mir, was du ihr schreiben willst, und ich tippe. Meine Rechtschreibung ist nicht besonders gut, aber wir können die Rechtschreibprüfung drüberlaufen lassen.«

»Ah, Rechtschreibung, darin bin *ich* gut. Wir sind ein großartiges Team.« Sie zwinkerte Flora zu. »Also.« Bea überlegte, was sie sagen wollte. »Sehr geehrte Miss McKay...«

Flora schnaubte. »Das klingt aber nicht besonders nett! Stell dir einfach vor, du unterhältst dich am Telefon mit ihr – das hat Mama mir geraten.«

»Oh, guter Tipp. Okay...« Bea holte Luft, bereit für einen neuen Anlauf. »Hallo Alex, ich habe Ihren Brief in meine Handtasche gesteckt...«

Wieder lachte Flora. Sie lehnte sich zurück und verschränkte die Arme vor der Brust.

Auch Bea kicherte, denn sie freute sich, dass sie ihre Enkeltochter so erheitern konnte. »Was ist daran falsch?«, fragte sie.

»Keine Ahnung. Es klingt einfach komisch.«

»Ich hätte nicht gedacht, dass es so kompliziert ist.« Bea verzog das Gesicht.

Flora richtete sich wieder auf, schob sich die Haare hinter die Ohren und rückte den Laptop auf ihren Knien gerade, eine Geste, die sie viel älter wirken ließ als dreizehn. »Ich habe eine Idee: Stell dir einfach vor, Alex steht da drüben, du redest mit ihr, und ich versuche aufzuschreiben, was du sagst. Hinterher können wir notfalls immer noch etwas ändern.«

Bea überlegte, was sie sagen wollte, und diktierte langsam die Worte, die sie mit einem Café in Schottland in Kontakt bringen würden. *Schottland ...* Sie sah Floras Finger auf der Tastatur hin und her huschen.

»Liest du es mir bitte noch einmal vor?«

Flora räusperte sich. »Hallo Alex. Ich habe mich sehr über Ihren Brief gefreut. Er hat hier ziemlich viel Aufregung verursacht, denn inzwischen bekommt man nur noch selten einen richtigen, mit Tinte geschriebenen Brief. Auch die schottische Briefmarke ist ausgiebig bewundert worden. Ich habe mir Ihr Caféforum im Internet angesehen und bin ganz verliebt in die Cupcakes der Plum Patisserie. Ich muss zugeben, dass mir beim Anblick der Erdbeertorte aus Osnabrück – ist das in Österreich? – das Wasser im Mund zusammenläuft. Unser Café ist ganz anders. Die *Reservoir Street Kitchen*, benannt nach der Straße, in der wir wohnen, ist ein Stadtteilcafé, das ich vor zwanzig Jahren mit meinem Mann eröffnet habe. Wir haben frische, liebevoll zubereitete Gerichte auf der Speisekarte. Es ist die Art von Lokal, bei der jeder das Gefühl hat, Freunde und eine Familie zu haben, selbst wenn das gar nicht so ist. Ich würde sehr gern wissen, was Sie zur Eröffnung des *Christmas Cafés* inspiriert hat. Mit freundlichen Grüßen, Bea Greenstock.« Angesichts des förmlichen Grußes schnitt Flora eine Grimasse. »Soll ich ihre Katzen erwähnen?«

79

»Nein!«, rief Bea. Wieder lachten sie beide. »Ich bin froh, dass du da bist, Flora Greenstock.«

»Ich auch.« Flora musste ausgiebig gähnen. Die Ereignisse des Tages forderten ihren Tribut.

»Komm, kleines Fräulein, Zeit, ins Bett zu gehen. Es war ein langer Tag.« Bea klopfte ihr sanft auf das Bein. »Im Wäscheschrank auf dem Treppenabsatz sind frische Handtücher.«

»Danke, Bea.« Flora stand auf.

»Und vergiss nicht: kein Handy und kein iPad, wie dein Vater gesagt hat.«

Flora verdrehte die Augen, verschwand durch den Flur und legte beide Geräte in der Küche auf die Arbeitsplatte.

Bea wartete, bis sie außer Hörweite war, dann sah sie zu Peters Porträts an der Wand hinüber. »Dass Flora mich besucht, könnte ich mir rot im Kalender anstreichen. Ich freue mich wirklich sehr, sie zu sehen, Peter. Aber worum geht es hier eigentlich, hm?«

Sie streckte die Beine aus und legte sich das grüne Seidenkissen auf den Schoß, bevor sie nach dem Brief griff – einem Brief, der von sehr weit her gekommen war. Ihre Finger trommelten auf dem Poststempel von Edinburgh herum, während in ihrem Kopf ein leiser Singsang aus undeutlichen Worten mit schottischem Akzent begann. Es war die Stimme, die sie mit Geschichten über Lochs, die in der Sonne glänzten, und über Wege, die sich durch blumenübersäte Wiesen in die Hügel hinaufwanden, in den Schlaf gewiegt hatte. *Die weiße Heide kommt am seltensten vor; man sagt, sie gedeiht nur auf Böden, auf denen noch kein Blut vergossen wurde. Was für ein Glück …* Sie erinnerte sich an jedes seiner Worte, als wäre es erst gestern gewesen.

Fünf

Bea hatte besser geschlafen als erwartet. Irgendwie war es tröstlich, dass noch jemand unter ihrem Dach schlief; sie fühlte sich beschützt, so wie früher, als sie Nacht für Nacht neben Peter gelegen hatte. Der Gedanke an ihn trieb ihr die Tränen in die Augen. Sie schniefte, um sie zu unterdrücken, denn ihr Stolz ließ nicht zu, dass sie weinte.

Bea war überrascht, als Flora bereits um halb sechs wach und munter war. Auf Zehenspitzen war sie am Arbeitszimmer vorbei ins Wohnzimmer geschlichen, weil sie ihre Enkelin nicht stören wollte, aber die Mühe hätte sie sich sparen können: In ihrem kurzen Baumwollschlafanzug stand Flora in der Küche, eine zur Hälfte gegessene Banane in der Hand.

Mitten im Wohnzimmer brachte Bea sich in Stellung und stand mit ausgestreckten Armen und leicht gebeugten Knien da. »Morgen, Flora. Du bist ja ganz schön früh wach. Hast du gut geschlafen?«

»Ja, danke, aber beim Aufwachen wusste ich gar nicht, wo ich bin. Ich habe mir mein Handy geholt – das ist doch okay, oder?«

Bea war sich nicht sicher, ob Flora ihre Worte ernst meinte oder ob eine Spur von Sarkasmus darin lag. »Natürlich.« Sie lächelte, dann schloss sie die Augen und beugte sich vor.

»Was machst du da?«

»Ein paar Dehnübungen, mein eigenes Programm. Das mache ich jeden Morgen. Hält mich geschmeidig.«

Bea sah, dass Flora sich nicht sicher war, ob sie lachen

oder mitmachen sollte. Ihr kam der Gedanke, dass sie tatsächlich nur wenig voneinander wussten und dass sich dieses Wissen im Grunde auf ihre äußeren Lebensumstände beschränkte. Abgesehen von dem, was sie aus zweiter Hand von Wyatt und Sarah erfahren hatten, waren die Details recht lückenhaft.

Flora murmelte irgendetwas Unverständliches. »Kann ich duschen?«

Bea schloss die Augen und nickte. Sie wollte nicht gestört werden. Während sie ihre gewohnten Gymnastikübungen absolvierte, versuchte sie, die Geräusche zu ignorieren, die Flora verursachte, als sie in den Schränken im Bad herumschnüffelte. Sie bemühte sich, nicht auf den Wasserstrahl zu achten, der in die Duschwanne prasselte, und auch nicht auf den einprägsamen Refrain, den ihre Enkelin sang, während sie sich abseifte.

Zwanzig Minuten später kam Flora mit zwei Gläsern Orangensaft auf einem altmodischen, schwarz lackierten Tablett zurück. »Ich habe dir auch einen mitgebracht, Omi... äh... Bea.«

»Oh, vielen Dank, lieb von dir.« Auf dem Sofa nahmen sie wieder dieselben Plätze wie am vorangegangenen Abend ein. »Du hast sogar daran gedacht, dass ich meinen Saft gern mit Eis trinke – Bestnote!«

Flora seufzte. »Das ist in letzter Zeit so ziemlich das Einzige, worin ich Bestnoten bekomme. Die Schule ist echt beschissen. Im Moment darf ich nicht mal hingehen. Ich schätze, Papa hat dir erzählt, dass ich vom Unterricht ausgeschlossen worden bin?« Sie blickte zu ihrer Großmutter auf, die kurz nickte. »Sie sind total sauer auf mich, dabei ist es gar nicht meine Schuld!« Flora starrte ins Leere.

Bea unterdrückte den Impuls zu fragen, wessen Schuld es dann sei.

»Sie wollen nur dein Bestes, mein Schatz.« Ihr war bewusst, wie schnell sie zur Verteidigung der anderen übergegangen war, ohne auch nur die Tatsachen zu kennen. Ein leichter Schauer lief ihr über den Rücken, als ihr die Worte ihrer eigenen Mutter in den Sinn kamen. *Sydney? Na, dann viel Glück. Das wirst du brauchen. Was in Gottes Namen willst du da, ohne Geld, ohne Ehemann und mit einem unehelichen Kind? Na ja, meine Sorge soll es nicht sein.*

»Kann schon sein.« Flora zuckte mit den Schultern. »Aber am liebsten möchte ich gar nicht mehr zurück. Es ist mir egal.« Ihre zitternde Unterlippe besagte das Gegenteil. »Sie haben mich suspendiert, und bald kommen die Sommerferien, also haben sie mir im Grunde nur längere Ferien geschenkt – tolle Strafe!«, sagte sie spöttisch, rang aber sichtlich um Fassung.

»Ich glaube, es ist eher eine Chance für dich, herauszufinden, was mit dir los ist, Flora, und weniger eine Strafe. So sehe ich das zumindest.« Sie versuchte, ermutigend zu klingen. »Darf ich dich etwas fragen?«

»Klar.« Flora lehnte sich auf dem Sofa zurück.

»*Warum* hast du die Nase so voll? Was macht dich so wütend?« Bea stupste sie mit dem Ellbogen an.

»Alles!«, schnaubte Flora und verschränkte die Arme vor der Brust.

»Kannst du dich etwas genauer ausdrücken? Ich meine, wenn du ›alles‹ sagst, meinst du dann Dinge wie die globale Erderwärmung oder den Hunger in der Welt? Das sind zweifellos wichtige Probleme, aber die sind sehr schwer zu lösen. Oder meinst du mit ›alles‹ eher Schwierigkeiten, die etwas mit zu Hause zu tun haben?«

83

Flora dachte über die Worte ihrer Großmutter nach. »Ich rege mich tatsächlich über die großen Themen auf, vor allem über Leute, die Tiere jagen. Dazu habe ich ein Projekt gemacht, und allein der Gedanke bringt mich schon zum Weinen!«

»Das verstehe ich gut, mein Schatz«, sagte Bea beruhigend. *So ein liebes Mädchen ...*

»Aber ... ja, ich glaube, was mich so richtig wütend macht, sind eher die Sachen, die mit mir zu tun haben.« Ihre Stimme war leise.

»Und was für Sachen sind das?«

Flora stampfte mit dem nackten Fuß auf. »Lori Frankoli hat große Titten, richtige Titten, und sie trägt einen BH und nicht nur ein Bustier.« Unbewusst zupfte Flora an ihrem Schlafanzugoberteil und löste den Stoff von ihrer Haut.

Bea wusste nicht, was sie sagen sollte. »Und du möchtest auch gern große Brüste haben?« Sie dachte an ihre eigene, eher flache Brust, ihre jungenhafte Figur, und wenn üppige Brüste Floras sehnlichster Wunsch waren, dann hoffte sie, dass sie über die Gene ihrer Mutter verfügte, die in dieser Hinsicht wesentlich besser ausgestattet war.

»Ich weiß nicht.« Sie zuckte mit den Schultern. »Marcus Jordan hat gesagt, er geht nur mit einem Mädchen aus, das einen BH trägt.«

»Verstehe. Und möchtest du gern mit Marcus Jordan ausgehen?«, fragte Bea vorsichtig.

»Nein! Das will ich nicht! Ich hasse ihn!«, schrie Flora.

»Okay.« Bea schluckte. »Was ist so schrecklich an ihm?« Sie hoffte, dass sie sich dem Ursprung von Floras Ängsten näherten.

»Er hat Craig Dawson erzählt, ich hätte meine Regel.«

Ihre Wangen röteten sich, als sie dieses sehr erwachsen klingende Wort aussprach.

»Oh.« Damit hatte Bea nicht gerechnet. »Und hast du sie?«

»Nein! Ich habe noch keine Regel, aber Katie Phipps hat gesagt, dass sie ihre schon hat, und ich wollte mich nicht ausgeschlossen fühlen, also habe ich einfach behauptet, ich hätte sie auch schon, und sie hat es Lori weitererzählt…«

»Die mit den großen Brüsten?«

»Mmmh.« Flora nickte. »Ich schleppe die ganze Zeit Tampons mit mir herum, nur für den Fall der Fälle, und das hat sie Marcus erzählt, und alle haben mich ausgelacht, weil Craigs Mama mit meiner Mama befreundet ist, und meine Mama hat ihr erzählt, dass ich meine Regel noch nicht habe, dabei wussten sie, dass ich Tampax in der Tasche hatte…« Ihre Unterlippe zitterte, als ihr erneut die Tränen kamen.

»Oh, Liebes!« Bea legte einen Arm um Floras schmalen Rücken.

»Ich weiß nicht, warum Mama überhaupt etwas gesagt hat! Sie ist so eine blöde Kuh.« Mit den Handballen rieb sie sich die Augen.

»Nein, das ist sie nicht. Sie ist deine Mama, und sie liebt dich. Du darfst nicht so über sie reden. Wahrscheinlich hat sie gar nicht verstanden, warum das so wichtig war. Sicher hat sie sich einfach mit ihrer Freundin unterhalten und es am Rande erwähnt, ohne zu wissen, dass sie dir damit schadet.«

»Und dann habe ich sie angeschrien, und Papa hat mich angeschrien und gesagt, dass ich noch ein ganzes Jahr warten muss, bis ich mir Ohrlöcher stechen lassen darf, nur weil ich Mama angeschrien habe, obwohl er mir versprochen hat, dass ich mir mit vierzehn welche machen lassen darf, und

85

ich habe Lori schon erzählt, dass ich mir Ohrlöcher stechen lasse, und sie meinte, wetten, das machst du nicht, und jetzt behält sie recht! Weil ich jetzt warten muss, bis ich fünfzehn bin! Dabei hat sie schon seit einer Ewigkeit Ohrlöcher. Das ist so unfair! Und dann haben Lori und Marcus mich in der Mensa ausgelacht und mich gefragt, ob ich einen Tampon hätte und so Zeug, und da bin ich ausgeflippt. Ich weiß nicht mehr genau, wie es passiert ist. Er hat versucht, einen Tampax aus meiner Tasche zu nehmen, und ich habe den Arm ausgestreckt, um mir die Tasche zurückzuholen, und dabei habe ich ihm auf den Mund geboxt.« Sie blickte ihre Großmutter an, um zu sehen, wie sie reagierte. »Er hat angefangen zu bluten, und dann ist die ganze Sache außer Kontrolle geraten. Sie haben mich zum Direktor gebracht und Mama angerufen und ...« Tränen liefen Flora über das Gesicht, während sich die Worte nur so überschlugen.

»Mein kleiner Schatz. Ist ja gut. Lass dir Zeit.« Bea zog sie an sich und liebkoste ihr Haar, während sie weitersprach. »All das kommt dir wie ein schreckliches Durcheinander vor, aber glaub mir, mit etwas Abstand betrachtet, ist das wirklich nur eine Kleinigkeit.«

»Es fühlt sich aber nicht wie eine Kleinigkeit an. Lori ist angeblich meine Freundin, aber sie hat geschrien, ich hätte ihn angegriffen! Das habe ich nicht: Es war nur ein Schlag, und ich habe ihn nicht mal absichtlich geschlagen! Es war ein Unfall. Aber plötzlich hieß es, ich hätte ihn angegriffen, ich hätte ihn geschlagen. Und jetzt glauben das alle, nur weil alle es gesagt haben.«

»Auch wenn es nur ein einziger Schlag war: So etwas ist keine Lösung, Liebes.« *Wie verlockend es auch sein mag ...* Bea unterdrückte den Gedanken.

»Ich würde Marcus niemals angreifen, wirklich nicht.«

»Marcus, den du hasst? Und mit dem du nicht ausgehen willst?«, hakte Bea nach.

Flora nickte. »Ich war einfach so wütend, und sie haben mich ausgelacht, und Lori hat sich an ihn gelehnt, als wäre er ihr Eigentum. Dann hat sie mich so komisch angesehen, sie hat sich über mich lustig gemacht und über ihn auch, und wenn er im Unterricht etwas sagt, dann macht sie das auch immer – er ist aber schlau. Außerdem hat sie behauptet, meine Tennisschuhe wären von Woolworth, und deswegen haben Marcus und Craig mich ausgelacht. Aber Mama hat gesagt, ich sollte mir erst mal billige Schuhe kaufen, und wenn mir Tennis in der Schule gefällt, dann kauft sie mir gute.« Sie redete so schnell, dass Bea kaum folgen konnte.

»Schhh … ist ja gut, Flora. Atme tief durch.«

»Ich hasse Lori und ihre dämlichen Titten.«

»Sie klingt ziemlich gemein«, stimmte Bea zu.

»Sie ist meine einzige richtige Freundin, ich hänge total an ihr«, stammelte Flora unter Tränen.

»Jung sein ist nicht immer leicht. Manchmal hat man das Gefühl, dass die Welt untergeht, aber ich verspreche dir, es ist wirklich keine große Sache. Frag deinen Papa! Als er elf war, hat er geglaubt, dass er ins Gefängnis muss.«

Flora löste sich von ihrer Großmutter und starrte sie mit aufgerissenen Augen an. »Was hat er getan?«

»Na ja, die Einzelheiten muss er dir schon selbst erzählen, aber es gab da ein Missgeschick mit einem Hamster. Unsere Nachbarin, Mrs Dennis, hat deinen Vater mit einem Kricketschläger die Straße hinuntergejagt. Ihr musste ich auch sagen, dass Gewalt keine Lösung ist.«

Beas Laptop gab ein lautes *Ping!* von sich.

»Das ist deine E-Mail-Benachrichtigung.« Flora setzte sich auf, froh über die Ablenkung. »Vielleicht hat Alex dir geantwortet!« Sie rieb sich die Augen und schniefte.

»Oh, wie aufregend!« Bea griff nach dem Laptop.

Flora beugte sich zu ihr hinüber. »Du kannst den kleinen Pfeil bewegen, indem du den Finger auf das Touchpad legst und ihn einfängst, dann ziehst du ihn auf das E-Mail-Icon – den Umschlag da – und tippst zweimal darauf.«

Bea versuchte es und scheiterte zweimal. Beim dritten Mal klappte es. »Ich hab's geschafft!«, rief sie begeistert aus.

»Ja!«

»Kein Wunder, schließlich habe ich eine sehr gute Lehrerin.« Bea lächelte ihre Enkelin an, die sich die restlichen Tränen aus den Augenwinkeln rieb und sich ebenfalls ein Lächeln abrang.

Bea griff nach ihrer Brille und las den Text laut vor. »Danke für Ihre E-Mail, freut mich, dass Sie meinen Brief bekommen haben. Ich habe es ziemlich genossen, ihn mit der Hand zu schreiben, eine Kunst, in der ich mich üben sollte. Um Ihre erste Frage zu beantworten: Ja, ich habe tatsächlich eine Katze, einen sehr stolzen weißen Perserkater namens Professor Richards. Ich habe ihn nach einem alten Lehrer von mir benannt, der ebenfalls das Talent besaß, mich mit vernichtender Geringschätzung zu mustern, wenn ich etwas nicht begriff, und der auch nur mit mir redete, wenn er gerade in der Stimmung dazu war!«

Bea blickte vom Bildschirm auf und sah Flora kopfschüttelnd an. »Nicht zu fassen, du hast sie tatsächlich gefragt, ob sie eine Katze hat!«

Flora grinste, schwieg aber, und Bea las weiter vor.

»Zweitens: Osnabrück liegt in Deutschland, wie ich aus

verlässlicher Quelle erfahren habe, und sie waren entzückt zu hören, wie sehr Ihnen ihre Torte gefällt. Das Forum gibt es jetzt seit ungefähr vier Jahren, und es hält mich ordentlich auf Trab. Mir gefällt die Vorstellung, dass Cafébesitzer, die so einsam sind wie ich, eine Art Ventil haben, und es ist wunderbar, über den Äther Erfahrungen auszutauschen.

Das *Christmas Café* habe ich eröffnet, weil Weihnachten für mich die Zeit im Jahr ist, in der die Menschen zusammenfinden; es ist die Zeit, in der man teilt und Fremde willkommen heißt, und das wollte ich zum Ausdruck bringen. Die Geschäfte gehen gut, was mich vor das alte Dilemma stellt, ob ich einen niedrigeren Gewinn in Kauf nehmen soll, indem ich noch jemanden einstelle, oder ob ich früher aufstehen und länger arbeiten will. Der Winter in Schottland macht einem das frühe Aufstehen nicht gerade leicht! Ich könnte mir vorstellen, dass es um diese Jahreszeit in Sydney sehr viel angenehmer ist; die Stadt steht auf der Liste der Orte, die ich unbedingt besuchen will. Irgendwann mal.

Haben Sie auch eine Katze? Ist das der Grund für Ihr Interesse? Heute nieselt es hier die ganze Zeit. Ich hoffe, zu Ihnen ist das Wetter freundlicher. LG, Alex.«

»Sie gibt zu, dass sie mit ihrer Katze redet!«, sagte Flora und zog die Brauen hoch. »Das ist ein bisschen seltsam.«

»Ach Flora, so seltsam ist das gar nicht. Ich rede mit dem Toaster und frage ihn, wie der Toast wohl wird, mit der Waschmaschine und mit den Fotos an den Wänden. Im Vergleich dazu kommt es mir ziemlich normal vor, sich mit einer Katze zu unterhalten.«

»Stimmt. Willst du ihr antworten?«

Bea zögerte. Sie wollte der netten Frau mit dem weißen Kater antworten, aber irgendetwas hielt sie zurück. Normalerweise war sie ein ziemlich verschlossener Mensch, und selbst wenn es sich nur um Small Talk über Cafés handelte, wollte sie doch nicht, dass ihre Enkeltochter alle Einzelheiten ihrer Korrespondenz mit dieser Dame mitbekam.

»Ich weiß nicht. Ich muss ein bisschen nachdenken. Übrigens habe ich ganz vergessen, dir zu sagen, dass dein Handy ein summendes Geräusch von sich gegeben hat. Ich wusste nicht, was ich tun soll, darum habe ich es unter ein Kissen geschoben. Stört dich dieses aufdringliche Summen gar nicht?«

Flora holte ihr Handy und hielt es ihrer Großmutter hin. »Lori hat etwas auf Instagram gepostet. Ein Bild von ihrem neuen Badeanzug.«

»Faszinierend.« *So eine blöde Kuh...* »Ich weiß zwar, dass Kim und Tait auf Instagram sind, aber eigentlich habe ich keine Ahnung, was das ist, das ist mir genauso fremd wie Casebook.«

»Casebook?« Flora schnaubte. »Du meinst wohl Facebook! Und Instagram wäre gut für dein Geschäft, da könntest du Bilder und Nachrichten einstellen.«

»Was für Nachrichten?«

Flora beugte sich zu Bea herüber und zeigte ihr den Bildschirm. »Sieh mal, hier ist gerade eine von einem Typen aus Bondi gekommen, dem ich folge. Er sitzt beim Frühstück und schreibt: ›Banane auf Toast, yummie...‹, und dazu hat er ein Bild gepostet.«

Bea hielt das Handy eine Armeslänge von sich und blickte fasziniert auf das Display. »Ach, da geht es um Essen, eine Art Protokoll, wer was und wo isst...«

Flora lachte. »Nein! Nicht immer, aber manchmal schon. Das mit dem Essen war nur ein Beispiel, aber du kannst

90

alles Mögliche posten, wirklich, was immer du willst. Damit kannst du anderen jederzeit mitteilen, was du gerade machst.«

»Das können also ganz beliebige Sachen sein, zum Beispiel: ›Ich spiele gerade Scrabble‹ oder: ›Meine Katze beachtet mich nicht‹?«, fragte Bea und dachte an Alex McKay.

»Ja.«

»Interessant. Aber irgendwie verstehe ich nicht, warum man so was macht. Warum muss man jedem erzählen, was man gerade tut, und warum sollte es jemanden auch nur im Geringsten interessieren, was andere tun? Zum Beispiel, dass irgendein Bursche aus Bondi gerade frühstückt?«

Eine Weile musterte Flora ihre Großmutter nachdenklich. »Ich habe keine Ahnung.«

Sie tranken beide einen Schluck Saft.

»Soll ich mal kurz den Fernseher einschalten?« So startete Flora üblicherweise in den Tag, wenn sie früh genug aus dem Bett kam.

Bea lachte. »Du kannst es ja versuchen, aber ich habe keinen Fernseher.«

»Wirklich nicht?«

»Nein. Ich habe nie einen gehabt, und ich brauche auch jetzt keinen.«

»Langweilst du dich denn nie und willst dann einfach nur ein bisschen abhängen?«

»Eigentlich nicht. Ich höre Musik, mache Kreuzworträtsel, ich koche und ich schlafe.«

»Ich liebe Fernsehen. Ich kann mir nicht vorstellen, keins zu haben. Wahrscheinlich würde ich durchdrehen!«

Bea starrte ihre Enkeltochter verständnislos an.

Während Flora sich anziehen ging, tippte Bea noch einmal

auf das Touchpad und las aufmerksam Alex' E-Mail. *Weihnachten ist für mich die Zeit im Jahr, in der die Menschen zusammenfinden; es ist die Zeit, in der man teilt und Fremde willkommen heißt, und das wollte ich zum Ausdruck bringen.* Bea drehte sich zu Peters Bild. »Was für eine reizende Person.« Sie lächelte.

Sechs

Bea fiel auf, dass Kim zwei Mal hinsah. Zwei Mal hob sie den Blick von dem Schneidebrett, auf dem sie Mangos für den Obstsalat schälte, und musterte Flora von Kopf bis Fuß.

»Kim, du erinnerst dich doch noch an Flora, oder?«, fragte sie.

»Aber klar. Hey! Wie geht's dir, Flora?« Kim lächelte das Mädchen freundlich an, dem ziemlich unbehaglich zumute zu sein schien. Flora hob die Hand, um zu grüßen.

»Sie ist ein bisschen nervös, weil es ihr erster Arbeitstag ist, aber ich habe ihr gesagt, dass es ein Kinderspiel ist.« Bea zwinkerte Kim zu.

»Na klar. Ich könnte hier ein bisschen Hilfe gebrauchen. Wenn du also gerade Zeit hast?«

Flora zog sich die Schürze enger um die Taille und stellte sich neben Kim.

»Ich will diese Granatäpfel hier halbieren. Kannst du dann die Kerne herausholen und sie da reintun?« Sie schob Flora eine glänzende Schüssel aus rostfreiem Stahl zu.

»Klar.« Flora lächelte zurückhaltend. »Soll ich mir die Hände waschen?«

»Oh, ich sehe schon, du bist ein Naturtalent! Du glaubst gar nicht, wie viele Leute diesen wichtigen ersten Schritt einfach vergessen.« Kim zwinkerte ihr zu.

»Noch ein kleiner Tipp, Flora. Wenn du die halbierte Frucht mit der Außenseite nach oben legst und mit einem großen Löffel auf die Rundung klopfst, fallen die Kerne heraus, ohne zu zerplatzen.«

Flora nickte und nahm ihre Aufgabe in Angriff. »Ich liebe eure Weihnachtsbeleuchtung, Bea!«, schwärmte sie. »Mama und Papa haben sich dieses Jahr überhaupt keine Mühe mit der Dekoration gegeben.«

»Das ist aber schade.« Bea seufzte. »Um die Weihnachtszeit sieht es bei euch zu Hause sonst immer so hübsch aus – jedes Mal, wenn ich in eure Auffahrt einbiege, komme ich richtig in Festtagsstimmung beim Anblick der hell erleuchteten Veranda und dazu die blinkenden Lämpchen an den Bäumen. Deine Mama macht das immer ganz großartig, wirklich schön.«

Flora wirkte verärgert. »Kann schon sein, aber dieses Jahr wäre das ziemlich sinnlos, weil sie erst kurz vor Weihnachten zurückkommen.« Sie richtete ihre Aufmerksamkeit auf den Granatapfel in ihrer Hand, klopfte auf die harte Schale und sah zu, wie die glänzenden Kerne in die Schüssel fielen.

Bea spürte, dass Kim sie musterte, und sie achtete sorgfältig darauf, ihrem Blick nicht zu begegnen. »Ja, da hast du recht, das wäre wirklich Zeitverschwendung. Sie haben ohnehin schon so viel zu tun.« Floras Worte versetzten ihr einen Stich, sie fühlte sich beschämt, weil sie von diesen Plänen nichts gewusst hatte, Pläne, in denen sie offensichtlich nicht vorkam. Sie fühlte, wie ihr Hals sich tiefrot färbte.

»Wo wollen sie denn hin?«, fragte Kim.

»Nach Bali. Mit Freunden. Sie haben ein Haus am Strand gemietet mit eigener Bar. Es sieht hübsch aus.«

»Kann ich mir vorstellen.« Kim legte den Kopf schief. »Und? Fährst du mit?«

Bea spitzte die Ohren.

»Na ja, ich wollte eigentlich«, sagte Flora schulterzuckend, »aber jetzt bin ich mir nicht mehr so sicher. Ich hatte ein paar Probleme in der Schule und so.« Sie drehte die Hand hin und her, als könnte die Geste ihre lückenhafte Erklärung ergänzen.

Bea blinzelte, um das Gefühl der Verlegenheit loszuwerden. »Ja, Bali klingt wirklich nett.« Sie überlegte, womit sie Wyatt und Sarah gekränkt haben könnte, vor allem weil dies ihr erstes richtiges Weihnachtsfest ohne Peter war. Im Jahr zuvor, so kurz nach seinem Tod, war Weihnachten nur ein verschwommener Fleck gewesen, aber sie hatte angenommen, dass sie in diesem Jahr in der Vorbereitungszeit für sie da sein würden. Bali klang für sie jedenfalls überhaupt nicht nach Weihnachten, vor allem nicht, wenn Wyatt und Sarah mit Freunden dorthin flogen. Selbst nach vier Jahrzehnten in Australien sehnte sie sich noch nach der kalten, winterlichen Weihnacht ihrer Kindheit in England. Sie erinnerte sich lebhaft an Geschenke, die sich unter dem Baum türmten, bestickte Strümpfe auf dem Kaminsims, loderndes Feuer auf dem Rost. In einem Jahr, sie musste ungefähr zehn gewesen sein, hatte es geschneit, und nach dem Kirchgang waren Diane und sie auf selbst gebauten Schlitten, die ihre Jungfernfahrt nicht überleben sollten, den Box Hill hinuntergesaust.

In Sydney drehte sich an Weihnachten alles um Sonne, belebte Strände, Feuerwerk, gutes Essen und gekühlten Wein mit Freunden auf der Terrasse. Wenn draußen laue zweiundzwanzig Grad herrschten, brachte sie es nicht über sich, Karten mit dicken Weihnachtsmännern im Schnee zu verschicken. Die aufblasbaren Nikoläuse im Hafenbecken von Darling Harbour waren da sehr viel angemessener.

»Und was willst du machen, wenn du nicht mitfährst?«, wollte Kim von Flora wissen, während sie nach dem Teig

95

griff und anfing, Brioches zu formen und mit Zimt zu bestreuen.

»Keine Ahnung. Kann vielleicht bei Omi bleiben… ich meine, Bea.« Über die Schulter lächelte sie ihrer Großmutter zu, die ebenso strahlend zurücklächelte.

»Hallo und guten Morgen!«, rief Tait, als er schwungvoll in die Küche kam und seine Schürze vom Haken nahm. »Hi Flora, wie geht's?«

»Danke, gut. Ich helfe Kim beim Obstsalat.« Sie hob die Hand, in der sie einen roten Granatapfel hielt.

»Verstehe. Hab dich eine Weile nicht gesehen«, sagte er.

»Ich war in der Schule.«

»Oh, gut für dich. Was ist dein Lieblingsfach?«

»Kunst. Ich male gern.«

»Okay.« Er nickte. »Schön und auch noch klug, du bist ein Glückspilz.«

»Ach, Scheiße!«, schrie Kim auf der anderen Seite der Küche auf, denn der glitschige Teig war ihr aus den Händen gerutscht und auf den Boden gefallen. »Entschuldige, Flora!«

»Schon okay. Ich kenne alle Schimpfwörter. Meine Freundinnen und ich haben eine Liste gemacht«, sagte Flora ohne jegliche Ironie in der Stimme und konzentrierte sich mit gesenktem Kopf darauf, die Kerne aus der Frucht zu lösen.

Kim zuckte mit den Schultern und grinste Bea an.

»Und warum ist heute keine Schule? Hast du schon frei?«, fragte Tait, nahm das Sauerteigbrot aus dem Lieferkorb der Bäckerei und fing an, es in Scheiben zu schneiden.

»Ich bin vom Unterricht suspendiert.« Flora suchte den Blick ihrer Großmutter, denn sie wusste nicht, ob das ein Geheimnis hätte bleiben sollen.

96

Kim blickte auf, und auch Tait unterbrach seine Tätigkeit.

»Wirklich? Was hast du gemacht? Die Schule angezündet?«

Flora seufzte. »Nein. Ich habe Marcus Jordan auf den Mund gehauen. Er hat sich auf die Lippe gebissen und geblutet.« Sie konzentrierte sich wieder darauf, die Kerne zu entfernen.

»Ah, verstehe, Miss Klitschko! Hoffentlich hatte er es verdient«, rief Tait und lachte.

»Niemand verdient es, geschlagen zu werden, Tait.« Wütend starrte Bea ihn an. »So löst man keine Probleme.« Sie legte den Kopf schief und musterte ihn mit einem Blick, der unterstreichen sollte, dass er Flora zu dieser Art von Verhalten nicht noch ermutigen sollte.

»Nein, natürlich nicht, es sei denn, jemand hat es wirklich und absolut verdient. Was sagst du dazu, Kim?«

Bea verdrehte die Augen. Irgendwie hatte er nicht begriffen, worum es ihr ging.

»Ich finde… er… na ja… kommt drauf an«, murmelte Kim.

»Siehst du, Kim ist ganz meiner Meinung. Wenn jemand richtig gemein ist, hat er manchmal eben doch einen ordentlichen Haken verdient.« Er hieb mit den Fäusten vor sich in die Luft und eilte wieder hinaus ins Café.

»Beachte ihn einfach nicht, Flora. Gewalt ist nie eine Lösung«, sagte Bea.

»Die Granatäpfel sind fertig.« Flora hob die Schüssel hoch, um Kim das Ergebnis ihrer Arbeit zu zeigen, dann nahm sie eine Ananas und hielt sie ihrer Lehrmeisterin hin. »Hast du dafür auch einen Tipp?«

»Klar«, sagte Kim. Plötzlich seufzte sie, stemmte die Hände in die Hüften, und schob die Unterlippe vor, um sich

97

den Pony aus der Stirn zu pusten. »Arbeite nie, wirklich niemals mit dem Objekt deiner Begierde zusammen. Das macht dir nur Stress und sorgt dafür, dass du lächerlich viel Geld ausgibst, um dir die Haare machen zu lassen und teure Mascara zu kaufen, die dir üppige Wimpern verspricht, tatsächlich aber kaum etwas bewirkt. Verstanden?«

»Verstanden.« Flora nickte und fragte sich im Stillen, was »Objekt der Begierde« eigentlich bedeuten sollte.

Es brach Bea das Herz, Kim so nervös zu sehen. Wenn sie nur mehr Selbstvertrauen hätte, sich ihrer wunderbar anziehenden Persönlichkeit und natürlichen Schönheit bewusster wäre! Tait blieb den ganzen Tag über in Hochform, und weil er mit Flora plaudern konnte, war er gut gelaunt und gesprächig. Kim hingegen verschanzte sich hinter ihren Aufgaben, denn sie wollte auf keinen Fall in Floras Gegenwart die Nerven verlieren.

Glücklich und zufrieden ging Bea die Treppe hinauf. Der Tag war arbeitsreich gewesen, und dass Flora ihn miterlebt hatte, machte ihn zu etwas ganz Besonderem. Bea hatte die liebenswerten Neckereien genossen, die sie ausgetauscht hatten, sich gefreut, dass sowohl Tait als auch Kim Flora mit Liebe und Aufmerksamkeit überschütteten und ihr damit genau die Art von Ablenkung verschafften, die sie brauchte. Mehrere Gäste hatten die Weihnachtsbeleuchtung gelobt, und nun dachte Bea an die Flasche mit gekühltem Marsanne, die in ihrem Kühlschrank auf sie wartete.

In ein Handtuch gewickelt saß Flora auf dem Sofa, das Haar noch nass vom Duschen; auf ihrem nackten Rücken und den Schultern waren ihre von der Sonne gebräunten Sommersprossen zu sehen. Sie sah müde aus, denn sie war die körperlichen Anforderungen nicht gewöhnt, die die Arbeit in der Küche an sie stellte. Und sie hatte eindeutig geweint.

Bea setzte sich neben sie. »Pass auf, dass dir nicht kalt wird.« Sie legte Flora eine Wolldecke über die nackten Beine.

Flora schenkte ihr keine Beachtung, sondern tippte weiter auf dem Display ihres Handys herum.

»Hast du dir schon überlegt, was du dir zu Weihnachten wünschst? Abgesehen von Ohrstöpseln natürlich?«, fragte Bea.

Flora lachte. »Keine Ahnung. Ich spare auf Uggs, also wäre es okay, wenn du mir einfach Geld gibst.«

»Gut, dann machen wir das so. Uggs klingt gut.« Bea atmete tief ein. »Flora, ich finde es wundervoll, dass du hier bist; es ist toll, mit dir zusammen zu sein. Und es war auch toll, heute mit dir zu arbeiten…«

»Finde ich auch.« Flora rieb sich die Augen.

»Aber ich glaube, du solltest wieder zu Mama und Papa gehen. Wirklich. Du kannst dich nicht ewig hier vor ihnen verstecken, und je länger du dem Gespräch mit ihnen aus dem Weg gehst, desto schlimmer wird es an dir nagen. Das ist wie bei einer unbezahlten Rechnung.«

»Ich hatte noch nie eine unbezahlte Rechnung.« Flora blickte ihrer Großmutter flüchtig ins Gesicht.

»Na, hoffen wir, dass es auch nie dazu kommt«, sagte Bea und lachte.

Es fühlte sich seltsam an, Flora den Rat zu geben, wieder nach Hause zurückzukehren. Die vergangenen vierundzwanzig Stunden waren eine wunderbare Gelegenheit gewesen, sie besser kennenzulernen, und sie wünschte sich sehnlichst, ihre junge Enkelin einfach warm einzupacken und sie für immer

99

bei sich zu behalten. Aber Bea wusste, dass Flora nach Hause zurückgehen musste, zu ihrer Mutter und ihrem Vater, damit sie die Probleme angehen konnten, die ihr so zusetzten.

Flora seufzte und zog sich die Decke enger um den Körper. Sie zerknautschte ein senffarbenes Kissen aus Wolle und drückte es an sich. »Wahrscheinlich hast du recht. Aber ich fürchte mich ein bisschen. Ich will nicht, dass sie mich wieder anschreien, und ich weiß, dass ich manchmal schreckliche Dinge sage, obwohl ich es im Grunde nicht so meine.« Ihre Stimme war leise, ihr Blick gesenkt. Bea dachte, dass sie aussah wie damals, als sie noch ein ganz kleines Kind gewesen war.

»Genau das solltest du ihnen sagen«, drängte sie.

»Das kann ich nicht. Dauernd streiten sie sich, und ich kann ihnen überhaupt nichts erzählen, nicht mal, wie sehr ich es hasse, in der achten Klasse zu sein.«

»Warum streiten sie sich denn?« Weiter konnte Bea im Augenblick nicht denken, denn sie fragte sich besorgt, ob Wyatts Ehe vielleicht in der Krise steckte, oder genauer gesagt, ob ihr Sohn vielleicht unglücklich war.

Flora musterte ihre Großmutter und zögerte. »Weiß ich nicht genau.«

»Aber *worüber* streiten sie sich?« Bea wusste, dass sie Flora aushorchte, aber sie konnte einfach nicht anders.

»Über alle möglichen Sachen. Über mich. Über Geld. Über dich.« Sie schniefte.

Über mich? Bea stockte der Atem. Warum stritten sie sich über *sie?*

Flora fuhr fort: »Alles fing an, als ich einmal behauptet habe, dass ich bei Jen übernachte, aber stattdessen haben Lori und ich am Strand geschlafen.«

»Was? Flora, das ist verrückt! Euch hätte alles Mögliche zustoßen können! Tu das nie wieder, versprich es mir!« Bea war bewusst, dass sie die Stimme erhoben hatte. Ihr fiel wieder ein, dass es mit Kindern oftmals so ging: Wenn man Angst um sie hatte, wurde man schnell wütend.

»Nein, ich mach's nicht noch mal«, sagte sie kleinlaut.

»Mama hat bei Jen angerufen, und als sie hörte, dass ich nicht da war, ist sie total ausgerastet.«

»Das kann ich ihr nicht verübeln. Das ist wirklich verrückt! Warum hast du das gemacht?«

Flora zuckte mit den Schultern. »Weil einer von den älteren Jungs eine Party gefeiert hat und Loris Bruder meinte, wir könnten mit ihm hingehen. Ich wusste, dass Mama und Papa es nicht erlauben würden, also habe ich einfach behauptet, dass Jen eine Pyjamaparty veranstaltet.«

»Mama und Papa können dich nur beschützen, wenn sie wissen, wo du bist. Das weißt du doch, oder?«

Flora nickte. »Aber sie behandeln mich wie ein kleines Kind.«

»Ach Liebling, in vieler Hinsicht bist du auch noch ein kleines Mädchen. Es ist besser, die Dinge nicht zu überstürzen; wenn die Zeit dafür reif ist, kommt alles von selbst zu dir.«

»Ja, aber Mama und Papa ...« Flora wischte die dicken Tränen, die ihr über die Wangen liefen, mit dem Unterarm weg. »Sie verstehen mich einfach nicht.«

»Na ja, dann hilf ihnen, dich zu verstehen. Sag ihnen, wie du dich fühlst, erzähl es ihnen möglichst genau. Ich habe den Eindruck, Flora, dass bei dir gerade ganz viel los ist, und all das überfordert dich verständlicherweise ein bisschen. Aber nur, indem du darüber redest, kannst du nach und nach damit zurechtkommen. Dann fühlst du dich auch wieder besser.«

»So wird's wohl sein. Lori redet nicht mehr mit mir, weil ich Marcus geschlagen habe, dabei war es eigentlich ihre Schuld, dass es dazu gekommen ist.« Entmutigt starrte sie auf den Boden. »Ich wünschte, ich wäre nicht ich.«

»Wie seltsam, so etwas zu sagen. Wie kannst du dir auch nur ansatzweise wünschen, jemand anders zu sein? Du bist schön und lustig und intelligent und selbstbewusst – das warst du immer schon. Niemand weiß das besser als ich. Von Jahr zu Jahr habe ich gesehen, wie du dich verändert hast, von einem pummeligen kleinen Baby bis zu dem jungen Mädchen, das du heute bist. Ich bin wie jemand, der ein Jahr lang jeden Tag dasselbe Motiv fotografiert und dann ein kleines Daumenkino daraus macht. Du hast etwas Strahlendes an dir, Flora, und ich mag viele Fehler haben, aber lügen tue ich nicht.«

»Danke.« Flora schniefte und beruhigte sich ein wenig. Ihre Traurigkeit verwandelte sich in Zorn, als sie an die Ereignisse des vorangegangenen Tages dachte. »Ich fasse es einfach nicht, dass die Schule so eine große Sache daraus macht – alle reden darüber. Und dann kam ich nach Hause, und Mama und Papa haben mich angeschrien! Papa hat gesagt, ich darf nicht mit nach Bali, und das ist auch gut so, das wird nämlich sowieso beschissen. Ich bin froh, dass ich nicht mitfahren muss. Ich will nirgendwo hin. Hier kennt mich wenigstens keiner, abgesehen von Kim und Tait, aber in Manly würden mich alle blöd anglotzen oder wegen der Sache mit Marcus aufziehen. Es ist mir egal, wenn Lori nicht mehr meine Freundin ist.« Ihre Brust hob und senkte sich und strafte ihre harschen Worte Lügen. »Lieber bin ich einsam, als mich weiter mit ihr abzugeben.«

»Einsam? Das ist doch Unsinn. Du stehst an der Schwelle zum Erwachsensein, bald wirst du sie überschreiten. Lass es dir von jemandem gesagt sein, der sich mit Einsamkeit auskennt: Du fängst gerade erst an, Flora, du hast dein ganzes Leben noch vor dir. Und wenn Lori wirklich so gemein ist, wie es scheint, dann bist du noch mal glimpflich davongekommen. Alles wird wieder gut, ganz von selbst. Du wirst schon sehen.« Sie drückte den Arm ihrer Enkelin.

»Hoffentlich.« Flora verzog das Gesicht.

»Das Leben ist voller überraschender Wendungen, mein Schatz. Und es ist unglaublich, wie schnell die Dinge sich verändern und zu etwas Alltäglichem werden, wenn du einfach mit ihnen lebst.«

Vor ihrem geistigen Auge sah Bea ein Bild: Sie starrte auf ein Dokument, das auf einem Tisch lag. In einer Ecke hatte ein Daumenabdruck einen dunklen Tintenfleck hinterlassen, die Hand einer Frau schwebte über dem Blatt, bereit, in nach rechts geneigter Handschrift etwas darauf zu notieren. *»Und der Name des Vaters?«*

»Mama und Papa werden sich schon wieder beruhigen, warte nur ab!« Sie lächelte, erleichtert, dass ihre eigenen finsteren Erinnerungen genau das waren: Erinnerungen.

»Du glaubst also wirklich, dass ich nach Hause gehen sollte?« Flora blickte zu ihrer Großmutter auf.

Bea seufzte. »Nichts wäre mir lieber, als dich für immer hierzubehalten. Aber ja, ich glaube, du solltest wieder nach Hause gehen. Schlaf nicht noch eine Nacht, ohne dich mit Mama und Papa zu versöhnen. Sie lieben dich sehr, auch wenn ihre Vorstellungen sich von deinen unterscheiden.«

Flora nickte und versuchte, tapfer zu sein, aber die Tränen kullerten ihr bereits über das Gesicht.

»Na komm, Schatz, so schlimm ist es nicht.« Sie tätschelte ihrer Enkeltochter die Hand.

»Kann ich wiederkommen, wenn es nicht geht?« Flora zupfte am Saum des Handtuchs.

»Was für eine Frage, mein kleines Dummerchen! Natürlich kannst du das, jederzeit. Aber wahrscheinlich werden sie so froh sein, dich zu sehen, dass die ganze Sache schnell vergessen ist. So läuft das nämlich fast immer.«

Flora schlich ins Arbeitszimmer, um sich anzuziehen, und Bea nahm das Telefon, um Wyatt anzurufen. Noch bevor das Gespräch zu Ende war, hörte sie, wie er nach seinem Autoschlüssel griff.

Als Flora gegangen war, kam Bea die Wohnung leer und ohrenbetäubend still vor. Sie legte sich auf das Sofa, breitete die weiche, graue Decke über ihre Beinen und schob sich ihr grünes Lieblingskissen unter die Wange. Der Bezug, gefertigt aus dem Schal eines sehr geliebten Menschen, tröstete sie, so wie er es immer tat. Plötzlich tauchte eine Erinnerung auf: »*Bitte, bitte, bleib bei mir! Bitte! Wenn du willst, dass ich dich anflehe, dann tue ich das. Ich flehe dich an, bis du mir versprichst, nicht fortzugehen!*« Sie war verzweifelt. Er hatte sie angestarrt, sie an den Armen festgehalten, damit sie nicht stürzte, und seine Augen flehten um Verständnis, während Tränen ihm über das Gesicht liefen. »*Wenn ich könnte, würde ich bei dir bleiben, das weißt du. Aber ich habe keine Wahl. Ich … ich kann nicht auf Kosten anderer glücklich werden. Doch du sollst wissen, dass mein Herz und mein Geist hier bei dir bleiben, sie werden dich einhüllen, dich festhalten, damit du mir immer nah bist …*«

Jäh setzte sich Bea auf und suchte nach etwas, das sie von

ihren schmerzlichen Erinnerungen ablenken könnte. Ihr Laptop war geöffnet und stand leise summend in der Ecke. Sie zog ihn zu sich und klickte auf »Antworten«, wie Flora es ihr gezeigt hatte.

Von: BeaG
Betreff: Hallo
Das ist die erstemail, die ich verschicke, welche Ehre für Sie. Meine Enkelin hat beimletzten Mal geschrieben, aber sie ist nicht mehr hier, und die Wohnung istsoleer ohne sie. Nein, ich habe keine Katze, bin eigentlich kein Katzenfan. Der Winterhier ist schön. In Schottland war ich noch nie, aber ich möchte sehr gerne mal hin. Ichkannte mal jemanden, der inden höchsten Tönen davon geschwärmt hat. Es steht auf meiner Liste. Mein Team ist fabelhaft, Tait und Kim sind beide großartig. Ich bin dreiundfünfzig, mein Mannist vorungefähr einem Jahr gestorben, darum ist es eine traurige Zeit im Jahr für mich. was bedeutet LG? Ich habe ein paar Leerschritte vergessen, tut mir leid. Muss mich noch an die Tastatur gewöhnen, ganz anders alsdie Schreibmaschine, mein Mann hat sich immer um den technischen Kram gekümmert.
Bea

Vor angestrengter Konzentration blitzte ihre Zunge zwischen den Zähnen hervor, als sie auf den kleinen Pfeil klickte, der, wie sie jetzt wusste, »Abschicken« bedeutete. Zufrieden vernahm sie das leise Zischen, mit dem die E-Mail vom Bildschirm verschwand und auf die andere Seite der Welt reiste. Wie durch Zauberei.

Sieben

Flora bei sich in Surry Hills zu haben, hatte Bea an Wyatt in demselben Alter erinnert, einen abenteuerlustigen Teenager, der Freude und einen anderen Blickwinkel in ihr Leben gebracht hatte. Peter hatte sich mit gebührendem Abstand um seine Erziehung gekümmert. Stets schien er sich in Acht zu nehmen, weil er nicht sein Vater war. Vielleicht lag es auch daran, dass er so viel älter war, oder daran, dass er die besondere Verbindung zwischen ihr und ihrem Sohn nicht stören wollte, die in den sechs Jahren entstanden war, in denen sie von der Hand in den Mund gelebt hatten, nur sie beide allein.

Bea blickte zur Balkontür hinaus und nahm die lärmende Geschäftigkeit der Reservoir Street in sich auf. Noch immer befürchtete sie, eines Tages hinauszublicken und stattdessen die schäbigen Straßen von Kings Cross zu sehen, als hätte sie ihr schönes Leben nur geträumt und säße noch immer in dem möblierten Zimmer fest, das sie sich vor so vielen Jahren mit Wyatt geteilt hatte. Die Erinnerung an das ärmliche Zimmer ließ sich ebenso schwer abschütteln wie die Gedanken an die vielen widerwärtigen Gestalten, die sich in den umliegenden Straßen getummelt hatten. Damals pflegte sie beim leisesten Geräusch aufzuwachen und war immer in Alarmbereitschaft, bis Peter sie endlich gerettet hatte.

Nachdem sie aus Byron Bay nach Sydney gekommen war, vertrieben aus dem Schoß der Familie, schwanger, alleinstehend, einsam und mit gebrochenem Herzen, war das Leben ein Kampf gewesen. Sie hatte das Gefühl, ständig auf der Jagd zu sein, tagein, tagaus um genug Essen und um Gelegenheitsjobs zu kämpfen, mit denen sie sich über Wasser halten konnte. Wyatt war der goldene Lichtstrahl in einer finsteren Welt gewesen. Er war der Grund, warum sie niemals aufgab, sich nie der Verzweiflung überließ, die sie zu verschlingen drohte. Er war der Mittelpunkt ihres Lebens, der Grund, warum sie weiterlebte, und für ihn wollte sie eine bessere Zukunft aufbauen. Sechs Jahre lang hangelte sie sich von einem Job zum nächsten, nahm alles, was sie bekommen konnte, und ließ Wyatt widerstrebend bei ihrer Nachbarin Ginny zurück, die in dem kleinen Tabakladen draußen vor dem Bahnhof arbeitete und Beas einzige Freundin in der Stadt war.

Eines Tages, kurz nach Wyatts sechstem Geburtstag, war die große Wende gekommen. Die Anweisung der Zeitarbeitsfirma lautete kurz und knapp: am Montag erscheinen, gepflegt aussehen, das Kind nicht erwähnen und sich im zweiten Stock bei der Tuchfabrik Greenstock & Greenstock melden.

Als sie sich an jenem Morgen zu der angegebenen Adresse in Surry Hills auf den Weg machte, beobachtete Bea die anderen jungen Frauen, die in dieselbe Richtung gingen wie sie. Sie steuerten auf die Schreibzimmer und Sekretariate der Bankiers, Rechtsanwälte und Werbeagenturen zu, die in ganz Sydney wie Pilze aus dem Boden schossen. Die Frauen sahen alle gleich aus, trugen grelle Blazer mit Schulterpolstern, protzten mit aufgebauschten Frisuren und zu viel Eyeliner und versuchten offenbar alle, die Aufmerksamkeit eines bestimmten Vorgesetzten auf sich zu ziehen. Sie sah zwar aus wie diese Frauen, aber sie war nicht wie sie. Sie unterhielten sich über ihre Freunde, über Musik, Mode und Filme. Durch ihre Erfahrungen aber unterschied Bea sich von ihnen, und es fiel ihr schwer, Freundinnen zu finden. Wie hätte sie über Midnight Oil schwatzen können, wenn sie sich den Kopf über die jüngste Mieterhöhung zerbrechen musste? Wie sollte sie Gespräche über Freunde und Liebhaber ertragen, wenn der Mann, nach dem sie sich verzehrte, sie endgültig verlassen hatte?

Bea war am obersten Treppenabsatz angelangt, vor den Büroräumen von Greenstock & Greenstock. Sie stand in einem Flur mit gefliestem Boden und einem unglaublichen Blick auf Surry Hills. Unter ihr wanden sich die Straßen bis zum Wasser hinunter; der Ausblick war von bemerkenswerter Schönheit. Sie zupfte an den Falten des Tweedrocks, den sie sich von dem Mädchen geliehen hatte, das mit seiner Mutter auf derselben Etage wohnte wie sie. Sie strich sich die marineblaue Schluppenbluse glatt und drehte an ihren großen goldenen Creolen, dann betrat sie weisungsgemäß den zweiten Stock. Sie folgte dem Flur, betrachtete die holzgetäfelten Türen und die Beschläge aus Chrom, bis sie zu einer offen stehenden Tür gelangte.

In dem Büro saß ein bebrillter Mann Ende vierzig entspannt in einem Ledersessel, las ein Schriftstück und rauchte eine lange, dicke Zigarre. Ein dreieckiger, verchromter Aschenbecher auf einem Ständer stand nahe genug, damit er die Asche abstreifen konnte. Er hatte kurzes, dunkles Haar, das ihm wie eine Kappe auf dem Kopf saß, und sein makellos weißes Hemd hob sich strahlend gegen den edlen dunkelblauen Anzug und seine sonnengebräunte Haut ab.

»Kann ich Ihnen helfen?« Er musterte sie kurz, wandte den Blick ab, sah ihr noch einmal ins Gesicht, und diesmal erhielt er den Blickkontakt aufrecht. Seine Stimme war rau und verriet bei genauem Hinhören, dass er seine Kindheit in Deutschland verbracht hatte. Die Blätter zuckten in seiner Hand, die noch immer in der Luft schwebte. Sie hatte ihn eindeutig gestört.

»Hallo, ich bin Bea!«, sagte sie mit mehr Begeisterung, als sie tatsächlich empfand, und hoffte, dass ihr strahlendes Lächeln über das Zittern in ihrer Stimme hinwegtäuschen würde. Sie brauchte diesen Job wirklich dringend.

»Oh, schön für Sie. Ich bin Peter!« Sein offenes Lächeln ließ den kleinen Scherz sympathisch wirken.

»Ich bin Ihre Neue«, fügte sie hinzu.

»Meine Neue? Was ist denn mit meiner Alten passiert?« Er blickte hinter seinen Sessel, als könnte dort jemand versteckt sein.

»Ich weiß nicht, vielleicht hat sie wegen Ihrer sarkastischen Art gekündigt?«

»Oder ich habe sie gefeuert, weil sie so vorlaut war?« Er war schlagfertig.

»Kann sein. Vielleicht hat sie es auch nur mit der Angst zu tun bekommen.«

»Schon möglich. Und wie ist das bei Ihnen? Sind Sie ängstlich?« Er zog an der Zigarre und blies den Rauch ins Zimmer.

Obwohl sie versucht war, ihm die Wahrheit zu sagen, hielt sie seinem Blick stand und sagte herausfordernd: »Nein, ich bin nicht besonders ängstlich. Im Gegenteil, Sie werden feststellen, dass Sie mich nicht so leicht wieder loswerden.«

»Aha, verstehe. Wenn Sie also bleiben, wie wäre es dann mit einer Tasse Kaffee?«

»Sehr gern, danke«, erwiderte sie und klang wesentlich selbstsicherer, als sie sich fühlte. »Milch, kein Zucker.«

Im Laufe der Jahre hatten sie immer wieder über ihre verheißungsvolle erste Begegnung gelacht. Sie war tatsächlich geblieben, und sehr bald begriff sie, dass sich hinter Peters bissigem Humor und seiner mürrischen Art ein Herz verbarg, das vor Liebe förmlich überquoll, und dass er ein sanftes, großzügiges und freundliches Naturell besaß. Viele Jahre lang hatte sie mit ihm in der Textilfabrik der Familie gearbeitet, bis er die Firma schließlich zu Geld machte und zu dem Abenteuer namens Ruhestand aufbrach. Anstelle der Fabrik hatte er dann die *Reservoir Street Kitchen* eröffnet. Das Café war zwar Beas Domäne, doch hatte er ihr immer wieder helfend zur Seite gestanden.

Anfangs hatte sie sich zerrissen gefühlt, verzehrte sich insgeheim nach dem Mann, den sie verloren hatte, während sie sich täglich in Erinnerung rief, dass es die richtige Entscheidung gewesen war, nicht nach ihm zu suchen. Je älter sie wurde und je mehr Peter und sie sich in ihrem gemeinsamen Leben einrichteten, desto klarer wurde ihr, wie verheerend eine Kontaktaufnahme und die darauffolgenden Enthüllungen für jene andere, weit entfernt lebende Familie gewesen wären. Auch ihren kleinen Sohn weihte sie nicht ein, denn die Last eines so großen Geheimnisses wollte sie ihm nicht aufbürden. Je mehr Zeit ins Land ging, desto schwerer fiel es ihr, sich mit dem Thema zu befassen, das so viele Jahre lang in ihrem Innern geschlummert hatte.

Wyatt war noch ein kleiner Junge gewesen, als sie und Peter in einer schlichten, schmucklosen Zeremonie auf dem Standesamt in der Regent Street geheiratet hatten. Peters Bruder und seine Schwester hatten sich widerstrebend als

Trauzeugen zur Verfügung gestellt und sich verabschiedet, noch bevor die Tinte auf der Urkunde trocken war, zweifellos, um bei einer Tasse Tee zu tratschen. Bea hatte ein zitronengelbes Etuikleid getragen und Peter seinen besten Anzug mit einer gelben Rose am Revers. Hinterher waren sie zum Dinner nach Chinatown gefahren, mit Essstäbchen aus Plastik hatten sie auf der Straße Nudeln gegessen.

Wyatt wirkte glücklich, als sie zu dritt unter den schaukelnden roten Laternen standen, ihr Chopsuey aßen und Witze über den billigsten Hochzeitsschmaus in der Geschichte der Menschheit machten. Er war wirklich noch ein Knirps gewesen, aber mit fast sieben besaß er bereits eine starke Persönlichkeit. Seine Kindheit auf dem harten Pflaster von Kings Cross hatte ihn gelehrt, sich zu behaupten und jeden verletzenden oder herabsetzenden Kommentar an sich abprallen zu lassen. Doch trotz seines abweisenden Auftretens und seiner schlitzohrigen Art war eine Vaterfigur das, was Wyatt wirklich brauchte.

Allerdings fiel es Peter schwer, den Panzer zu durchdringen, den Wyatt sich zugelegt hatte. Er hatte keine Erfahrung mit Kindern und legte die Befangenheit eines alleinstehenden älteren Mannes an den Tag, der sich verzweifelt bemühte, nichts falsch zu machen. Das Ergebnis war, dass er oftmals distanziert und unnahbar wirkte. Darauf bedacht, Wyatt nicht zu bedrängen, wartete er darauf, dass der Junge auf ihn zukommen würde. Wyatt hingegen hatte das Gefühl, dass Peter sich nicht genug um ihn bemühte. Es war wie ein Unentschieden, bei dem niemand gewinnen konnte, und Bea saß zwischen den Stühlen.

Peter wollte dem Jungen die beste Ausbildung ermöglichen, und so wurde Wyatt, sobald er zehn Jahre alt war, nach Melbourne auf das Scotch College geschickt. Bea war hin- und hergerissen, ob sie ihn gehen lassen sollte oder nicht. In den ersten schweren Jahren in Sydney waren sie einander so nahe gewesen, und sie wollte unbedingt verhindern, dass er sich nun, da auch Peter zur Familie gehörte, ausgeschlossen fühlte. Aber sie konnte nicht leugnen, dass ihre Beziehung schwieriger geworden war, weil Wyatt sich immer stärker vor ihr verschloss und immer unabhängiger wurde. Peter war der festen Überzeugung, dass es für sie alle, aber vor allem für Wyatt selbst das Beste sein würde, wenn sie ihn auf ein Internat schickten. Er sollte seinen eigenen Weg gehen dürfen, ohne dass Bea ihm ständig auf die Finger sah, wie Peter sich ausgedrückt hatte. Jetzt, Jahre später, nachdem Wyatt erwachsen und selbst Vater geworden war, bezweifelte Bea, dass sie die richtige Entscheidung getroffen hatten. Sie hatte das Gefühl, dass der Abstand zwischen ihnen nur größer geworden war, und nie hatte sich das Problem wirklich gelöst.

Dennoch hatte es zwischen Peter und Wyatt durchaus ganz besondere Momente gegeben. Momente, die ihr im Gedächtnis geblieben waren und die sie hütete wie kostbare Schätze. Besonders gern dachte sie an den Tag zurück, an dem sie nach Hause kam und feststellte, dass Peter Wyatt etwas aus einem seiner Lieblingsbücher vorlas. Ohne den Fernseher, der die Klangeffekte von Zeichentrickfilmen in den Raum spie, war es ihr im Haus unnatürlich still vorgekommen. Unbemerkt war sie hereingeschlichen und hatte die beiden beobachtet: Peter saß im Sessel, und Wyatt lag bäuchlings auf dem Sofa, mit den Füßen in der Luft wackelnd, die Ellbogen aufgestützt und das Gesicht in den Händen. Aufmerksam lauschte er, während Peter vorlas. »Wer dabei hätte zuschauen können, hätte die merkwürdigste Sache der Welt gesehen: Er sprang los, bevor er sah, worauf er zusprang, und dann versuchte er, mitten im Sprung innezuhalten. Das führte er so aus, dass er einen, anderthalb Meter senkrecht in die Luft stieg und fast genau dort landete, wo er den Boden verlassen hatte. »Ein Mensch!«, schnappte er. »Ein Menschenjunges. Schau nur!«

Diese Szene hatte sie im Gedächtnis behalten und hütete die Erinnerung wie einen Schatz. In den schwierigsten Zeiten fand sie darin Trost. Zum Beispiel in der Nacht, in der Peter gestorben war. Bea hatte sich die Brille an die Brust gedrückt und unfähig, allein in ihrem gemeinsamen Bett zu liegen, beschlossen, einfach dort zu schlafen, wo sie gerade war. Ihre Augen waren müde und fühlten sich an, als hätte sie Sand darin, doch der Anblick des Buches und die Erinnerung an jenen Tag gaben ihr wieder Auftrieb.

Schlafwandlerisch hatte sie die wenigen Tage bis zur Beerdigung hinter sich gebracht. Der Tag war für Wyatt schwierig gewesen – er wusste im Grunde nicht, wie er sich verhalten sollte; seine Haltung und Körpersprache verrieten deutlich, dass er am liebsten irgendwo anders gewesen wäre, egal wo. Ständig fuhr er sich mit dem Finger an der Innenseite des steifen weißen Hemdkragens entlang, als müsste er sich von einer unsichtbaren Last befreien. Gegen Ende des Leichenschmauses konnte Bea förmlich sehen, wie er sich im Stillen Gründe dafür zurechtlegte, warum er die Feier verlassen musste. Sarah stand neben ihm, als er von einem Fuß auf den anderen trat und ängstlich aussah. Schließlich ging er auf Bea zu und blickte ihr ins Gesicht, ungerührt wie immer, wenn er nicht ehrlich war.

»Wir brechen jetzt lieber auf, Mama. Es war ein guter Tag, aber Sarah muss nach Hause, und ich habe eine … äh … na ja, eben was zu tun. Ruf an, wenn du etwas brauchst.«

Bea lächelte, als er sich über sie beugte und mit den Lippen kaum ihre Wange berührte. Sie waren nicht die ersten Gäste, die gingen, aber wahrscheinlich die zweiten.

»Einen Augenblick noch, Wyatt, bevor ihr verschwindet. Ich habe etwas für dich.« Sie stand auf und warf sich ihren bestickten Pashmina-Schal über die Schulter, bevor sie im Schlafzimmer verschwand.

»Wyatt?«, rief sie wenige Sekunden später, weil sie damit gerechnet hatte, dass er ihr folgen würde.

Ziemlich verlegen ließ er seine Frau stehen und folgte der Stimme seiner Mutter über den Flur.

»Mach die Tür zu, mein Schatz«, sagte sie. Er kam ihrer Bitte nach, doch sie hörte ihn sehr leise und ziemlich gereizt seufzen. »Ich weiß, dass du es eilig und … äh … ›was zu tun‹ hast, aber Peter wollte, dass ich dir das hier gebe. Er hat darauf bestanden. Und seine Wünsche sind mir ebenso wichtig, wie sie es ihm selbst waren.« Lächelnd reichte sie ihm das Buch. Der khakifarbene Buchdeckel war am Rücken und an den Ecken leicht ausgefranst.

Wyatt fuhr mit einem Finger über den verblassten goldenen Elefanten, der auf den Einband geprägt war, und dann über die schlichten goldenen Buchstaben des Titels. Es war Peters Lieblingsbuch, Rudyard Kiplings *Dschungelbuch;* sein wertvollster Besitz.

Wyatt ließ sich auf das Bett sinken und klappte das Buch auf. »Wir sind eines Bluts, du und ich«, las er vor. Er lächelte seine Mutter an, blickte dann wieder auf die winzigen, dicht gedrängten Buchstaben auf den vergilbenden Seiten. Es war wunderschön. »Ich weiß nicht, was ich sagen soll! Er wollte … wollte er, dass ich es bekomme?«

Sie sah, wie sein Adamsapfel sich hob und senkte, weil er vor Rührung heftig schluckte. »Ja. Er hat dich geliebt. Er hat dich sehr geliebt.«

Wyatt blies die Wangen auf und stieß hörbar die Luft aus, sprachlos, verlegen, beschämt. »Verdammt.« Er schüttelte den Kopf; damit hatte er eindeutig nicht gerechnet. »Und ich … na ja, du weißt schon … ich …«

Sie nickte. »Ja, Wyatt, ich weiß.«

»Er hat mir immer daraus vorgelesen.«

Erneut hatte sie genickt. »Ja, Wyatt, ich weiß.«

Bea lächelte bei der Erinnerung und klappte ihren Laptop auf. In einer Ecke blinkte ein kleiner Briefumschlag. Sie konzentrierte sich, und wie Flora es ihr gezeigt hatte, zog sie den kleinen Pfeil über den Bildschirm, indem sie einen Finger auf das Touchpad legte und klickte. Zu ihrem Erstaunen öffnete sich die E-Mail. »Ich hab's geschafft!«, verkündete Bea stolz, warf Peters Foto an der Wand einen Blick zu und betrachtete sein Lächeln als Glückwunsch.

Von: Christmas Café
Betreff: Re: Hallo
Bea, deine erste E-Mail, ist das wahr? (Ich darf doch Du sagen, oder?) Da fühle ich mich in der Tat geehrt. Keine Sorge, ich glaube, Leerschritte werden völlig überschätzt. Und LG bedeutet: Liebe Grüße!
Das Team des *Christmas Cafés* besteht aus Elsie. Sie jammert den ganzen Tag und hat so schlechte Laune, dass die Milch sauer wird, aber sie ist so loyal, wie man es sich nur wünschen kann.

Bea, du bist der Traum jedes Schlaflosen: Ich kann nicht schlafen, und schon macht es *Ping!*, und deine Nachricht poppt auf, wunderbar! Es tut mir leid, das mit deinem Mann zu hören. Ich weiß, wie sich das anfühlt, wir sitzen im selben Boot; bei mir ist es jetzt zehn Jahre her. Spaziergänge sind mein Ventil, meine Leidenschaft und mein Trost. Und Schottland ist wunderschön. Einzigartig. Ich muss ehrlich sagen, wenn ich allein auf rauem, nebligem Heideland stehe und den Blick über moosbedeckte Senken und friedliche Lochs schweifen lasse, während Dunst über dem Wasser schwebt und der blaue Himmel am Horizont lockt, dann gibt es keinen Ort, an dem ich mich Gott näher fühlen würde. Und das alles liegt praktisch vor meiner Haustür. Im Vergleich zu Australien ist es hier sehr viel einfacher, sich zurechtzufinden. Ich würde mich sehr freuen, dein Fremdenführer und Dolmetscher zu sein.
LG! Alex :-*
PS: Ich glaube, du könntest meine neue elektronische Brieffreundin werden.
PPS: Ich habe Professor Richards erzählt, dass du kein Katzenfan bist. Er war nur ein bisschen beleidigt.

Bea lachte laut. Diese Frau war lustig. Wie wundervoll, mit jemandem am anderen Ende der Welt zu plaudern, als säße derjenige im Zimmer nebenan. Sie beneidete Alex um ihre Ruhe und wünschte, sie könnte selbst über nebliges Heideland schlendern und dort Frieden finden. Der Gedanke, eine elektronische Brieffreundin zu haben, gefiel ihr ziemlich gut, was auch immer das sein sollte. Ausgelassen lief sie in die Küche und wünschte, das Wasser im Kessel würde schneller zu kochen anfangen. Sie ließ einen Beutel Earl-Grey-Tee und einen Zitronenschnitz in ihren Becher plumpsen und formulierte im Geist bereits die E-Mail, die sie als Antwort verschicken würde.

Von: BeaG
Betreff: Re: Hallo
Das klingt aber schön, Alex; ich beneide dich um diesen besonderen Ort, an dem du umherwandern kannst.
Wir haben hier die Blue Montains, und auf dem Echo Point zu stehen und zu beobachten, wie die Sonne über den Three Sisters aufgeht, gehört zum Atemberaubendsten, was ich je gesehen habe. Peter hat mich viele Male dorthin mitgenommen, aber an das erste Mal erinnere ich mich noch am besten. Wir befanden uns in einer Schar plaudernder Touristen, die unbedingt schöne Fotos machen wollten, aber als die ersten Sonnenstrahlen sich über den Bergen zeigten, verstummten alle vor Ehrfurcht. Ich schäme mich, das zu sagen, aber mein letzter Besuch dort liegt schon ein oder zwei Jahre zurück, und ehrlich gesagt, fürchte ich mich ein wenig davor, ohne Peter dort hinzufahren.
Übrigens habe ich in England gelebt, in Surrey, bis ich vierzehn Jahre alt war, aber nach Schottland habe ich es nie geschafft. Seitdem bin ich nie wieder auf der Insel gewesen. Die Erinnerungen an diese frühen Jahre bedeuten mir viel. Mit meiner Familie habe ich mich auseinandergelebt, eine Geschichte, die viel zu lang ist, um sie hier und jetzt zu erzählen, aber ich empfinde Rührung, wenn ich an jene Jahre zurückdenke, als ich noch keine Ahnung hatte, wie mein Leben sich verändern würde. Ich erinnere mich noch, dass ich viel gelacht habe.

Bea hielt inne und dachte an ihre Schwester, erinnerte sich wieder an die Pferde in Epsom Downs, von denen sie Flora erzählt hatte, und an weiße Weihnachten. Seufzend senkte sie den Blick wieder auf die Tastatur.

Wie du siehst, konzentriere ich mich jetzt und füge die Leer-schritte dort ein, wo sie hingehören. Ich bin nicht besonders gut im Tippen, das Schreiben dauert ewig – früher war ich viel schneller. Das muss unbedingt wieder besser werden.
Mir tut dein Verlust auch leid. Zehn Jahre sind eine lange Zeit. Ehrlich gesagt, bin ich nicht gern allein. Manchmal fühle ich mich zu verletzlich und zu einsam, um glücklich zu sein.
An manchen Tagen scheint sich die Welt zu schnell zu drehen, und ich würde am liebsten aussteigen. Kennst du dieses Gefühl?
Bea :-*

Die Erinnerung an ihre Schwester und die glücklichen Jahre ihrer Kindheit hatte sie aus der Fassung gebracht. Mit vier-zehn war sie noch ein Kind gewesen, selig und ahnungslos, dass ihre Welt nur wenige Jahre später auf eine Art aus den Fugen geraten würde, die sie sich nicht einmal ansatzweise hatte vorstellen können. Sie dachte an die vielen Ausflüge, die Peter und sie unternommen hatten, um das riesige, schöne Land zu erkunden, das sie ihre Heimat nannten. *Das fehlt mir ...* Ihr Laptop summte und riss sie aus ihren Gedanken.

Von: Christmas Café
Betreff: Re: Hallo
Three Sisters klingt majestätisch, das werde ich mal googeln. Um deine Frage zu beantworten: Ja, so fühle ich mich

eigentlich meistens; alles geht mir zu schnell, und ich sehne mich danach, an einem ruhigeren Ort zu sein. Aber die Wahrheit ist, dass ich Angst habe, wenn ich die Dinge langsamer angehe, vielleicht zu vergessen, warum ich jeden Tag aufstehen muss. Womöglich würde ich mein Ziel aus den Augen verlieren. Das habe ich noch nie jemandem gestanden. Offenbar fällt es mir leichter, mich dir, meiner elektronischen Brieffreundin, gegenüber zu öffnen, mit diesem Bildschirm zwischen uns!

Also, es ist spät geworden, und allmählich werde ich müde. Ich habe unsere Unterhaltung sehr genossen. Und keine Sorge, Bea, du bist nicht allein. Weihnachten ist für viele von uns eine schwierige Zeit.

Liebe Grüße,

Alex :-*

Acht

»*Mamma mia!* Weihnachtsbeleuchtung sogar hier drin? Wollen Sie mich auf den Arm nehmen? Überall diese Lichter! Ich war vorhin auf dem Paddy's Market; er strotzt vor glitzerndem Tand, dämliches Lametta an jedem Pfosten und tanzende Nikoläuse mit Zuckerstangen als Hirtenstab. Und nun auch noch hier drin. Es gibt einfach kein Entrinnen!« Mr Giraldi schüttelte missbilligend den Kopf und ließ sich an seinem Lieblingstisch nieder.

Tait lächelte. »Ach, kommen Sie, Mr Giraldi, seien Sie doch nicht so ein Weihnachtsmuffel. Lassen Sie sich einfach von der Stimmung hier anstecken!«

Kim kam herein, die Tafel mit den Angeboten des Tages in Händen.

»Hey, Kim«, sagte Tait. »Wir sind total in Weihnachtsstimmung, da können wir nicht zulassen, dass Mr Giraldi uns die Laune verdirbt, stimmt's? Er mag nicht mal Lametta!«

Kim starrte Tait an und nickte. »Ich... äh... ich finde auch...«, brachte sie mühsam heraus, machte auf dem Absatz kehrt und stürmte zurück in die Küche, wo sie anfing, Geschirr in die Spülmaschine zu räumen.

»Der hat's mal wieder die Sprache verschlagen«, sagte Mr Giraldi. Er lachte leise in sich hinein und klopfte im Takt seines pfeifenden Atems mit der Spitze des Spazierstocks auf den Boden. »Ich habe so viele Enkelkinder, dass Weihnachten mich jedes Mal ruiniert. Sie wollen immer nur Geld! Ist das zu glauben? Geld! Wofür brauchen Kinder Geld? Zu meiner Zeit waren wir dankbar für Mandarinen, Nüsse und ein paar gute Worte!«

Tait wollte gerade antworten, da erblickte er aus dem Augenwinkel Wyatt, der mit Flora im Schlepptau mit großen Schritten den Hügel heraufstapfte. Ihr dicker, kastanienbrauner Haarschopf sorgte dafür, dass er sie sofort erkannte.

Eine Minute später kam Wyatt zur Tür hereingestürmt. »Ist meine Mutter da?«

»Klar.« Tait deutete mit dem Daumen auf die Küchentür. »Sie ist dahinten.«

»Hi Tait.« Flora blieben die Worte fast im Hals stecken. Ihre Augen waren rot und geschwollen vom Weinen.

»Alles okay, Miss Klitschko?«, flüsterte er.

Flora nickte nur kurz und folgte ihrem Vater hastig durch die Schwingtüren in die Küche.

»Wyatt! Was in aller Welt…?« Bea blickte von der Arbeitsfläche auf und wischte sich die mehligen Hände an der Schürze ab. »Flora? Was ist los?«

»Ach, Omi!« Flora stürzte sich in Beas Arme.

»Tut mir leid, dass wir einfach so hereinplatzen, Mama.« Wyatt warf Kim einen Seitenblick zu. Auf keinen Fall wollte er vor dieser Fremden Einzelheiten preisgeben, schon gar nicht, wenn auch noch sämtliche Gäste des Cafés die Köpfe hoben und lauschten.

»Kannst du hier die Stellung halten, Kim?«, fragte Bea über die Schulter ihrer Enkelin hinweg.

»Natürlich.« Kim nickte und versuchte, das verlegen dastehende Trio nicht anzustarren, von dem überaus heftige Gefühle ausgingen. Es stimmte sie traurig, Flora den Tränen nahe zu sehen.

122

»Komm, gehen wir rauf«, sagte Bea mit sanfter Stimme zu ihrer Enkeltochter. Sie ließ Flora los, wusch sich am Kran die Hände unter heißem Wasser und stieg die Stufen zu ihrer Wohnung hinauf. »Wyatt, kannst du bitte den Wasserkessel aufsetzen?«

Im Wohnzimmer ließ Flora ihre Tasche auf den Boden fallen und warf sich auf das Sofa.

Eine Weile sah Bea ihr beim Weinen zu, ging dann zur Balkontür und öffnete beide Flügel, in der Hoffnung, dass eine frische Brise den Raum erfüllen und die erhitzten Gemüter ein wenig beruhigen würde. »Flora, was ist denn los? Was ist passiert? Als du gestern fortgegangen bist, warst du so energiegeladen.«

»Das kann ich mir lebhaft vorstellen«, mischte sich Wyatt ein und stellte sich neben seine Mutter, sodass sie beide Flora ansahen, die auf dem Sofa saß. »Willst du deiner Großmutter mal erzählen, was du vorhattest?« Seine Stimme klang hart und streng.

Flora zuckte mit den Schultern, setzte ein mürrisches Gesicht auf und senkte den Blick.

Wyatt seufzte. »Nachdem du angerufen hattest und ich gestern Abend losgefahren war, um sie abzuholen, hat Sarah beschlossen, Floras Zimmer ein bisschen aufzuräumen. Sie wollte ihr das Bett beziehen und es ihr ein bisschen nett machen.« Er zögerte. »Und unter ihrem Bett hat sie eine ganze Tragetasche voll Make-up gefunden.«

»Aber sie kann doch ruhig ein bisschen Make-up tragen, findest du nicht, mein Lieber? Ich meine, immerhin ist sie fast vierzehn«, sagte Bea beschwichtigend. Sie fragte sich, warum er so viel Aufhebens davon machte, und dachte, dass es für einen Vater schwer sein musste, sich damit ab-

123

zufinden, wenn sein kleines Mädchen allmählich erwachsen wurde.

»Sie hat schon als Kind eigene Schminksachen gehabt; wir haben ihr immer erlaubt, damit zu experimentieren, das weißt du. Aber diesmal ist es anders. In der Tüte waren nicht die üblichen Sachen aus der Drogerie. Es waren teure Markenprodukte, allesamt noch in versiegelten Verpackungen. Gestohlen.«

»Gestohlen?« Bea musterte Flora.

»Ich war das nicht! Ich habe nicht gestohlen. Ich habe dir doch gesagt, dass ich sie nur aufbewahrt habe!« Flora schlug mit den Fäusten auf das Sofa ein und brüllte, als könnte die Lautstärke ihrem Standpunkt mehr Gewicht verleihen.

»Wer hat sie denn gestohlen?«, fragte Bea.

Flora zuckte mit den Schultern.

»Flora, die Person, die du deckst, würde das für dich höchstwahrscheinlich nicht tun. Niemand, der auch nur den geringsten Anstand besitzt, bittet dich, auf gestohlene Ware aufzupassen. Das ist eine Tatsache.« Bea seufzte. *Die verdammte Lori mit den dicken Titten, garantiert.*

»Ich fahre auf keinen Fall mit Papa zurück!«, rief Flora.

»Okay, okay.« Bea hob besänftigend die Hände. »Lass uns ruhig bleiben und nach einer Lösung suchen.«

»Es gibt keine Lösung. Nie hören sie mir zu. Ich hasse sie, verdammt!«, schrie Flora und starrte ihren Vater an.

Bea stockte der Atem, und Wyatt zuckte sichtlich zusammen.

»So etwas darfst du nicht sagen. Das erlaube ich dir nicht, nicht unter meinem Dach und schon gar nicht zu deinem Vater. Hast du das verstanden?« Bea ließ ihre Stimme so streng wie möglich klingen, aber sie war selbst kurz davor, in

Tränen auszubrechen. Sie war bestürzt, weil ihr süßes Mädchen sich so sehr verändert hatte, dass sie sie kaum noch wiedererkannte.

»Siehst du, so was müssen wir uns ständig anhören.« Wyatt hob die Hände und redete mit Bea, als wäre Flora gar nicht da.

»Warum verpisst du dich nicht einfach?!«, schrie Flora unter Tränen. »Ich hasse dich!«

Wyatt starrte seine Mutter an. »Meinst du, ich sollte besser wieder gehen? Ich will sie nicht im Stich lassen, und ich will das Problem auch nicht auf dich abwälzen, aber genauso wenig will ich, dass sie sich noch mehr aufregt. Ich weiß einfach nicht, was das Beste ist.« Trotz seines Unbehagens klang seine Stimme noch immer beherrscht.

Bea hob die Arme und ließ sie wieder sinken, genauso ratlos wie ihr Sohn. »Ich weiß auch nicht, was richtig ist.« Sie biss sich auf die Unterlippe und betrachtete ihre Enkelin, die sich in Embryonalstellung auf dem Sofa zusammengerollt hatte. »Vielleicht fährst du einfach los, wartest, bis die Dinge sich ein bisschen beruhigt haben, und ich melde mich nachher bei dir?«

Wyatt nickte. »Ich verschwinde jetzt, Flora. Wir reden später weiter.« Er beugte sich über sie und versuchte, ihr das Haar zurückzustreichen, das ihr wie eine Gardine vor das Gesicht gefallen war. Sie reagierte nicht, hielt die Augen fest geschlossen.

Bea blickte Wyatt nach, der die Reservoir Street entlang zu seinem Auto ging und dabei telefonierte, zweifellos, um Sarah über die jüngsten Entwicklungen in Kenntnis zu setzen. Er wirkte verzweifelt, und sie spürte, wie Zorn in ihr aufflammte. Sie liebte ihre Enkelin, natürlich, aber dass sie

125

ihren Sohn dazu brachte, sich so aufzuregen, konnte sie kaum ertragen.

Bea setzte sich ans andere Ende des Sofas und wartete darauf, dass der Zorn ihrer Enkelin verrauchte. Sie hoffte, die Stille im Raum würde sie beruhigen.

Wenn du warten kannst und nicht vom Warten ermüdest
oder belogen wirst und nicht zur Lüge greifst,
gehasst wirst, ohne dich dem Hass hinzugeben,
dabei nicht zu milde dreinblickst noch zu klug redest …

Während sie so dasaß, wiederholte sie im Stillen die Verse und hörte in ihrem Innern deutlich seine Stimme. Es war ihr Gedicht für unruhige Zeiten, ein Gedicht aus ihrer Jugend – sie war damals ein bisschen älter als Flora gewesen, aber ebenso uneins mit der Welt. Vielleicht konnte es auch Flora beruhigen.

Als wäre es erst gestern gewesen, erinnerte Bea sich an die vollkommene Stille der Nacht, in der sie diese Zeilen zum ersten Mal gehört hatte. Sie befanden sich auf einem Segelschiff, das auf dem Ozean schaukelte, spürten das raue Holz des Decks unter ihren ausgestreckten Beinen, blickten in die verblassenden Sterne hinauf und später in die purpurne Morgenröte, die heraufzog, während die Nacht sich heimlich davonmachte. Es war die Nacht, in der sie ihre Liebe gefunden hatte; ihre Eltern und die anderen Passagiere hatten sich unter Deck zurückgezogen und sie beide dort im Halbdunkel zurückgelassen. Sie hatte die Gelegenheit genutzt und ihren Kopf an seine Schulter gelehnt. Mit geschlossenen Augen hörte sie zu, wie er seine Lieblingsgedichte vortrug, wie seine Stimme die Dunkelheit durchbrach. *» Kannst warten du und langes Warten tragen …«* Ja, dachte Bea schicksalsergeben, genau diese Zeile sollte auf meinem Grabstein stehen.

Nach einer halben Stunde spähte Flora zu ihr herüber, warf sich das Haar über die Schultern zurück und richtete sich zu einer halb sitzenden Position auf. Ihre Körpersprache war jetzt sanfter, ihre Stimme fest. »Ich habe die Sachen nicht gestohlen.«

Bea registrierte ihre blutunterlaufenen Augen und die verquollenen Wangen. »Ich glaube dir. Aber du hast gewusst, dass sie gestohlen waren, stimmt's?«

Flora nickte.

»Okay. Ich muss dir ehrlich sagen, dass ich mich im Moment eher über die Art aufrege, wie du mit deinem Vater geredet hast, als über eine verdammte Plastiktüte voller Schminke.«

»Sie haben mich nicht zu Wort kommen lassen. Ich habe versucht, ihnen zu erklären, dass ich es nicht war, aber sie haben immer nur gesagt, wenn ich es nicht war, dann müsste ich ihnen sagen, wer es getan hat und dass sie zur Polizei gehen würden, und wenn sie das täten...« Wieder hob und senkte sich ihre Brust. Sie schloss die Augen.

»Das werden sie nicht tun, Flora«, sagte Bea und hoffte, dass ihre Worte der Wahrheit entsprachen. »Versuche, tief durchzuatmen und ruhig zu bleiben.«

»Ich hasse sie!«, murmelte sie.

»Nein, mein Schatz, das tust du nicht. Glaub mir. Sie wären entsetzt, wenn sie das hören könnten. Hast du deinem Vater ins Gesicht gesehen? Er war völlig schockiert, und das kann ich gut verstehen. So darfst du wirklich nicht mit deinen Eltern reden und auch nicht über sie.«

»Du verstehst das nicht.« Flora schüttelte den Kopf.

»Nun, dann erkläre es mir, damit ich mir ein Bild von der ganzen Sache machen kann. Ich werde nichts mehr dazu sagen, bevor ich nicht weiß, worum es überhaupt geht.«

127

Flora seufzte. »Es gibt da diesen Club.«

»Ein Nachtclub?«, hakte Bea vorsichtig nach, denn sie fragte sich, ob die Sache etwas mit der Nacht zu tun hatte, die Flora am Strand verbracht hatte.

»Nein!« Flora lachte leise und bekam einen Schluckauf. »Nur ein Club in der Schule mit Mutproben und so Zeug.«

»Was für Zeug denn?«

Wie üblich zuckte Flora mit den Schultern. »Keine Ahnung, sich hinter einer Mauer verstecken und irgendwas rufen.«

»Was denn?«

»Na ja … verpiss dich, zum Beispiel.« Floras Wangen röteten sich, weil sie diese Worte zweimal innerhalb einer Stunde gesagt hatte.

»Du meine Güte, Flora! Warum in aller Welt tut ihr so was?«

Flora hielt den Kopf gesenkt und zuckte erneut mit den Schultern. »Ich hasse es, in der achten Klasse zu sein! Maisie ist weggezogen.«

»Das wusste ich nicht.« Bea dachte an das nette Mädchen, eine Nachbarin, die seit dem Kindergarten zu Floras Leben gehört hatte, auf jeder Party aufgetaucht war und in allen Plänen vorkam, die Flora geschmiedet hatte.

»Ihr Papa hat in Darwin eine neue Arbeit gefunden.«

»Sicher fehlt sie dir.«

»Ja«, flüsterte Flora. »Ich habe überhaupt keine Freunde mehr, und dann haben Lori und Katie gesagt, dass ich mit ihnen rumhängen kann, aber ich musste die Mutproben machen, und dann ist diese Sache mit Marcus passiert, und nach Weihnachten will ich nicht wieder zur Schule gehen. Ich will einfach nicht.«

Bea nahm ihre Enkelin in die Arme und drückte sie fest

an sich. »Da hast du dir ja ganz schön was eingebrockt, aber
warte mal ab, alles wird wieder gut.«

»Es tut mir leid, Bea«, flüsterte Flora entschuldigend.

»Was denn, Liebling?«

»Dass ich in deiner Gegenwart zwei Mal *verpiss dich*
gesagt habe.«

Bea berührte das schöne Haar ihrer Enkeltochter und ließ
es durch die Finger gleiten. »Ach, mein Schatz… wenn wir
deine Entschuldigung mitrechnen, waren es sogar drei Mal.«
Sie küsste Flora auf den Scheitel und lächelte Peters Bild an
der Wand an. Sie wusste, dass dieses schreckliche Affenthea-
ter ihm nur ein Lächeln entlockt hätte.

Als Flora, erschöpft von so viel Drama, eingeschlafen war,
dachte Bea darüber nach, wie sie am besten vorgehen sollte.
Sie beschloss, später noch bei Sarah anzurufen und sich mit
ihr abzustimmen; Uneinigkeit zu zeigen, war gewiss das
Letzte, was sie sich wünschen konnten. Sie dachte über die
komplizierten Beziehungen innerhalb von Familien nach
und erinnerte sich an den Abend vor gut fünfzehn Jahren, als
Wyatt sie mit den Worten »Komm, Mama!« ungeduldig bei
der Hand genommen und aus der Küche ins Esszimmer geführt hatte, um sie seiner neuen Freundin Sarah vorzustellen.

Zum Dessert hatte Bea stolz ihre berühmte Mousse au
Chocolat hereingetragen und triumphierend die Schüssel
hochgehalten, weil sie wusste, dass es Wyatts Lieblingsdes-
sert war.

»Oh, wow!«, hatte Peter lachend gesagt. »Die Glanznum-
mer und garantiert ohne Fleisch, wenn ich richtig informiert
bin!«

Sarah hatte ihm nur einen Seitenblick zugeworfen und

129

geschwiegen, denn sie hatte keine Lust mehr, sich aufziehen zu lassen. Kurz zuvor, während Peter damit beschäftigt war, den Rinderbraten zu tranchieren, hatte sie ihnen erzählt, dass sie Pescetarierin sei, und Peter war ernsthaft verwirrt gewesen. »Was ist das?«, hatte er gefragt. »Ist das das Sternzeichen nach Zwilling?«

»Also, was haben Sie für Pläne, Sarah?« Bea stellte die Mousse auf den Tisch und versuchte das Mädchen in ein Gespräch zu verwickeln. »Wyatt hat mir erzählt, dass Sie Geschichte studieren.«

»Ja, das stimmt, aber ich weiß es noch nicht.«

»Was würden Sie denn gern machen?«, fragte Bea aufmerksam, denn sie wollte ihrem Gast, der den ganzen Abend über nur wenig gesagt hatte, Interesse signalisieren.

»Ich habe noch keine konkrete Idee, vielleicht in einer Galerie arbeiten oder im Museum, aber da bin ich mir noch nicht sicher. Ich werde sehen, was sich dann ergibt; ich möchte nicht in irgendeinem langweiligen Job landen. Meine Mutter sagt, es ist besser, wenn ich an meinen Träumen festhalte und nicht auf einer Stelle festsitze, die mich nicht glücklich macht.«

»Oh, sicher, ganz recht.« Bea schluckte die Sätze hinunter, die sich in ihrem Kopf überschlugen. *Woran willst du erkennen, dass dein Traum vor dir steht, wenn du keine Ahnung hast, worauf du wartest, verdammt? Und deiner Mutter würde ich gern sagen, dass es besser wäre, nach dem Studium etwas zu tun, egal was, anstatt herumzusitzen und von Wyatt zu erwarten, dass er für dich sorgt. Beweise, dass du Rückgrat hast, hab ein bisschen Stolz, Mädchen!*

»Mama, bevor wir mit dem Nachtisch anfangen, möchte ich dir etwas sagen.«

Peter warf seiner Frau einen Blick zu; sie hingegen fixierte weiterhin ihren Sohn.

Wyatt nahm Sarahs zierliche Hand in seine. »Wow, also... wo fange ich am besten an?«

Bea zog in Erwägung, laut zu schreien, einen Krampf vorzutäuschen oder ihr Dessert auf den Boden zu stoßen, um irgendwie von der Sache abzulenken, in der schwachen Hoffnung, dass dann alles in Vergessenheit geraten würde. Weil sie aber wusste, dass das höchst unwahrscheinlich war, wappnete sie sich gegen das, was als Nächstes kommen würde.

Wyatt hob sein Glas und atmete aus. »Die Sache ist die... Ich habe Sarah gefragt, ob sie mich heiraten möchte, und ich habe die große Freude, euch mitzuteilen, dass sie Ja gesagt hat!«

Peter stand vom Tisch auf und applaudierte. »Bravo, Wyatt! Bravo! Das ist wundervoll. Ich glaube, ich habe irgendwo noch zwei Flaschen Schampus kalt gestellt – das muss gefeiert werden!« Er zwinkerte seiner Frau zu und drückte sanft ihre Schulter, bevor er den Raum verließ.

Bea war bewusst, dass ihr Lächeln gezwungen wirkte und ihre Reaktion mit Verzögerung kam. Sarah entsprach überhaupt nicht ihrer Vorstellung von einer Frau für ihren Sohn; nur mit Mühe gelang es ihr, nicht zu schreien. Aber Peter hatte es schon prophezeit, bevor die beiden überhaupt aufgetaucht waren.

»Vielleicht ist sie die Eine«, hatte er lächelnd gesagt und zwei Flaschen Champagner kalt gestellt, nur für den Fall der Fälle.

»Ach, was redest du denn da? *Die Eine*«, hatte Bea erwidert. »Du bist so altmodisch. Nein, ich glaube absolut nicht, dass er so etwas verkünden wird – er kennt sie doch erst seit fünf Minuten!« Tatsächlich konnte sie solche Gespräche nicht leiden und vermied Ausdrücke wie »die Eine« und die »Liebe ihres Lebens«, wo es nur ging. Sogar nach dreizehn Ehejahren war es immer noch ein anderes Gesicht, das bei solchen Gelegenheiten vor ihrem geistigen Auge erschien, und das sorgte dafür, dass sie sich gleichermaßen treulos wie traurig fühlte.

»Na ja, vielleicht hast du recht, aber wenn man es weiß, dann weiß man es eben. Sieh mich an – ein eingefleischter Junggeselle von fast fünfzig, und dann kommst du zur Tür herein, und das war's. Du hast mich einfach umgehauen!«

»Du warst nur deshalb noch Junggeselle, weil du ein Workaholic warst, und die Chancen, *der Einen* zu begegnen, stehen eindeutig schlechter für jemanden, der niemals vom Schreibtisch aufblickt.«

»Das sehe ich anders! Bei mir hat es doch funktioniert. Du musst zugeben, dass ich dich genau auf diese Art gefunden habe.« Peter lachte leise.

Bea küsste seine Hand. »An dem Tag habe ich großes Glück gehabt.«

»Das hatten wir beide.«

»Aber sicher denkt Wyatt noch nicht in diese Richtung, oder? Er kommt gerade frisch von der Uni; für eine Familie ist er doch noch zu jung.«

Peter lachte. »Als du so alt warst wie er, hattest du schon einen Sohn. Im Grunde genommen hinkt er dir hinterher.«

»O Gott, ich weiß, dass du recht hast, aber ich kann nichts dagegen tun. Wenn ich an ihn denke, ist er immer noch der kleine Wyatt mit seiner Mütze und der kurzen Hose, der dem Auto hinterherwinkt, wenn wir ihn an der Schule absetzen, mit diesem betont tapferen Gesichtsausdruck, lächelnd, aber starr vor Angst. Ich glaube, so werde ich ihn immer vor mir sehen.«

»Das ist verständlich. Ich glaube, alle Mütter haben gern das Gefühl, gebraucht zu werden, sogar wenn das nicht mehr der Fall ist.«

»Und ich werde nicht mehr gebraucht, stimmt's?«

Er hatte den Kopf geschüttelt. »Nein, mein Schatz. Aber das ist auch gut so.«

Bea lächelte bei der Erinnerung an Peters Worte und an seine Gabe, sie zu beruhigen und gleichzeitig ihre Laune zu heben.

Sie ließ Flora eine Stunde schlafen; als sie das nächste Mal auf ihre Armbanduhr blickte, sah sie, dass es fast zehn war. »Auf, auf, du kleine Schlafmütze. Ich kann nicht zulassen, dass du den ganzen Tag schluchzend auf dem Sofa liegst und Trübsal bläst. Komm doch mit in die Küche und hilf uns, und wenn der Ansturm zur Mittagszeit vorbei ist, machen wir einen kleinen Spaziergang. Wir könnten nach Woolloomooloo gehen oder ein bisschen beim Strandbad herumlaufen und an Mrs Macquarie's Chair vorbei zurück. Ein altmodischer kleiner Bummel, damit du wieder einen klaren Kopf bekommst, und auf dem Rückweg vielleicht noch ein Eis. Wie wär's?«

Flora setzte sich auf, putzte sich die Nase und nickte. Sie schien sich schon besser zu fühlen. »Ja, gern. Das wäre schön.«

Tait und Kim waren reizend; sie machten ziemlichen Wirbel um Flora und hielten sie mit kleinen Aufgaben beschäftigt. Zum Beispiel sollte sie Servietten falten und Löffel polieren, alles nur, um sie abzulenken. Als der mittägliche Hochbetrieb sich dem Ende näherte, setzten Bea und Flora

133

ihre Sonnenbrillen und Hüte auf und machten sich auf den Weg, gingen den steilen Hügel der Reservoir Street hinauf und genossen die frische Brise, die die Eukalyptusbäume am Straßenrand leise rauschen ließ.

Flora war überrascht von dem Tempo, das ihre Großmutter vorlegte. Sie war so flink, wie es für begeisterte Wanderer typisch ist.

»Ich glaube, wenn ich meine Chucks einfach vor die Tür stelle, finden sie den Weg von allein!« Bea lachte.

Sie trat auf dem Bordstein beiseite, um einen Mann in Sportkleidung vorbeizulassen. Sein Sohn im Kleinkindalter saß auf seinen Schultern und streckte sich dem scheckigen Licht entgegen, griff nach den Zweigen über seinem Kopf und nach dem Himmel.

»Danke!« Der Mann lächelte, der kleine Junge kreischte vor Begeisterung.

Hinter ihnen kam die Frau angetrabt. Sie trug Sportkleidung und schob einen Kinderwagen mit hinreißenden Zwillingsmädchen darin. Sie trugen aufeinander abgestimmte Hüte, an denen mit Gummibändern Sonnenbrillen befestigt waren. »Danke, wir versuchen, mit ihm Schritt zu halten, aber damit ist das gar nicht so leicht!« Mit einem Nicken deutete sie auf den sperrigen Kinderwagen.

»Die sind ja hinreißend!« Bea bewunderte die süßen kleinen Mädchen.

»Danke! Wir haben noch zwei, aber die gehen schon zur Schule.«

»Oh, Sie Glückliche!«

»Auf Wiedersehen!« Die Frau rannte weiter und beschleunigte ihren Schritt bergan sogar noch, bis sie ihren Mann fast eingeholt hatte.

»Ich wette, bei denen geht es lustig zu – stell dir nur ihren Esstisch vor.« Bea lachte, denn sie wusste, dass sie dieses Chaos geliebt hätte.

»Ich wünschte, ich hätte Brüder oder Schwestern oder Cousinen«, sagte Flora.

»Tatsächlich? Und warum, Liebes?«

»Weil Mama und Papa dann nicht auf mich fixiert wären. Sie könnten ihre Schnüffelei ein bisschen aufteilen, und dann hätte ich wenigstens hin und wieder mal Ruhe!«

»Aber du hast auch Vorteile. Du hast deine Mama und deinen Papa ganz für dich allein, du musst sie mit niemandem teilen – das ist auch schön.«

»Wirklich? Finde ich nicht.«

»Dein Vater war natürlich ein Einzelkind, sodass jedes bisschen Bargeld, das ich zusammenkratzen konnte, ihm zugutekam.« Bea erinnerte sich daran, wie sie ihre erste Lohntüte bekommen und endlich genug Geld hatte, um ihm eine Jeans und ein neues T-Shirt zu kaufen. Sie hatte ihm einige Geldscheine in die Hand gedrückt: »*Hier hast du ein paar Dollar, mein Schatz, kauf dir davon, was du möchtest.*« Das war ein gutes Gefühl gewesen. »Ich weiß nicht, wie ich mit mehr als einem Kind zurechtgekommen wäre.«

Flora zuckte mit den Schultern. »Kann sein, aber bei uns zu Hause ist genug Platz.«

»Das stimmt.«

»Vor allem an Geburtstagen und Weihnachten, wäre es da nicht großartig, wenn nicht nur wir, sondern eine ganze Bande da wäre? Du weißt schon, genug Leute, um Spiele zu spielen oder sich zu unterhalten. Das wäre echt toll. Wie auf einer richtigen Party.«

Bea dachte an Mr Giraldi. »Ja, Liebes, du hast recht.«

»Manchmal brauche ich einfach ein bisschen Ruhe, ein bisschen Freiheit, aber andauernd fragen sie mich, was ich vorhabe – sobald ich zur Tür hereinkomme, prasseln tausend Fragen auf mich ein, das macht mich echt verrückt! Und wenn ich schweige, wollen sie wissen, was los ist, dabei sollen sie einfach nur die Klappe halten und mich in Ruhe lassen!«

Bea dachte an die Wochenenden zurück, an denen Wyatt von der Schule nach Hause gekommen war. »*Soll ich dir etwas zu essen holen? Hast du Wäsche, die gewaschen werden muss? Was möchtest du zum Tee? Soll ich dich irgendwohin fahren? Brauchst du vielleicht eine Decke?*« Seine häufigen genervten Seufzer. Es fiel ihr schwer, ihn nicht mit Fragen zu bombardieren: Sie vermisste ihn so sehr, liebte ihn so sehr. Bis zu diesem Tag war ihr nicht in den Sinn gekommen, dass diese Art von Aufmerksamkeit den anderen auch unter Druck setzen konnte.

Sie bogen links ab, liefen schnell die Crown Street hinunter, immer bergab, bis sie die Bourke Street erreichten. Sie schlängelten sich durch abgelegene Gassen und legten die zwei Kilometer mühelos zurück, überquerten auf der Fußgängerbrücke aus Metall die Hauptstraße, bis schließlich die kultigen, hellgrünen Holzgebäude am Kai von Woolloomooloo in Sicht kamen. Die Restaurants, die den Hafen säumten, waren voll mit gut gekleideten Mittagsgästen, die geschäftig an gekühltem Weißwein nippten, sich an frischem Fisch und Meeresfrüchten und üppigen Salaten gütlich taten und die teuren Jachten bewunderten, die im privaten Jachthafen festgemacht waren.

Auch in *Harry's Café de Wheels* florierten die Geschäfte; die Gäste standen Schlange, um die berühmten Pasteten zu kaufen, und hübsche junge Mütter, deren Babys unter den Verdecken der Kinderwagen dösten, bekamen Eiskaffee serviert.

Sie blieben stehen, um eine kleine Verschnaufpause einzulegen, und blickten in das trübe Wasser des Hafenbeckens, in dem es vor Quallen nur so wimmelte.

»Ich hasse es, dreizehn zu sein«, sagte Flora und trat gegen die niedrige Mauer.

»Aber warum denn, mein Schatz?«

Flora zuckte mit den Schultern. »Weil ich nicht zähle. Ich bin nicht alt genug, um irgendwas zu tun, und ich weiß nicht, was noch alles kommt, und das macht mich total verrückt.«

Bea dachte an all die Dinge, die sie ihrer Enkelin sagen wollte, die Ratschläge, die sie ihr gern gegeben hätte, die tröstenden und beruhigenden Worte, die ihr auf der Zunge lagen. Sie wählte ihre Worte mit Bedacht, hütete sich davor, womöglich noch auf die Tränendrüse zu drücken, denn sie hatte das Gefühl, kein Recht dazu zu haben.

»Ich weiß, wenn man sich so fühlt, kann einem die Welt ziemlich beängstigend vorkommen. Aber du bist nicht allein. So geht es uns allen hin und wieder. Ich bin schon über fünfzig und fühle mich trotzdem manchmal unsicher, weil ich nicht weiß, was hinter der nächsten Ecke auf mich wartet. Aber weißt du was? Vielleicht ist das ja gerade das Großartige! Und wenn du glaubst, du zählst nicht, dann irrst du dich: Zurzeit bist du das Einzige, worüber sich drei Erwachsene Gedanken machen – eigentlich sogar fünf, denn das gilt auch für Kim und Tait.«

»Meinst du, ich sollte Mama und Papa eine Nachricht schreiben?«, flüsterte sie und kniff ein Auge zu, als sie in die Sonne blickte.

137

»Ich meine, dass du tun sollst, was du für richtig hältst. Ich an deiner Stelle würde Kontakt zu ihnen aufnehmen wollen, denn wenn du dir deswegen ständig Sorgen machst, fühlst du dich nur schlechter.«

Flora nickte und fischte ihr Handy aus der Hosentasche. Gleichzeitig kam ein schmaler, cremefarbener Umschlag zum Vorschein. »Oh, das habe ich ganz vergessen. Papa hat mich gebeten, dir das hier zu geben. Er sagt, er hat es in einem Buch über den Dschungel oder so gefunden, das Opa ihm gegeben hat.«

Bea stand auf dem Woolloomooloo-Kai, nahm das schmale Päckchen in die Hand und lächelte beim unerwarteten Anblick der nach rechts geneigten Buchstaben, die Peter mit seiner schwarzen Lieblingstinte geschrieben hatte. Was in aller Welt konnte das sein?

Während Flora ganz in ihr Handy vertieft war, zog Bea das Blatt Papier aus dem Umschlag und las begierig die Worte, die darauf standen. Es war nur ein Absatz, der mitten auf der Seite stand. Er musste das Blatt in dem Buch versteckt haben, das für Wyatt bestimmt war, weil er gewusst hatte, dass Wyatt es früher oder später finden und an Bea weitergeben würde.

Du bist noch so jung, Bea, und vor dir liegt noch ein ganzes Leben. Vergiss nie, das Leben gehört dem Tapferen. Also mach dich auf die Suche nach dem Glück, und lass zu, dass du liebst! Du warst meine größte Freude. Du hast mich so glücklich gemacht, immer. Kann es ein größeres Geschenk geben?

Lächelnd las sie die wundervolle Nachricht. Selbst noch aus dem Grab heraus hatte er die Kraft, ihre müden Lebensgeister wieder zu wecken, freundlich, großzügig und fürsorglich zu sein. Wie immer hatte er ihren Bedürfnissen Vorrang eingeräumt. Auf magische Weise begannen seine Worte, die Schuldgefühle zu lindern, die ihr das Herz zerrissen. Sie las sie immer wieder, prägte sie ihrem Gedächtnis ein. *O Peter! Danke! Danke, mein Liebling!*

Flora bemerkte das traurige Lächeln ihrer Großmutter und blickte sie fragend an. Bea schüttelte nur den Kopf, sie war noch nicht bereit, über ihre Gefühle zu sprechen. »Wir machen beide eine bewegte Zeit durch, Liebes«, sagte sie. »Wie schon gesagt, man weiß nie, was einen hinter der nächsten Ecke erwartet. Aber keine Sorge: Der Brief ist wunderschön. Und jetzt gehen wir weiter, einverstanden?«

Die beiden setzten ihren Rundgang fort, durchquerten den Botanischen Garten und legten am Aussichtspunkt in der Nähe von Mrs Macquarie's Chair eine Pause ein, um das Opernhaus zu betrachten, das in der Sonne glänzte. Bea fuhr mit einer Hand über den Sandsteinfelsen, den Häftlinge zur Form einer Bank gehauen hatten, damit die Frau des Gouverneurs, Mrs Elizabeth Macquarie, auf der Halbinsel am Hafen von Sydney sitzen und nach Schiffen Ausschau halten konnte, die aus Großbritannien angesegelt kamen. Bea versuchte sich die Frau vorzustellen, die dort in ihrem Empirekleid im Regency-Stil saß, schwitzend unter seidenen Unterröcken mit komplizierten Spitzenmustern. Bilder von Großbritannien, dem Land, in dem sie geboren war, blitzten in Beas Geist auf. Und sogleich hörte sie wieder Peters Worte. *Vor dir liegt noch ein ganzes Leben ... Das Leben gehört dem Tapferen ... Mach dich auf die Suche nach dem Glück!* Vielleicht sollte sie die Segel setzen und sich auf den Weg ins Land der nebligen Hochmoore und friedlichen Lochs machen, das Land, in dem ihr Herz und ihre Seele in so vielen einsamen Nächten umhergewandert waren.

Kim strahlte, als Flora in das Café zurückkam. Und es wurde sogar noch besser, denn Tait tauchte lachend aus dem Gastraum auf, erzählte dem jungen Mädchen einen Witz und verhielt sich wie der großartige Bursche, der er zweifelsohne war. »Geht es dir ein bisschen besser, du kleine Kämpferin?« Seine Besorgnis war echt.

»Ja.« Flora seufzte. »Auf dem Heimweg habe ich Eis gegessen.«

»Na also, auf der ganzen weiten Welt gibt es nichts, was ein Eis nicht in Ordnung bringen könnte. Stimmt's, Kim?«, fragte er über die Schulter.

»Mh...mh.« Sie nickte.

Bea wusste nicht, wessen Lächeln breiter war: Floras, weil die Küchencrew der *Reservoir Street Kitchen* ihr so viel Aufmerksamkeit schenkte, oder Kims, die von einem Ohr zum anderen grinste, während sie den schönen, blonden Tait betrachtete.

Beas Handy klingelte. Sie klappte es auf, drückte umständlich auf den Knopf, weil sie sich immer noch nicht recht wohl mit diesem Gerät fühlte, und nahm den Anruf draußen entgegen. »Ja, hallo?«

»Mama?«

»Hallo Wyatt! Wie geht's?«

Sein Zögern verriet ihr, dass er nervös war. »Ganz gut, glaube ich. Flora hat geschrieben, um uns zu sagen, dass es ihr leidtut, was wohl ein Schritt in die richtige Richtung ist.

Ich mache mir nur Sorgen, dass sie das Ganze für eine Art Spiel hält, während sie in Wahrheit dabei ist, sich ihr ganzes Leben zu vermasseln – diese Bande, mit der sie sich da eingelassen hat ... es ist besorgniserregend. «

»Im Grunde ist das doch keine richtige Bande, mein Schatz. Es sind nur Kinder, und ich vermute, diese Kinder sind noch orientierungsloser als Flora. Sie ist ein kluges Mädchen, sie braucht nur ein wenig Führung. «

»Du solltest sie nicht noch dazu ermutigen, diese Sache ins Lächerliche zu ziehen, Mama. Denn lustig ist das keineswegs. Wir sind jedenfalls mit unserem Latein am Ende. «

Bea war erstaunt, wie schnell sein Ärger aufgeflammt war. »Wyatt, wenn du mich anrufst, um mir zu danken, weil ich meine Geschäfte vernachlässige, Flora bei mir aufnehme und mich um sie kümmere, dann ist mir das höchst willkommen, aber ich hätte nicht erwartet, dafür so scharf kritisiert zu werden. «

Bea war stolz auf ihre selbstbewusste Haltung, denn normalerweise ließ sie Wyatt fast alles durchgehen. Sie hörte, wie er tief einatmete

»Sarah ist außer sich «, erklärte er.

Vor ihrem geistigen Auge sah Bea, wie Sarah auf der Terrasse mit dem Rauchglasgeländer bedächtig ein Glas Gin trank, den großen Zeh in das randlose Becken tauchte und hoffte, sich in der Sonne nicht die Stirn zu verbrennen.

»Das glaube ich gern, aber sag ihr einfach, dass sich die Wogen schon wieder glätten werden. « Während sie noch redete, roch sie salzige Luft, sah sich selbst im Mondlicht über ein Deck schlendern, beengt von ihrem hohen Kragen, gelangweilt von der Schifffahrt und der Gesellschaft ihrer Eltern. Und dann ... »*Miss Gerraty, das ist Dr. Brodie* ... « Sie spürte, wie sich ihre Augenwinkel in feine Fältchen legten, als sie sich an diesen Moment erinnerte, in dem ihr Magen sich verkrampft, ihr Puls sich beschleunigt und sie sich hoffnungslos verliebt hatte.

»Leichtfertigkeit ist im Augenblick nicht angebracht, Mama!«

Wyatts Stimme holte Bea in die Gegenwart zurück. Offensichtlich hatte sie ihn erneut verärgert; sie schien ein Talent dafür zu haben. »Du hast recht, Leichtfertigkeit ist unangebracht, aber bitte vergiss nicht, dass deine Tochter ein kluges, gesundes Mädchen und erst dreizehn Jahre alt ist. Sie vermasselt ihr Leben nicht, sie versucht, sich über manches klar zu werden, und sie ist erst *dreizehn!* Das ist ein schreckliches Alter, sie ist kein Kind mehr, aber auch noch keine Frau. Sie ist liebenswert, ein guter Mensch, und das ist es doch, was sich jeder Vater und jede Mutter wünschen. Sie braucht nur ein bisschen Abstand. Vielleicht sollte sie mal wegfahren.«

Sie hörte ihren Sohn seufzen. »Ich bin dankbar, dass sie bei dir ist, aber bitte, ermutige sie mit deinen Albernheiten nicht zu irgendetwas«, sagte er barsch.

Bea schnaubte. »Meine Albernheiten? Wie redest du mit mir, Wyatt! Glaubst du, Floras Lage verschlechtert sich, wenn ich für ein wenig Abstand sorge und vielleicht kurz mit ihr verreise? Oder sind es meine liberalen Ansichten, die dir Anlass zur Sorge geben?«

»Bitte spiel diese Angelegenheit nicht herunter.«

»Warum nicht, Wyatt? Es ist banal. Mit etwas Abstand betrachtet zumindest.«

»Ich hätte mir denken können, dass du das so siehst.«

Bea stellte sich vor, wie der Schädel unter seinem dünner werdenden Haar rot anlief. »Weißt du was, mein Lieber, ich gehe jetzt wieder an die Arbeit. Ich werde Flora hierbehalten, solange es nötig ist, aber ich schlage vor, dass ihr zwei, du und Sarah, einmal darüber nachdenkt, was unter eurem Dach vor sich geht. Flora hat gesagt, dass sie nicht mit euch reden kann, weil ihr euch ständig streitet.« In dem Augenblick, in dem die Worte heraus waren, zuckte sie zusammen; so sehr hatte sie sich noch nie eingemischt.

»Wenn du damit andeuten willst, dass es an unserer Erziehung liegt, wenn meine Tochter stiehlt und sich prügelt, dann finde ich das ein ziemlich starkes Stück«, platzte er heraus.

»Wenn das eine Stichelei gegen mich und die Art sein soll, wie ich dich erzogen habe«, gab Bea zurück, »dann vergiss bitte nicht, dass ich es war, die dir die beste Ausbildung ermöglicht hat. Ich habe dich aus der verdammten Gosse bis zur Uni gebracht… *ich!* Und wenn du glaubst, dass Erziehung solche Situationen hervorbringt, dann darf ich dich auch daran erinnern, dass *mein* Kind niemals in eine Schlägerei verwickelt war oder das Bedürfnis hatte, gestohlene Ware unter seinem verdammten Bett zu verstecken!«

Sie beendete das Telefonat und empfand eine gewisse Euphorie, weil sie sich ihrem Sohn gegenüber behauptet hatte. Doch darauf folgte schon bald ein Aufruhr in ihrem Magen, den dieser Schlagabtausch ziemlich mitgenommen hatte.

»Gib mir Kraft!«, sagte sie in den blauen Himmel über ihr.

Neun

In der Stille des späten Nachmittags tanzten die Sonnenstrahlen durch das Wohnzimmer und kamen auf der gegenüberliegenden Wand zur Ruhe. Bea wollte mit einer Freundin sprechen; ihre neue Brieffreundin war dafür genau die Richtige. Mit Alex konnte sie bequem von ihrem Bett aus plaudern, wenn sie das wollte, musste kein Make-up auflegen oder das Haus verlassen, und sie konnte die Unterhaltung beenden, sobald sie keine Lust mehr hatte. Außerdem war Alex weit genug von ihrem Leben entfernt, um sie weder zu verurteilen noch sich einzumischen. Perfekt.

Von: BeaG
Betreff: Re: Hallo
Hey Alex,
meine Güte, was für ein Tag! Ich hoffe, deiner war nicht ganz so ereignisreich. Meine Enkelin hat vorgeschlagen, dass du den Namen deines Cafés je nach Anlass ändern könntest – Valentinstag, Ostern … obwohl ich bei genauerem Nachdenken zugeben muss, dass du dann vermutlich ein Vermögen für immer wieder neue Neonschrift ausgeben müsstest. *Christmas Café* klingt perfekt. Gibt es bei euch jeden Tag typische Weihnachtsgerichte?
Ich habe über das nachgedacht, was du in deiner letzten Mail geschrieben hast: dass Weihnachten eine schwierige Zeit ist. Das ist es wirklich, nicht wahr? Um diese Zeit fühle ich mich immer besonders einsam. Das zuzugeben, fällt mir schwer,

aber ich wünsche mir tatsächlich sehr einen Mann an meiner Seite. Ich habe es geliebt, die Hälfte eines Paares zu sein. Weil ich ohne ihn feiern muss, ist meine Freude eher gering, der Spaß an der Sache ein wenig erzwungen. Wenn er in meiner Nähe war, hat es mich nie gestört, mich in einer Menschenmenge aufzuhalten, aber jetzt macht mich die Aussicht, ohne seinen Rückhalt an einem gesellschaftlichen Ereignis teilzunehmen, nervös und flößt mir sogar ein bisschen Angst ein, was lächerlich ist. Ich bin dreiundfünfzig! Erst kürzlich bin ich daran erinnert worden, dass noch ein ganzes neues Leben vor mir liegt. Was soll ich damit anfangen? Die kommenden Jahre einfach durchhalten? Mehr fernsehen? Stricken lernen? Wohl kaum. Ich sehne mich nach Gesellschaft – es muss nicht unbedingt ein neuer Schwarm sein. Tatsächlich wäre ich schon zufrieden, wenn die Beziehung zu meinem Sohn besser würde. Das ist doch nicht zu viel verlangt, oder? Eigentlich wollte ich diese Mail mit etwas Lockerem und Witzigem beenden, aber in meinem Gehirn herrscht leider gerade gähnende Leere, tut mir leid. Bea :-*

Bea saß da, starrte auf den Bildschirm und dachte über die Wahrheit hinter ihren Worten nach. Sie wünschte, sie wäre der Typ, der ein Nickerchen halten konnte, denn sie wusste, dass zwanzig Minuten Auszeit genau das wären, was ihre kreisenden Gedanken zum Stillstand bringen würde. Sie schloss die Augen und lauschte auf die Geräusche, die aus dem Café unten zu ihr heraufwehten: Jemand kicherte, und sie musste lächeln. Sie liebte es, wie ansteckend Glück sein konnte, genau wie Gähnen.

Als ihr Laptop summte und ihre Aufmerksamkeit auf sich

zog, war sie angenehm überrascht. Sie setzte sich auf, rutschte ein Stückchen zurück und kuschelte sich in die Sofakissen.

Von: Christmas Café
Betreff: Re: Hallo
Hallo Bea,
ich weiß, wie du das mit Weihnachten meinst. Man hat eben hohe Erwartungen, stimmt's? Ein gewisser Druck baut sich auf. Und ja, wir servieren ausschließlich weihnachtliche Kost: Truthahn und Plumpudding, jeden Tag, das ist die gesamte Speisekarte!
Es ist schon lange her, dass ich mich bei einem gesellschaftlichen Ereignis wohlgefühlt habe. Ich gehe lieber wandern oder mache es mir mit einem guten Buch bequem! Was für ein großartiges Zeugnis für deine Ehe, dass du es vermisst, die Hälfte eines Paares zu sein, ein wundervolles Kompliment an deinen Mann. Stehst du deinem Sohn nicht besonders nahe? Und was hat deinen Tag so ereignisreich gemacht? Wenn es dich nicht stört, dass ich frage …
A :-*

Bea antwortete sofort. Es war, als führten sie ein Gespräch und schickten keine E-Mails über Tausende von Kilometern.

Von: BeaG
Betreff: Re: Hallo
Es stört mich überhaupt nicht. Ereignisreich war mein Tag, weil meine Enkeltochter Flora gerade eine schwierige Zeit durchmacht. Sie wohnt im Augenblick bei mir, denn sie braucht unbedingt einen Tapetenwechsel. Gar nicht so leicht, ein Teenager zu sein, nicht wahr?

Was meinen Sohn betrifft: Das ist etwas schwieriger zu erklären. Als er klein war, hatte er es nicht gerade leicht, und ich nehme an, es gibt da ein paar Themen, über die wir hätten reden sollen, aber wir haben es nicht getan. Ich sehe ihn nur sehr selten. Einmal im Monat ruft er mich an, und manchmal verwechsle ich ihn mit einem dieser Werbeanrufe, wo sie einem erzählen, dass man zufällig ausgewählt wurde und eine fantastische Küche gratis installiert bekommt oder dass man Anteile an einer Ferienwohnung in Phuket gewonnen hat. Seine Anrufe klingen auch ein bisschen so, formelhaft und wie vom Blatt abgelesen. Wir tauschen Nettigkeiten aus, reden über das Wetter von morgen, und dann sagt er: »Ich muss los …«, als hätte er keine Zeit mehr. In Wahrheit ist es nicht die Zeit, die ihm fehlt, sondern er weiß nicht, worüber er mit mir reden soll.

Bea hörte auf zu tippen und lächelte schief, während sie sich mental darauf vorbereitete, weiterzuschreiben.

Ich muss zugeben, wenn ich den Hörer aufgelegt habe, sitze ich oft da und denke an die stundenlangen Gespräche, die wir früher über Kricket, Reisen und das Weltall geführt haben. Nichts war tabu. Wir waren sehr gute Freunde – ich hatte Glück. Aber die Dinge ändern sich, oder? Das ist das Einzige, das bleibt: der Wandel.
B :-*
PS: Jeden Tag Truthahn und Plumpudding? Im Ernst?

Darauf folgte eine Pause. Bea stellte sich vor, wie Alex ihre E-Mail las. Sie unterdrückte ein Gefühl der Verlegenheit und hoffte, dass sie nicht allzu vertraulich gewesen war.

148

Von: Christmas Café
Betreff: Re: Hallo

Flora? Das ist ein guter alter schottischer Name. Ehrlich gesagt, versuche ich gerade, mich daran zu erinnern, wie ich mich als Teenager gefühlt habe; es ist schon eine ganze Weile her. Trotz allem würde ich sofort mit ihr tauschen: keine schmerzenden Gelenke mit geringer Aussicht auf Besserung, keine Gespräche mit Gleichaltrigen über alle möglichen Krankheiten. Es tut mir leid zu hören, dass ihr euch nicht nah seid, du und dein Sohn. So etwas passiert; manchmal verlangt das Leben einem zu viel ab, und manchmal setzen wir falsche Prioritäten. Hast du ihm gesagt, wie du dich fühlst? Vielleicht ist ihm das gar nicht bewusst?

A :-*

PS: Nein! Natürlich nicht! Wir haben eine umfangreiche, abwechslungsreiche Speisekarte mit gesunden, hausgemachten Gerichten.

Von: BeaG
Betreff: Re: Hallo

Du würdest sofort tauschen? Erzähl mal! Ich würde alles dafür geben, wieder über einen flachen Bauch streichen zu können anstatt über diese schrumpelige alte Wampe, die ich mit mir rumschleppe!

Unsere Unterhaltung genieße ich sehr, es ist, als hätte ich eine neue Kameradin gefunden – das ist sehr gut, denn davon kann man nie genug haben! Und nein, ich habe meinem Sohn nicht gesagt, wie ich mich fühle. Ich glaube, genau das ist der springende Punkt: jede Menge Gerede über unwichtiges Zeug und kaum Gespräche über das, was wirklich zählt.

B :-*

Von: Christmas Café

Betreff: Re: Hallo

Stimmt, man kann nie genug Freunde haben! Ich musste lachen, als ich deine Worte las: Ein straffer Bauch ist tatsächlich auch für mich nur noch eine verschwommene Erinnerung aus längst vergangenen Zeiten. Keine Ahnung, was ich sagen soll, damit es dir damit besser geht …

Und was die wichtigen Dinge betrifft: Noch ist es nicht zu spät.

» Was machst du da? «

Bea blickte von ihrer E-Mail auf und sah Flora in der Tür stehen. Ihre Enkeltochter löffelte sich unaufhörlich Müsli in den Mund, während sie redete, schob das Essen in die Mitte ihrer Zunge und reckte das Kinn, um nicht zu kleckern.

» Oh, nur ein E-Mail-Wechsel mit Alex. Sie hat wirklich Sinn für Humor. « Bea lächelte. » Offensichtlich bin ich jetzt ihre elektronische Brieffreundin. «

» Cool! «, lautete Floras knapper Kommentar. » Hast du heute mit Papa gesprochen? «

» Ja. Er hat vorhin angerufen. « Bea klappte den Laptop zu und sah ihre Enkelin an.

» Und, was hat er gesagt? « Flora hörte auf, Müsli in sich hineinzuschaufeln.

» Er klang irgendwie verärgert; er will alles in Ordnung bringen, weiß aber nicht recht, wo er anfangen soll. Ich glaube, er hat ein bisschen Angst. « *Und ich hätte nicht so laut werden sollen. Hier geht es nicht um ihn und mich.* Sie hasste es, wenn er so ungeduldig mit ihr war; sie kam sich dann immer dumm vor oder, schlimmer noch, wie ein lästiges Übel, mit dem er sich abfinden musste, ob er wollte oder nicht. Peter gegenüber hatte sie das nie erwähnt, denn sie wollte keine Zwietracht zwischen den beiden säen, und sie wusste, dass Peter ihn ins Gebet genommen hätte.

»Das ist alles meine Schuld, stimmt's?« Flora sah tieftraurig aus.

»Nein, nicht alles. Mach dir um deinen Papa und mich keine Sorgen. Ich scheine ihm immer auf die Nerven zu gehen, egal, worum es geht. Ich glaube, als Peter noch da war, ist mir das nicht so aufgefallen – oder vielleicht hat es mich einfach weniger gestört, weil ich abgelenkt war.« Sie seufzte, rief sich ins Gedächtnis, dass es Flora war, mit der sie sprach, und lächelte, um ihre allzu große Vertraulichkeit wieder ein wenig zurückzunehmen.

»Er fehlt mir, er war ein toller Großvater. Wenn niemand zuguckte, durfte ich manchmal an seiner Zigarre ziehen, und einmal hat er mir sogar eine geschenkt. Sie liegt noch in einer Schublade in meinem Zimmer. Und obwohl er so ruhig war, konnte er ziemlich lebhaft sein, wenn wir allein waren. Er hat mich immer zum Lachen gebracht.«

»Ruhig war er nur deinem Vater gegenüber; zu Hause war er ganz anders.«

»Sie sind nicht besonders gut miteinander klargekommen, stimmt's?« Flora wappnete sich für die Antwort, denn ihr war bewusst, dass sie vielleicht eine Grenze überschritten hatte.

»Doch, sie haben sich durchaus verstanden, sie waren nur sehr unterschiedlich. Das war für beide nicht so einfach.«

»Bestimmt hat dich das traurig gemacht. Wahrscheinlich sogar sehr.« Flora schlürfte die Milch aus der Schüssel.

Bea lächelte das kluge, einfühlsame Mädchen an. »Ja, ein bisschen schon.«

151

Es klingelte an der Haustür. Bea sprang vom Sofa und trabte die Treppe hinunter.

Durch das Glas blickte Kim sie an.

»Du musst nicht klingeln, Liebes, komm einfach herein!«

»Ich wollte nur nicht stören, falls du dich gerade mit Flora unterhältst.« Gemeinsam gingen sie hoch. »Hi, Flora!« Kim lugte zur Wohnzimmertür herein und winkte ihr zu.

»Eine Tasse Tee?« Bea war bereits in der Küche und füllte Wasser in den Kessel.

»Ja, gern. Schon lustig, den ganzen Tag habe ich mit Essen und Trinken zu tun, aber selbst etwas zu mir zu nehmen, das vergesse ich oft.« Kim band ihren Pferdeschwanz neu und fing die widerspenstigen Strähnen ein, die sich im Laufe des Tages gelöst hatten. »Ich störe doch nicht, oder?«

»Nein, überhaupt nicht.« Bea sprach etwas leiser, weil sie wusste, dass Flora im Zimmer nebenan war. »Wir haben uns gerade über Wyatts Kindheit unterhalten. Die Herausforderung, die es bedeutet, Eltern zu sein. Das hat mich wieder daran erinnert, dass man nur tun kann, was man gerade für richtig hält, und dann heißt es beten, dass man sich am Ende nicht doch geirrt hat.«

»Klingt nach einem vernünftigen Rat. Meine Eltern waren immer viel zu beschäftigt; sogar wenn wir Urlaub machten, hatte ich eher das Gefühl, auf einer Klassenfahrt zu sein. Ich wünschte, sie wären lockerer gewesen und hätten sich einfach mal mit uns unterhalten.«

»Genau das meine ich.« Bea nahm Teetassen aus dem Regal. »Vielleicht wollten deine Eltern sich keine Gelegenheit entgehen lassen, dir etwas beizubringen – möglicherweise war das ihr Ziel. Und du bist ja auch wirklich ausgesprochen klug.«

Kim errötete. »Das wusste ich noch gar nicht.«

»Aber *du* hattest das Gefühl, dass sie nicht lockerlassen konnten und keine Zeit für Mußestunden hatten!« Bea hob die Hände zum Himmel. »Ich glaube, Mr Giraldi hat mit seiner Bemerkung den Nagel auf den Kopf getroffen. Jede Familie braucht einen Dolmetscher!«

»Melde mich bitte schon mal an. Ich würde zu gern wissen, wovon meine Eltern andauernd reden. Wyatt kann von Glück sagen, dass er dich hat.« Kim seufzte.

»Ich glaube, das sieht er anders, vor allem in letzter Zeit. Er ist oft wütend auf mich, wahrscheinlich einfach, weil er es kann. So war es immer schon. Er war nicht glücklich darüber, dass er seine Mama teilen musste, und wenn er aus der Schule nach Hause kam, dachte er sich alle möglichen Situationen aus, in denen Peter nicht vorkam. Natürlich habe ich nie etwas dagegen gesagt. Ich dachte, wenn er glücklich ist, bin ich es auch, und das wiederum macht Peter glücklich. Peter glaubte, das Richtige zu tun, indem er für Wyatts sehr teure Ausbildung aufkam, und Wyatt glaubte, abgeschoben und nicht mehr beachtet zu werden. Was eine Schande war, wirklich, eine große Schande. Sie waren beide durch Konventionen und falsche Erwartungen wie gelähmt. Heute kommt einem das ein bisschen albern vor und auch, wie Flora es ausgedrückt hat, ziemlich traurig. Wenn sie ihre anfängliche Verlegenheit überwunden hätten, wären sie vielleicht gute Freunde geworden. Das hätte ihnen beiden gutgetan.«

»Du vermisst ihn bestimmt sehr.«

»Wen, Peter oder Wyatt?«, fragte Bea mit ausdrucksloser Stimme.

»Na ja, Peter natürlich, denn Wyatt ist ja noch da!« Kim lachte.

»Weißt du, Kimmy, tatsächlich vermisse ich sie beide. Peter war mein Gefährte, bei ihm fühlte ich mich sicher, und Wyatt war mein kleiner Fels.«

»Was ist passiert?« Kim lehnte sich an die Arbeitsplatte und griff nach ihrem Becher mit Pfefferminztee.

»Oh, einiges. Floras Mutter zum Beispiel«, flüsterte sie und steckte den Kopf zur Küchentür hinaus. Sie war beruhigt, als sie Flora auf dem Sofa sitzen sah, ganz in ihr iPad versunken, auf dem sie sich etwas anschaute, das sich nach einem Zeichentrickfilm anhörte. Leise sagte Bea: »Ich mache ihr keine Vorwürfe. Wyatt wollte sich freischwimmen, in gewisser Weise auch rebellieren, was ganz natürlich ist. Im Grunde habe ich ihn sogar dazu ermutigt. Aber dann, während er noch mit dem Freischwimmen beschäftigt war, fing er an, darüber nachzudenken, wie ich ihn im Stich gelassen hatte, und diese Gedanken gewannen irgendwann die Oberhand und verwandelten sich in Zorn. Vermutlich versucht er mich seitdem auf die eine oder andere Art zu bestrafen.«

»Wie hast du ihn denn im Stich gelassen?«

»O Himmel, das ist eine lange und langweilige Geschichte.« Bea betastete ihre Perlenkette und ordnete die Stränge auf ihrer Brust, froh über die Ablenkung. So ähnlich wie das vertraute Klirren ihrer Armreife. »Und ich weiß nicht mal, ob das überhaupt stimmt. Eher ist es so, dass er glaubt, ich hätte ihn im Stich gelassen, aber für ihn läuft es aufs Gleiche hinaus.«

»Oh, jetzt bin ich aber neugierig.« Kim lächelte.

»Nun, du weißt, was man über Neugier sagt ...«

Bea sah vor ihrem inneren Auge, wie Wyatt in seiner Schuluniform auf dem Sofa gelegen hatte, die Füße auf ihrem Schoß; damals musste er ungefähr sieben gewesen sein. »*Ich bin froh, dass du meine Mama bist ...*«

»Mochtest du Floras Mama bei der ersten Begegnung lieber als jetzt?«

»Du liebe Güte, es ist ja nicht so, dass ich Sarah nicht mag! Im Gegenteil! Ich war nur wie die meisten Mütter, die ihre Söhne allzu sehr lieben; insgeheim missfiel mir jedes Mädchen, das er mit nach Hause brachte. Aber irgendwann kommt der Tag, an dem dein Sohn total verknallt ist, und dann gibt es nur zwei Möglichkeiten: das Mädchen akzeptieren oder den Jungen verlieren.«

»Also hast du sie akzeptiert?« Kim beugte sich vor; ihre Stimme klang hoffnungsvoll, als sie sich ausmalte, wie Taits Mutter ihre Hand halten würde.

»Nein, eigentlich nicht. Ich habe meinen Jungen verloren.«

Kim blieb ihr eine Reaktion schuldig.

Nach einer Weile unterbrach Bea das angespannte Schweigen. »Möchtest du ein Stück Karottenkuchen? Ich weiß, es ist gemogelt, aber ich habe welchen aus der neuen Plum Patisserie mitgebracht, die in The Rocks eröffnet hat – der Kuchen dort ist unwiderstehlich! Und Flora und ich haben im Forum ihre Cupcakes bewundert – Cupcakes der Spitzenklasse, im Ernst, ich übertreibe nicht. Sie sahen wunderschön aus.«

Kim starrte auf die saftigen, mit Frischkäse bedeckten Stücke aus einem Teig mit vielen Walnüssen darin. »Mmm, ja, bitte. Ein kleines Stück. Aber Wyatt steht dir doch trotzdem noch nah, oder? Ich meine, immerhin warst du der erste Mensch, der ihm eingefallen ist, als er diese Woche Hilfe brauchte.« Sie deutete mit dem Ellbogen auf das Wohnzimmer und biss in das Stück Karottenkuchen.

Bea seufzte. Sie dachte daran, dass sie in Wyatts und

Sarahs vorweihnachtlichen Planungen keine Rolle gespielt hatte. »Nicht so nah wie früher. Ich glaube, er hat es uns übel genommen, dass wir ihn auf ein Internat geschickt haben, obwohl es ihm dort sehr gefallen hat. Und ich glaube, durch die Jungen, die er in der Schule kennengelernt hat, ist ihm bewusst geworden, wie unkonventionell seine Mutter war, und das war ihm peinlich.«

»Himmel, hätte ich doch nur halb so viel Glück gehabt wie er! Ich wünschte, meine Eltern hätten versucht, das Richtige für mich zu tun. Wenn ich eine Schule wie das Scotch College besucht hätte, wäre ich heute wahrscheinlich Premierministerin oder würde zumindest im Symphonieorchester von Sydney spielen!«

Bea lachte. »Ja, ich habe mein Bestes versucht, aber auf dem Scotch gab es nicht viel Platz für unkonventionelle Dinge, die in keine Schublade passen. Die Mütter seiner Mitschüler waren alle mit Bankiers oder Großgrundbesitzern verheiratet. Sie verbrachten ihre Zeit mit dem Haushalt und bei Wohltätigkeitsveranstaltungen, und darum schämte er sich furchtbar, als er herausfand, dass seine eigene Mutter sich nicht in Debütantinnenkreisen herumgetrieben hatte, sondern mit achtzehn schon schwanger und von ihren zutiefst frommen Eltern enterbt worden war. Es war schwer für ihn. Ich glaube, er hatte immer das Gefühl, dass ihm ein Teil von sich selbst fehlt. Er hat sich das Zimmer mit den Söhnen irgendwelcher ehrenwerter Kabinettsmitglieder geteilt – oder auch weniger ehrenwerter Kabinettsmitglieder, wie Peter manchmal gern behauptete. Aber im Grunde spielte es keine Rolle, ob sie Adelstitel trugen und extrem privilegiert waren oder nicht. Sie alle hatten etwas, das Wyatt nicht hatte – einen Vater. Einen Vater wünschte er sich mehr als alles andere auf der Welt.«

»Aber er hatte Peter.«

Bea lächelte. »Ja.«

»Ich vermisse ihn wirklich«, sagte Kim. »Er war ein liebenswerter Mann, Bea. Wie er dich immer angesehen hat. Weißt du, ich fände es wundervoll, wenn mich jemand auf diese Art ansehen würde, so als wäre niemand sonst im Raum, egal, wie voll es ist.«

Bea konnte ihr nur zustimmen. »Ja, da hast du recht. Ich hatte wirklich großes Glück.«

Ihre Gedanken wanderten erneut zu ihrem Sohn und dessen Beziehung zu seinem Stiefvater. Keiner der beiden hatte gewusst, wie er sich dem anderen gegenüber verhalten sollte. Sie war sich darüber im Klaren, dass Wyatt nie ganz begriffen hatte, wie seine ersten Lebensjahre für sie gewesen waren, für sie beide, und was für ein Kampf es gewesen war, einfach nur zu überleben: Schlange stehen auf dem Markt kurz vor der Schließung, um heruntergesetzte Reste zu ergattern, von Wasser und Brot leben. *Dass ich Peter gefunden habe, war für uns beide ein Glück.*

Unwillkürlich erschauerte Bea. Sie erinnerte sich an den Tag, an dem Peter ihr befohlen hatte, die Augen zu schließen, und ihr dann eine chinesische Münze mit einem viereckigen Loch in der Mitte in die Hand gedrückt hatte. »Die habe ich am Straßenrand gefunden. Sie wird uns Glück bringen! Sie passt sehr gut zu uns: Du bist ein runder Stöpsel und ich ein viereckiges Loch, und doch passen wir irgendwie zusammen.«

»Peter, ich ... ich kann nicht so für dich empfinden, wie du es dir wünschst. Ich habe dich gern, aber ...«

»Ich weiß. Ich weiß.« Er hatte ihr den Finger auf den Mund gelegt und sie auf die Stirn geküsst, bevor er die Münze in einen kleinen Schlitz in seinem Portemonnaie steckte, wo sie bis zum Tag seines Todes geblieben war. »Aber ich glaube, ich liebe dich genug für uns beide.« Um seine gütigen Augen bildeten sich Fältchen, als er lächelte, und ihr Herz füllte sich mit der bittersüßen Wahrheit seiner aufrichtigen Worte.

Kurz vor seinem Tod hatte sie diese Münze in den Wunschbrunnen geworfen, den Il Porcellino bewachte, hatte um Vergebung gebeten und Peter all ihre Liebe geschickt.

»Wie auch immer«, sagte sie und holte sich wieder in die Gegenwart zurück. »So schön es ist, dich zu sehen, Liebes: Wolltest du etwas Bestimmtes von mir? Außer mir zuzuhören, wenn ich anfange zu schwafeln?«

»Du schwafelst nie. Na ja, oder nur manchmal. Ich wollte dir etwas sagen.« Kim stellte den leeren Teller auf die Küchentheke. »Erstens sind Tait und ich sehr gut in der Lage, uns um die Küche zu kümmern. Wenn du einen Tag frei brauchst oder auch mehrere, dann musst du dir keine Sorgen machen. Wir lassen dich nicht im Stich. Und zweitens, wenn Wyatt und Sarah auf Bali sind, bist du bei meiner Familie herzlich willkommen. Nur wenn du magst. Ich meine, du musst nicht kommen, aber ich weiß, dass es um diese Zeit manchmal schwierig sein kann, und ich möchte nicht, dass du allein bleibst, auch wenn du daran gewöhnt bist.« Kim wurde immer verlegener. »Du weißt schon, was ich meine.«

Bea umarmte die junge Frau, die sie als Teil ihrer Familie betrachtete. »Danke, du allerliebstes Mädchen. Was würde ich ohne dich nur tun?«

»Na ja, du könntest ein Stück Karottenkuchen mehr essen, so viel ist sicher!« Sie lachten beide.

Beas Handy piepte, und sie sah Wyatts Namen auf dem Display aufblitzen. »Wenn man vom Teufel spricht!«

»Okay, ich muss wieder an die Arbeit.« Kim winkte Flora kurz zu und verließ die Wohnung, während Bea die Nachricht ihres Sohnes las.

Tut mir leid wegen vorhin. Ist alles ein bisschen stressig gerade. Hätte es nicht an dir auslassen sollen. Wenn Flora wirklich nicht nach Bali mitkommen will, kann sie dann bei dir bleiben?

Mit einem Seufzer schlenderte sie ins Wohnzimmer. »Ich habe gerade eine Nachricht von deinem Papa bekommen. Er sagt, du kannst bei mir bleiben, wenn du nicht mit nach Bali willst. Obwohl du die Zeit bis Weihnachten bestimmt lieber in einem Tropenparadies verbringen willst als beim Abwasch in der Reservoir Kitchen!«

»Nein!« Floras Stimme überschlug sich fast. »Ich möchte viel lieber bei dir bleiben. Darf ich?« Ihre Augen waren erwartungsvoll geweitet.

»Ja, aber…«

Flora wollte kein »Aber« hören. Sie sprang vom Sofa auf und hüpfte im Zimmer herum wie Tigger, wobei sie abwechselnd »O ja!« und »Danke!« rief.

Bea schüttelte den Kopf. »Wer hätte gedacht, dass ich attraktiver als Bali bin!«

»Ich will wirklich nicht mit.« Flora ließ sich wieder auf das Sofa plumpsen.

»Dachte ich mir schon.«

»Wenn du dabei wärst, wäre ich gerne mitgefahren.«

»Ach ja, das ist auch so eine Geschichte.« Bea seufzte.

»Bist du sauer, weil sie dich nicht eingeladen haben?«

Bea nickte. »Wenn ich ehrlich bin, ja. Ein bisschen. Aber ich bin eher gekränkt als sauer. Wahrscheinlich habe ich mehr Zeit zum Nachdenken, wenn ich hier allein bin, Flora, aber ich kann mir einfach nicht vorstellen, euch nicht bei mir zu haben, und ich fürchte mich vor der Zeit bis Weihnachten und dachte ...« Sie blickte zu der offen stehenden Balkontür. »Ach, ich weiß nicht, was ich gedacht habe, aber ich hätte mich gefreut, wenn deine Mama und dein Papa mich in ihre Pläne eingeweiht hätten, denn dann hätte ich selbst auch welche machen können.«

Die beiden schwiegen einige Sekunden lag, bis Flora sich plötzlich kerzengerade hinsetzte und den Zeigefinger hob. Offensichtlich hatte sie eine Idee. »Warum fahren wir nicht zusammen irgendwohin, nur du und ich, noch vor Weihnachten? Nur wir zwei – dann haben wir unser eigenes Abenteuer!« Sie rutschte nach vorn; mit leuchtenden Augen wartete sie begierig auf Beas Antwort.

»Ach, ich weiß nicht, so kurzfristig klingt das nach ziemlich viel Aufwand. Natürlich bist du willkommen, Liebes, wenn du wirklich hier sein möchtest. Aber ich glaube, so viel Aufregung kann ich nicht gebrauchen. Im Dezember möchte ich es ruhig angehen lassen, und an Weihnachten könnten wir köstlichen gegrillten Hummer essen, ein bisschen Champagner trinken, und später gehen wir zum Strand und sehen mit Mama und Papa zu, wie die Sonne untergeht. Klingt das nicht gut?« Bea versuchte, so etwas wie Begeisterung in ihre Stimme zu legen.

»Das klingt wirklich gut, aber ich würde trotzdem furchtbar gern mit dir wegfahren, Omi!« Flora hüpfte mit dem Po auf dem Sofa auf und ab und klatschte in die Hände. »Wo könnten wir hinfahren?« Nachdenklich trommelte sie sich mit den Fingern auf die Wangen.

Ihre Aufregung war ansteckend, und Bea ließ sich kurzerhand mitreißen. »Na ja, theoretisch können wir überall hinfahren! Solange es nicht zu kostspielig ist. Opa hat mir ein kleines finanzielles Polster für einen verregneten Tag oder einen Notfall hinterlassen, und ich würde sagen, heute wurde uns trotz des fantastischen Sonnenscheins ein bisschen die Petersilie verhagelt. Nichts hätte ihm mehr Freude gemacht, als mir und seinem einzigen Enkelkind eine kleine Reise zu spendieren.« Bea lächelte. Allmählich begann sie, sich mit der Vorstellung anzufreunden, aber vielleicht wollte sie auch nur die Begeisterung ihrer Enkelin nicht zunichtemachen, sie wusste es nicht genau.

»Wir könnten auch nach Bali fliegen und in einem besseren Hotel als Mama und Papa wohnen. Und dann verstecken wir uns hinter Büschen und Mauern und beobachten sie!«

»Du meine Güte, Flora, ich weiß nicht recht. Hauptsache, ich muss ihnen nichts Unanständiges hinterherrufen, wenn ich mich hinter eine Mauer verstecke.« Sie zwinkerte ihrer Enkelin zu. »Nein, lieber nicht. Ich bin ein bisschen zu alt, um auf Bali herumzuschleichen und mich vor deinen Eltern zu verstecken.« Sie kicherte, als sie sich die Situation bildlich vorstellte.

»Wie wär's, wenn wir nach Mollymook fahren? Du kennst dort ein paar Leute, wir würden am Strand sitzen und grillen, und du kannst Wein trinken, wie du es mit Opa immer gemacht hast.«

Bea konnte sich nicht vorstellen, ohne Peter nach Mollymook zu fahren, aber bevor sie dem Vorschlag etwas entgegensetzen konnte, gab ihr Laptop erneut ein lautes *Ping!* von sich, und eine weitere E-Mail traf ein. Sofort sah sie ein nebliges Hochmoor vor sich, Schottenkaros blitzten vor ihrem inneren Auge auf, lange Spaziergänge auf der Suche nach weißer Heide und hoch auflodernde Feuer, die die winterliche Kälte vertrieben. »Was hältst du von Schottland?«, fragte sie.

»Schottland! Ist es da nicht eisig kalt? Wir müssten uns Skianzüge und Schneestiefel besorgen. Da gibt es keine warmen Strände, um schwimmen zu gehen.« Bei dem Gedanken schauderte Flora.

Bea lachte. »Ja, um diese Jahreszeit ist es dort kaum möglich, Urlaub am Strand zu machen, aber mit Alex hätten wir eine eigene Fremdenführerin, und vielleicht bekommen wir sogar Schnee zu sehen!«

Flora warf sich in die Kissen. »Schnee? Wirklich? Schnee würde ich furchtbar gern sehen. Wollen wir? Können wir hinfahren?«

Bea sah ihrer Enkeltochter ins Gesicht und konnte sich nicht erinnern, wann sie sie das letzte Mal so begeistert gesehen hatte. Sie sah regelrecht glücklich aus.

»Na ja, solange Tait und Kim nichts dagegen haben, dass ich mich davonmache, und wenn Mario Zeit für ein paar Schichten hat und wenn Wyatt und Sarah einverstanden sind, dann ja. Warum nicht?«

»Wirklich? Oder nimmst du mich auf den Arm?«

»Nein, ich nehme dich nicht auf den Arm. Warum sollte ich?« Bea grinste, und bei der Vorstellung, nach Schottland zu reisen, empfand sie auf einmal große Erregung. Sie musterte Flora, die in Tränen ausgebrochen war.

»O Liebes, warum weinst du denn?«

»Weil... weil ich so glücklich bin.« Flora schluckte. »Ich möchte so weit wie möglich fort von hier. Ich möchte nach Schottland fliegen!«

»Dann machen wir das. Wir können uns alles Mögliche ansehen, in die Berge fahren und einen Loch besuchen, vielleicht auch nach St. Andrews fahren. Und ich wette, dort kann man hervorragend shoppen. Das wird eine ganz schöne

Tour, aber wie bei jedem Abenteuer geht es mindestens so sehr um das Unterwegssein wie um die Ankunft.«

»Glaubst du, Mama und Papa lassen mich gehen?« Bei dem Gedanken, dass sie Nein sagen könnten, stockte Flora der Atem.

»Nun, es gibt nur eine Art, das herauszufinden: Ich werde sie fragen.« Bea nickte und rückte ihre Armreife zurecht.

Flora sprang vom Sofa auf, hüpfte auf der Stelle und klatschte in die Hände. »Juhu! Wir gehen auf Abenteuerreise!«

Bea stand vor der Balkontür und wählte Sarahs Nummer. Sie tauschten Nettigkeiten aus, und Sarah dankte Bea dafür, dass sie auf Flora aufpasste.

»Wegen Flora rufe ich eigentlich an. Ich hatte da diese verrückte Idee wegzufahren, nach Schottland, um genau zu sein, während ihr auf Bali seid...«

»Ich wusste gar nicht, dass du nach Schottland willst!« Sarah klang überrascht. *Und ich wusste nicht, dass du meinen Sohn nach Bali entführst, so kurz vor Weihnachten...* Bea schluckte die Worte hinunter, denn sie wusste, dass Wyatt ein erwachsener Mann und kein Kind war, das gegen seinen Willen festgehalten wurde. Sarah war seine Frau, keine Gefängniswärterin, auch wenn sie Bea manchmal so vorkam. »Ich weiß, das kommt ziemlich spontan, aber ich glaube, es ist eine gute Idee. Ich verbringe gern Zeit mit Flora. Ich habe ihr gesagt, dass es nur geht, wenn ihr beide einverstanden seid. Andernfalls sind wir auch damit zufrieden, in Surry Hills zu bleiben.«

»Das klingt nach einer wunderbaren Gelegenheit. Aber bevor sie abreist, möchte ich sie gern noch einmal zu Hause haben. Ich glaube, wir müssen ein paar grundlegende Dinge besprechen...« Sarah klang unentschlossen.

163

»Natürlich«, pflichtete Bea ihr bei. »Und vielleicht ist eine Reise genau das, was sie braucht – eine Möglichkeit, Abstand zu gewinnen und an einem neutralen Ort über alles nachzudenken.«

»Ja, du hast recht, das könnte sein. Auf jeden Fall ist es besser, als wenn sie zu Hause den Kopf hängen lässt vor Sehnsucht nach diesen schrecklichen Freunden«, sagte Sarah. »Je mehr Abstand zwischen ihr und dieser verdammten Clique liegt, desto besser.«

»Absolut.« Bea nickte.

»Übrigens, gut, dass ich dich am Apparat habe, Bea. Ich wollte dich fragen, ob du dir zu Weihnachten etwas Bestimmtes wünschst.«

»Großer Gott, nein! Ich habe jetzt schon viel zu viel Zeug. Nur eine Postkarte, das wäre schön.« Bea wollte ihrer Schwiegertochter keine unnötige Mühe machen.

Am Ende des Gesprächs verabschiedeten sie sich freundlich voneinander. Bea erinnerte sich an ihr erstes Weihnachten in Sydney, allein, schwanger und voll Sehnsucht. Der Schmerz in ihrem Herzen war so heftig gewesen, dass sie glaubte, sterben zu müssen. Ihr Verlangen nach ihm war körperlich. Jedes Paar, das sie erblickte, erfüllte sie mit tiefem Schmerz; jedes lächelnde Mädchen erinnerte sie daran, wie glücklich sie gewesen war. Es schien besser, im Haus zu bleiben und die Trauer irgendwie zu ertragen. Sie konnte an nichts anderes denken als an ihren letzten gemeinsamen Morgen, an dem sie schluchzend sein Gesicht in beiden Händen gehalten und ihn angefleht hatte, bei ihr zu bleiben, weil sie das Gefühl hatte, ohne ihn nicht weiterleben zu können.

Flora hüpfte ins Badezimmer, und bald hörte Bea Wasser auf den Boden der Dusche plätschern.

Sie sah zu einem Foto an der Wand hinüber, auf dem Peter lächelte, und schob die silbernen Armreife, die er ihr im Laufe der Jahre geschenkt hatte, auf ihrem Unterarm zurück. »Also, mein Lieber, so, wie es aussieht, werde ich mich auf eine kleine Reise begeben.«

Sie schluckte die aufkommenden Schuldgefühle herunter und schüttelte den Kopf, um das Bild des Mannes loszuwerden, über dessen Verbleib sie kaum etwas wusste und der möglicherweise schon vor langer Zeit gestorben war.

Sie klappte ihren Laptop auf und nahm einige Hotels unter die Lupe, bevor sie den Rest von Alex' E-Mail las.

Auf der Royal Mile ist jetzt die Weihnachtsbeleuchtung eingeschaltet; die ganze Stadt sieht wunderschön aus und erfüllt die kalten, dunklen Nächte mit Glanz und sehnsüchtig erwarteter Freude.

Ich hoffe, der morgige Tag wird weniger ereignisreich für dich.

A :-*

Von: BeaG
Betreff: Re: Hallo

Was morgen sein wird, weiß ich nicht, aber mein Abend hat sich bereits als ziemlich ereignisreich erwiesen. Ich habe großartige Neuigkeiten: ICH KOMME NACH SCHOTTLAND! Ist das zu glauben? Allein, es zu schreiben, kommt mir verrückt vor. Flora und ich haben quasi auf den letzten Drücker beschlossen, dass wir verreisen, und Schottland ist unser Ziel. Wir wohnen im Hotel The Balmoral, es sieht hübsch aus, das wird bestimmt ein großes Vergnügen. Ich weiß, dass du um diese Zeit viel zu tun hast, Alex, darum mach dir bitte nicht die Mühe, uns herumzuführen. Aber wenn du inmitten des

vorweihnachtlichen Chaos Zeit für eine Tasse Kaffee fändest,
wäre das schön.
LG! B :-*

Von: Christmas Café
Betreff: Re: Hallo
Na, das ist ja wirklich eine Überraschung, und zwar eine groß-
artige! Ich kann es kaum glauben! Ich freue mich sehr darauf,
endlich ein Gesicht mit deinem Namen verbinden zu können,
und ja, eine Tasse Kaffee, hoffentlich mehrere, das geht bestimmt!
Diese Nachricht wärmt mir das Herz mehr, als ich sagen kann.
A :-*

Mit einem Lächeln auf den Lippen klappte Bea den Laptop
zu. Sie war von einem Gefühl der Hoffnung und Erregung
erfüllt, wie sie es lange nicht mehr empfunden hatte. Vielleicht sollte sie ihre eigenen Worte beherzigen und sich darüber freuen, dass sie noch nicht wusste, was hinter der nächsten Ecke auf sie wartete. Wie sie Flora gegenüber behauptet
hatte, konnte das durchaus etwas Großartiges sein. Sie nahm
das grüne Kissen und ließ die Hände auf dem seidigen Stoff
ruhen. Es würde wundervoll sein, Schottland zur Weihnachtszeit zu besuchen, die Lichter auf der Royal Mile zu
sehen und die reizende Dame mit dem Kater kennenzulernen,
die ihre elektronische Brieffreundin geworden war.

Nach so langer Zeit würde sie ins Vereinigte Königreich
zurückkehren, in das seltsame Land, in dem sie einst zu
Hause gewesen war.

Zehn

Inzwischen waren vierzehn Tage vergangen. Je näher die Abreise rückte, desto mehr widerstrebte Bea der Gedanke daran aufzubrechen, und desto ängstlicher wurde sie. Hektisch hantierte sie in der Küche herum. »Wie viel der Lieferant für den Fisch bekommt und wie das mit der Lieferung am Mittwoch ist, habe ich dir schon gesagt, oder?«

»Ja, Chefin.« Tait lächelte. »Zwei Mal.«

»Tut mir leid. Ich bin ein bisschen nervös.« Bea drehte an ihren Armreifen.

»Na, so was!« Tait lachte, als er sie vor der Spüle auf und ab laufen sah.

»Es wird bestimmt eine großartige Zeit für euch!«, mischte Kim sich ein, deren Kopf im Kühlschrank verschwunden war.

»Das glaube ich auch.« Bea nickte. »Ich habe eine entzückende Mail von Alex bekommen; sie sagt, sie freut sich darauf, ein Gesicht mit meinem Namen zu verbinden. Ich muss sagen, wir verstehen uns wirklich sehr gut, trotz ihrer Liebe zu Katzen.«

»Na ja, wir müssen nicht warten, bis du dort bist, wir können sie einfach googeln, wenn du willst«, bot Kim an und öffnete den Laptop, der auf dem Büfett stand. »Miss Alex McKay, *Christmas Café*.« Sie sprach die Worte laut aus und tippte sie gleichzeitig ein.

Während sie einige Sekunden auf die Ergebnisse der Suche warteten, blickte Bea sie lächelnd an.

Kim beugte sich vor, drehte ihren Oberkörper leicht zur

167

Seite und richtete den Bildschirm so aus, dass Bea kaum noch etwas sehen konnte.

»O. Mein. Gott.« Kim klappte den Laptop zu und drehte sich zu ihrer Chefin. »Wenn ich es mir genau überlege, solltest du vielleicht doch einfach dort auftauchen und dich überraschen lassen!« Sie lächelte verlegen.

»Sei nicht albern, Kim! Zeig sie mir! Was stimmt denn nicht? Du kennst mich doch, ich verurteile niemanden, und du solltest das auch nicht tun.« Mit vielsagendem Blick musterte sie ihre junge Angestellte. »Komm, lass mich mal sehen!« Bea streckte die Hand nach dem Laptop aus.

Kim schüttelte den Kopf. »Ich fürchte, das geht nicht.«

»Kim, langsam werde ich ärgerlich. Zeig mir einfach das Bild.« Bea erhob die Stimme und alarmierte damit Tait, der zu ihnen herüberkam, um herauszufinden, was vor sich ging.

»Was ist denn das hier für ein Krawall?«

»Ich möchte mir ein Foto von Alex ansehen, meiner elektronischen Brieffreundin in Schottland, und aus irgendeinem seltsamen Grund will Kim das nicht zulassen!«

Kim rührte sich nicht vom Fleck. »Ich habe dir doch gesagt, das g...geht nicht!« Dass Tait sich in unmittelbarer Nähe befand, brachte sie ein wenig aus der Fassung.

Bea verschränkte die Arme vor der Brust. »Kim! Wyatt kann jeden Augenblick hier sein. Ich bestehe darauf, dass du mir ihr Bild zeigst, und zwar jetzt!« Allmählich war sie mit ihrer Geduld am Ende.

Kim öffnete den Laptop, drückte auf einen Knopf, und das Bild poppte wieder hoch. »Ich kann dir kein Bild von ihr zeigen, weil sie keine Sie ist. Alex McKay, Inhaber des *Christmas Cafés*, ist in Wirklichkeit ...« Sie drehte den Laptop so, dass Bea ungehindert den Bildschirm betrachten konnte. »…ein Mann!«

Mit offen stehendem Mund starrte Bea auf das Foto. Es zeigte einen jugendlich wirkenden, grauhaarigen Mann mit einer ziemlich großen Nase und einem lächelnden Mund, der ebenmäßige Zähne entblößte. Er trug ein Jeanshemd und etwas, das verdächtig nach einem silbernen Armreif aussah. »Oh, das muss ein Fehler sein!« Bea beugte sich über den Bildschirm. »Das muss ein anderer Alex McKay sein!«

»Nö.« Kim scrollte einige weitere Dokumente durch. »Das ist eindeutig er. Spielt das eine Rolle?«

Bea legte sich eine Hand auf die Brust. »Ach du Scheiße! O nein!« Sie legte die Hände an die Wangen und krümmte sich schaudernd zusammen.

»Wo ist das Problem? Deine elektronische Brieffreundin ist ein Kerl, das ist doch keine große Sache!« Tait zuckte mit den Schultern. »Wir befinden uns im Jahr 2014, Männer und Frauen können miteinander befreundet sein, ohne dass es etwas zu bedeuten hat – stimmt's, Kim?«

»Äh… ja, klar.« Kim unterdrückte den Wunsch, zu schreien.

»Ihr versteht das nicht.« Beas Atem ging flach und stoßweise. »Die Art, wie ich ihm geschrieben habe… Wenn ich gewusst hätte, dass er ein Mann ist, wäre ich niemals so offen gewesen. Ich habe ihm auf ziemlich vertrauliche Weise geschildert, wie ich mich fühle.« Sie verzog das Gesicht, als empfände sie körperliche Schmerzen. »Ich habe ihm geschrieben, dass ich einen dicken Bauch habe!« *Und noch viel Schlimmeres dazu,* dachte sie. All ihre Geständnisse, wie einsam sie sich ohne einen Mann an ihrer Seite fühlte. »O nein!« Wieder schauderte sie.

Kim legte den Kopf in den Nacken und fing schallend an zu lachen. »Das ist ja saukomisch!«

Bea schüttelte den Kopf. »Nein. Nein, das ist es nicht. Es ist schrecklich. Was soll er nur von mir denken? Ich habe ihm meine intimsten Gedanken mitgeteilt. Sachen, die ich sonst nur meinen Freundinnen erzähle. Ich hatte ja keine Ahnung!«

Kim kicherte hinter vorgehaltener Hand. »Das ist so witzig! Die mausgraue Miss McKay mit ihren Katzen ist in Wirklichkeit dieser Adonis!« Sie klickte ein anderes Bild an und hielt den Laptop so, dass Bea es sehen konnte. Auf diesem Foto trug er einen Smoking und prostete in die Kamera.

»Ach, hör auf!« Bea seufzte. »Wir haben sogar Küsschen unter unsere E-Mails gesetzt, und ich habe mir überhaupt nichts dabei gedacht, weil sie eine Frau ist! Aber sie ist ein Mann! Er ist ein Mann! O Gott! O nein!«

»Bea, sieh doch das Positive daran. Wenn sich hier eine Beziehung anbahnt, müsst ihr euch wenigstens nicht erst mühsam kennenlernen. Er weiß schon ganz viel über dich!« Erneut kicherte Kim.

»Also bitte, Kim. Das hilft mir wirklich nicht weiter.«

Kim grinste breit. »Es tut mir echt leid, aber es ist einfach zu komisch.«

»Stell dir doch vor, du wärst beim Speed Dating!«, fügte Tait hinzu.

»Um Himmels willen, ihr zwei, wir haben kein Date miteinander!«, rief Bea ein bisschen lauter, als sie beabsichtigt hatte. »Ich dachte, ich hätte schlicht eine reizende neue Freundin gefunden.« Sie strich sich über das Gesicht und zuckte vor Unbehagen zusammen. »Vielleicht besuchen wir ihn einfach gar nicht. Vielleicht ist es das Beste, keinen Kontakt mehr aufzunehmen, und dann vergisst er, dass wir kommen wollten, und das war's. «

» Na, dann mal viel Glück! «, schnaubte Tait.

Bea warf einen Blick auf ihre Uhr und versuchte, Wyatt mit der Kraft ihrer Gedanken dazu zu bringen, so bald wie möglich aufzutauchen. » Himmel, diese Warterei bringt mich noch um! Ich will jetzt endlich mal los! «

Tait ging durch die Schwingtüren zurück ins Café und ließ sie mit Kim allein.

» Ich habe gerade gedacht, dass das ziemlich aufregend werden könnte. Wusstest du wirklich nicht, dass Alex ein Kerl ist? Vielleicht bist du ja doch auf der Suche nach einer netten kleinen Liebelei? «

Bea starrte ihre Mitarbeiterin verwirrt an. » Kimberley, ich glaube, du denkst zu viel! «

» Du bist schon wieder rot geworden! «, neckte Kim sie. » Ich habe mich nur gefragt, ob ihr euch vielleicht über Tinder kennengelernt habt, und der Würstchenclub ist nur ein Trick, weil du in Wirklichkeit vorhast, dich in den Highlands mit deinem Liebhaber zu treffen. « Wieder warf sie den Kopf in den Nacken und lachte.

» Meine Güte, gibt es wirklich Leute, die so etwas tun? Die sich über Tinder kennenlernen, was auch immer das sein soll? O nein, antworte mir nicht, ich will es gar nicht wissen «, sagte Bea mit abwehrend erhobener Hand. » Als würde ich wegen ein bisschen Sex den weiten Weg nach Edinburgh zurücklegen! Allein die Vorstellung … «

» Schon wie du › ein bisschen Sex ‹ sagst, bringt mich zum Lachen. Das klingt wie: › Möchten Sie eine Portion Pommes, einen guten Rat oder lieber ein bisschen Sex? ‹ « Kim prustete vor Lachen.

»Nun, ich freue mich, dass du das so lustig findest, obwohl mir schon der Gedanke seltsam vorkommt, wegen irgendeines Tinders irgendwo hinzufahren. Wenn ich auf der Suche nach einem Mann wäre, würde ich es anders anfangen. Mir wäre es lieber, von jemandem vorgestellt zu werden, der mich kennt. Aber natürlich bin ich nicht auf der Suche!«, sagte sie mit Nachdruck.

»Mir kam das nur logisch vor. Eine unerlaubte Reise antreten wollen, aber nicht allein. Und dann Flora als Lockvogel mitnehmen.«

»Dir mag das logisch vorkommen, aber um an Sex zu kommen, kann ich mir Orte vorstellen, die verdammt viel näher an Surry Hills liegen!«

»Wirklich? Wo denn? Erzähl mal!«

Bea schnalzte mit der Zunge und rückte ihre Armreife zurecht. »Das war nur bildlich gemeint.«

»Ach, schade. Aber wie du schon angedeutet hast, liegt die Zeit für heimlichen Sex ja wohl hinter dir ...«

»Ist das so? Was glaubst du, was mit mir los ist, Kim? Mein Körper und mein Geist sind durchaus bereit; natürlich sind sie das! Was mich zurückhält, ist eher das Schamgefühl, wenn ich mir vorstelle, mich vor jemandem auszuziehen. Und außerdem glaube ich, dass ich schon vergessen habe, wie das überhaupt geht!« Lachend lehnte sie sich an Kim und versuchte sich vorzustellen, sie hätte mit ihrem eigenen Chef ein solches Gespräch geführt, wenn auch vor einer gefühlten Ewigkeit. »Aber genau das ist der Punkt, Liebes. Du magst glauben, dass ich längst zu alt dafür bin, aber das stimmt nicht. Und eines Tages wirst du feststellen, dass es keinen Schalter gibt, der sich im Alter von siebenundvierzig Jahren umlegt und dafür sorgt, dass du nicht mehr an Sex denkst, nicht mehr verwöhnt werden möchtest und dir keine Erotik mehr wünschst! Wir hören nicht einfach auf, einander zu begehren, um uns stattdessen Kreuzworträtseln zu widmen oder Tomaten zu züchten!«

»Na ja, mit siebenundvierzig natürlich noch nicht. Aber mit achtundvierzig ganz sicher!« Kim grinste.

Bea strich sich die Haare aus der Stirn. »Ich lebe in derselben Welt wie du, in der mithilfe von Sex Dinge verkauft werden, in der jedes Werbeplakat und jeder Zeitschriftenartikel mit dem perfekten Körper irgendeiner unglaublich schönen Zwanzigjährigen illustriert ist. Jeder verkauft Waren und Dienstleistungen, indem er Sex als Köder benutzt, und ich bin ein Teil dieser Welt, egal, wie weit entfernt sie mir vorkommt oder wie widerwärtig dir und deinen Freunden das auch erscheinen mag. Obwohl ich den leicht zerknautschten Körper einer Frau über fünfzig habe, habe ich die Gedanken und Begierden einer sehr viel jüngeren Frau. Leider.«

»Kann ich mir vorstellen.« Kim wirkte verlegen. »Aber es ist doch bestimmt nicht mehr so wie bei mir und meinen Freundinnen, oder? Die Hälfte der Zeit auf der Suche nach Sex. Das wird doch bestimmt irgendwann ruhiger?«

Bea lächelte über Kims Miene, denn sie sah, dass sie inständig hoffte, die Antwort möge Ja lauten.

»Ja. Das wird es. Versprochen.«

Kim atmete aus und wirkte erleichtert.

»Aber das heißt nicht, dass ich niemanden mehr attraktiv finde und mir nicht wünsche, bei einem anderen Menschen, bei einem Mann, Gesellschaft und Geborgenheit zu finden. Das wünsche ich mir noch immer, aber im mittleren Lebensalter ist das schwierig, irgendwie anders.«

»Warum? Weil es keine Clubs und Bars mehr gibt, in die man gehen kann, um jemanden aufzureißen?«

Bea verdrehte die Augen. »Nein, weil alle in meinem Alter irgendwelche verletzenden Erfahrungen gemacht haben und weil viele von uns entweder keine Lust mehr haben, oder das Leben hat uns die Freude daran genommen, es noch einmal zu versuchen. Manchmal hat man das Gefühl, dass es zu mühsam ist, zu aufwühlend.«

»Das klingt deprimierend! Und ich dachte, in meinem Alter wäre es hart!«

»Wahrscheinlich *ist* es auch ein bisschen deprimierend. Jedenfalls fallen wir nicht mehr auf die Phrasen herein, die immer funktioniert haben, als wir noch jung waren. Dazu sind wir viel zu zynisch. Außerdem hat jeder von uns eine Menge Schuld auf sich geladen.«

»Uh, wie das denn? Leichen im Keller und krumme Geschäfte, von denen niemand etwas erfahren soll?« Kim zog die Brauen hoch, blickte aber weiterhin auf die Arbeitsfläche vor sich.

»Nein, so nicht!« Bea kicherte. »Aber wenn man älter wird, fühlt man sich irgendwie ungeschützter; es ist schwerer, etwas zu verbergen. Wir neigen dazu, uns für das schuldig zu fühlen, was wir getan oder eben nicht getan haben. Unsere Erfolge und Niederlagen sind nicht mehr nur theoretisch – sie sind in unseren Gesichtern und unseren Lebensgeschichten deutlich zu sehen. Wir können uns keine großartige Zukunft mehr ausmalen, und keiner verliebt sich mehr wegen unserer fantastischen Möglichkeiten in uns.«

»Ich dachte, wenn man älter wird, muss man sich weniger Sorgen machen, man betrachtet das Leben eher von der heiteren Seite, ist optimistischer.«

Der Gedanke gefiel Bea. »Du machst dir nicht weniger Sorgen, sondern andere. Wenn du zum Beispiel ein Baby hast, bist du besorgt, weil ihm zu warm oder zu kalt sein könnte, oder du befürchtest, dass es womöglich im Schlaf stirbt. Und wenn das Kind dann in die Schule kommt, läuft es vielleicht vor ein Auto. Wenn es auf einmal selbst Auto fährt, dann hast du Angst, dass es einen Unfall baut. Und schließlich befürchtest du, dass jemand ihm das Herz bricht oder dass es Drogen nimmt… So geht das immer weiter. Du hörst niemals auf, dir Sorgen zu machen. Sie verändern sich nur.«

»Meine Güte, mir war gar nicht klar, dass Kinder so nervig sind! Ich weiß sowieso nicht, ob ich jemals welche haben möchte. Ich glaube, Tait will keine Kinder, noch lange nicht. Eigentlich weiß ich sogar, dass er keine will.« Sie lächelte schief.

»Sie *sind* auch nervig, wie du es nennst. Aber gleichzeitig sind sie die allergrößte Freude.« Sie musterte Kim eindringlich. »Und mit Sicherheit kannst du jetzt noch nicht einschätzen, ob du dir welche wünschst oder nicht. Glaub mir, auch wenn die Medien dir das Gegenteil weismachen wollen – normalerweise entscheiden die Kinder, ob sie zu dir kommen wollen. Die Welt verändert sich ständig, und wer weiß, wie du dich später fühlst oder wem du begegnest – in einem Monat, in einem Jahr. Vielleicht hast du eine Zukunft mit Tait, vielleicht aber auch nicht! Und genau darum geht es; je länger du auf diesem Planeten lebst, desto ausgeglichener ist deine Sichtweise.«

»Weil du irgendwann lange genug da bist, um alles gesehen zu haben…«

Bea lächelte und dachte an all die Dinge, die sie hoffentlich noch sehen und erreichen würde. »Ja, so ungefähr. Ich glaube, je älter man wird, desto weniger kann einen noch überraschen.«

»Oh, ein Leben ohne Überraschungen wäre toll!«

Bea betrachtete Kims Profil. Ihre eigene Sichtweise war genau entgegengesetzt. »Ältere Menschen sind wie ein Buch, das schon zu zwei Dritteln geschrieben ist. Das Ende umzuschreiben wird immer schwieriger. Aber sehr viel wichtiger ist, dass wir ein Geheimnis kennen, in das wir fast niemanden einweihen. Dir verrate ich es jetzt – okay?«

Kim nickte. »Ich erzähle es auch niemandem weiter!«

»Das Leben gehört dem Tapferen, Kim. Du musst auf die Jagd nach dem Leben gehen, das du dir wünschst, und dann musst du es beim Schopf packen! Wenn du Tait also wirklich willst, und ich glaube, dass es so ist, dann sorge dafür, dass du ihn bekommst! Lass dich nicht von anderen bestimmen; mach dir keine Gedanken um Janine oder um sonst jemanden. Sei einfach du selbst, denn eines Tages wirst du aufwachen, und dann ist es zu spät, um deinen eigenen Weg zu gehen. Vielleicht musst du dann erkennen, dass du einem Weg gefolgt bist, den ein anderer für dich angelegt hat.«

»Herr im Himmel, Bea, du machst mich echt fertig!«

»Das wollte ich nicht. Du musst nur dafür sorgen, dass du, genau wie ich, ein aufregendes, erfülltes Leben führst, eine richtige Achterbahn, die dich so hoch hinaufbringt, wie es nur geht. Älterwerden ist nichts, worüber man traurig sein muss; es sollte gefeiert werden!«

Kim seufzte. »Ich weiß, dass du recht hast, ich sollte mich ins Leben stürzen, aber irgendwie scheine ich immer den richtigen Zeitpunkt zu verpassen. Und ich weiß auch, dass die Zeit vergeht, ohne dass sich für mich irgendetwas ändert.« Sie blickte zur Schwingtür. »Sosehr ich es mir auch wünsche.«

»Du musst selbst dafür sorgen, dass sich etwas ändert, Kim; warte nicht darauf, dass es von selbst passiert. Ich bin doppelt so alt wie du, und ich kann es kaum noch erwarten, endlich aufzubrechen!«

»O glücklicher Alex!« Kim lachte.

»Um Himmels willen, Kim, hör auf!«, schnauzte Bea sie an.

»Tut mir leid. Ich habe nur herumgealbert, ich wollte dich nicht ärgern.«

»Ich glaube, wir wissen beide, dass das gelogen ist.«

Kim lachte. »Bist du sicher, dass du nicht doch ein kleines bisschen Interesse an Mr McKay hast, dem Charmeur mit dem silbernen Haar?«

»Nein! Absolut nicht! Es ist mir nur total peinlich.« Bea schüttelte den Kopf, schon der Gedanke brachte sie in Verlegenheit.

Auf der Straße ertönte eine Hupe.

»Oh, das muss Wyatt sein.« Bea nahm ihre Handtasche und kontrollierte zum x-ten Mal, ob ihr Reisepass, ihr Portemonnaie und ihr Handy in den kleinen dafür vorgesehenen Fächern steckten, bevor sie sich auf den Weg nach vorn ins Café machte.

Sie gab Kim einen Kuss auf die Wange. »Danke, Liebes, für alles.«

»Geh nur, genieße es! Und mach dir keine Sorgen, wir kommen hier schon zurecht«, versicherte Kim ihr.

Bea umarmte Tait. »Also, ihr zwei, ihr habt all meine Nummern, falls ihr mich braucht. Mario wird morgen hier sein, und in zwei Wochen sehen wir uns wieder!«

»Viel Spaß, Bea. Wir werden dich vermissen!« Kim schob die Unterlippe vor.

»Aber wir kriegen das schon hin, Kimmy, stimmt's?« Tait zwinkerte ihr zu.

Kim nickte nur rasch; ihre Wangen waren tiefrot angelaufen, und sie traute sich nicht, ihm zu antworten.

»Und wenn du meiner Tante oder meinem Cousin Gideon begegnen solltest, grüß sie ganz lieb von mir«, sagte Tait und strahlte.

»Aber klar! Wo wohnen Gideon und seine Mutter denn?«, fragte Bea.

»In Weston-Super-Mare.«

Bea lachte. »Tait, wenn wir auch nur in die Nähe von Weston-Super-Mare geraten, dann ist bei unseren Reiseplänen etwas gründlich schiefgegangen. Das liegt ganz woanders als Edinburgh!«

»Woher soll ich das wissen?« Tait zuckte mit den Schultern.

»Ich habe eine Kleinigkeit für euch in die Speisekammer gelegt. Nicht eure richtigen Weihnachtsgeschenke, aber ein vorweihnachtliches Dankeschön.«

»Wow, Bea! Danke!«, riefen sie im Chor.

Sie hatte mehrere Präsentkörbe voller verlockender, festlicher Leckereien für sie besorgt, einschließlich je einer Flasche Schampus und einer hübschen, mit einer Schleife verzierten Schachtel exquisiter, handgefertigter Pralinen von Haigh's im Queen Victoria Building.

Bea warf ihnen Luftküsse zu, schob ihren Rollkoffer vor sich her und verließ das Café. Sie setzte sich auf den Beifahrersitz von Wyatts Holden und spürte sofort, dass sie mitten in einen Streit geplatzt war. Flora wirkte angespannt, nur ein schwaches Lächeln erhellte ihren finsteren Blick, als sie ihre Großmutter begrüßte.

»Aufgeregt?«, fragte Bea.

Flora nickte und steckte sich die In-Ear-Hörer in die Ohren.

»Ich hoffe, du kannst sie unterwegs zur Vernunft bringen«, sagte Wyatt, während er die Elizabeth Street entlang und am Bahnhof vorbeifuhr. Als wäre Flora gar nicht da, richtete er seine Worte hinter der verspiegelten Sonnenbrille hervor an die Windschutzscheibe.

»Ach was, Flora ist viel vernünftiger als ich. Ich glaube eher, dass sie mich zur Vernunft bringen wird!«

Fast unmerklich schüttelte Wyatt den Kopf.

Als der Wagen in die Botany Road einbog, entdeckte Bea Mr Giraldi, der sich am Straßenrand herumtrieb. Ein Strohhut schützte seinen Kopf vor der Sonne, und er betupfte sich Gesicht und Nacken mit einem blau gepunkteten Taschentuch. Offenbar war er gerade einkaufen gegangen, denn seine Tasche von Harris Farm Market hatte straff gespannte Henkel und war zweifellos prall mit den großen Orangen gefüllt, die er so liebte. Bea winkte ihm eifrig zu. Mr Giraldi entdeckte sie, und offenbar vergaß er vorübergehend seinen Ruf, stets schlecht gelaunt zu sein, denn er winkte zurück. In seinem Gesicht breitete sich ein schönes Lächeln aus, als er ihr mit dem Blick folgte, bis sie außer Sichtweite war.

Wyatts Hände umklammerten das Lenkrad und verrieten so, dass ihn selbst dieser wortlose Dialog auf irgendeine Art ärgerte. Aber wie sie erst kürzlich zu Flora gesagt hatte: Das war dann eben verdammtes Pech.

Er ließ sie am Terminal Eins aussteigen, nahm seine Tochter verlegen in den Arm und drückte seiner Mutter ungeschickt einen flüchtigen Kuss auf die Wange. Kurz vor Weihnachten, nach Wyatts und Sarahs Rückkehr von Bali, würden

179

sie alle wieder vereint sein. Sowohl Bea als auch Flora fanden die Aussicht, vom internationalen Terminal aus zu starten, aufregend, obwohl der Flug sie einen ganzen Tag kosten würde; nach Hongkong dauerte es fast zehn Stunden, dann noch einmal sechzehn via Amsterdam nach Edinburgh.

»Besuchen wir Miss Alex und ihre vielen Katzen eigentlich gleich nach der Landung?«, fragte Flora unvermittelt, als sie in das Flugzeug stiegen. Sie fing an zu kichern, und Bea musste lächeln. »Kim hat mir eine Nachricht geschickt; sie meint, ich soll dich das fragen! Eigentlich weiß ich gar nicht, was daran so lustig ist!«

»Ach«, sagte Bea wegwerfend. »Antworte Miss Kim einfach, dass wir das möglicherweise tun werden.«

Obwohl der Flug ihnen endlos vorkam, war es durchaus angenehm, zusammen in eine Decke gewickelt, in einem warmen Flugzeug zu sitzen, nirgendwo hingehen und nichts tun zu müssen und langsam in den Schlaf hinüberzudämmern. Nachdem sie sich die zwei Filme angesehen hatten, die sie beide interessierten, verbrachten sie den größten Teil der verbliebenen Stunden in tiefem Schlaf.

Irgendwann wachte Bea auf. Sie lag da in der Dunkelheit, ihr kleines, grünes Seidenkissen an die Wange gedrückt, und dachte an das letzte Mal, als sie diese Reise angetreten hatte, in die entgegengesetzte Richtung und bereit, im Schoß ihrer Familie ein neues Leben auf der anderen Seite des Erdballs zu beginnen. Ihre Großmutter hatte ihnen am Flughafen tränenreich Lebewohl gesagt, und auch ihre Mutter hatte geweint. Bea erinnerte sich, dass ihr Vater ihre Mutter ermahnt hatte, Tränen seien ansteckend und sie solle sich um des Mädchens willen zusammenreißen.

Mit vierzehn Jahren, nur wenige Monate älter, als Flora

jetzt war, hatte Bea sich vorgestellt, dass ihr neues Zuhause in Australien sehr der britischen Küste ähneln würde, die sie so liebte: überall Sonnenschein, Strände und Eis. Ihre einzige Sorge war, ob sie genug Flipflops eingepackt hatte und ob es einen gleichwertigen Ersatz für die Top Forty geben würde. Die Wirklichkeit von Byron Bay war ein Schock für sie. Abgesehen von der Kirche und einigen massiven Gebäuden entlang der Hauptstraße, kam ihr alles ziemlich instabil und provisorisch vor – eine ganz andere Welt als der solide Vorort Surrey, in dem sie aufgewachsen war. Die deutlichste Erinnerung an ihre Ankunft in Byron Bay war der wahrlich ekelerregende Geruch, ein Produkt des Schlachthofs und der riesigen Molkerei, deren Ausdünstungen in die Luft über dem Ort gepumpt wurden. Die Hitze war eine Qual. Unablässig surrten Mücken in der glühend heißen Sonne, ständig saßen ihr Fliegen auf Lippen und Zunge, und sie versuchte, nicht an die Krokodile und Haie zu denken, wenn sie im Ozean oder am Strand im Schatten eines Eukalyptusbaumes Zuflucht suchte. Der Ort war ganz anders, als sie ihn sich vorgestellt hatte – nichts hätte sich krasser von der sanften Umarmung eines warmen Sommertages zu Hause unterscheiden können. Und sie sehnte sich nach ihren Lieblingsspeisen, wünschte, sie hätte so viel Paradiescreme und Ovomaltine mitgenommen, dass es bis an ihr Lebensende reichen würde.

Beas Gedanken wanderten zu Diane, ihrer Schwester und Freundin. Seit über dreißig Jahren hatten sie sich nun nicht mehr gesehen, und noch immer vermisste sie sie schmerzlich. Unter all ihren Verlusten war der von Di nach wie vor am deutlichsten zu spüren. Aber sie hatte getan, was ihre Eltern ihr befohlen hatten, hatte Wort gehalten und war auf Abstand geblieben, ohne je wieder Kontakt aufzunehmen.

Du fehlst mir so, Di … Sie war nie nach Byron Bay zurückgekehrt, vielleicht aus Angst vor dem, was sie dort vorfinden würde. Obwohl die Stadt dem Vernehmen nach inzwischen nicht mehr wiederzuerkennen war: Die reizlose, abgelegene Siedlung hatte sich in ein angesagtes Zentrum alternativer Lebensstile und Öko-Resorts verwandelt. Bea fragte sich, ob Di noch dort war, ob sie zu einem Byron-Bay-Hippie geworden war und ob sie noch an sie dachte. Sie hoffte es.

Flora stieg als Erste aus dem Flugzeug. Der Boden war mit einem dünnen Frostschleier überzogen. Auf der obersten Stufe drehte sie sich zu ihrer Großmutter um, die Arme um den Oberkörper geschlungen. »O Bea! Es ist wahnsinnig kalt hier!«, rief sie gegen den eisigen Wind an, der ihr das Haar zurückpeitschte und ihre Nase fast erfrieren ließ. Noch nie war sie an einem so kalten Ort gewesen.

Bea lachte, denn sie hatte fast vergessen, wie kalt *kalt* tatsächlich sein konnte. Hier war es nicht damit getan, abends am Strand nach einem zusätzlichen Pulli zu greifen, wenn der große Sonnenball im Meer versank, oder damit, ein Paar Socken überzuziehen, um sich gegen die Kühle des frühen Morgens zu schützen. Dies war die Art von Kälte, die einem Gänsehaut verursachte und die Haut förmlich schrumpfen ließ, Kälte, die einem in die Knochen kroch, bis sie sich fast morsch anfühlten. Die Art von Kälte, die an den Ohren wehtat und dafür sorgte, dass man sich unter einer großen, dicken Daunendecke verkriechen und erst wieder zum Vorschein kommen wollte, wenn der Sommer einem ins Gesicht lachte. Vor ihrem inneren Auge sah sie sich plötzlich mitten im Winter mit Diane von der Grundschule nach Hause gehen. Um drei Uhr nachmittags war es schon fast dunkel.

Sie erinnerte sich daran, wie rau sich ihr Gesicht anfühlte, wie sie in ihren Gummistiefeln nach Hause hasteten, um sich vor den Kamin zu setzen, mit tauben Fingern und Zehen, und dann der unangenehme Geruch nach feuchter Wolle, wenn ihre Mutter die Fäustlinge zum Trocknen auf den sperrigen Feuerkorb legte.

»Ist es zu spät, um sich noch für Bali zu entscheiden?«, witzelte Flora und lachte ihre Großmutter mit klappernden Zähnen an.

Sobald sie ihr Gepäck abgeholt hatten, nahm Flora ihre Skijacke aus dem Rucksack und dazu ihr Beanie aus Wolle und den dicken Schal aus Angorawolle. Bea wickelte sich ihren Pashmina-Schal zweimal um den Hals und wühlte in ihrem Koffer nach dem langen, dunkelblauen Wollmantel. Auf dem Weg zum Büro der Autovermietung schienen ihre Zahnwurzeln zu pochen, und die eisige Luft ließ sie am ganzen Körper frösteln. »Meine Güte, ist das kalt!«, wiederholte sie im Minutenabstand und rieb sich die Hände. Flora nickte nur, als hätte der Kälteschock sie verstummen lassen.

An den Plakatwänden im Flughafengebäude zeigten Poster die Festtagsgerichte und die mit Schleifen geschmückten Geschenkpakete, die in den Restaurants und Geschäften von Edinburgh auf sie warteten. Plötzlich war Bea aufgeregt. Es mochte zwar kalt sein, aber das hier war richtiges Weihnachtswetter.

»Geht es dir gut genug, um zu fahren, O… Bea?«, fragte Flora.

»Absolut! Ich bin hellwach und kann es kaum noch erwarten, endlich loszufahren!« Bea strahlte, das schulterlange, graue Haar unter dem Hut fiel ihr gepflegt über die Schultern.

Die beiden nahmen einen kleinen, roten Fiat 500 in Besitz und mussten lachen, weil sie ein solches Auto noch nie gesehen hatten. Sie bedankten sich bei dem freundlichen Angestellten namens Andrew, der so schnell und mit so starkem schottischem Akzent sprach, dass Bea nur ungefähr jedes dritte Wort verstand. Flora warf eine Tasche auf den Rücksitz; die andere passte bequem in den überraschend geräumigen Kofferraum. Bea schlug die Heckklappe zu, schlüpfte auf den Fahrersitz und tippte die Koordinaten in das piepende Navi ein.

»Ich liebe dieses Auto! Es ist, als führe man in einer kleinen Kirschtomate herum!« Flora kicherte. Bea drehte den Schlüssel in der Zündung, stellte die Heizung auf volle Touren und hielt ihre Hände vor den Lüftungsschlitz.

»Nein, es ist eher eine Christbaumkugel!«, sagte Bea lachend.

»Was auch immer, ich wünschte, hier drin wäre es wärmer. Ich spüre meine Füße nicht mehr!« Flora trampelte mit ihren Turnschuhen auf der Gummimatte auf dem Boden des Wagens herum.

»Gleich wird es warm.« Bea hoffte, dass sie recht hatte, denn ihre Hand auf dem Lenkrad zitterte, und unter ihrem Mantel klirrten die Armreife.

Offenbar waren sie noch acht Meilen vom Hotel The Balmoral entfernt, das in den kommenden zwei Wochen ihr Zuhause sein würde. Sie waren beide noch nie in Schottland gewesen, und abgesehen von dem, was sie auf Bildern im Internet – überall hohe Hügel und dichte Wälder – und in dem Film *Highlander* gesehen hatten, wussten sie nicht, was sie hier erwartete.

Bea schloss den Sicherheitsgurt und zupfte ihre cremefarbenen Chinos zurecht, damit sie auf der Fahrt nicht allzu sehr zerknitterten. Wie eine Decke breitete sie die Falten ihres Mantels auf ihrem Schoß aus und rückte routiniert ihre Armreife zurecht.

»Du hast mich schon lange nirgendwo mehr hingefahren.« Flora gähnte und schüttelte den Kopf, um die Müdigkeit loszuwerden, die sie zu überwältigen drohte.

Bea nickte. »Stimmt. Aber keine Sorge, ich glaube, ich weiß noch, wie das geht.« Sie zwinkerte ihrer Enkelin zu. »Wenigstens fahren sie hier auf der richtigen Straßenseite!« Flora lachte.

»Bist du aufgeregt?«, fragte Bea und ließ den Motor aufheulen.

»O ja, und wie!«, quiekte Flora.

Bea verspürte einen Anflug von Unbehagen angesichts der Verantwortung, die es bedeutete, ihre Enkeltochter zu chauffieren. Dass Wyatt und Sarah ihr einziges Kind ihrer Obhut anvertrauten, auf offener Strecke, in einem fremden Land – das kam ihr wie ein riesengroßes Privileg vor.

»Der Himmel ist hier ziemlich grau, stimmt's?« Sie beugte sich auf ihrem Sitz vor und spähte durch die Windschutzscheibe zu einer tief hängenden, dicken Wolke hinauf, die alles sehr winterlich erscheinen ließ. »Das lässt die Landschaft irgendwie geheimnisvoll wirken, findest du nicht?«

»Ja. Es erinnert mich an *Harry Potter*.« Flora kicherte.

Bea betätigte den linken, dann den rechten Blinker und übte, das Licht an, aus und auf Fernlicht zu stellen, um sich mit dem Armaturenbrett des Fiats vertraut zu machen. Kerzengerade saß sie auf dem Fahrersitz, konzentriert bis in die letzte Faser ihres Seins, löste die Handbremse und fädelte sich in die Autoschlange ein, die nach und nach das Parkhaus verließ. Sie lenkte den Wagen durch drei Kreisverkehre und folgte den Wegweisern zur Stadtmitte von Edinburgh. Die Straßen bestanden aus dunkelgrauem Asphalt, die kleinen Kreisverkehre mit ihren hohen, hellen Bordsteinen waren mit gepflegtem Rasen bewachsen, und gelegentlich steckten die Pfosten einer Plakatwand im Boden.

Zwei Busse überholten den kleinen Fiat, der gemächlich auf der mittleren Spur fuhr. »Du meine Güte, ich komme mir vor wie ein Zwerg!«

»Ein glänzender roter Zwerg!«, korrigierte Flora sie.

Der Verkehr war weiterhin dicht, während sie über die A8 zockelten. »Ich glaube, die Schätzung des Navis, dass wir eine halbe Stunde brauchen, ist ein bisschen zu optimistisch«, sagte Bea. »Nicht zu fassen, wie viel Verkehr hier ist! Ich erinnere mich, dass es kaum Autos gab, als ich ein Teenager war, vor allem bei uns in der Gegend. Diane und ich haben immer auf den kleinen Straßen in der Nähe unseres Hauses gespielt, wenn du dir das vorstellen kannst – Tennis und Fußball, mitten auf der Straße. Wenn ein Auto vorbeikam, hat es einfach gehupt, und wir haben den Weg frei gemacht. Aber sieh dir das hier nur an! Das ist ja verrückt!«

Während sie weiterkrochen, so langsam, dass sie in die Wagen zu beiden Seiten blicken konnten, lächelten Bea und Flora die Insassen der anderen Fahrzeuge leicht verunsichert an, lächerlich aufgeregt, weil sie in einem Verkehrsstau steckten – der sich aber immerhin in Schottland befand! Bea spähte zum Fenster hinaus, als sie durch Corstorphine fuhren, und betrachtete die robusten, frei stehenden Einfamilienhäuser aus Granit. Kunstvoll gestaltete Zinnen saßen über den Fenstern im oberen Stockwerk und verliehen den Anwesen ein erhabenes Aussehen, das sich sehr von den moderneren Gebäuden unterschied, deren Anblick sie aus Sydney gewöhnt waren.

»Ich bin tatsächlich hier«, dachte Bea laut. »Ich bin wieder im Vereinigten Königreich, aber jetzt bin ich erwachsen. Wie ist es dazu gekommen?«

»Keine Ahnung.« Flora zuckte mit den Schultern. »Ich wünschte, Mama und Papa könnten uns sehen, wie wir in dieser Christbaumkugel fahren, während es draußen so kalt ist. Papa würde es hier gefallen, er würde alles erkunden. Er mag Abenteuer, stimmt's?«

»O ja, das kann man wohl sagen.« Bea lächelte, denn sie war glücklich, dass Flora liebevoll über ihren Vater sprach, ohne die Aggression, deren Zeugin Bea in letzter Zeit so oft geworden war.

»Glaubst du, sie vermissen mich?«, fragte Flora kleinlaut.

»Dich vermissen? Aber natürlich! Doch sie freuen sich auch, dass wir uns prächtig amüsieren.«

»Ich rufe sie nachher mal an.« Flora starrte aus dem Fenster.

»Gute Idee.«

Flora schüttelte den Kopf. »Es ist bestimmt schön für sie, im Urlaub mal Zeit für sich zu haben. Ohne Arbeit und so.«

Bea dachte, dass ihre Enkelin bemerkenswert erwachsen klang. »Vermisst du sie auch?«

Flora nickte. »Ein bisschen.«

»Nun, das ist gut so. Denk nur, wie schön das wird, wenn du sie wiedersiehst.«

»Ich kaufe Geschenke für sie, und vielleicht bringe ich Marcus auch etwas mit.« Noch immer starrte Flora zum Fenster hinaus.

187

»Marcus, den du so hasst? Dem du auf den Mund geschlagen hast?«

»Ja.« Flora seufzte. »Eigentlich hasse ich ihn gar nicht. Ich mag ihn. Vielleicht liebe ich ihn sogar.«

»Ach, mein liebes Mädchen! Ich hätte da einen kleinen Tipp: Wenn du jemanden magst oder möglicherweise sogar liebst, dann ist es wohl nicht die beste Art, eine Beziehung mit ihm anzufangen, indem du ihm ins Gesicht schlägst.«

»Das weiß ich.« Flora blickte ihre Großmutter an. »Ich mochte ihn nicht sofort. Lori hat gesagt, dass sie mit ihm ausgehen wollte, darum habe ich niemandem davon erzählt. Aber nach drei Wochen Schule fuhren wir mit dem Bus vom Strand nach Hause, und ich habe ihn auf der Darley Road gesehen. Er war allein, und irgendwie fing mein Herz an zu flattern. Ich wusste, dass ich mit ihm reden und ihn kennenlernen wollte, aber ich wusste auch, dass Lori ihn mochte, und darum habe ich nichts gesagt. Auf dem ganzen Heimweg habe ich an ihn gedacht, und als ich ihn in der Schule gesehen habe, habe ich dasselbe empfunden. Aber dann ist diese Sache mit der Regel passiert, und dann habe ich ihn geschlagen.«

Bea wusste noch sehr gut, wie man sich als Teenager fühlte, dem vor Liebe fast das Herz zersprang. Ohne jede Ablenkung durch Arbeit oder andere Pflichten war ihr junger Geist frei gewesen, morgens, mittags und nachts an nichts anderes zu denken als an das Objekt ihrer Zuneigung. »Hast du mit ihm geredet? Ihm gesagt, was du empfindest?«

Flora schüttelte den Kopf. »Nein. Dazu bin ich viel zu schüchtern, und außerdem würde Lori mich umbringen. Aber ich weiß noch, was er anhatte, als er an der Darley Road entlangging, und immer wenn ich daran denke, fängt es in meinem Bauch furchtbar zu kribbeln an.«

Bea konzentrierte sich auf den grauen Himmel, ein blaues Button-down-Hemd, einen dunkelgrünen Seidenschal, eine lange graue Stoffhose, eine Ponyfranse, die ihm in die Stirn fiel, seine großen Hände, in die ihre eigenen hineinpassten, als wären sie dafür gemacht …

»Weißt du, was ich meine?«

»Ja«, antwortete Bea leise. »Das weiß ich.«

Flora straffte die Schultern und setzte sich auf dem Beifahrersitz aufrechter hin. »Außerdem ist es sinnlos, es ihm zu sagen. Er hasst mich.«

»Ich wette, das tut er nicht.« Bea bewegte beim Sprechen kaum die Lippen, so sehr konzentrierte sie sich auf die Autoschlange, die sich langsam vorwärtsschob.

»Ach, das spielt sowieso keine Rolle. Lori sagt, er geht mit ihr aus, und das war's dann.«

»Hat er wirklich keine Wahl? Der arme Kerl! Meinst du nicht, dass du ihm sagen solltest, was du für ihn empfindest, damit er eine Chance hat, sich zu entscheiden?« Bea gab ihrer Enkelin denselben Rat, mit dem sie erst kürzlich auch Kim bedacht hatte.

»Vermutlich sollte ich es tun. Woran erkennt man eigentlich, wenn man der Liebe seines Lebens begegnet ist?«

»Das ist eine gute Frage.« Bea lächelte. »Ich denke mal, die Antwort ist, dass du einfach der leisen Stimme deines Instinkts vertrauen musst.«

»Ich glaube, dass ich ihn liebe, aber ich hab's wohl total vermasselt …«

»Womit denn, mit dieser Prügelgeschichte?«

Flora nickte entmutigt. »Sieh mal, der Zoo!«, rief sie plötzlich aus, wechselte Thema und Stimmung und deutete auf ein Schild am linken Straßenrand. »Da gibt es Pandas!

Richtige Pandabären! Bei uns gibt es nur dicke, fette Dugongs. Wie schrecklich kalt ihnen sein muss! Können wir hingehen und sie uns ansehen?«

»Die Menschen in Edinburgh würden sich wahrscheinlich sehr freuen, wenn sie dicke Dugongs sehen könnten! Und ja, wir können alles machen, was du dir wünschst, aber nicht mehr heute – ich muss mir die Haare waschen und ein schönes Schaumbad nehmen.«

»Ich bin so aufgeregt!«, rief Flora.

Der Wagen nahm Fahrt auf, als der Verkehr zu fließen begann, und nun war Bea diejenige, die rief: »Sieh mal! Murrayfield! Das ist ja unglaublich. Das war letztes Jahr im Fernsehen, als die Wallabies gegen Schottland gespielt haben. Wir haben uns das Spiel im Café angesehen, Tait ist völlig ausgeflippt, als Lealiifano einen Überraschungstreffer gelandet hat! Und jetzt bin ich hier! Das ist wirklich verrückt. Ich muss Fotos machen und sie nach Hause schicken.«

Flora lachte amüsiert, weil ihre Großmutter so aufgeregt war, und hocherfreut, dass die Mutter ihres Vaters seine Begeisterung für eine Sportart teilte, für die sie selbst nur mäßiges Interesse aufbrachte.

Die beiden bewunderten die Weihnachtsdekoration an den Häusern, die die Straßen säumten. Neon-Weihnachtsmänner baumelten an Leitern und hingen an Fensterbrettern; Lichterketten ließen Bäume und Sträucher funkeln und glitzern; und in einer Auffahrt war sogar ein beleuchteter Schlitten zu sehen, der von vier Rentieren gezogen wurde. Aufblasbare Schneemänner und zahlreiche grün, rot und golden beleuchtete Fenster hoben sich von dem grauen Nachmittagshimmel ab, erhellten die massiven Mauern aus grauem Stein und den eintönig graubraunen Zementputz. Kinder in dicken Mänteln, mit Wollmützen und Schals, trippelten an der Hand ihrer Eltern die feuchten Bürgersteige entlang, mit Weihnachtsbäumen und fröhlichen Sprüchen bedruckte Einkaufstüten in der Hand.

Erstaunt betrachtete Bea die Ladenzeilen, denn sie hatte ganz vergessen, dass es im Königreich die gewölbten Sonnensegel nicht gab, mit denen in Australien Geschäfte und Cafés vor der Sonne geschützt wurden. Im Vergleich dazu wirkten die Fassaden hier ziemlich schmucklos, ungeschützter, aber auch heller und zugänglicher.

Eine Erinnerung an sich selbst als Sechsjährige, die ein silbernes Sixpence-Stück fest in der Hand hält, blitzte in ihren Gedanken auf. Ihre Nase war nur wenige Zentimeter von einer Vitrine mit gewölbtem Glas entfernt, während sie Süßigkeiten, die in eine kleine Papiertüte gesteckt werden sollten, aus dem verlockenden Angebot auswählte. Sich zwischen Schaumbananen, rosa Garnelen, Fruchtgummi mit Rhabarber- und Vanillegeschmack, Kaubonbons mit Anisaroma, Lakritzpfeifen, Geleewürmern und Veilchenpastillen entscheiden zu müssen war die reinste Qual! Und danach würde sie wieder leiden, weil sie ihre Wahl stets bereute, wenn sie sah, dass Diane sich für Erdbeerschnüre oder irgendeine andere Leckerei entschieden hatte, die ihrem eigenen Adlerauge entgangen war. Diese samstagmorgendlichen Ausflüge zum Süßwarenladen hatte sie ganz vergessen.

Schließlich bogen sie in die Princes Street ein. Bea stockte der Atem, das Herz hüpfte ihr in der Brust: Da war sie, genau wie sie sich die Straße in all diesen Jahren vorgestellt hatte. Alex hatte recht: Die Stadt war wunderschön. Es war noch früh am Nachmittag, aber der Himmel färbte sich bereits hellviolett. Die viktorianischen Laternenpfähle waren durch

Lichterketten miteinander verbunden, und darunter schlenderten Pulks von Touristen und Menschen auf Shoppingtour. Auf der linken Seite standen die hohen Häuser aus Naturstein und Granit dichtgedrängt wie Wachposten, die auf die Burg von Edinburgh aufpassten, und unterhalb der Burgmauern erstreckten sich die Parkanlagen der Princes Street Gardens bis zur betriebsamen Princes Street.

Bea spürte, dass ihr Puls raste, als sie erneut die Worte hörte, die er ihr ins Ohr geflüstert hatte, während sie im Vollmond miteinander Walzer tanzten. » Sie könnte Teil eines großartigen Gemäldes sein, das den Rahmen für dich abgibt. Nirgendwo auf dieser Welt gibt es einen Ort, an den du besser passt als in die Princes Street. An Regentagen, aber auch wenn die Sonne auf den alten roten Sandstein scheint, ist die Burg gleichermaßen schön. Für mich bedeutet sie Heimat, und so wird es wahrscheinlich immer bleiben. «

» Oh, sieh mal, ein Jahrmarkt! « Flora deutete auf einen Punkt vor ihnen.

Bea wandte den Blick von den weihnachtlichen Schaufenstern ab und betrachtete die Fassade des Kiltschneiders Hector Russell, in dessen drei raumhohen Schaufenstern eine fantastische Auswahl an Schottenstoffen zu sehen war, dazu Schaufensterpuppen, die mit schief auf den Köpfen sitzenden Nikolausmützen ausstaffiert waren. Am liebsten wäre sie die kurze, breite Freitreppe hinaufgelaufen, um den Laden von innen zu erkunden.

» Ein Riesenrad! Von dort oben muss die Aussicht fantastisch sein. Wir müssen unbedingt damit fahren! « Flora sprudelte vor Aufregung, und Bea war glücklich darüber, denn es zeigte ihr, dass Flora trotz allem Ärger in der Schule immer noch ein ausgelassenes junges Mädchen war. Sie hoffte, dass das noch lange so bleiben würde.

»Wir können machen, was immer du willst. Setz es auf die Liste«, sagte Bea lächelnd.

»Essen möchte ich. Ich bin am Verhungern.« Flora klopfte sich auf den Bauch. »Wie spät ist es jetzt zu Hause?«

Mit einer Hand noch am Lenkrad tastete Bea in den Tiefen ihres Rucksacks nach dem Handy und schaltete es zum ersten Mal ein. Nach einer Minute hatte das Gerät das Netz gefunden. Es fing an, alle möglichen Pieptöne von sich zu geben. »Oh, sieh mal, ich bin auf O2!« Sie hielt ihrer Enkelin das Display vor das Gesicht und lachte, als hätte es noch einen Beweis dafür gebraucht, dass sie tatsächlich in einem fremden Land waren. »In Sydney ist es jetzt… Du meine Güte!« Bea spähte blinzelnd auf das Display. »Dort ist es zwei Uhr nachts. Kein Wunder, dass wir ein bisschen durch den Wind sind.«

»Um diese Zeit liege ich sonst schon lange im Bett!«, sagte Flora und gähnte.

»Ich auch.« Bea lachte.

Das Navi gab einen Hinweis, und Bea deutete nach vorn auf die Straße. »Wir müssen einmal herumfahren. Ich glaube, das da vor uns ist eine Einbahnstraße.«

Flora deutete auf das Navi. »Da, sieh mal, wir fahren über die Royal Mile! Hallo Alex!« Sie winkte zum Fenster hinaus.

Bea schnalzte mit der Zunge. Plötzlich fühlte sie sich befangen, und ein Schauer der Erregung überlief sie, weil sie sich mit einer unscheinbaren Katzenliebhaberin treffen würde, die in Wirklichkeit ein Mann war. Rasch wechselte sie das Thema. »Wow! Sieh nur! Da ist das Hotel *The Balmoral*. Sieht ganz schön alt aus! Und wirklich sehr schickimicki.«

Während die beiden müden Reisenden ihre Rollkoffer hinter sich her in das Hotel zogen, bewunderten sie die kühle Erhabenheit ihrer Umgebung. Hohe Wände, kunstvoll verzierte Deckenfriese und Säulen lenkten ihre Blicke nach oben. Überall auf dem mit eleganten Teppichen ausgelegten Fußboden standen Topfpalmen, im Kamin brannte ein echtes Feuer, und daneben stand ein kunstvoll geschmückter Weihnachtsbaum. Es war atemberaubend. Während sie vor dem Empfangstresen aus dunklem Holz darauf warteten, einchecken zu können, blickten Bea und Flora einander an und fingen an zu kichern. Sie waren tatsächlich in Schottland. Und dieses Grandhotel würde wirklich und wahrhaftig in den nächsten zwei Wochen ihr Zuhause sein!

Elf

»Wow, cool! Sieh dir das mal an! Ich kann die Burg und den Park sehen! Hier ist alles so alt!« Aus dem Erkerfenster ihres Zimmers betrachtete Flora das überwältigende Aufgebot an alten Gebäuden, Weihnachtsbeleuchtung und Weihnachtseinkäufern, die das Schauspiel genossen.

Der Raum war ziemlich groß, zwei Doppelbetten standen darin, deren frische weiße Laken ausgesprochen einladend wirkten. Zahlreiche elegante Lampen, kunstvoll auf der Frisierkommode aus dunklem Holz und auf den Nachtschränkchen angeordnet, spendeten Licht. Der luxuriöse Teppich wies ein helles Karomuster auf. Als Tischdekoration hatte jemand einen fantastischen Strauß aus lilafarbenen Disteln und weißen Rosen arrangiert. Sie lächelten einander an; das Zimmer und die Aussicht waren einfach perfekt.

»Komm, Bea, gehen wir raus und erkunden die Umgebung, bevor ich auf diesem Bett da einschlafe und erst in hundert Jahren wieder aufwache.«

»Okay, mein kleines Möchtegern-Dornröschen, wenn du wirklich schon so weit bist. Ich fühle mich ein bisschen schmuddelig. Habe ich noch Zeit, zu duschen und mich umzuziehen?« Bea löste ihr dickes Haar und fuhr sich mit den Fingern durch den Schopf, bevor sie die Spange wieder befestigte und aufpasste, dass sie auch sämtliche losen Strähnen erwischte.

»Du bist immer *très chic*, Bea. Mama erzählt ihren Freundinnen oft, wie sie dich kennengelernt hat. Du hattest ein

Outfit an, das nach Coco Chanel aussah, mit einem Seidenshirt, mehreren Perlenketten und einer Hose mit weitem Bein. Sie sagt, du hast schön ausgesehen, elegant und sehr modisch, und das hat sie nervös gemacht.«

»Oh, vielen Dank, Flora!« Bea war aufrichtig erfreut und ziemlich überrascht zu erfahren, dass ihre Schwiegertochter so über sie sprach. »Ich liebe Kleidung, das stimmt. Ich glaube, das liegt daran, dass ich als Heranwachsende kaum etwas hatte – nur ein paar schäbige Klamotten, die meine Mutter genäht hatte. Meine Schwester, meine Mama und ich, wir trugen immer die gleichen Sachen. Ein- oder zweimal im Jahr kaufte mein Vater einen billigen Ballen schlichten Stoff, und Mama legte ihn dann auf den Boden und steckte einen Papierschnitt in drei unterschiedlichen Größen darauf fest, einen für jede von uns – genug für drei Röcke, Blusen oder was auch immer gerade gebraucht wurde. Sie war eine sehr geschickte Näherin, und in unserem Haus war ständig das Surren der elektrischen Nähmaschine zu hören. Aber insgeheim sehnte ich mich nach Kleidern aus einem Geschäft, die sich von denen meiner Schwester unterscheiden sollten. Erst als ich Peter kennenlernte, hatte ich genug Geld für gute Kleidung. Seitdem habe ich immer hochwertige Sachen gekauft und sie jahrelang behalten. So mache ich das auch heute noch.«

»Und du hast eine hübsche Figur.«

»Oh, vielen Dank, Flora. Nett, dass du das sagst.«

»Bist du jemals dick gewesen?«, fragte Flora mit der typischen Unverblümtheit eines Teenagers.

Vor ihrem inneren Auge sah Bea sich auf einem Bett liegen. Sie sah aus, als hätte sie ein Fass verschluckt. Ihre Haut hatte sich gedehnt, um dem neuen Leben in ihr Raum zu geben. Sie erinnerte sich, wie sie im Badezimmer gestanden und an sich hinabgeblickt hatte, ohne ihre Zehen sehen zu können. Ihr Bauch war riesig gewesen, und sie hatte ihn sehr gemocht, trotz der quälenden Scham, schwanger und allein zu sein.

»Nein, eigentlich nicht. Was würdest du gern zu Abend essen?«

Flora nahm den Themenwechsel kommentarlos hin und zuckte mit den Schultern. »Wollen wir ein bisschen herumlaufen? Dazu hätte ich Lust, und ich würde gern Pommes essen, aber das will ich ja immer! Ich habe diesen Flyer hier aus dem Foyer mitgenommen.« Sie wedelte Bea mit einem Blatt Papier vor der Nase herum. Darauf war das Schild eines Lokals zu sehen, geschrieben in goldenen Buchstaben. »Das sieht gut aus.«

»Ja, großartig sogar! Gute Idee.« Bea warf sich ihren Rucksack über die Schulter. Ihr Handy vibrierte. »Oh, das ist sicher eine E-Mail von Alex.« Sie berührte das Display mit dem Zeigefinger und bewegte das Symbol, wie sie es gelernt hatte. »Er hofft, dass wir einen guten Flug hatten, und lädt uns für morgen zum Kaffee ein, außerdem hat er eine Wegbeschreibung geschickt. Komisches Gefühl, von ›ihm‹ zu sprechen!«

»Toll, dass wir ihn endlich persönlich kennenlernen!«, sagte Flora und klatschte in die Hände.

»Hm, ja, vielleicht.« Bea war sich da nicht so sicher. Sie griff nach dem Kartenschlüssel für das Zimmer und nestelte an ihrem Pashmina-Schal herum, um ihre Verlegenheit zu überspielen. »Ich bin ein bisschen nervös, vielleicht habe ich ja einen falschen Eindruck bei ihm erweckt. An solchen Faxen habe ich eigentlich gar kein Interesse, jedenfalls nicht mit jemandem, der auf der anderen Seite der Erdkugel lebt. Und schon gar nicht mit einem Mann, der meine geheimsten Gedanken kennt!« Bei der Erinnerung zuckte sie erneut zusammen.

»Na ja, auf der anderen Seite der Erdkugel bist du nicht – nicht mehr. Du bist hier! Und was meinst du mit ›Faxen‹?« Neugierig musterte Flora ihre Großmutter.

Bea rieb sich den schmerzenden Rücken. Nach vierundzwanzig Stunden im Flugzeug fühlten ihre Gelenke sich an wie eingerostet, und die Tatsache, dass sie weder ihr morgendliches Gymnastikprogramm absolviert noch tagsüber in der *Reservoir Street Kitchen* körperliche Arbeit verrichtet hatte, war auch nicht gerade hilfreich. »Ich weiß es nicht genau, aber glaub mir, es ist nichts, worüber ich mir im Augenblick Gedanken machen müsste.« Sie lachte. »Und ›Faxen‹ ist kein Schimpfwort, du musst es also nicht auf deine Liste schreiben!«

Flora errötete, als Bea ihre Liste erwähnte.

Die beiden schlenderten aus dem Hotel und lächelten den Männern in Anzügen und Stiefeln zu, die sich im Empfangsbereich aufhielten.

»Gott, ist das kalt!«, riefen sie im Chor, als ihnen die eisige Luft entgegenschlug.

Flora hakte sich bei ihrer Großmutter unter. »Wir hätten überall hinfliegen können, aber wir haben uns das hier ausgesucht! Wo ich vor Kälte meine Füße und mein Gesicht nicht mehr spüre. Es ist wirklich saukalt!«

Bea blickte die Princes Street hinunter. Ein junger Straßenmusikant im Kilt mit passender Felltasche stand auf einer Brücke und spielte auf dem Dudelsack eine gefühlvolle Melodie. Es war quälend schön; fast klang es, als weinte jemand. Bea zog sich der Hals zu; sie schluckte und hüstelte, um das Gefühl der Enge loszuwerden. Sie erinnerte sich, wie er ihr von diesen traurigen Klängen erzählt hatte, die angeblich die Macht hatten, jeden Kelten fern von der Heimat zu Tränen zu rühren. Jetzt verstand sie voll und ganz, was er damit gemeint hatte.

»Du hast recht, Flora, wir hätten an jeden beliebigen Ort auf der ganzen Welt reisen können. Aber ich bin froh, dass wir hier sind, weil es eine schöne Stadt mit vielen wundervollen Bauwerken ist. Und es fühlt sich an wie Weihnachten, findest du nicht?«

»Doch.« Flora verstärkte den Griff um Beas Arm. »Danke, dass du mich mitgenommen hast.« Unvermittelt blieb sie stehen, am ganzen Leib zitternd, und blickte ihre Großmutter an. »Gerade habe ich gedacht, dass Kim vielleicht recht hat: Alex könnte wirklich dein Freund werden. Opa hat dich so sehr geliebt, dass er glücklich wäre, wenn du glücklich wärst.«

»Ach, Liebes! Es ist rührend, dass du das sagst; ja, das stimmt, Opa wäre glücklich, wenn ich glücklich wäre.« Bea dachte an die wunderschöne Notiz, die Peter in seinem Buch versteckt hatte. *Also begib dich auf die Suche nach dem Glück, und lass zu, dass du liebst!* »Aber Alex wird nicht mein Freund werden.«

»Vielleicht doch! Schließlich bist du ihm noch gar nicht begegnet.« Flora lächelte schelmisch, und sie setzten ihren Spaziergang an der Princes Street entlang fort.

Der Bürgersteig war voll mit Leuten; die Luft surrte von Gelächter und Gesprächen, durchsetzt mit schrillen Schreien von der Kirmes. Die Atmosphäre erinnerte an eine Party, und das half den beiden Reisenden über ihre Erschöpfung hinweg. Frauen liefen untergehakt in Grüppchen, sie trugen High Heels und glitzernde Tops und waren ohne Mäntel unterwegs. Der Anblick der nackten Haut, die der kalten Abendluft ausgesetzt war, ließ Bea erschauern. Sie kicherte, als drei Männer, ebenfalls untergehakt, auf sie zugetorkelt kamen, alle mit Nikolausmützen auf dem Kopf, eindeutig betrunken und aus vollem Hals singend.

»Frohe Weihnachten, Schätzchen!« Einer von ihnen löste sich von seinen Kumpanen und stürzte auf Bea zu, die sich duckte, um seinen gespitzten Lippen auszuweichen.

»Danke! Ihnen auch!«

»Hey, kommst du aus Neuseeland?«, fragte einer der Zecher, an Bea gewandt.

»Ja, so ungefähr.« Sie lachte, denn sie wusste, dass es sinnlos war, mit jemandem, der so betrunken war, über Geografie und ihren Akzent zu diskutieren.

»Kennst du meinen Cousin Bradley? Der wohnt in Neuseeland!«

»Ach wirklich? Wo denn da?«

»Scheiße, keine Ahnung! Oh, ʼtschuldigung!« Er schlug sich die Hand vor den Mund, als er merkte, wie alt Flora war.

»Kein Problem«, antwortete sie rasch. »Das Wort habe ich sowieso schon auf der Liste. So was Ähnliches habe ich neulich selbst drei Mal an einem Tag gesagt, stimmt's, Bea?«

Bea nickte nur kurz, denn sie wollte ihre Enkelin nicht zum Weiterreden ermutigen.

»Also … Bradley«, kam der Mann wieder auf das ursprüngliche Thema zurück. »Ich weiß nicht genau, wo er wohnt, aber in der Nähe gibt es einen Berg, und sie haben einen Bungalow mit Anbau.« Seine Worte klangen verwaschen. »Er ist ziem-

200

lich groß.« Er hob eine Hand über den Kopf, um zu zeigen, wie groß Bradley im Vergleich zu ihm war.

»Oh, klar, der ziemlich große Bradley in der Nähe des Bergs in dem Bungalow mit Anbau! Jep, ich wohne ganz in der Nähe.«

»Grüß ihn schön von mir! Und sag ihm, das mit dem Hund tut mir leid.« Er salutierte zum Abschied, schwankte und war vermutlich froh, als er seine Freunde wieder erreicht hatte. Gemeinsam setzten sie ihren Weg fort, torkelten den Bordstein hinauf und wieder hinunter.

Flora lachte laut und lehnte sich an ihre Großmutter. »Ich glaube, der hat zu viel Wein getrunken!«

»Da könntest du recht haben. Und zu viel Bier und zu viel Whisky!« Bea gluckste. »Fast hätte ich ihn gefragt, ob er Taits Cousin Gideon aus Weston-Super-Mare kennt!«

Sobald sie durch die Drehtür eingetreten waren, wusste Bea, dass das *Café Royal* eine gute Wahl war. Die Luft war gesättigt von köstlichen Essensdüften, und ihr lief das Wasser im Mund zusammen. Ihre Köchinnen-Nase kribbelte bei dem berauschenden Aroma einer mit Rotwein abgelöschten Soße und dem Duft von gebratenem Knoblauch und Frühlingszwiebeln. Sie und Flora blickten sich an, erleichtert, dass das Lokal tatsächlich so gut aussah, wie der Prospekt versprochen hatte. Sie legten ihre Mützen und Mäntel ab und ließen das prachtvolle Interieur im Stil der Zwanzigerjahre auf sich wirken, wobei ihre Blicke über die einzigartigen Wandmalereien schweiften. Es war halb kunstvoll ausgestatteter Salon, halb illegaler Ausschank aus der Zeit der Prohibition. Die Weihnachtsdekoration wirkte unaufdringlich; mit Fichtenzweigen verflochtene Lichterketten verliefen um die Bar herum.

Der äußerst zuvorkommende Oberkellner behandelte Bea wie einen Filmstar. Er führte sie zu einem Tisch in der Nähe der Trennwand aus geschnitztem Nussbaumholz, die die Austernbar vom Restaurant nebenan trennte, und tauchte dann rasch mit einem Glas gekühltem Champagner wieder auf.

»Darf ich fragen, ob Sie alt genug sind, um Alkohol zu trinken?«

Flora starrte ihn ängstlich an. »Ich weiß nicht… Ich bin fast vierzehn!«

Sehr aufrecht und mit bleistiftdünnem Schnurrbart stand der Kellner da und musterte sie. »Ich habe mit dieser Dame dort gesprochen.« Er deutete auf Bea. Ihr Abend war gerettet.

Die Ausstattung hätte direkt von der *Titanic* stammen können: tief hängende Kristallleuchter, Elemente mit Blattgold, mattiertes Glas und glänzender Marmor. Es war wunderschön. Sie bestellten Hummer und Pommes frites und lehnten sich auf ihren Stühlen zurück; Bea nippte an ihrem Champagner und Flora an ihrem Glas Wasser.

»Das ist ja echt vornehm hier. Wir haben so ein Glück!«, sagte Flora.

»Ja, mein Schatz, das haben wir.« Bea hob ihr Glas. »Auf uns, Flora, und danke, dass du mich bei diesem wunderbaren, wenn auch ziemlich überraschenden Abenteuer begleitest!«

Flora hob ihr Wasserglas und stieß mit ihrer Großmutter an. »Darf ich dich etwas fragen, Bea?«

»Natürlich. Schieß los.« Sie nippte an dem gekühlten Schampus, der ihr auf der Zunge prickelte. Lautes Lachen, Gespräche und Fetzen eines Weihnachtsliedes wehten von

202

der Bar nebenan zu ihnen herüber und sorgten für genau das richtige Maß an weihnachtlicher Stimmung.

»Ich habe darüber nachgedacht, was du zu mir gesagt hast. Und ich frage mich, warum Papa so sauer ist wegen einer Sache, die vor so langer Zeit passiert ist, als er noch klein war. Warum ist er wütend und geladen, wenn die Dinge doch nun mal so waren? Er hatte also keinen Vater, na und? Viele meiner Freunde haben keinen Vater, das ist doch keine große Sache.« Flora schaute nach unten, vermied den Blickkontakt und hoffte, dass sie nicht zu aufdringlich gewesen war.

Bea stellte ihr Glas ab und legte die Unterarme auf das weiße Leinentischtuch, die Hände flach auf dem Tisch. Dann schob sie kurz ihre Armreife zurück und nahm ihre ursprüngliche Haltung wieder ein. »Weißt du, Flora, damals, als ich in deinem Alter war, lagen die Dinge ganz anders als heute. Himmel, was für ein schrecklicher Satz – ›als ich in deinem Alter war‹! Das klingt ja wirklich nach einer uralten Frau. Aber es ist die Wahrheit; vieles war so viel *schwieriger*. Dinge, die heute niemanden mehr stören, waren damals tatsächlich ›eine große Sache‹, um deinen Ausdruck zu gebrauchen. Deine Generation ist so frei, ihr habt wirklich großes Glück.«

»Ich habe nicht das Gefühl, sehr viel Glück zu haben«, sagte Flora leise.

»Nun, das solltest du aber. Ich weiß, für dich fühlt sich das gerade wie eine schwierige Zeit an, aber im Grunde ist es nur eine kleine Unebenheit auf dem Weg. Vor dreißig, vierzig Jahren wurden Frauen ziemlich streng beurteilt, und ich war erst achtzehn, als ich eine schlimme Zeit durchleben musste, eine schreckliche und zugleich wundervolle Zeit, wenn du verstehst, was ich meine. Jahrelang habe ich mir selbst Vorwürfe gemacht, aber im Grunde hatte ich mir nichts zuschulden kommen lassen, ich war einfach nur jung. Ich habe nicht versucht, jemandem zu schaden, und gewiss bin ich mit mehr Diskretion und Urteilsvermögen vorgegangen als manche der Mädchen, die man heutzutage in der Zeitung sieht. Heute ist alles so viel besser geworden. Ihr könnt euer eigenes Leben führen, anstatt euch über die Karriere eures Ehemannes zu definieren, und niemand verurteilt euch, wenn ihr einfach eurem Herzen folgt.«

Flora runzelte die Stirn und versuchte zu verstehen, wovon ihre Großmutter sprach.

Bea fuhr fort: »Ihr könnt sein, wer ihr sein wollt. Du hast unendlich viele Wahlmöglichkeiten, Flora, die mir einfach nicht offenstanden.« Sie atmete tief ein. »Ich war nicht verheiratet, als ich Wyatt bekam, und das wurde als großer charakterlicher Makel betrachtet.«

»›Großer charakterlicher Makel‹!«, wiederholte Flora glucksend. »Ich weiß zwar nicht, was das heißen soll, aber es klingt nicht gerade nett.«

»Es ist auch nicht nett.« Bea lächelte, weil Flora eine völlig zutreffende Einschätzung abgegeben hatte. »Es bedeutet, dass du etwas getan hast oder zugelassen hast, dass jemand etwas mit dir tut, das dich in den Augen der Leute fehlerhaft erscheinen lässt – wie eine Narbe, wenn man so will, und du wirst sie nie wieder los.« Flora verzog das Gesicht. »Ich weiß, das klingt schrecklich, nicht wahr? Wirklich eine furchtbare Vorstellung. Aber so war es tatsächlich. In meinem Umfeld wurde das als etwas Schlimmes betrachtet.«

»Was ist passiert?«

»Wann?«

»Als du meinen Papa bekommen hast. Er redet nie darüber. Kannte er seinen Vater? Hast du ihn geliebt?«

»Meine Güte, Flora, das sind gleich zwei schwierige Fragen auf einmal.« Bea seufzte. »Nein, Wyatt hat seinen Vater nie kennengelernt, und sein Vater wusste nicht, dass es ihn gibt.«

»Wie hast du ihn vor ihm versteckt?« Flora wirkte verwirrt.

»Oh, ich habe ihn nicht versteckt, eigentlich nicht. Sein Vater wusste nicht, dass ich ein Baby erwartete. Lange Zeit wusste ich es selbst nicht. Ich war noch so jung, und wenn ich heute zurückblicke, wusste ich über vieles nicht Bescheid, Dinge, mit denen ihr euch heute wahrscheinlich viel besser auskennt als ich damals. Wir hatten nicht die Art von Unterricht in der Schule, die ihr habt. Es gab viel mehr Heimlichtuerei. Nicht mal meiner Familie gegenüber durfte ich erwähnen, dass ich meine Regel bekommen hatte, das wäre viel zu persönlich gewesen!«

»Ich wünschte, ich hätte meine schon.« Flora kratzte mit dem Nagel des Zeigefingers über das Tischtuch.

»Ach, Liebes, vergeude dein Leben nicht, indem du dir immer das wünschst, was du nicht hast. So toll ist die Regel nicht, glaub mir!«

»Hast du sie immer noch?«

»Nicht so regelmäßig wie früher, aber ich habe sie noch, ja. Und seltsamerweise kann ich es ebenso wenig erwarten, dass sie endgültig aufhört, wie du, dass sie endlich anfängt«, sagte Bea und lachte.

»Hast du ihn geliebt, den Papa von meinem Papa?«

Bea schluckte den Rest Champagner hinunter und war froh, dass der Kellner bereits mit dem Nachschub herbeieilte.

205

»Oje, es ist merkwürdig, über ihn zu sprechen, vor allem mit dir. Ich rede nicht oft über ihn ... « *Aber ich denke fast jeden Tag an ihn.*

»Warum nicht?«

»Weil es zu schwer ist. Es tut weh, sogar heute noch.« Sie sah sich als junge Frau, die darauf wartete, ihr Kind zur Welt zu bringen. Jedes Mal, wenn sie im Spiegel ihre aufgeblähte Gestalt sah, fühlte sie die brennende Scham, die die Worte ihrer Eltern ihr eingeimpft hatten. »Wie du weißt, war mein Vater Priester. Er kam aus dem Vereinigten Königreich nach Australien, um eine Kirchengemeinde in Byron Bay zu übernehmen. Na ja ... und jedes Jahr im Sommer haben sie einen Segeltörn organisiert.« Sie lächelte bei der Erinnerung daran. »In unserem ziemlich leeren Terminkalender war das eine große Sache. Meine Schwester Diane und ich haben immer Pläne geschmiedet, uns überlegt, was wir anziehen könnten, und dann haben wir versucht, an Rouge und andere Dinge zu kommen, die uns eigentlich nicht gestattet waren. Ein Mitglied der Gemeinde meines Vaters war Kapitän auf einem großen Windjammer, mit dem er uns vom Strand zum Leuchtturm von Cape Byron und wieder zurück brachte. Es war immer ein wundervoller Abend. Alle Frauen backten für ein raffiniertes Picknick an Bord, und die Männer schmückten das Schiff mit Lampions, die sie an der Takelage befestigten, und mit lodernden Fackeln, die sie überall auf dem Deck verteilten. Nie zuvor und auch nie wieder danach habe ich etwas so Schönes gesehen.« Sie schenkte Flora ein kleines Lächeln. »Die Atmosphäre war elektrisierend. Dutzende von Menschen waren an Bord, und alle sangen und tanzten zu den Klängen einer irischen Band, die mit Geige, Tin Whistle und Querflöte, Konzertina und natürlich einer Bodhrán an Bord kam.

»Was ist eine Brodan?«

»Eine Bodhrán. Das ist eine große keltische Trommel. Sie hat einen Rahmen aus Holz.« Bea malte einen Kreis in die Luft. »Und meistens ist sie mit Ziegenleder bespannt.«

Flora nickte, erfreut über das Bild, das die Schilderungen ihrer Großmutter vor ihrem geistigen Auge hatten entstehen lassen.

Bea fuhr fort und trank gelegentlich einen kleinen Schluck, während sie weitersprach: »Sie haben immer bis zum frühen Morgen gespielt. Die Musik war wie reine Energie, sie hielt uns in Bewegung. Solange die Band spielte, tanzten wir. Unsere Füße trommelten auf das Schiffsdeck, während wir uns schnell um unsere eigene Achse drehten, und irgendwann wurde dieses Geräusch zu einem Teil der Musik.« Bea klopfte mit der flachen Hand auf den Tisch, die Augen geschlossen, und durchlebte noch einmal, wie die dünnen Sohlen ihrer Schuhe auf das hölzerne Deck trafen, den Rhythmus des Tanzes in den Boden hämmerten.

Flora beugte sich vor. »Das klingt fantastisch, wie ein Festival.«

»Das war es auch.« Bea schniefte und öffnete die Augen. »Es war ein Ereignis, das sich mit nichts anderem vergleichen ließ; die Musik brachte alle zusammen, das Essen schenkte uns Glück und Zufriedenheit, und die Atmosphäre ergriff jeden von uns. Mit achtzehn habe ich das letzte Mal daran teilgenommen. In der Abenddämmerung setzten wir die Segel, und alle stürzten sich ins Getümmel. Die Mädchen brannten darauf, zu sehen, was die anderen Mädchen trugen, und natürlich wollten sie die Aufmerksamkeit eines bestimmten Jungen erregen, mit dem sie später, wenn die Sonne unterging, zu tanzen hofften. Ich erinnere mich, dass mein Vater bester Laune war. Er lachte und tanzte mit meiner Mutter, hatte ihr den Arm um die Taille gelegt. Sie sah so glücklich aus, sie wirkte richtig jung. So habe ich sie nicht oft gesehen. Ich habe mich an die Reling gestellt, um zuzusehen, wie die Küstenlinie in der Ferne verschwand, und auf einmal spürte ich, dass jemand neben mir stand.« Bea schluckte; sie glaubte, sich völlig in der Erinnerung zu verlieren. »Es war ein junger Mann. Wir standen nebeneinander und sahen zu, wie der Strand immer kleiner wurde, und auf einmal fing er an zu sprechen. Er sagte: ›Ich glaube, es gibt keinen Ort auf Gottes Erde, an dem ich jetzt lieber wäre.‹ Ich blickte zu ihm auf, und er lächelte mich an. Er hatte dunkelrotes Haar und grüne Augen von derselben Farbe wie dieser Schal.«

»So grün wie meine?« Lächelnd berührte Flora die Spitzen ihrer Wimpern.

Bea nickte. »Ja, wie deine. Er lächelte mich an, als würde er mich kennen, und es fühlte sich an wie ein Schlag in den Magen – aber natürlich war es angenehm! Ich starrte ihn an und wünschte mir sehnlichst, ihn kennenzulernen. Vom ersten Augenblick an wäre ich ihm überallhin gefolgt und hätte alles getan, was er wollte.«

Fasziniert musterte Flora ihre Großmutter, als sähe sie einen Film, nahm die Einzelheiten mit einer Mischung aus Faszination und Erschütterung in sich auf. Sie war begeistert, weil ihre Großmutter ihr all dies anvertraute und sie wie die Erwachsene behandelte, die sie so gerne sein wollte.

»Eine der Frauen, die ehrenamtlich in der Gemeinde meines Vaters tätig waren, tauchte hinter uns auf und brach den Bann; sie war eine sehr nette Dame und beeilte sich, uns einander vorzustellen. Als Tochter des Priesters hatte ich einen gewissen Status – solche Dinge waren damals wichtig. ›Miss Gerraty, das ist Dr. John W. Brodie‹, sagte sie und betonte das Wort ›Doktor‹, als sie seinen vollständigen Namen nannte, der sie ziemlich zu beeindrucken schien. Dann verschwand sie wieder. Aber für mich war sein Name nur ein unwichtiges Detail. Ich stand schon völlig in seinem Bann und er in meinem.«

»Habt ihr euch verliebt?«, flüsterte Flora. Sie klang wie verzaubert.

Bea nickte. »Ja, das haben wir. Aber ich war erst achtzehn. Heute sage ich ›erst‹, aber damals hielt ich mich für eine weltgewandte Frau. Natürlich war ich das nicht. Ich dachte, es sei genug, dass ich in einem Flugzeug gesessen hatte, von England nach Australien gereist war und an einigen gesellschaftlichen Anlässen teilgenommen hatte. Aber ich war überhaupt nicht weltgewandt. Ganz anders als die Achtzehnjährigen heute. Ich konnte es nicht sein, ich hatte noch nichts erlebt und nichts gesehen, ich hatte keine Ahnung, was die Zukunft mir bringen würde – und im Rückblick betrachtet, war das auch sehr gut so.« Sie lächelte bitter. »Meine Familie war ausgesprochen traditionell und streng. Obwohl ich schon achtzehn war, durfte ich nicht allein mit einem Jungen ausgehen – o nein, Gott bewahre! Und wir lebten meilenweit vom Trubel des Großstadtlebens entfernt. Wir wohnten an der Küste, gleich neben der Kirche. Meine Mutter war furchtbar stolz auf ihr Eigenheim und war ständig in Sorge, was mein Vater wohl denken mochte. Ich fand ihr Leben immer ziemlich langweilig, und im Nachhinein kann ich sagen, dass ich damit wohl recht hatte.«

Bea straffte die Schultern. »Ich möchte nicht in die Einzelheiten gehen, aber so viel sei gesagt: Ich hatte viel Spaß mit… John.« Bea zögerte. Noch immer fühlte es sich selt-

209

sam an, seinen Namen laut auszusprechen. »Er hospitierte als Arzt, hatte gerade sein Medizinstudium abgeschlossen, und wir verbrachten drei Monate miteinander – drei Monate, die absolut märchenhaft waren.« Ihr Gesicht strahlte bei der Erinnerung daran.

»Mein Großvater hieß John?«, fragte Flora zögerlich. Sie sah ihrer Großmutter ins Gesicht, wandte aber rasch den Blick ab. Sie hatten beide das Gefühl, Peter oder Opa gegenüber ein bisschen treulos zu sein.

»Ja, so hieß er.«

»Warum seid ihr nicht zusammengeblieben, wenn ihr euch geliebt habt?« Flora bestrich eine Scheibe Brot mit Butter und schob sie sich in den Mund.

»Johns Zeit in Byron Bay ging zu Ende. Wir verbrachten unsere letzte gemeinsame Nacht am Strand, heimlich natürlich. Ehe ich mich versah, brach der Morgen an, und da …« Sie verstummte.

»Da *was*?«, fragte Flora andächtig und schluckte den Brotbissen hinunter.

»Da hat er mir gesagt, dass er verheiratet ist und zwei kleine Kinder hat.« Sie senkte den Blick.

»Er war mit einer anderen verheiratet! O nein!«, rief Flora schockiert. Dies war keineswegs die märchenhafte Wendung, mit der sie gerechnet hatte.

Bea hob die Hände und nickte. »Er war fünf Jahre älter als ich, immer noch jung, aber doch alt genug, um bereits ein bisschen gelebt zu haben. Auch wenn er sich dieses Leben nicht ausgesucht hatte. An der medizinischen Fakultät hatte er eine Affäre mit einer Kommilitonin, sie wurde schwanger, und so kam es, dass er schließlich mit Zwillingen dastand. Er hat sich anständig verhalten, sie geheiratet und all das, obwohl es nicht gerade nach einer Liebesheirat klang. So machte man das damals, es gab dieses Pflichtbewusstsein, und Glück oder etwas so Albernes wie wahre Liebe waren nun mal zweitrangig.«

»Ich bin froh, dass ich nicht damals geboren wurde, das klingt alles nicht besonders gut.« Flora stellte sich vor, wie es wäre, mit jemandem verkuppelt zu werden, der nicht ihre erste Wahl war. »Aber ich finde, er war feige und hinterhältig. Er hat dich in sich verliebt gemacht, und die ganze Zeit saß seine Frau zu Hause und wartete auf ihn.«

»Nein, Flora, so war das überhaupt nicht. Ich weiß, es ist schwer zu verstehen – das war es auch für mich!« Sie schlang die Arme um den Oberkörper und versuchte, das innere Beben zu besänftigen, das fast genauso stark war wie an dem Tag, an dem er ihr alles erzählt hatte.

»Er war nicht auf der Suche nach einer Frau, in die er sich verlieben konnte – er hatte nichts dergleichen geplant, ganz im Gegenteil. Er war entschlossen, aus seiner Ehe das Beste zu machen. Aber als wir uns in jener Nacht auf dem Boot begegneten, da war es, als wären wir füreinander bestimmt. Wir fühlten es beide vom ersten Moment an. Die ganze Geschichte überraschte ihn genauso wie mich. Und die Sache hat ihn ziemlich mitgenommen; er schämte sich und war hin- und hergerissen. Ein wirklich gutherziger Mann, der wegen einer üblen Laune des Schicksals leiden musste, obwohl er noch ziemlich jung war. Er war sich der Tragweite seiner Fehler vollkommen bewusst. In jener Nacht am Strand war er ganz aufgelöst, und er hat die ganze Zeit geweint.« *Er weinte, weil ich ihn angefleht habe, seine Familie zu verlassen, von ihm verlangt habe, seine Kinder im Stich zu lassen. Ich sagte zu ihm, sie seien zu klein, um sich an ihn zu erinnern. Ich flehte und bettelte...*

»Oje, armer John!«, sagte Flora.

Bea lächelte über den raschen Sinneswandel. Außerdem war es wundervoll, den Namen, der ihr ständig auf der Zunge lag, ohne dass sie ihn jemals aussprach, aus dem Mund ihrer Enkelin zu hören. »Ja, armer John. Ich wusste damals – und ich weiß es auch jetzt –, dass er bei mir geblieben wäre, wäre er nicht so ein ehrenwerter Mann gewesen. Er liebte mich, daran habe ich nie gezweifelt, aber er fühlte sich seiner Frau und seinen Kindern gegenüber sehr verpflichtet. Er sagte, jetzt nach Hause zurückzukehren sei so, als gäbe er sich mit dem Zweitbesten zufrieden, obwohl er nun wusste, dass es möglich war, wahre Liebe zu finden. Und damit ging er fort. Ich war am Boden zerstört. O Flora, ich habe um ihn getrauert, mich nach ihm gesehnt…« Sie rieb sich die Arme, als könnte sie damit ihren Körper von der Kälte befreien, die plötzlich in ihr aufstieg.

»Und dann hast du gemerkt, dass du meinen Papa bekommen würdest?«

»Ja«, flüsterte Bea. »Meine Eltern sind durchgedreht, als sie es herausfanden. Vollkommen durchgedreht.«

»Das Gefühl kenne ich!« Flora seufzte.

»Oh, glaub mir, Flora, im Vergleich zur Wut meiner Eltern sind Wyatts und Sarahs Ausbrüche absolut harmlos! Es war schrecklich, eine entsetzliche Zeit. Ich habe ihnen nie gesagt, dass es Johns Kind ist. Aber unverheiratet ›ein Kind unter dem Herzen zu tragen‹, wie sie es nannten, das war damals ein Grund, sich furchtbar zu schämen, vor allem für die Tochter eines Pfarrers. Ich kann nur vermuten, wie bizarr das in deinen Ohren klingen muss, aber so war es. Mein Leben war ruiniert. Meine Mutter interessierte sich überhaupt nicht dafür, wie es mir ging oder in Zukunft ergehen würde, das einzig Wichtige für sie war, dass es ein Geheimnis blieb, darauf waren all ihre Anstrengungen gerichtet.«

»Aber du bekamst ein Baby! Eigentlich hätte sie doch glücklich sein müssen, Oma zu werden! Meine Mama sagt, sie kann es gar nicht erwarten, sie meint, das wird die beste Zeit ihres Lebens, und sie will ein Zimmer für das Baby einrichten und alles Mögliche.«

Lächelnd blickte Bea zu der kunstvoll verzierten Zimmerdecke auf; sie war froh, dass Sarah so empfand. »Nein, ganz so war es bei meiner Mutter nicht. In ihren Augen hatte ich etwas Unverzeihliches getan, ich hatte gesündigt. Gefühlsmäßig konnte man sie bestenfalls gehemmt nennen, und als ich schwanger war, verhielt sie sich mir gegenüber so kalt, dass ich mich schmutzig und wertlos fühlte. Tränen oder hysterische Anfälle standen mir nicht zu; die Schwangerschaft war einfach etwas, womit ich zurechtkommen musste. Ich hatte Glück; ich war stärker als die meisten, ziemlich belastbar, und tatsächlich gab mir mein Irrglaube, ein weltgewandtes, erfahrenes Mädchen zu sein, die Kraft, weiterzumachen, obwohl ich manchmal das Gefühl hatte, es nicht mehr zu schaffen.«

»Und dann bist du also nach Sydney gekommen? Ich meine, nach Sydney *gegangen?*« Es fiel ihnen leicht, vorübergehend zu vergessen, dass sie auf die andere Seite des Erdballs gereist waren.

»Ja. Ich habe mir in einem schrecklichen Haus in Kings Cross, dem Rotlichtviertel von Sydney, ein Zimmer genommen und bin nur mühsam über die Runden gekommen. O Flora, es war schrecklich! Ich weiß wirklich nicht mehr, wie ich das geschafft habe. Ich hatte oft Hunger. Fürchtete mich davor, schlafen zu gehen, aus Angst, dass Ratten in das

Kinderbett gelangten oder dass die Kakerlaken, die von der Decke fielen, auf ihm landeten. Es war eine finstere Zeit.« Sie schauderte. »Und so haben wir gelebt, bis ich Opa begegnet bin!« Ihre Miene hellte sich auf.

»Warum hast du nie mit meinem Vater darüber gesprochen?«

Bea überlegte, was sie ihrer Enkeltochter antworten sollte. »Wahrscheinlich, weil keiner von uns das Thema je wieder erwähnt hat, und je länger man über etwas schweigt, desto schwieriger wird es, darüber zu reden.«

Flora atmete scharf ein, ihre Unterlippe zitterte.

Bea strich sich über die Stirn, öffnete ihren Rucksack und suchte nach einem Papiertaschentuch.

»Das ist alles so furchtbar traurig!«, sagte Flora und schniefte. »Und ich wusste überhaupt nichts davon. Ich finde die Vorstellung schrecklich, dass ihr so gelebt habt, du und mein Papa. Ich habe euch beide so lieb, und ich kann mir nicht vorstellen, von jemandem ferngehalten zu werden, den ich liebe.« Sie zerknüllte das Taschentuch. »Tut mir leid, ich wollte nicht weinen.«

»Du musst dich für deine Tränen nicht entschuldigen, mein Schatz. Es *ist* traurig. Für dich ist das gar nicht nachvollziehbar, weil die Welt heute ganz anders ist zum Glück. Und weißt du, im Vergleich zu manch anderen war ich gar nicht so schlecht dran. Viele Mädchen in meiner Situation mussten ihre Babys weggeben, sodass der ganze Kummer auch noch umsonst war.«

»Wenigstens konntest du Papa behalten.« Flora flüsterte fast.

Bea nickte und betupfte sich mit der Spitze eines Taschentuchs die Augenwinkel. »Ja, das konnte ich. Und dafür bin

214

ich jeden Tag dankbar. Und für dich auch.« Sie nahm die Hand ihrer Enkeltochter in ihre.

Satt, aber müde hakte Flora sich bei Bea unter, als sie aus dem *Café Royal* hinaus in den dunklen Abend traten. »Oh, wow! Es ist so unglaublich k…«

»Sag es nicht!« Bea wedelte mit der Hand vor Floras Gesicht herum. »Wir können uns nicht ständig über das Wetter beklagen. Es ist, wie es ist, und wenn wir herumjammern, wird es auch nicht wärmer. Wie meine Oma immer sagte: Es gibt kein schlechtes Wetter, es gibt nur unpassende Kleidung. Ein paar Schichten Stoff mehr und dazu feste Stiefel, schon ist das Problem gelöst.«

Flora nickte und versuchte zu verhindern, dass ihr die Zähne klapperten und verrieten, wie sehr sie fror. Bea drückte ihre Lippen auf die Hand ihrer Enkelin, dann umfasste sie ihren Arm fester, während sie neben ihr herlief. Sie genoss es, wie nahe sie einander neuerdings waren.

»Es ist richtig schön, Bea.«

»Finde ich auch, mein Schatz.«

Im Hotelzimmer war es warm und gemütlich. Jemand hatte die Lampen eingeschaltet, die schneeweißen Laken aus Makosatin und die Tagesdecke aus goldfarbener Seide waren zurückgeschlagen, sodass darunter die aufgeschüttelten Daunenkissen zum Vorschein kamen und zum Hineinkuscheln einluden.

»Daran könnte ich mich gewöhnen«, sagte Bea. Die aufwendige Ausstattung, der Karoteppich, die gemusterte Tapete und die verschnörkelten Lampen wären ihr in ihrer eigenen Wohnung viel zu überladen vorgekommen, aber hier, in dieser einzigartigen Umgebung, wirkte all das überaus bezaubernd.

Bea saß an dem kleinen Frisiertisch zwischen den Fenstern und entfernte die restlichen Spuren ihres Make-ups, während Flora sich im Bad die Zähne putzte. Sie spuckte den Schaum in das Waschbecken, drehte den Wasserhahn auf und flocht sich danach das Haar zu einem dicken Zopf. »Wo hat er gelebt, dieser Dr. John W. Brodie?«, rief sie in den Spiegel, als könnten ihre Worte daran abprallen und zu ihrer Großmutter ins Schlafzimmer fliegen.

Bea drehte sich auf dem Hocker um und blickte ihre Enkeltochter an. »Wo er gelebt hat?«

»Ja, als er dich verlassen hat, wohin ist er da zurückgegangen? Wo waren seine Frau und die Kinder?«

Eine winzige Pause folgte. Dann sagte Bea mit kaum merklich zitternder Stimme: »Edinburgh. Er hat in Edinburgh gelebt.«

Zwölf

Im Frühstückssalon des *Balmoral* saßen Bea und Flora an einem hübsch gedeckten Tisch. Der Tee wurde in einer eleganten silbernen Kanne serviert, das Besteck funkelte im Licht der beeindruckenden Kronleuchter.

»Das sieht hübsch aus.« Bea zwinkerte ihrer Enkelin zu. »Allerdings glaube ich nicht, dass es bei den Gästen in der *Reservoir Street Kitchen* besonders gut ankäme. Sie mögen es lieber rustikal. Meinen ›Ramsch‹, wie Mr Giraldi es nennt. Ich sehe ihn geradezu vor mir, wie er mit dem Gehstock auf den Boden klopft, weil er den besten Tisch bekommen will. Aber ich glaube, damit könnte er hier niemanden beeindrucken.« Die beiden kicherten.

»Glaubst du, sie haben hier Nugat Bits?«, fragte Flora beim Blick in die edle Speisekarte.

»Das bezweifle ich, aber mit Eiern und Croissants hast du schon eine vernünftige Wahl getroffen. Wir sollten den Tag mit etwas Warmem beginnen, um die Kälte in Schach zu halten.« Beas Gedanken wanderten zum Frühstück in der *Reservoir Street Kitchen*. »Ich frage mich, wie Kim und Tait zurechtkommen. Sie ist total verliebt in ihn, weißt du?«

»Was?« Floras Stimme überschlug sich fast. »Kim und Tait? Nein! Ist das aufregend! Glaubst du, sie wollen heiraten? Oh, ich hoffe es. Da hat er aber Glück. Sie ist eindeutig eine Nummer zu groß für ihn, und sie spielt ein Instrument im Orchester, stimmt's?«

»Ja, Cello«, sagte Bea so stolz, als spräche sie von ihrer

eigenen Tochter. In gewisser Weise betrachtete sie Kim und Tait als ihre Kinder, und ohne jeden Zweifel liebte sie sie, als wären sie ihr eigen Fleisch und Blut.

»Das ist toll. Ich mag Kim total gern. Wenn ich größer bin, möchte ich genau wie sie sein. Sie hat eine super Wohnung.« Flora trank einen Schluck von ihrem frisch gepressten Orangensaft und blickte durch den Frühstücksraum zur Küche: Sie konnte es kaum erwarten, dass die Rühreier gebracht wurden, für die sie sich entschieden hatte.

Bea lächelte. Schade, dass Kim sie nicht hören konnte. »Ja, aber im Schlafzimmer gibt es keinen Whirlpool, und soweit ich weiß, hängen auch keine Poster von 5 Seconds of Summer statt Tapeten an den Wänden! Oh, und sie hat keinen Hund.«

Flora lachte, erfreut, dass ihre Großmutter sich an diesen Wunsch erinnerte. »Ich habe über das nachgedacht, was du mir gestern Abend erzählt hast.«

Bea nickte und trank einen Schluck Kaffee.

»Und ich habe mich gefragt, was wir wegen diesem Dr. Brodie unternehmen sollen.«

»Verzeihen Sie, dass ich mich einmische, aber brauchen Sie einen Arzt?« Weder Flora noch Bea hatte die Kellnerin bemerkt, die den Tisch hinter ihnen abräumte.

Bea fuhr herum und spürte, wie ihr Hals rot anlief. »Ach je, nein! Aber vielen Dank.« Sie drehte sich wieder zu Flora. »Wir unternehmen *überhaupt nichts* wegen ihm«, sagte sie energisch.

»Sorry!«, formte Flora mit dem Mund, dann beugte sie sich verschwörerisch zu ihrer Großmutter und flüsterte ihr zu: »Ob er wohl noch lebt? Ich habe die ganze Nacht an ihn gedacht.«

Ich auch ... Bea nickte und schluckte; natürlich hatte sie im Laufe der Jahre immer wieder über alles nachgedacht. »Wer weiß? Er wäre erst achtundfünfzig, aber ihm kann alles Mögliche zugestoßen sein. Vielleicht wohnt er gar nicht mehr hier. Viele Leute ziehen irgendwann einmal um. Wie gesagt, wir werden gar nichts tun. Das alles ist lange her, sehr lange.«

»Hast du seit dem Morgen, an dem du ihm vom Strand aus zum Abschied gewunken hast, nicht mehr mit ihm gesprochen?« Flora schüttelte den Kopf, als wäre die Vorstellung zu traurig, um sie zuzulassen.

»Nein«, gab Bea zu.

»O Gott, das ist ja schrecklich.«

»Allerdings habe ich seinen Schal behalten. Er war aus dunkelgrüner Seide, und ich habe mir ein Kissen daraus nähen lassen.«

»Dein kleines Kissen! Das kenne ich!«

»Ich habe es gern nahe bei mir. Nachts lege ich meine Wange darauf. Ziemlich lächerlich.« Sie errötete, denn das hatte sie noch nie jemandem gestanden.

Flora schob das Kinn vor. »Das ist nicht lächerlich. Ich habe ein T-Shirt von Marcus. Es riecht nach ihm, und wenn mir danach ist, ziehe ich es an. Lori und Katie wissen nicht, dass ich es habe. Nach einem Fußballspiel habe ich es neben dem Tor gefunden. Eigentlich wollte ich es ihm zurückgeben, darum habe ich es eingesteckt, aber irgendwie habe ich es dann doch nicht getan. Das ist noch kein Diebstahl, jedenfalls nicht so richtig.«

Beide mussten sie an die Tüte voll Make-up denken, die ihren Weg unter Floras Bett gefunden hatte. Flora spürte, wie ihre Wangen rot wurden und ihr Herz heftig zu pochen begann.

Bea zuckte mit den Schultern. »Im Grunde weiß ich kaum etwas über ihn. Nur, dass er Arzt war und mit Margaret verheiratet und dass er eine Tochter und einen Sohn hatte, Moira und Xander. Aber wie gesagt, selbst wenn er noch lebt, wohnt er vielleicht nicht mehr in Edinburgh; er kann überall auf der Welt sein. Ich wollte nur sehen, wo er herkommt. Das wollte ich immer schon. Ich bin froh, hier zu sein – das reicht mir. Er hat mir so schöne Geschichten über das Leben in Auld Reekie erzählt!«

»Old was?« Flora zog die Nase kraus.

»Auld Reekie. So nennen die Schotten Edinburgh«, erklärte die Kellnerin und stellte einen Teller mit Rührei und Räucherlachs vor Flora hin. »Es bedeutet ›Alte Verräucherte‹. Früher gab es hier sehr viele Fabrikschornsteine, sodass die Altstadt immer unter einer Dunstglocke lag.« Sie stellte eine Schüssel Porridge mit Honig und Heidelbeeren vor Bea auf den Tisch.

»Das sieht gut aus, danke.« Bea lächelte und nahm den silbernen Löffel in die Hand, denn beim Anblick und Duft des Frühstücks bekam sie plötzlich großen Appetit.

Flora tippte mit der Gabel auf den Tellerrand und zögerte, obwohl auch sie hungrig war.

»Stimmt etwas nicht, Liebes? Das sieht doch köstlich aus.«

»Ich habe etwas getan«, flüsterte sie.

»O nein, was ist denn jetzt schon wieder?« Bea malte sich weitere Prügeleien und Flunkereien aus, noch mehr Tüten mit Diebesgut darin …

»Ich habe ihn gegoogelt«, sagte Flora und senkte den Blick auf ihren Teller.

»Wen hast du gegoogelt?«

»Dr. John W. Brodie.« Flora konzentrierte sich darauf, einen Bissen Rührei auf der Gabel zu balancieren. »Heute Morgen, als du geduscht hast.«

»Wirklich?« Bea war ebenso fasziniert wie verärgert.

Flora schluckte den Bissen hinunter, ohne wirklich gekaut zu haben. »Ich war einfach neugierig.«

Bea spürte, wie ihr Puls raste. »Was hast du herausgefunden?«

»Dass es zwei Männer mit diesem Namen gibt. Aber bei deinem John steht, dass er im Ruhestand ist. Da steht: Dr. J. W. Brodie, im Ruhestand, und er wohnt in einer Gegend, die Davidson's Mains, Edinburgh, heißt, wo auch immer das sein soll. Klingt komisch.«

Bea ließ den Löffel vor ihrem Mund in der Luft schweben und sah, dass die Heidelbeeren bebten, weil ihre Hand zitterte. Sie spürte einen Anflug von Übelkeit, als sie auf dem Stuhl mit der hohen Lehne nach hinten rutschte. *Dein John, er ist hier, in Edinburgh, genau in diesem Augenblick befindet er sich ganz in deiner Nähe.*

»Alles okay, Gran?« Flora berührte Beas Arm. »Du siehst irgendwie nicht gut aus.«

Bea legte den Löffel in die Schüssel und faltete die Hände im Schoß. Sie atmete tief ein und ordnete die Armreife an ihrem Handgelenk. »Meine Güte, Flora. Ich warte seit über dreißig Jahren auf ihn, und du tippst einmal auf den Bildschirm und sagst mir, dass ich möglicherweise in derselben Stadt bin wie er? Genau jetzt?«

Flora nickte, immer noch unsicher, ob sie das Richtige getan hatte.

»O lieber Gott, hilf mir!« Bea hielt sich die Leinenserviette vor das Gesicht und erinnerte sich aber selbst daran, dass sie atmen musste. *Was tue ich hier? Ich sollte die Dinge auf sich beruhen lassen! Was hat das für einen Sinn, Bea? Was für einen Sinn hat es, nach so langer Zeit sein Leben durcheinanderzubringen? Wie soll er das seiner Frau erklären? Womöglich ruinierst du sein Leben! Er darf nicht erfahren, dass du hier bist. Auf keinen Fall.*

Flora stand auf den Stufen vor dem Hotel, in mehrere Schichten Fleecestoff gehüllt, mit Windjacke, Handschuhen und Sportschuhen. Sie drehte sich zu Bea um, zog sich die Mütze über die Ohren und entließ einen langen, dunstigen Atemzug in den Morgennebel. »Ich weiß, ich darf das nicht sagen, aber es ist…«

»Genau!«, fiel Bea ihr ins Wort und hob die Hand. »Du darfst das nicht sagen!«

»Okay! Aber darf ich stattdessen vielleicht einfach erwähnen, dass Mama und Papa auf Bali am Strand sind und wahrscheinlich gerade in ihren privaten Pool eintauchen, um sich abzukühlen?«

»Nein, darfst du nicht!«, gab Bea zurück und hüpfte auf der Stelle, damit ihre Füße nicht kalt wurden. »Hast du mit ihnen gesprochen?«

»Ich habe ihnen gemailt, weil ich nicht wusste, wie spät es dort ist. Ich habe geschrieben, dass wir gut angekommen sind und dass es hier echt cool ist. Mama hat mir geantwortet, dass sie einen tollen Blick aufs Meer haben, blablabla, und am Ende stand noch eine von ihren netten kleinen Nörgeleien, von wegen, ich sollte die Zeit nutzen, um über alles nachzudenken!« Flora verdrehte die Augen.

»Sie ist deine Mama, und sie macht sich Sorgen, weil sie dich liebt.« Erfreut hatte Bea die Zuneigung in Floras Worten bemerkt. »Komm, wir gehen wandern.« Sie rannte förmlich die Stufen hinab.

»Wo wollten wir noch mal hin?«, rief Flora und lief ihr hinterher.

Bea zeigte in Richtung der Royal Mile. »Zum Arthur's Seat!«

»Ich bin nicht so weit gereist, nur um mir den Stuhl irgendeines Kerls anzusehen!«, jammerte Flora, doch ihre Worte wurden von Windböen davongetragen.

Sie stiegen in den Bus zum Holyrood Palace am anderen Ende der Royal Mile, gingen am Eingang des schottischen Parlaments vorbei und weiter in den Holyrood Park. Flora blickte zu Arthur's Seat empor. Aus der Nähe betrachtet, wirkte der Hügel wuchtig, er dominierte den Park und ragte am Rand des Stadtzentrums von Edinburgh hoch auf. »Gehen wir bis zum Gipfel hinauf?«, fragte sie.

Bea nickte und ging mit großen Schritten voran, ihre Nase und die Wangen waren gerötet. Mit gesenktem Kopf betrat sie den Weg und erklomm den steilen Hang im Zickzack. Das Gras federte unter ihren Füßen, und genau wie von John vor so vielen Jahren beschrieben, hatte sie das Gefühl, zu einem besonderen Ort unterwegs zu sein. Vor lauter Vorfreude hatte sie Schmetterlinge im Bauch. Flora rannte voraus, völlig unbeeindruckt von der Steigung. Auf der felsigen Kuppe angekommen, beugte Bea sich vor, um wieder zu Atem zu kommen, stützte die Hände auf die Oberschenkel und genoss das Gefühl ihres schnell schlagenden Herzens und den warmen Schweißfilm auf ihrer Haut. Als ihr Puls sich wieder beruhigt hatte, richtete sie sich auf und ließ die Aussicht auf sich wirken.

»Oh, wow!«, keuchte sie. Sie blickte nach rechts und nach

links, drehte sich dann langsam im Kreis und versuchte, das ganze Panorama mit den Turmspitzen der Stadt, mit der Küste und den sanft geschwungenen grünen Hügeln jenseits der Stadt mit dem Blick zu erfassen.

»Jetzt verstehe ich, warum der alte Arthur seinen Stuhl hier oben haben wollte«, sagte Flora. »Es ist beeindruckend.«

»Aus demselben Grund, warum Mrs Macquarie ihren Stuhl dort haben wollte, wo er steht, nehme ich an: der beste Aussichtspunkt in der Stadt, um das ständige Kommen und Gehen zu beobachten! Es ist wirklich beeindruckend.«

John hatte diesen Hügel geliebt, daran erinnerte sie sich, er hatte ihn oft erwähnt. *Der Blick von dort oben reicht so weit, wie das Auge sehen kann. Wohin du auch schaust, du entdeckst immer etwas Neues.* Sie blinzelte, um die rußige Spitze des Scott Monument klar sehen zu können, dann betrachtete sie die Princes Street, die in einem sanften Bogen daran vorbeiführte. »Kann es sein, dass du da unten bist, irgendwo in diesem Häusermeer?«, flüsterte sie in den Schal, den sie sich um Nase und Mund gewickelt hatte. »Bist du hier, John, irgendwo in meiner Nähe?«

Als hätte sie die Gedanken ihrer Großmutter erraten, drehte Flora sich zu ihr um und musterte sie. »Barnton Avenue West.«

»Wie bitte?«, fragte Bea an ihre Enkelin gewandt.

»Da wohnt er. Barnton Avenue West. Wenn man den Suchergebnissen glauben darf, schon seit ungefähr dreißig Jahren.«

»O Flora!« Bea atmete langsam aus, während sie zu entscheiden versuchte, was sie mit dieser Information anfangen sollte.

»Puh! Das nenne ich eine Aussicht, was?« Weder Bea noch Flora hatte den Mann gehört, der sich ihnen von hinten genähert hatte. Schnaufend und keuchend trat er neben sie auf den Felsvorsprung.

»Das kann man wohl sagen«, antwortete Bea.

»Oh, Sie kommen aus Australien! Nein! Wie klein die Welt doch ist.«

Gleich, dachte Bea, wird er mich fragen, ob ich den großen Bradley mit dem Bungalow samt Anbau in der Nähe des Berges kenne …

»Mein Junge ist gerade drüben, arbeitet auf einem Tauchboot vor der Küste von Cairns. Er sagt, er hat Heimweh, aber er liebt das Wetter dort. Hier ist er Fischer, klingt irgendwie nach Urlaub mit ziemlich viel Arbeit. Boot ist Boot und Wetter ist Wetter, sage ich immer zu meiner Frau, wo soll da der Unterschied sein?«

Bea bewegte die Finger in den Handschuhen und versuchte, den Schauer zu unterdrücken, der ihr über den Rücken lief. Sie lachte laut und sagte: »Sie würden sich wundern!«

Wieder am Fuß des Berges angekommen, warteten sie auf den Bus.

»Ich weiß nicht, was ich tun soll, Flora. Ich wollte seine Stadt sehen, aber ich habe nicht in Betracht gezogen, auch ihn selbst zu Gesicht zu bekommen.«

»Ich dachte, dass du vielleicht in ihn hineinläufst – im wahrsten Sinne des Wortes, hier auf der Straße!«, sagte Flora und zog sich die Mütze tiefer über die Ohren. »Ich beobachte dauernd die alten Männer hier, um herauszufinden, ob einer wie mein Papa aussieht.«

»Du meine Güte, sag doch so was nicht!« Bea fand die

Vorstellung ebenso erschreckend wie aufregend. »Und er ist kein alter Mann, er ist erst achtundfünfzig!« Ihr Blick verlor sich in der Ferne. »Ich habe mir immer alles Mögliche vorgestellt – dass er mich suchen und finden würde und wie es wäre, wenn wir uns zum ersten Mal wiedersehen. Dass es alles, was ich zu wissen glaubte, entweder bestätigen oder zunichtemachen würde. Und später habe ich befürchtet, dass er mich vielleicht findet, solange Peter noch lebt. Aber das ist so lange her, solche Gedanken habe ich schon seit Jahren nicht mehr.« *Ich wäre zufrieden, wenn ich wüsste, dass er glücklich ist und immer glücklich war. Das ist es, was ich ihm wünsche und von jeher gewünscht habe.*

»Für wen hättest du dich entschieden?«, fragte Flora ohne Umschweife, als sprächen sie über ein viel weniger emotionales Thema.

»Wie?« Bea hatte sie verstanden, wollte aber einen Augenblick darüber nachdenken, wie und ob sie überhaupt antworten sollte.

»Ich habe mich gefragt, für wen du dich entschieden hättest, wenn John bei dir zu Hause aufgetaucht wäre, wo du mit Opa gewohnt hast. Wenn du eine Entscheidung hättest treffen müssen.«

Bea blickte zu dem grünen Hügel vor ihnen auf und atmete die frische schottische Luft ein. »Ich hätte mich für Opa entschieden, auf jeden Fall. Ich habe ihn geliebt, Flora, und er hat mich siebenundzwanzig Jahre lang glücklich gemacht.« Das war die Wahrheit, und es fühlte sich gut an, sie laut auszusprechen, vor allem an diesem Ort.

Flora dachte nach. »Aber geliebt hast du sie beide?«

»Ja.« Bea nickte. »Ich habe sie beide geliebt, aber auf unterschiedliche Art. John war meine erste Liebe, eine verzweifelte, leidenschaftliche Liebe, die alles mit sich riss wie ein Sturm; sie hat mich überwältigt und am Boden zerstört zurückgelassen. Die Liebe zwischen Peter und mir war wie der Sommer, sanft und stetig, und es war schön, in ihr zu leben. Sie hat mich an Leib und Seele gewärmt.«

»Ein bisschen wie Schottland und Australien«, flüsterte Flora.

»Ja, vermutlich.« Es war das erste Mal, dass Bea es so sah.

»Glaubst du, dass man mehr als einen Menschen lieben kann?« Flora tippte mit der Fußspitze auf das Straßenpflaster.

»Ich weiß, dass man das kann. Und jede Liebe ist anders, glaub mir.«

»Ich kann mir nicht vorstellen, dass Marcus auch nur mit mir reden, geschweige denn mich lieben würde.« Sie warf das Haar über die Schulter zurück.

»Du bist noch so jung, Flora. Wer weiß – vielleicht ist Marcus für dich bestimmt, vielleicht auch nicht. Vergiss nicht, die Reise an sich ist das Interessante.«

»Wahrscheinlich. Was meinst du, wollen wir uns sein Haus ansehen?« Eine Weile schwebte die Frage in der Luft.

Bea schüttelte den Kopf. »Nein, Flora. Ich glaube, das ist keine gute Idee.«

»Wir müssen ja nicht reingehen oder so. Wir könnten uns einfach draußen hinsetzen und es uns kurz ansehen. Wir können uns verstecken oder verkleiden, und dann sind wir wieder weg.«

»Du hast offenbar gründlich darüber nachgedacht. Aber das ist keine gute Idee, mein Schatz. Ich glaube, wir wechseln jetzt besser das Thema«, sagte Bea und sah erleichtert, dass der rote Doppeldeckerbus ihre Haltestelle ansteuerte.

Weiter oben an der Royal Mile stiegen sie aus und liefen über das Kopfsteinpflaster. Sie betrachteten die festlichen Auslagen in den Schaufenstern und widerstanden der Versuchung, in ein Café zu gehen, das Tee und schottischen Früchtekuchen auf der Karte stehen hatte. Stattdessen gingen sie weiter, ihrer Verabredung mit Alex entgegen. Aber sie hatten erst wenige Meter zurückgelegt, als Bea einen Antiquitätenladen entdeckte, der ein wenig abseits der Straße lag. Aufgeregt deutete sie auf die schmutzige zweistöckige Fassade.

Flora verdrehte die Augen.

»Was? Sieh mich nicht so an. Ich will mich nur kurz umsehen!« Bea lächelte, die Aussicht auf eine mögliche Entdeckung ließ ihre Augen leuchten.

In dem Geschäft war es nicht viel wärmer als auf der Straße. Ein kleiner Calor-Gasofen wärmte dem Inhaber, der hinter einer Theke saß und sich in einem winzigen Fernseher eine Spielshow ansah, die Beine; Gelächter aus der Konserve erfüllte die staubige Luft. Er hob die Hand zum Gruß, ohne den Blick vom Fernseher abzuwenden.

Bea schlenderte in dem vollgestopften Laden umher; ihr Blick streifte über die Wände. Sie zeigte auf einen riesigen ausgestopften Hirschkopf, der auf einer Holzplatte befestigt war. »Wie viel Platz hast du noch in deinem Koffer?«, fragte sie.

Flora schlug sich vor die Stirn. »Ich wusste, es war ein Fehler, dich hier reingehen zu lassen! Kim hat gesagt, ich soll dich im Auge behalten.«

Bea lachte. »Das war nur ein Scherz.«

Sie gingen hinaus und winkten dem Mann hinter dem Tresen zu, der ihnen keinerlei Beachtung schenkte, sich zum wiederholten Mal die Brille auf der Nase hochschob und konzentriert auf den flimmernden Fernseher starrte.

228

Schließlich fanden sie das *Christmas Café* in einer Gasse hinter der Scotch Whisky Experience und der Tartan Weaving Mill. Bea hätte es überall sofort erkannt; sie lächelte beim Anblick des Schaufensters mit den karierten Stoffbahnen und den Tannenzapfen darin. Im wirklichen Leben sah es sogar noch hübscher aus. Das Fenster war beschlagen und von einer Lichterkette umrahmt. Ein eingetopfter Weihnachtsbaum stand neben der Tür, übersät mit weißen Lämpchen, die ein warmes Licht verbreiteten, und mit einer rotgolden karierten Schleife auf der Spitze. Die Eingangstür war mit Aufklebern und Flyern für Zumba-Kurse im Viertel, für eine Benefizveranstaltung namens *Kiss Goodbye to Sepsis* in Dobbies Garden Centre, für einen Weihnachtsmarkt und vieles mehr übersät.

Das Lokal sah nach einer traumhaft schönen Teestube aus: anheimelnd, gemütlich und einladend. Das ganze Jahr über Weihnachten, wunderbar! Bea atmete tief ein. Die Aussicht, dem Mann zu begegnen, dem sie so vieles anvertraut hatte, machte sie nervöser als all die Tage zuvor. Sie strich sich das Haar glatt, dann drückte sie die Türklinke hinunter.

Dreizehn

Bea duckte sich unter dem niedrigen Türsturz hindurch und betrat einen lang gestreckten, kunterbunt eingerichteten und durch eine Stufe in zwei Hälften geteilten Raum. Auf beiden Ebenen standen kleine, runde Tische mit Stühlen daran. Etliche Plätze waren von Paaren besetzt. Sie hatten Mütze und Schal abgelegt und die Mäntel ausgezogen; einige hielten Becher mit heißem, starkem Tee in Händen, den sie zu selbst gebackenem, üppig mit prallen, glänzenden Kirschen belegtem Kuchen tranken; andere bissen in dicke Bacon-Sandwiches, aus denen braune Soße quoll. Im Kamin knisterte ein großes Feuer; die weiß glühenden Scheite knackten, während der Duft von frischem Kiefernholz den hübsch dekorierten Kaminsims umwehte. Der Weihnachtsschmuck war äußerst kunstvoll: Tannenzapfen hingen an einer Girlande aus ineinandergeflochtenen Zweigen, die mit kleinen Schleifen geschmückt waren. An den Wänden waren zahlreiche Bilder und Fotos mit Festtagsmotiven aus vergangenen Zeiten zu sehen. Da gab es viktorianische Gassenkinder, die geröstete Kastanien direkt vom Grill verkauften; eine Familie um 1970, versammelt um ihren riesigen Tannenbaum, allesamt in aufeinander abgestimmten Weihnachtspullis und mit dickrandigen Brillen; auf einem Schwarz-Weiß-Foto der Baum vor dem Rockefeller Center in New York.

Ein Mann kam aus dem hinteren Bereich des Cafés auf sie zu, vermutlich aus der Küche. Er näherte sich, winkte mit beiden Händen und lächelte breit, wobei unwahrscheinlich weiße Zähne unter einem gestutzten Oberlippenbart zum Vorschein kamen. Das Jeanshemd hatte er weit genug aufgeknöpft, um seine gebräunte, haarlose Brust zur Schau zu stellen. Er sah viel jünger aus als auf den Fotos – mit Sicherheit noch unter vierzig, dachte Bea.

»Da ist sie ja! Willkommen! Willkommen in Schottland!« Alex McKay beugte sich zu Bea und legte ihr die Arme um die Schultern, wobei er sie in eine Wolke köstlich duftenden Aftershaves einhüllte. »Meine liebste elektronische Brieffreundin, die den weiten Weg aus Australien hierher auf sich genommen hat!« Er klatschte in die Hände. »Wir werden allerbeste Freunde sein, das weiß ich schon jetzt! Und erst mal werde ich dir die Haare abschneiden – du kennst doch die Regel, von wegen über fünfzig und überschulterlang, oder etwa nicht? Diese Regel hast du um ungefähr drei Zentimeter gebrochen, aber egal.« Er zwinkerte und verriet so, dass er es nicht ernst meinte.

Bea kicherte und genoss seinen warmen schottischen Akzent, der sich über sie ergoss wie Karamellsoße. Alex zog einen Stuhl unter dem Tisch hervor, ließ sie Platz nehmen und lud Flora, die gerade aus ihrer Jacke schlüpfte, ein, sich ebenfalls zu setzen. Er gesellte sich zu ihnen und schlug die Beine übereinander. Bea lächelte. Die Regel mit den Haaren kannte sie nicht, aber sie wusste, dass sie sich keine Sorgen mehr machen musste, ob Alex einen falschen Eindruck von ihr bekommen hatte; nichts schien ihm ferner zu liegen als irgendwelche *Faxen*.

»Wie schön, dich persönlich kennenzulernen, Alex!« Bea spürte, wie sich erneut ein Lächeln in ihrem Gesicht ausbreitete.

»Danke gleichfalls, ihr Süßen. Und keine Sorge, im Gästezimmer gibt es ein paar Fitnessgeräte, falls du etwas für deinen Bauch tun willst.« Er zeigte mit einem manikürten Finger zur Decke.

Flora kicherte laut, und selbst Bea, die sich verlegen die Hände vor die Augen gehalten hatte, spürte, dass ihre Schultern sich entspannten. »O Gott, nein!« Ihr neuer bester Freund war einfach wundervoll.

»Und du bist sicher Flora?« Alex drehte sich zu ihr und betrachtete bewundernd ihre leuchtenden Augen und das offene Lächeln. »Meine Güte, du bist ja bildschön.«

Flora strahlte; zum ersten Mal seit Langem fühlte sie sich wieder hübsch.

Einige Minuten lang plauderten und lachten die drei über alles Mögliche, machten Small Talk und freuten sich darüber, zusammen zu sein.

»Es ist so schön, endlich meine neue beste Freundin kennenzulernen!« Alex beugte sich vor und drückte Bea erneut an sich.

Wieder versank sie in einem köstlichen Nebel aus Aftershave. »Hübsch ist es hier, Alex, so gemütlich! Und der Kamin sieht großartig aus.«

»Oh, danke!« Er freute sich sichtlich über das Kompliment. »Also, was möchtet ihr gern essen? Den Truthahn mit allem Drum und Dran, oder möchtet ihr gleich zum Plumpudding übergehen?«

»Na, das ist ja mal eine Idee!« Bea lächelte.

Alex klatschte in die Hände. »Ich glaube, eine heiße Suppe und selbst gebackenes Brot wären doch was. Klingt das gut?«

»Das klingt wunderbar!« Endlich zog auch Bea ihren Mantel aus und legte ihn über die Stuhllehne.

»Und für dich, Mäuschen?« Er blickte Flora an.

»Suppe klingt gut!«

233

Alex erteilte in der Küche Anweisungen und tauchte wenige Minuten später wieder auf, um an ihrem Tisch Platz zu nehmen. »Was hat dich veranlasst, nach Schottland mitzukommen? Ich meine, es ist wundervoll, es kommt nur ein bisschen überraschend.«

Flora setzte sich aufrechter hin. »Meine Eltern sind nach Bali gereist, und eigentlich sollte ich mitkommen, aber das hat irgendwie nicht geklappt.« Sie verzog das Gesicht. »Zurzeit sind sie nicht besonders glücklich mit mir.«

»So sind Eltern eben.« Er zwinkerte ihr zu. »Warum sind sie denn nicht glücklich mit dir, kleine Flora?« Interessiert beugte er sich vor. »Was hast du gemacht? Dein Zimmer nicht aufgeräumt? Deine Hausaufgaben nicht erledigt?«

»Nein, ich habe mich mit einem Jungen geschlagen und bin vom Unterricht suspendiert worden, und dann haben sie gestohlene Sachen bei mir gefunden. Ich habe sie zwar nicht geklaut, aber sie waren in meinem Zimmer.«

Bea zuckte unmerklich zusammen und warf einen schnellen, forschenden Blick zu Alex; sie nahm sich vor, Flora darüber aufzuklären, was sie einem verhältnismäßig fremden Menschen anvertrauen durfte und was nicht.

»Na ja, ich denke, irgendwann werden sie sich schon wieder beruhigen.« Er tätschelte ihr den Arm.

Flora zuckte mit den Schultern. »So kam es jedenfalls, dass Bea und ich überlegt haben, welche Orte auf der großen weiten Welt wir gern besuchen würden, und schließlich sind wir hier gelandet.«

»Ich glaube, die lebendige Schilderung deiner Spaziergänge hat meine Entscheidung beeinflusst. Es klang so friedlich«, erklärte Bea.

»Meine Spaziergänge?« Alex wirkte verwirrt.

»Die nebligen Moore, die friedlichen Lochs, der Dunst, der über dem Wasser schwebt.« Sie seufzte sehnsüchtig.

»Ach, *die* Spaziergänge. Ja, ganz reizend.« Er lächelte.

»Und dann seid ihr einfach ins Flugzeug gestiegen – so richtig Jetset-mäßig.« Alex lachte. »Ich weiß nicht, ob ich mich genauso entschieden hätte, wenn mir die ganze Welt offengestanden hätte. Ich glaube, die Malediven wären ziemlich weit oben auf meiner Liste, oder vielleicht Silvester in New York, das würde sicher Spaß machen. Allerdings wollte ich auch schon immer mal nach Sydney.«

»Du bist jederzeit willkommen«, versicherte Bea ihm.

»Toll, danke, und Flora könnte ich gleich als meine Leibwächterin engagieren! Wie praktisch!«

Bea lachte. Sie mochte Alex, sehr sogar. »Tait, der bei mir arbeitet, nennt sie Miss Klitschko.« Sie schnaubte.

»Das gefällt mir«, sagte Alex und grinste.

Eine Frau mittleren Alters in einer langen roten Strickjacke mit einer gestreiften Schürze darüber näherte sich ihrem Tisch. Sie brachte ein Tablett mit zwei tiefen Tellern dampfender Suppe und einem Holzbrett mit einem kompakten, in Scheiben geschnittenen Laib Brot und einer üppigen Portion Butter darauf.

»Das wird euch schmecken, vor allem nach eurem Marsch durch die Kälte nach Holyrood hinauf; das wärmt euch wieder auf. Ein Rezept meiner Mutter. Danke, Elsie.«

Die Frau nickte kaum merklich, nachdem sie die Teller vor Bea und Flora hingestellt hatte. »Ich habe meine Kinder immer zu Arthur's Seat mitgenommen. Oben setzten sie sich hin und aßen ein Marmeladenbrot, und wenn es wirklich kalt war, bekamen sie auf dem Heimweg eine Tüte Pommes. Tja, lang ist's her.« Sie seufzte.

Flora und Bea starrten Elsie an; nicht nur, weil ihr Akzent so stark war, dass sie nur die Hälfte der Worte verstanden hatten, sondern auch wegen der Geschwindigkeit, mit der sie gesprochen hatte. Bea nickte höflich, und Flora trat die Flucht nach vorn an. » Aus welchem Teil von Polen kommen Sie? «, fragte sie betont langsam und zuvorkommend.

» Aus Glasgow «, antwortete Elsie, schon auf dem Rückweg in die Küche, und schüttelte den Kopf.

Bea schob sich einen Löffel Suppe in den Mund. » Mmh, die ist lecker. Was ist das? «

» Cock-a-Leekie. Hühnersuppe mit Lauch «, sagte Alex sachlich und nickte. » Und, hast du schon einen Freund, Flora? «

Flora schüttelte den Kopf. » Eigentlich nicht. Aber es gibt da jemanden, den ich mag. Marcus. Ehrlich gesagt, ist er der Junge, den ich geschlagen habe. «

» Du hast ihn also tatsächlich geschlagen? « Er legte sich eine Hand auf die Brust und blickte Bea an. Bestätigend zog sie die Brauen hoch. » Ist das irgendein australisches Balzritual? Davon habe ich ja noch nie gehört. Ist es bei euch üblich, einen Menschen zu schlagen, den ihr mögt? Du meine Güte, Kind! Soll ich *dich* schlagen, Bea? Ich meine, ich mag dich wirklich sehr. «

» Es wäre mir lieber, du ließest es sein. « Eilig löffelte Bea ihre Suppe.

Flora nahm sich ein Stück Brot und bestrich es großzügig mit Butter. » Ich bin kein Kind mehr. In ein paar Wochen werde ich vierzehn. «

» Flora! Ich besitze *Unterwäsche*, die älter als du ist «, erwiderte Alex.

Flora wusste nicht recht, was er ihr damit sagen wollte. »Ich weiß nicht, ob ich ihn liebe, aber ich mag ihn furchtbar gern. Am liebsten wäre ich die ganze Zeit mit ihm zusammen.«

»Ich schätze, die Frage ist, ob er dich auch liebt.«

»Ich ... äh ... keine Ahnung. Manchmal glaube ich, es könnte sein, aber ich weiß es nicht.« Flora blickte auf den Tisch.

»Du *glaubst* manchmal, dass es sein könnte? Nun, genau das ist es, was du herausfinden musst! Es hat keinen Sinn, so viel Aufregung durchzustehen, wenn du nicht einmal weißt, ob das Ganze Zukunft hat! Das musst du herausfinden, Schätzchen. Gib dich nicht der Traurigkeit hin, sonst endest du noch wie Bea und ich und sitzt allein auf dem Sofa und tippst zu jeder Tages- und Nachtzeit auf deinem Laptop herum!« Er lachte glucksend und schlug auf den Tisch.

Auch Bea lachte. Mit diesem lauten, witzigen, überschäumenden Mann zusammen zu sein machte ihr Spaß. Er war ganz anders, als er in seinen E-Mails gewirkt hatte, darin war er ihr bedächtig, kultiviert und ruhig vorgekommen.

»Ich will nicht wie ihr beiden enden! Aber so einfach ist das nicht. Meine Freundin Lori mag ihn auch ...« Flora lächelte schwach.

»Ach, junge Liebe. Wäre schön, noch einmal Gelegenheit dazu zu haben, nicht wahr, Bea?«, fragte Alex.

Bea nickte. »Ja, allerdings. Peter ist vor etwas über einem Jahr gestorben.«

»*Aye,* das hast du erzählt. Für mich sind es jetzt fast sieben Jahre, seit mein Robert gestorben ist, und ich bin immer noch todunglücklich. Es ist schwer, wieder ins Leben zurückzufinden.«

»Sieben? Ich dachte, es wären zehn Jahre«, meinte Bea, während sie sich ihren E-Mail-Wechsel in Erinnerung rief.

»Nein.« Er schüttelte den Kopf. »Es ist jetzt sechs Jahre her, fast sieben. Diese Art von Jahrestagen vergisst man nicht, stimmt's? Den Tag, ja die Minute, in der deine Welt zerbricht.«

Bea nickte mitfühlend und ärgerte sich über sich selbst, weil sie ihn offensichtlich falsch verstanden hatte. Sie zögerte, dann fragte sie: »Hat er hier im *Christmas Café* gearbeitet?« In ihren Gedanken blitzte ein Bild von Peter auf, der morgens in der *Reservoir Street Kitchen* herumwerkelte, ihr Gesellschaft leistete, Zeitung las und einen winzigen Teil ihres Gewinns aus einer Mokkatasse trank.

»Nein. Er war Buchhalter, ein liebenswerter, ruhiger Mann. Wir haben über dem Café gewohnt.« Alex deutete an die Decke. »Darum bleibe ich hier. Ich sehe ihn auf dem Sofa sitzen und spüre seine Anwesenheit hier. Das hilft mir ein bisschen.« Sein Lächeln wurde schwächer. »Ich rede immer noch mit ihm. Ich hätte so gern noch einen Tag oder nur eine Stunde, um mit ihm zu reden. Das wäre wenigstens etwas.«

»Ja, das denke ich auch oft«, antwortete Bea und schluckte ihre Rührung hinunter. »Wie würde ich mich über einen einzigen Tag freuen! Aber dann bräuchte ich mit ziemlicher Sicherheit noch einen Tag und dann noch einen – es gibt so vieles, was ich ihm erzählen möchte. Peter und ich waren allerbeste Freunde.«

»Wir auch. Zwar waren wir so verschieden wie Tag und Nacht, aber es hat funktioniert. Er hat mir den Rücken freigehalten, weißt du? Mein Wohl lag ihm immer am Herzen, und das war ein fantastisches Gefühl. Damals war ich nicht besonders kritisch bei der Wahl meiner Partner, darum war es wie ein Hauptgewinn für mich, dass ich ihn gefunden habe.« Er legte sich eine Hand auf die Brust. »O Bea, er war ein Schatz für mich. Ein richtiger Schatz!«

Mit aufgerissenen Augen starrte Flora Alex an.

»Es muss ein großes Glück für euch gewesen sein, einander zu haben«, sagte sie leise.

»Ja, das war es. Das war es wirklich.« Er schüttelte den Kopf, dann klatschte er in die Hände. »O Gott, tut mir leid, dass ich so rührselig bin. Da jammere ich die ganze Zeit herum, wie schwer es ist, mit niemandem reden zu können, dabei muss es für dich doppelt so schwer sein, so plötzlich, wie du Witwe geworden bist...«

»Du meinst wegen meines Alters?«, unterbrach Bea ihn. »Weil ich nun ganz allein alt werden muss? Ja, das ist schon ein bisschen Furcht einflößend. Ehrlich gesagt, sogar verstörend.«

»Du machst aber keinen verstörten Eindruck. Eigentlich wirkst du sogar ziemlich gefasst auf mich.« Er legte den Kopf schief und betrachtete sie eingehend.

»Oh, danke. Ja, in vieler Hinsicht bin ich das auch. Aber ich kann nicht umhin, mich zu fragen, woran es liegt, dass so viele von uns am Ende allein dastehen, ausgerechnet dann, wenn wir am meisten auf einen anderen Menschen angewiesen sind. Altwerden ist hart, wenn man allein ist; mit jemandem, der das Steuer fest in der Hand hält, wäre es viel leichter.«

»Genau das hat Robert für mich getan.« Alex schluckte. »Obwohl ich gerade erst dreißig war, als ich ihn verloren habe.«

»Du musst dir betrogen vorkommen«, sagte Bea traurig und blickte in die Ferne. »So jung, so vieles, zu dem ihr nicht mehr gekommen seid...«

»Damit kennt Omi sich auch aus, stimmt's?«, warf Flora auf ihre typische, direkte Art ein und musterte Bea, völlig unbeeindruckt, dass sie vor ihrem gemeinsamen neuen Freund eine so vertrauliche Angelegenheit ausplauderte. »Vor langer Zeit hat sie jemanden geliebt, aber sie waren nicht sehr lange zusammen.«

Bea atmete scharf ein, und Alex wirkte ein bisschen schockiert. »Ach du liebe Güte, das wundert mich jetzt aber. Du sprichst mit solcher Zuneigung über Peter, dass ich dachte, er sei die Liebe deines Lebens gewesen.«

Bea überlegte, wie sie am besten fortfahren sollte. »Oh, Peter war wundervoll, einfach wundervoll! Wir waren wirklich sehr glücklich miteinander. Siebenundzwanzig Jahre Glück. Er war wahrhaftig ein großartiger Freund. Er war sehr lieb zu meinem Sohn und mir, aber es war keine leidenschaftliche, alles verzehrende Liebe. Ich habe ihn geliebt, ja, aber nicht mit Leib und Seele, diese Art von Liebe war es nicht.«

»Mensch, jetzt bin ich aber wirklich ein bisschen schockiert. Hat er gewusst, was du empfindest?«

»O ja, wir sind immer sehr offen zueinander gewesen. Er wusste, dass ich ihm sehr zugetan war, dass ich ihn liebte, und ich bezweifle absolut nicht, dass er mich geliebt hat. Aber ich glaube, seine Fähigkeit zu lieben war dadurch begrenzt, wie viel Liebe ich ihm zurückgeben konnte. Das gehört zu den Dingen, bei denen ich im Rückblick erkennen muss, dass ich uns beiden einen Bärendienst erwiesen habe. Vielleicht habe ich ihn davon abgehalten, seine Seelenverwandte zu finden, und vielleicht hat er dasselbe auch bei mir bewirkt.«

»Du glaubst also tatsächlich, dass es so was gibt?« Flora musterte ihre Großmutter mit Augen voller Hoffnung. »Dass jeder Mensch einen Seelenverwandten hat? Jemand, den man auf eine Art liebt, und er liebt einen auf genau dieselbe Art zurück?«

Bea lächelte ihre Enkelin an. »Ich weiß, dass es das gibt. Ein einziges Mal habe ich einen Blick darauf erhaschen können, und es war wundervoll, geradezu magisch.« Eine Stimme erklang in ihrem Kopf. *Bitte, nehmen Sie meinen Schal, Miss Beatrice* ... »Aber das Timing stimmte nicht, und das war's dann.«

»Wie schrecklich.« Alex schien vor Rührung sprachlos zu sein.

Angesichts dieser größten aller Untertreibungen musste Bea lächeln. »Ja, es war schrecklich.«

»Entschuldige bitte, ich möchte nicht taktlos oder unhöflich sein ...« Alex atmete tief ein und zögerte. »Aber wenn du wusstest, dass dieser potenzielle Seelengefährte existiert, warum hast du dich dann nach Peters Tod nicht auf die Suche nach ihm gemacht? Oder dich mit ihm zusammengetan, bevor du Peter begegnet bist?«

»Weil er nicht frei war«, sagte Bea mit tonloser Stimme.

»Also er saß nicht im Gefängnis oder so.« Offenbar hatte Flora das Bedürfnis, das klarzustellen.

Bea kreischte auf, und Alex lachte. »Nein! Um Himmels willen! Natürlich saß er nicht im Gefängnis!« Allein die Vorstellung ließ sie den Kopf schütteln. »Aber er war gebunden; er war mit einer Frau zusammen, die für ihn dasselbe bedeutete wie Peter für mich. Himmel, das klingt furchtbar, aber es ist die Wahrheit.«

Alex straffte die Schultern und räusperte sich. Er schien von der Geschichte überwältigt. »Meine Güte, das ist wirklich eine ziemlich ungewöhnliche Kennenlernparty!«

241

»Ich freue mich sehr, dass ich dich heute kennengelernt habe, Alex.«

»Danke gleichfalls. Und dich, die hinreißende Flora, genannt Miss Klitschko.«

»Weißt du, Alex, ich habe das Gefühl, dich schon mein ganzes Leben lang zu kennen«, sagte Bea aufrichtig, als er sie inniglich umarmte.

Ein langer Tag lag hinter ihnen. Bea und Flora stiegen die Stufen zum *Balmoral* hinauf; oben angekommen, drehten sie sich um und warfen einen letzten Blick auf die Princes Street. Stille lag in der Luft, fast so etwas wie Vorfreude. Und dann fiel eine winzige weiße Flocke vor Floras Augen herab, landete auf dem Mantel ihrer Großmutter und verschwand in demselben Augenblick, in dem sie die dunkelblaue Wolle des Revers berührte. Schnell folgte ihr eine weitere Flocke und dann noch eine.

»O mein Gott!«, rief Flora aus und rannte die Stufen wieder hinunter. »Bea! Bea, es schneit! Es fängt tatsächlich an zu schneien!«, rief sie und drehte sich auf dem Bürgersteig mit ausgestreckten Armen um sich selbst.

Bea prägte sich den Augenblick ein und speicherte ihn als eine ihrer kostbarsten Erinnerungen. Sie wusste, niemals würde sie den Anblick ihrer schönen australischen Enkelin vergessen, die dort stand und deren karamellfarbenes Haar im Licht der Straßenlaterne glänzte, während winzige Schneeflocken auf ihrer Nase und ihren Wimpern landeten.

»Komm her! Du musst mal hierher, zu mir, kommen!«, rief Flora. »Das fühlt sich an wie Weihnachten.«

Bea schritt die Stufen hinunter und blickte in den Himmel. Seit einer Ewigkeit hatte sie keinen Schnee mehr auf ihrer Haut gespürt, aber sie erinnerte sich sofort an das unvergleichliche Gefühl, wenn die winzigen Kristalle sich in der Sekunde, in der sie ihr Gesicht berührten, in Wasser verwandelten. Sie schloss die Augen und erinnerte sich daran, wie sie hinten im Garten ihrer Großmutter im Schnee gestanden hatte. Ihre Schwester rannte um sie herum, knetete die Flocken zu kleinen, harten Bällen, die sie gegen die Mauer warf. Genau wie an diesem Tag hatte Bea auch damals in den Himmel geblickt und geglaubt, er würde auf sie herabstürzen und sie unter sich begraben. Es war blendend, beglückend, verwirrend. Es war wunderbar.

Erst als Flora ihr besorgt eine Hand auf die Schulter legte, merkte Bea, dass sie weinte. Wie sollte sie ihr nur erklären, dass sie um ihr Leben weinte, das so schnell, praktisch wie im Handumdrehen, vergangen war? Sie hatte das Gefühl, erst wenige Monate zuvor im Schnee gestanden zu haben, ein kleines Mädchen, das ihr ganzes Leben noch vor sich hatte, lächelnd und mit rosigen Wangen, während ihre Großmutter in der warmen, gemütlichen Küche eine Pastete für das Abendessen zubereitete. Sie sehnte sich danach, noch einmal dieses kleine Mädchen zu sein, nur für einen Tag. Ein ganzer Tag, ohne den Kummer, die Selbstvorwürfe, das Bedauern und den Schmerz ertragen zu müssen, die sie geformt hatten, ein ganzer Tag, an dem sie die Welt für einen wundervollen Ort halten könnte, weil sie ihre Grausamkeit noch nicht erfahren hatte. Ein ganzer Tag, den sie im Schnee mit ihrer Familie verbringen würde, weil sie sie noch liebten und weil sie noch rein war.

Als sie die Kälte nicht mehr aushalten konnten, durchquerten Bea und Flora schweigend den vornehmen Empfangsbereich des Hotels bis zum Aufzug. Ihr Zimmer war einladend und gemütlich, die Dunkelheit senkte sich auf den Tag herab wie ein Vorhang, und nun zogen die Lichter der Kirmes und des Gebäudes gegenüber ihre Aufmerksamkeit auf sich. Bea schaltete die Lampen aus, sodass sie einen besseren Blick auf die Finsternis draußen hatten. Still und nachdenklich betrachteten sie beide das Schneegestöber, das ihnen die Sicht trübte.

»Ich kann nicht fassen, dass es wirklich schneit!« Flora war wie hypnotisiert. »Ich glaube, das ist das Schönste, was ich je gesehen habe.«

»Ich auch«, stimmte Bea zu, die inzwischen ihre Fassung wiedergewonnen hatte.

»Ich finde Alex toll«, schwärmte Flora.

»Ich auch. Und gerade habe ich gedacht: Ich würde es *wirklich* gern tun«, sagte Bea mit fester Stimme und zog sich in der Dunkelheit die Schuhe aus und legte ihren Schal ab.

»*Was* würdest du gern tun?« Flora musterte sie.

»Zur Barnton Avenue West fahren. Ich würde gern sehen, wo er lebt. Alex hat mich zum Nachdenken gebracht: Ich weiß, was er meint, wenn er sich ein letztes Gespräch, einen letzten Blick wünscht. Für ihn ist es natürlich zu spät, der Arme. Aber für mich nicht. Ich würde gern sehen, wo John lebt, nur ein einziges Mal. Nicht, um mit ihm zu reden, einfach um seine Welt zu sehen, Flora. Nur einen Blick auf das Haus erhaschen, in dem er seit über dreißig Jahren wohnt. Das wäre wundervoll.« Sie blickte ihre Enkeltochter an.

»Wollen wir gleich morgen hinfahren?« Flora ging auf ihre Großmutter zu und küsste sie auf die Wange.

»Ja. Morgen.«

Vierzehn

Bea setzte sich im Bett auf und zappte die Fernsehkanäle durch, aber nichts konnte ihre Aufmerksamkeit fesseln. Sie war äußerst nervös.

»Wie ist der Plan, Bea?«, rief Flora aus dem Badezimmer, wo sie sich das dicke Haar bürstete. »Ich bin ein bisschen aufgeregt. Hast du keine Angst, dass er dich sieht?«

Bea blickte den Rücken ihrer Enkelin an, der im Spiegel auf dem Ankleidetisch zu sehen war. »Nein, eigentlich nicht«, log sie und hoffte, dass ihre gelassene Fassade sowohl Flora als auch sie selbst beruhigen würde.

Flora griff nach ihrer Zahnbürste und der Zahnpasta. »O Gott, an deiner Stelle hätte ich große Angst! Vielleicht ist es ein richtiger Schock für ihn, wenn du plötzlich wie ein Geist vor seiner Tür stehst. Wir müssen uns was einfallen lassen, damit du unsichtbar bleibst – vielleicht solltest du dich verkleiden, das habe ich ja schon mal gesagt.« Ihre Augen funkelten bei dieser Vorstellung.

Bea dachte über den Vorschlag nach, während sie gleichzeitig dem gurgelnden Geräusch lauschte, das vom Badezimmer herüberhallte. Sie hob einen Zipfel ihres grauen Umhangtuchs an, wischte sich damit über den Augenwinkel und tupfte eine Träne ab, die hinunterzurollen drohte. »Ich habe nicht die geringste Absicht, wie ein Geist vor seiner Tür zu stehen – obwohl es auch egal wäre, wenn er mich sähe. «

»Das wäre überhaupt nicht egal! Du bist die große Liebe, die er vor langer Zeit verloren hat! Ich kann mir nicht vorstellen, Marcus ewig nicht mehr zu sehen, und dann – *peng!* – steht er auf einmal vor meiner Haustür. Für mich wäre das absolut eine große Sache!«

Bea atmete tief durch, schob sich eine Haarsträhne hinter das Ohr und setzte ein Lächeln auf. »Doch, Liebes, es wäre egal, weil wir erstens gar nicht wissen, ob er in all diesen Jahren überhaupt an mich gedacht hat. Und zweitens würde er mich nicht mehr erkennen, das weiß ich.« Sie berührte ihr Kinn. »Ich sehe heute ganz anders aus als das Mädchen, das ich einmal war, so viel ist klar. Aber er wird mich sowieso nicht sehen. Dafür werde ich sorgen.«

Flora antwortete nicht, sondern ging nur zu ihrer Großmutter und nahm sie fest in die Arme.

Nahezu schweigend frühstückten sie, denn jede dachte für sich über die Mission nach, die ihnen bevorstand. Hin und wieder blickte Flora prüfend auf ihr Handy.

»Hast du etwas von deinen Freunden gehört?« Bea konnte es nicht lassen.

»Lori spricht nicht mehr mit mir, sie ist wütend, weil Mama und Papa von dem Make-up erfahren haben.« Flora biss in ihren Marmeladentoast.

»Warum ist sie deswegen wütend? Gehören die Sachen ihr? Das hast du gar nicht erwähnt.«

Flora nickte, während sie kaute und den Bissen hinunterschluckte. »Bitte erzähl Mama und Papa nichts davon. Irgendwie dachte ich, dass es keine große Sache ist, wenn ich sie ihr Zeug unter mein Bett legen lasse, aber das war es dann eben doch. Ich konnte nicht schlafen, und immer wenn es an der Tür klopfte, dachte ich, dass die Polizei kommt und mich festnehmen will. Es war schrecklich, aber Lori hat gesagt, dass gute Freunde so etwas füreinander tun.«

Natürlich hat sie das gesagt. Bea lächelte halbherzig und stellte ihre Kaffeetasse wieder auf die zierliche Untertasse. »Das beunruhigt mich ein bisschen, Liebes. Ich versuche, unvoreingenommen zu sein, weil du offensichtlich Angst um diese Freundschaft hast, aber wenn jemand von dir verlangt, dass du etwas heimlich tust, ohne es deinen Eltern oder sonst jemandem zu erzählen, dann klingt das in meinen Ohren ziemlich fragwürdig. Findest du nicht? Was hat sie zu verbergen?«

»Ich weiß! Aber andere Freunde habe ich nicht, wirklich nicht. Was soll ich tun?«, entgegnete Flora. »Immer nur allein sein?«

Bea musterte ihre Enkelin. »Ich kann dir diese Frage nicht beantworten, mein Schatz. Ich wünschte, ich könnte es. Aber ich weiß, dass die Sache mit Lori sich nicht gut anhört, und sie zieht dich mit sich hinunter.«

Flora schniefte, wobei ihre Augen sich mit Tränen füllten und ihr Toastkrümel im Hals stecken blieben. »Sie antwortet mir nicht auf meine SMS und geht auch nicht dran, wenn ich anrufe, also ist es jetzt im Grunde auch egal. Ich glaube, sie ist nicht mehr meine Freundin, und das bedeutet, dass ich buchstäblich niemanden mehr habe! Denn wenn sie nicht meine Freundin ist, dann gilt dasselbe für Katie, und Marcus werde ich auch nicht mehr sehen.«

»O Liebes!« Bea legte ihrer Enkeltochter eine Hand auf den Arm. »Bitte, nicht weinen.«

Die beiden strebten auf das Parkhaus zu. Anscheinend waren sie die einzigen Menschen in der Stadt, die von der dünnen Schneeschicht beeindruckt waren; für alle anderen schien es nur ein bisschen Matsch zu sein. Bea drehte in der kleinen roten Christbaumkugel die Heizung auf, sodass der warme Luftstrom ihnen die eiskalten Zehen wärmte. Sie tippte die Adresse in das Navi ein und fädelte sich in den zäh fließenden Verkehr ein. Der Fiat schien es nicht besonders eilig zu haben, sein Ziel zu erreichen. Vorsichtig fuhr er durch die ungewohnten Straßen und zögerte vor Bodenschwellen, denen sich ein ortskundiger Fahrer vermutlich genähert hätte, ohne die Fahrt zu verlangsamen.

Als sie in Richtung der A90 tuckerten, indem sie den Hinweisschildern zur Forth Road Bridge folgten, entdeckte Flora einen Ortsnamen, den sie kannte. »Hey, sieh mal, Bea – Perth! Hab gar nicht gemerkt, dass wir so weit gefahren sind – wir sind ja fast zu Hause!«

Bea nickte. Sie versuchte, sich von der belanglosen Plauderei beruhigen zu lassen, aber die heitere Atmosphäre des vorangegangenen Tages war verschwunden. Sie warf ihrer Enkelin, die sich auf dem Beifahrersitz so aufgeregt vorbeugte, als sähe sie sich eine Seifenoper im Fernsehen an, einen Seitenblick zu. Bislang hatte sie sich durch Floras Anwesenheit ermutigt gefühlt, aber jetzt wünschte sie sich, sie wäre allein. Das hier war kein Spiel.

Sie spähte so angestrengt durch die Windschutzscheibe, als wollte sie um die Ecke sehen. Ihre Nackenmuskeln waren angespannt, der Atem ging flach. Immer wieder nahm sie die Hand vom Lenkrad und schüttelte sie, um ihre Armreife zu ordnen. Bis zu diesem Morgen waren die Gespräche, die sie mit Flora über ihre Vergangenheit geführt hatte, eine willkommene Ablenkung gewesen und hatten ihr beinahe Spaß gemacht, aber jetzt bedrückte sie die enorme Tragweite ihres Entschlusses. Sie hatte das Gefühl, eine große Verantwortung auf sich zu nehmen, und fragte sich zum ersten Mal, ob es ratsam war, sich in seine Nähe zu begeben. Sie bedauerte ein wenig, dass sie eingewilligt hatte.

Flora spürte die Anspannung, die von ihrer Großmutter ausging.

Wie sie so dasaß, die Augen starr geradeaus gerichtet, erinnerte sie Flora an eine Klippenspringerin, die die Nervosität in den letzten Minuten vor dem Sprung zu unterdrücken versucht. »Alles okay, Bea?«, fragte sie.

Bea nickte, atmete tief ein und versuchte, ihren rasenden Puls zu beruhigen. Ein Bild tauchte vor ihrem inneren Auge auf, und sie hatte gewusst, dass es kommen würde. Gerade hatte sie Wyatt zur Welt gebracht. Das Neugeborene lag in einem Stubenwagen und schrie, als wüsste es ganz genau, wie traurig sie war. Sie lag unter zerknittertem, zerwühltem Bettzeug auf einer Matratze mit Gummiauflage und schluchzte. Das Haar klebte ihr auf der verschwitzten Stirn. Sie trug ein Krankenhaushemd aus Baumwolle, das im Rücken offen war. Wenn sie aufstand, fiel es nach vorn und entblößte ihre Brüste, schwer von Milch, und ihren erschlafften Bauch. Um sie herum hallten Stimmen wider, als wäre sie nur halb bei Bewusstsein. Eine junge Krankenschwester versuchte sie zu beruhigen: »Alles ist gut, Beatrice, Liebes. Alles ist gut.« Und ihre eigene, noch jüngere Stimme, die schrill klang in dem verzweifelten Wunsch, Gehör zu finden, brachte die Worte heraus, erstickt durch einen Sturzbach von Tränen. »Nein, es ist nicht gut! Nichts ist gut! Ich brauche John, ich brauche ihn jetzt! Bitte, helfen Sie mir, ihn zu finden! Helfen Sie mir, ich schaffe das alles nicht allein, bitte …« Genau in diesem Moment hatte sie das untrügliche Gefühl ergriffen, ihrem Sohn gegenüber versagt zu haben. *Ich wollte das Allerbeste für dich, aber ich scheitere schon jetzt. Es tut mir leid, Wyatt, es tut mir so schrecklich leid …*

Bea legte sich eine Hand auf den Bauch, spürte, wie ihr Unterleib bei der Erinnerung zu pulsieren begann, sogar jetzt noch, nach so vielen Jahren. Sie hustete und richtete sich auf, setzte den Blinker und bog in die Whitehouse Road ein, fuhr an dem ziemlich großen Gebäude der Royal Burgess Golfing Society vorbei, bevor sie den Wagen um die Kurve in die Barnton Avenue West lenkte. Es war eine Wohnstraße, und die Anwesen standen auf großzügigen Grundstücken, von denen etliche über makellos gepflegte Gärten verfügten. Es gab Herrenhäuser aus Naturstein im neugotischen Stil und hochmoderne Quader mit einer Glasfront; in vielen Vorgärten waren Anzeichen von Familienleben zu sehen. Manche Häuser hatten ein elektronisches Tor, hinter dem ein Hund kläffte. In diesem Teil der Stadt schien mehr Schnee liegen geblieben zu sein; er hatte kleine Hauben auf Schläuchen gebildet, die aufgerollt an Halterungen an den Fassaden der Häuser hingen. Um ein einsam und verlassen auf der Seite liegendes, umgekipptes Kinderrad herum hatte sich Schnee angehäuft. Die Weihnachtsdekoration hier war geschmackvoll: Aufwendige, selbst gemachte Kränze schmückten die Türklopfer an den Haustüren, dazu gab es farblich abgestimmte Lichterketten in Form von Eiszapfen. Es war eine noble Wohngegend.

»Schöne Häuser, oder?«, sagte Flora und brach das Schweigen, das in dem kleinen Auto inzwischen fast greifbar war.

Bea nickte und dachte, dass in einem anderen Leben mit einem anderen Ausgang an sie adressierte Briefe in einem dieser Häuser auf die Matte im Flur gefallen wären. Es wäre ihr Schlüssel gewesen, der die Tür zu einem dieser prächtigen

Hausflure geöffnet hätte; sie wäre es gewesen, die an einem Wintertag Besucher hereingebeten und zur Begrüßung umarmt hätte, nachdem sie sich ihrer Regenmäntel entledigt hatten. *» Wie geht es dir? Komm doch herein. Möchtest du eine Tasse Tee? John ist im Garten ... «*

» Sie sind alle unterschiedlich gestaltet, das finde ich toll «, plapperte Flora. » Es gibt moderne und altmodische Häuser. Ich wette, die sind alle ganz schön teuer, oder? «

Bea nickte. Ja, vermutlich stimmte das.

Die Gehsteige waren hoch und asphaltiert, mit abgesenktem Bordstein vor jedem Haus, um den Zugang zu erleichtern. Hohe, moderne Laternenpfähle standen in regelmäßigen Abständen am Straßenrand. Bea verlangsamte die Fahrt, als sie sich dem Haus näherten, in dem Floras Internetrecherchen zufolge ein Dr. J. W. Brodie wohnte. Ein weißer Minivan parkte auf der gegenüberliegenden Seite, halb auf dem Gehweg; das große, grüne Logo auf der Seite warb für die Dienste des Landschaftsgärtners, der sich genau in diesem Moment um die winterblühenden Ziersträucher in dem Garten hinter einem nahe gelegenen Haus kümmerte. Bea parkte dicht dahinter und benutzte den Wagen als Deckung für ihre geheime Mission. Sie ließ die Handbremse einrasten, löste den Sicherheitsgurt und kurbelte trotz der eisigen Temperaturen das Fenster herunter, legte den Ellbogen auf den Rahmen und versuchte, lässig zu wirken. Zufällige Beobachter sollten glauben, dass sie auf eine Freundin wartete, und nicht, dass sie das Haus ihres ehemaligen Geliebten ausspionierte.

Sie hatten einen perfekten Blick auf das Haus gegenüber. Ein offen stehendes Gittertor mit fünf Querstangen wurde von einem moosbewachsenen Findling festgehalten, der vor einer makellosen hohen Hecke auf dem Kies lag. Die Auffahrt, gesäumt von Bäumen verschiedener Art, beschrieb einen Bogen und endete direkt vor dem imposanten Haus. In der Auffahrt war kein Wagen zu sehen, keinerlei Aktivität im oder um das Haus herum zu erkennen. Die Fassade des Hauses war cremefarben gestrichen, mit weißen Schiebefenstern und einem grauen Schindeldach; die Haustür war rot wie ein Briefkasten, eine Farbe, die Bea mit ihrer Kindheit in England verband, in der alles, vom Bus bis zur Telefonzelle, in demselben lebhaften Hellrot lackiert war, das sich gegen die graue Landschaft abhob. Sie blickte nach rechts und lächelte, denn sie hatte den schneebedeckten Golfplatz entdeckt, der wegen seiner erhöhten Lage gewiss von fast jedem Zimmer des Hauses aus zu sehen war. Sie erinnerte sich, wie er vergeblich versucht hatte, ihr seine Liebe zu diesem Sport zu erklären. Wie nicht anders zu erwarten, waren die Fenster an diesem sehr kalten Tag geschlossen, und alles deutete darauf hin, dass die Bewohner nicht zu Hause waren. Mit einem erleichterten Seufzer betrachtete Bea die Rasenfläche vor dem Haus. Sie dachte an die Spiele, die sie darauf hätten spielen können, Fußball oder Schlagball; sie stellte sich einen Vater, eine Mutter und zwei Kinder vor, die in diesem Haus fröhlich Geburtstage und Klassentreffen feierten, während sie sich auf der anderen Seite des Planeten um ihren Sohn kümmerte, durch dessen Adern das gleiche Blut floss.

»Ist wirklich alles in Ordnung?«, fragte Flora erneut. Bea nestelte in ihrem Schoß herum und rieb sich die Schläfe.

Sie biss sich auf die Unterlippe, kaute darauf herum. Plötzlich war deutlich zu sehen, dass sie dreiundfünfzig war. »Ich glaube, hier ist niemand zu Hause, was meinst du?«, fragte sie und betrachtete weiterhin das Haus, als hätte ihre Enkelin ihr nicht gerade eine Frage gestellt.

Flora schüttelte den Kopf. Wie lange würden sie noch dasitzen und dieses Haus anstarren? Was war die übliche zeitliche Grenze in einer solchen Situation, und was genau erhoffte ihre Großmutter sich davon? »Wir warten noch ein bisschen, okay?«, flüsterte sie.

Bea erkannte den Ton, den auch ihre eigene Stimme annahm, wenn sie jemanden zu beruhigen versuchte. »Ich glaube, wir sollten jetzt wieder verschwinden, Flora. Ich habe gesehen, was ich sehen wollte. Danke, dass du mich begleitet hast.« Sie lächelte ihre Enkelin an, wandte ihre Aufmerksamkeit aber sofort wieder dem Haus zu.

Bea betrachtete die Fenster und ließ den Blick über die Haustür schweifen. Sie stellte sich die Hand ihres Geliebten auf dem Türknauf vor, wenn er nach einem harten Arbeitstag nach Hause kam. Wie er die Jalousien in der Küche hochzog, die Auffahrt fegte, Laub rechte ... kurz, sich um die Aufgaben kümmerte, die das Leben in diesem Haus eben mit sich brachte. Ein Leben, in dem sie nicht vorkam. Sie malte sich aus, wie Margaret, seine Frau, an der Tür Freunde und Familienmitglieder zu zahllosen Weihnachtsfesten willkommen hieß, wie sie mit weit geöffneten Armen auf genau dieser Auffahrt stand. Dabei hätte doch *sie* die Frau sein sollen, die in all diesen Jahren ihre Fußabdrücke im Schnee hinterließ und Erinnerungen schuf, die in *ihrem* Kopf hätten existieren sollen. Und wenn es nach einem Wunsch aus fernen Tagen gegangen wäre, wäre genau das geschehen. Selbst nach so vielen Jahren noch fiel es ihr schwer, das zu akzeptieren. Das Haus zu sehen, in dem er mit einer anderen Frau lebte, raubte ihr den Atem und machte sie trauriger denn je.

253

Flora überlegte, was sie vorschlagen könnte, um die Spannung zu mildern. Sie wollte gerade etwas sagen, da wurde der kleine Transporter vor ihnen plötzlich angelassen und fuhr davon. Im selben Augenblick bog eine silberfarbene Limousine in die Auffahrt ein – nicht in irgendeine, sondern in die Auffahrt des Hauses, das Dr. J. W. Brodie gehörte.

Beas Herz raste, als sie den Schlüssel umdrehte und auf das Gaspedal trat. Der Motor orgelte, sprang aber nicht an. »Los, komm schon! Blöde Karre!«, murmelte sie kaum hörbar und schlug frustriert mit dem Handballen auf das Lenkrad.

Sie blickte auf und sah in dem Wagen drei Köpfe. Zwei vorn und einer auf der Rückbank. Sie hatte nur einen kurzen Blick auf den Fahrer erhaschen können, aber es handelte sich eindeutig um eine Frau mit blonden Haaren. Bea atmete scharf ein und berührte mit zitternder Hand ihren Blusenkragen, knetete den Stoff zwischen den Fingern. *Vielleicht kennen diese Leute ihn.*

Flora spürte, wie ihr eigenes Herz einen Schlag aussetzte, und eine Sekunde lang befürchtete sie, dass ihre Großmutter gerade einen Herzinfarkt bekam. War der Schock zu groß für sie? Nein, glücklicherweise nicht, denn Bea atmete aus und hielt sich die Hand vor den Mund, während ihr Tränen in die Augen stiegen. Flora reichte ihr ein Papiertaschentuch, das sie aus ihrer Tasche gefischt hatte, und sah zu, wie sie sich die Augen betupfte und die Nase putzte. Sofort reichte sie ihr ein weiteres Taschentuch.

»Wir verschwinden hier, sobald wir können, Flora. Das verdammte Auto will nicht anspringen!« Bea versuchte, die Panik in ihrer Stimme zu unterdrücken.

Flora nickte und sah, wie die Frau vom Fahrersitz kletterte. Sie war Mitte bis Ende dreißig, von natürlicher Schönheit und hatte rotblondes Haar, das ihr über die Schultern fiel.

Ihr Anblick überwältigte Bea. Sie ähnelte Wyatt so sehr. Es gab keinen Zweifel: Sie musste Johns Tochter sein.

Die silberne Limousine war einige Jahre alt und mit einer dünnen Schmutzschicht überzogen. Am Kofferraum waren mehrere Dellen zu sehen, auf einem Aufkleber stand »Moiras Taxi«. Bea betrachtete das Auto aufmerksam, um so viele Hinweise wie möglich zu bekommen.

Die hintere Tür des Wagens sprang auf. Umständlich stieg ein großer, ungefähr fünfzehnjähriger Junge in Jeans, knöchelhohen Sneakers und einem Hoodie aus dem Auto. Er war mit seinem Handy beschäftigt und drückte mit beiden Daumen auf dem Display herum. Seine Schultern waren breit, sein Haar so karamellfarben wie Floras, und die große, gebogene Nase glich der seines Großvaters. Diese unerwartete Entdeckung reichte aus, um Bea erneut zum Weinen zu bringen. Sie drehte sich zu Flora und strahlte sie unter Tränen an. »Das ist dein Cousin!«, sagte sie und richtete den Blick sofort wieder auf die Auffahrt.

Wenige Sekunden später betätigte sie erneut die Zündung, drehte den kleinen Schlüssel, bis ihr die Finger schmerzten, und versuchte, den Motor mit roher Gewalt zum Anspringen zu zwingen. »Komm schon! Bitte!« Wieder schlug sie auf das Lenkrad ein, aber der Motor schnaufte und orgelte nur und gab ein irritierendes, mahlendes Geräusch von sich, als sie mit dem Kupplungspedal pumpte und heftig auf das Gaspedal trat.

Die beiden sahen, wie der Junge langsam zum hinteren Ende des Wagens ging und die Heckklappe öffnete, unter der zahlreiche Lebensmitteltüten zum Vorschein kamen. Moira blickte kurz zu dem lärmenden Fiat hinüber, der in der Straße festsaß. Erstarrt vor Furcht und Faszination konnte Bea nicht anders, als ihren Blick zu erwidern.

Und dann, ehe Bea sich darauf gefasst machen konnte, stieg auf der Beifahrerseite ein Mann aus. Da war er, in ganzer Größe, neben dem Wagen. Einfach so. Dr. John Wyatt Brodie, Vater ihres Sohnes und die Liebe ihres Lebens.

Bea stockte der Atem. Überall auf der Welt hätte sie ihn erkannt. Sie fühlte das vertraute Aufflackern von Verlangen tief unten in der Magengrube, sogar jetzt noch, in ihrem Alter. Es war so, wie es immer gewesen war, ein unbewusstes Begehren, und sie spürte es so deutlich wie damals, vor vielen Jahren, als sie im Mondlicht auf dem Schiffsdeck gestanden hatten. Sie waren miteinander verbunden.

Vor mehr als dreißig Jahren hatte sie ihn zum letzten Mal gesehen. Er hatte sich verändert, war natürlich älter geworden, aber er strahlte auch, wie es bei Männern Ende fünfzig oftmals ist, wenn sie sich endlich wohlfühlen in ihrer Haut. Er war kleiner, als Bea ihn in Erinnerung hatte, wahrscheinlich ungefähr eins achtzig groß, ein paar Zentimeter kleiner als Wyatt. Von mittlerer Statur, nicht dick, aber auch nicht schlank. Sein kurz geschnittenes dunkelrotes Haar war von grauen Strähnen durchzogen. Seine Haut war blass und rein, die Lider wirkten etwas schwerer als in ihrer Erinnerung, aber seine Augen waren noch immer schön und sehr grün. Er trug ein weißes Hemd unter einem dunkelblauen Pullover mit V-Ausschnitt, ein dunkelblaues Jackett, eine sandfarbene Cordhose und schwere, dunkle Straßenschuhe. Er sah schick aus wie damals auch.

Der Junge stand hinter dem Wagen. Immer noch gefesselt von seinem Handy und nicht gewillt, sich als Erster zu bücken und nach einer Tüte zu greifen, wartete er, bis seine Mutter den Anfang machte. John ging zur Haustür, drehte den Schlüssel herum und stieß die Tür mit dem Fuß auf. Nun griff der Junge in den Kofferraum, nahm eine Packung gefrorene Erbsen aus einer der Tüten und versteckte es hinter seinem Rücken. Als seine Mutter sich in den Wagen beugte, um die Lebensmittel herauszuholen, schlich er sich von hinten an und drückte ihr die Packung Erbsen in den Nacken.

Moira schrie auf und machte einen Satz zurück. »Du schrecklicher Bengel!«, kreischte sie und versuchte, nach der Packung Erbsen zu greifen, die er hoch über den Kopf hielt, außerhalb ihrer Reichweite. Sie lachte aus vollem Hals.

»Halt ihre Arme fest, Opa!«, rief der Junge.

Bea war hingerissen.

John lächelte seinen Enkel an. »Nein, ich komme nicht dran!«, sagte er und lachte. »Komm, bringen wir die Einkäufe ins Haus, Cal. Deine arme Mama! Es ist auch so schon kalt genug.«

Bea spitzte die Ohren, um seinen weichen Edinburgher Akzent zu hören, eine Stimme, die sie nach jener Nacht vor ungefähr fünfunddreißig Jahren immer wieder in ihren Träumen gehört hatte. Sie wagte kaum zu atmen, war unfähig, den Blick von ihm abzuwenden. Sie fühlte sich gefangen, weil sie nicht gesehen werden, ihn aber auch nicht aus den Augen verlieren wollte.

Flora und Bea waren völlig in die Szene vertieft, die sich vor ihren Augen abspielte. Sie vergaßen, dass es sich im Grunde nicht gehörte, diese Familie, die hier mit ihren eigenen Angelegenheiten beschäftigt war, so anzustarren. Plötzlich, ohne jede Vorwarnung, drehte Moira sich um, als hätte sie gespürt, dass jemand sie beobachtet. Sie blickte direkt in den Fiat und der früheren Geliebten ihres Vaters ins Gesicht. Sie winkte ihnen zu und nickte, als wollte sie sagen: »*Tja, so sind Jungs nun mal.*«

Schüchtern winkte Bea zurück. Diese Geste würde sich in ihrer Vorstellung noch unzählige Male wiederholen, der erste Kontakt mit Johns Tochter, dem kleinen Mädchen, das auf seinen Papa wartete, während sie eng umschlungen mit ihm in der Morgendämmerung am Strand gelegen hatte. Das war das kleine Mädchen, das er für sie hatte verlassen sollen, darum hatte sie gebettelt. Sie hatte gefleht und geweint, bis sie glaubte, dass ihr das Herz in der Brust zerspringen würde. Und er war genauso verzweifelt gewesen. Tränenreich hatte er ihr versichert, dass er lieber bei ihr als irgendwo sonst auf der Welt sein wollte, dass seine Liebe zu ihr grenzenlos war. Aber an diesem warmen Morgen unter der aufgehenden australischen Sonne ging es nicht um Liebe. Es ging um Pflicht. Seine Worte hatten ihr im Laufe der Jahre Trost gespendet, weil sie wusste, dass er sich für sie entschieden hätte, hätte er eine Wahl gehabt. Doch nun hinterließen sie einen bitteren Nachgeschmack von Schuld. Sie hatte nicht vorgehabt, mit ihm in Kontakt zu treten; all dies war seltsam und beängstigend, aber gleichzeitig war es auch wundervoll.

Moira sagte etwas zu ihrem Sohn, der gemeinsam mit seinem Großvater begonnen hatte, die Einkaufstüten über den Weg ins Haus zu befördern. Dann drehte Moira sich zu dem kleinen Fiat um und kam auf sie zu.

»O Scheiße!« Bea fummelte am Schlüssel herum, zog ihn versehentlich aus dem Zündschloss und versuchte mit zitternden Fingern, ihn wieder in den kleinen Schlitz zu schieben.

258

»Hallo!« Beim Näherkommen winkte Moira ihnen erneut zu; sie lächelte freundlich und offen. Sie bückte sich, bis ihr Gesicht nur wenige Zentimeter von Beas entfernt war.

»Alles in Ordnung? Sie wirken ein bisschen verloren«, sagte sie durch den Spalt über der Fensterscheibe, die Bea nun ganz hinunterkurbelte.

Bea war wie gelähmt; es blieb Flora überlassen, etwas zu sagen, irgendetwas. Flora beugte sich zum Fahrerfenster. »Alles okay, danke. Der Motor ist nur überhitzt oder so. Er will nicht anspringen, deshalb gönnen wir ihm gerade eine kleine Verschnaufpause.«

»Oje! Ich habe auch immer Ärger mit meinem Auto. Irgendwie haben die Dinge eine Neigung, rückwärts dagenzufahren, was ausgesprochen bedauerlich ist. Der Zaunpfahl da drüben zum Beispiel und die Schranke vor dem Parkplatz vom Supermarkt.« Moira deutete vage in die Richtung des verbeulten Kofferraums ihrer silberfarbenen Limousine. »Das ist jedenfalls meine Version der Geschichte, und dabei bleibe ich!«

Lächelnd blickte Bea zu ihr auf.

»Kommen Sie von weit her?«

Den ganzen Weg aus Australien und über eine Million Meilen in Gedanken, von denen jede mich zu deinem Vater zurückgeführt hat, den ich liebe! Den ich immer geliebt habe!

»Nein, nur aus dem Stadtzentrum«, antwortete Flora. Eigentlich war es nicht mal gelogen. »Wir wohnen im Balmoral.«

»Oh, sehr schön!« Moira nickte. Sie drehte den Kopf zu ihrem Sohn, der das Auto mit den beiden Fremden darin nicht aus den Augen ließ. »Callum! Komm mal her!«

Der Junge verzog das Gesicht und ließ die Schultern auf eine Art hängen, die Bände sprach. Lieber wäre er woanders, würde sich mit anderen Dingen befassen. Widerstrebend kam er auf sie zu.

»Kannst du dir den Wagen dieser beiden Damen mal genauer ansehen, Schatz? Er springt nicht an.«

»Klar. Machen Sie mal die Motorhaube auf«, wies er sie an.

Bea griff unter das Lenkrad und fand schnell den richtigen Hebel. Flora stieg aus und stellte sich neben Callum. Durch den Spalt zwischen Kühlerhaube und Karosserie konnte Bea die Bäuche der beiden Teenager sehen. Cousin und Cousine. In einem anderen Leben hätten die beiden miteinander baden und Eis essen können, nebeneinander auf einem Balkon sitzend.

»Geht es Ihnen gut, meine Liebe? Möchten Sie ein Glas Wasser? Sie sind ein bisschen blass. Fühlen Sie sich wohl? Mein Vater ist Arzt. Soll ich ihn mal holen? Ich weiß, dass ihm das überhaupt nichts ausmacht.« Diesmal wandte Moira sich direkt an Bea; ihr blieb nichts anderes übrig, als zu antworten.

Durch das Wagenfenster blickte sie zu ihr auf. »Nein! Nein«, sagte sie und versuchte, die Panik in ihrer Stimme zu unterdrücken. »Aber vielen Dank. Es geht mir gut. Das ist nur der Jetlag wegen des Zeitunterschieds.« Ihre Stimme bebte. *Bitte, lieber Gott, lass sie nicht ihren Vater holen. Er darf mich nicht sehen, das geht einfach nicht.*

»Kommen Sie aus Australien?«

Bea nickte. »Ja, aus Sydney. Wir machen hier Urlaub.«

»Sie müssen verrückt sein! Ist es in Sydney um diese Jahreszeit nicht warm?«

Erneut nickte Bea.

»Und das haben Sie zurückgelassen, um das hier zu sehen?« Sie deutete auf den grauen Himmel, der aussah, als würde es gleich regnen.

»Es ist schön hier.«

»Aye, das ist es. Okay, ich hole Ihnen nur etwas Wasser. Bin gleich wieder da!«

Und dann, ohne weiter darüber nachzudenken, tätschelte Moira ihr den Arm, streichelte Bea, die Frau, die die Macht hatte, Trauer und Zerstörung in die Welt ihrer Eltern zu bringen. Die Hitze an der Stelle, an der Moira sie berührt hatte, blieb auf der Haut haften wie ein unsichtbares Tattoo. Sie sah, wie Moira den Weg hinauf und ins Haus trabte. Sie wirkte glücklich; eine glückliche Tochter; eine freundliche, glückliche Frau.

Bea öffnete den Sicherheitsgurt und stieg aus dem Wagen. Sie stellte sich neben Callum, der den Wasserbehälter neben dem Motor überprüft hatte und nun Anstalten machte, den öligen Messstab herauszuziehen. »Haben Sie ein Stück Stoff, irgendeinen Fetzen, an dem ich den Stab abwischen kann?«, fragte er schroff.

»Jep.« Flora steckte den Kopf in den Wagen, um nach dem Gewünschten zu suchen.

Einige wertvolle Sekunden lang waren Bea und Callum allein.

»Bist du Mechaniker?« Bea hatte keine Ahnung, warum sie ihm diese Frage stellte.

»Nein!«, erwiderte er und lachte. »Ich bin erst fünfzehn. Aber ich habe meinem Vater oft genug zugesehen.«

»Oh! Ist er Kfz-Mechaniker?«, stotterte Bea hastig, während sie spürte, dass ihre Wangen sich röteten und ihr der Atem stockte. Sie sollte nicht so neugierig sein; sie war hier

261

nicht zu Hause. Jedes kleine Stück Information, das sie auflas, fühlte sich an wie etwas, das sie Margaret stahl, und das war nicht fair, sie hatte der armen Frau schon genug weggenommen.

»Nein, mein Vater ist bei der Armee, und mein Großvater ist Arzt.«

»Da bin ich wieder!« Moira tauchte neben ihr auf und reichte ihr ein großes Glas Wasser. »Oje, Sie zittern ja! Setzen Sie sich lieber wieder in den Wagen. Und keine Sorge, Cal wird dafür sorgen, dass Sie in null Komma nichts weiterfahren können. Stimmt's, mein Schatz?«

Callum antwortete nicht. Er stand da und starrte auf den kleinen Wattepfropfen, den Flora aus den Tiefen ihres Rucksacks hervorgeholt und ihm gegeben hatte. Anhand des kleinen Fadens, der daran baumelte, war der Gegenstand problemlos zu identifizieren.

»Igitt, wie ekelhaft!« Widerstrebend nahm Callum ihn in die Hand.

»Was denn?« Flora verdrehte die Augen. »Das ist doch nur ein Stück Watte!«

Moira lachte hinter vorgehaltener Hand. »Herrje, dein Gesicht, Cal! Solche Dinge befinden sich wohl ein bisschen außerhalb unserer Komfortzone, weil wir eine Armeefamilie sind, in der es nur Jungen gibt! Ich bin immer in der Minderzahl.«

»Ich weiß, was Sie meinen. Ich habe auch einen Sohn.« Beas Worte waren nur ein Flüstern. *Wyatt, dein Bruder, der genauso aussieht wie du.*

Flora hielt den Atem an und wartete ab, ob ihre Großmutter weitersprechen und vielleicht etwas offenbaren würde, das sie für den Rest ihres Lebens bedauern müsste. Aber ihre Befürchtungen waren grundlos.

»Ich fürchte, das kann meine Enkeltochter sich nicht mal vorstellen! Sie kennt keine Tabus.« Bea grinste.

»Oh, ich glaube, die Mädchen sind heutzutage alle so«, sagte Moira freundlich.

»Übrigens, ich bin *hier*. Ich kann euch hören!«, machte Flora sich bemerkbar, die Hände in die Hüften gestemmt. Sie war begeistert, dass das kleine Watteteil, das sie seit über einem Jahr in ihrer Tasche mit sich herumgetragen hatte, endlich zu etwas nütze war.

»Hast du nicht irgendwas anderes?«, fragte Callum und fürchtete sich schon vor dem, was sie als Nächstes hervorzaubern mochte.

»Nein, nimm das einfach, das geht schon!«

Moira und Flora lachten über das Unbehagen des Jungen. Auch Bea lachte, aber dafür gab es weitaus mehr Gründe als nur diesen Jungen, der vor einem Tampon zurückschreckte. Sie lachte, weil sie hier zu viert zusammenstanden, kicherten und scherzten, wie sie es in ihrer Fantasie so oft getan hatten, und weil sie auf so vielfältige Weise miteinander verbunden waren, dass sie es sich nicht einmal ansatzweise vorstellen konnten. Es war unglaublich.

»Also, ich mach dann mal lieber weiter – ich habe Tiefkühlzeug, das verdirbt mir sonst.« Moira wandte sich zum Gehen. »Ich überlasse Sie jetzt Callums geschickten Händen.«

»Nein! Warten Sie!« Bea wurde bewusst, dass sie laut gerufen hatte. Alle drei blickten sie an. Eine volle Sekunde schwiegen sie. »Sie haben Ihr Glas vergessen«, sagte Bea endlich und reichte es ihr. *Ich wollte dir oder deiner Mama nie wehtun. Niemals. Ich wusste nicht, dass es dich gab, ich habe es erst erfahren, als es zu spät war. Ich habe ihn geliebt. Ich liebe ihn immer noch.*

»Der Ölstand ist ein bisschen niedrig, und Sie müssen Wasser nachfüllen, dann sollte alles wieder in Ordnung sein. Der Motor ist abgesoffen, außerdem ist es sehr kalt.« Callum gab sich Mühe, so zu klingen, als wüsste er, wovon er sprach. Bea nahm den leicht herrischen Ton in seiner Stimme wahr, und der Junge tat ihr leid. Er klang wie Flora. Die beiden standen nebeneinander, waren von annähernd gleicher Größe und Statur und hatten beide das gleiche wunderbar dicke, karamellfarbene Haar.

»Okay, wird gemacht. Und danke.« Bea löste die Stützstange und ließ die Motorhaube zuschlagen. »Danke, dass Sie für uns nachgesehen haben.«

»Kein Thema. Frohe Weihnachten.« Callum winkte, zog sein Handy aus der Tasche und trabte zur Haustür.

Bea stellte sich vor, wie sie selbst in der Küche stand. *Alles okay, Cal? Setz dich doch zu Opa an den Kamin.*« Sie lächelte. »Ja, frohe Weihnachten.«

Sie betätigte den Zündschlüssel, und der Motor sprang an. Erleichtert atmete sie tief durch, blickte zu dem Golfplatz hinüber, dann noch einmal zu Johns Haus. Es war an der Zeit, diese Familie in Ruhe zu lassen, damit sie sich auf ihr Weihnachtsfest vorbereiten konnte.

Schweigend fuhren Bea und Flora dahin, nur Beas Schluchzer unterbrachen die Stille. Flora legte ihrer Großmutter eine Hand auf die Schulter. »Das war wirklich seltsam!«

Bea nickte. Flora hatte recht.

»Ich war total nervös. Die ganze Zeit habe ich daran gedacht, was ich alles nicht sagen darf, und darauf geachtet, es auch wirklich nicht zu sagen.« Flora atmete aus.

Bea schenkte dem Geplapper ihrer Enkelin keine Beachtung, zu sehr war sie damit beschäftigt, die Gedanken zu ordnen, die ihr durch den Kopf rasten. »Ich habe ihn gesehen! Ich habe ihn wirklich gesehen!« Sie legte sich eine Hand auf den Bauch, versuchte, ihre Nerven zu beruhigen, denn sie hatte das Gefühl, sich gleich übergeben zu müssen.

Flora nickte. »Ja.«

»Und er hat eine richtig nette Familie, findest du nicht auch? Sie haben Moira beim Einkaufen geholfen und waren sehr freundlich zu uns. Und Callum hat sich sogar den Wagen vorgeknöpft.«

»Ja.« Auch Flora malte sich ein anderes Leben aus, ein Leben mit Callum und Moira und den anderen, die noch dazugehörten; eine Art von Familie, die dem, was sie sich wünschte, eher entsprach; diese hier gefiel ihr sehr. Vielleicht würden sie viel zusammen unternehmen, dachte sie, und dann bräuchte sie die blöde Lori gar nicht mehr. »Es wäre toll, wenn wir eine richtig große Familie wären, stimmt's, Bea? Ich wünschte, ich hätte Brüder und Schwestern und Tanten und Onkel und jede Menge Cousins und Cousinen, um Blödsinn mit ihnen zu machen, das wäre cool.«

»Ja.« Bea schluckte.

Lächelnd fuhr Flora fort: »Ich hätte nicht gedacht, dass wir sie heute zu Gesicht bekommen, du etwa? Geschweige denn, dass wir das Glück haben würden, mit ihnen zu reden. Aber genau das haben wir getan. Ich würde sagen, Auftrag ausgeführt, oder?«

Bea nickte erneut. Plötzlich war sie so von Gefühlen überwältigt, dass sie verstummte. Sie brachten die kurze Fahrt zurück in die Stadt hinter sich und stellten das Auto ab.

Ohne es sich vorgenommen zu haben und ohne weitere Absprache gingen die beiden die Princes Street entlang und spazierten ein weiteres Mal durch den Park, der zu einem festen Bestandteil ihrer Reise geworden war. Flora ließ sich auf eine der Holzbänke sinken, die den Weg säumten, und lehnte sich zurück, schlang die Arme um den Oberkörper und blickte in den Himmel.

»Ich bin völlig erledigt.« Endlich hatte Bea die Sprache wiedergefunden. »Danke, dass du mitgekommen bist, Flora. Ich weiß nicht, was ich gemacht hätte, wenn du nicht da gewesen wärst. Du warst so clever und geistesgegenwärtig.«

Flora überhörte das Kompliment. »Na ja, fairerweise müsstest du sagen, dass du ohne mich immer noch in Surry Hills wärst und mit Kim und Tait herumhängen würdest!«

»Ja, wahrscheinlich.«

»Es fühlt sich ganz eigenartig an, dass ich die Halbschwester meines Vaters und seinen Vater gesehen habe, während er nicht einmal ahnt, dass es sie gibt.«

»Ich weiß. Ich werde es ihm erzählen. Ich werde ihm alles erzählen. Das ist jetzt das einzig Richtige, nicht wahr? Wird auch Zeit. Vor allem weil du jetzt Bescheid weißt.«

Flora nickte. »Ich habe Johns Frau nicht gesehen.«

»Nein«, sagte Bea und zögerte. »Sie kann überall gewesen sein – einkaufen oder im Haus. Ich hatte auch Angst, dass sie herauskommt. Gott, das hätte schrecklich enden können.« Sie schloss die Augen, legte sich die Hände an die Wangen und atmete die kalte Luft ein.

»Diese Reise ist wundervoll, Bea.«

»Finde ich auch. Sie ist großartig, eine richtige Achterbahn der Gefühle. So lebendig habe ich mich schon sehr lange nicht mehr gefühlt.«

»Aber diese Begegnung vorhin war schon ziemlich seltsam, oder? Mit Moira zu reden und John zu sehen. Wie hat er auf dich gewirkt?«

Ohne jede Vorwarnung begannen Beas Tränen erneut zu fließen. »Ich werde keine einzige Sekunde davon vergessen, niemals. Seine Haare sind natürlich grauer geworden, aber seine Figur hat sich nicht verändert, glaube ich, jedenfalls kommt es mir so vor. Er ist so schön, und ich habe meine ganze Kraft gebraucht, um nicht einfach zu ihm zu laufen.« Sie biss die Zähne zusammen und versuchte, ihr Schluchzen zu unterdrücken. »Für mich hat das alles auf dramatische Weise verändert.«

»Inwiefern verändert?«

»Jahrelang habe ich mir Sorgen um sein Wohlergehen gemacht, habe befürchtet, dass unsere Liaison sein Leben durcheinandergebracht hat. Hat mit seiner Familie alles geklappt, sind sie glücklich? Oder ist er jung gestorben, vielleicht verletzt worden? Ich weiß, das klingt bescheuert, aber diese Gedanken haben mich über dreißig Jahre lang beschäftigt. Meine ganz persönliche Folter bestand darin, dass ich die Antworten nicht kannte.«

»Das muss dich fast verrückt gemacht haben.«

»Hat es auch, immer wieder. Aber heute habe ich nach all dieser Zeit endlich gesehen, dass ich mir keine Sorgen um ihn machen muss. Er wirkte glücklich. Er sah wundervoll aus, ein schöner Mann mit einer entzückenden Familie in einem prächtigen Zuhause. *Endlich* kann ich aufhören, mir Sorgen zu machen, und das ist ein fantastisches Gefühl! Er ist nicht am Boden zerstört, er ist glücklich!«

»Warst du nicht in Versuchung, zu ihm zu gehen und mit ihm zu reden?«

Bea fröstelte und zog den Mantel enger um sich. »Natürlich war ich das, die Versuchung war größer, als du dir vorstellen kannst. Aber was hätte das für einen Sinn gehabt, außer dass es mein eigenes Bedürfnis nach Kontakt befriedigt hätte? Er ist angekommen in seinem Leben und zufrieden. Peter hat immer gesagt: ›Alles, was du brauchst, ist genug‹, und John hat genug. Was nützt es ihm, wenn ich alles durcheinanderbringe? Ich verstehe das, so schmerzhaft es auch ist.«

»Woher weißt du, dass er zufrieden ist?«

Bea lachte. »Flora, unzufriedene Menschen haben es immer schrecklich eilig. Entweder wollen sie in eine andere Stadt ziehen, den nächsten Job ergattern oder in einem anderen Haus wohnen, sie sind immer auf der Jagd nach irgendetwas. Alles in dem fehlgeleiteten Glauben, dass ihr Glück und ihre Zufriedenheit in der nächsten Lebensphase auf sie warten. Er hatte es nicht eilig, aus dem Wagen zu steigen, er hat mit seiner Tochter und seinem Enkel herumgeblödelt, ihnen beim Einkaufen geholfen. Ich würde sagen, er ist zufrieden.«

Bea lächelte ihre Enkelin an, dann schloss sie die Augen und wünschte, Johns und ihr eigenes Leben hätte eine andere Richtung genommen. Aber sie musste zugeben, dass es so am besten war. Sie würde in dem Wissen nach Sydney zurückkehren, dass er glücklich war, und ihm und seiner wunderbaren Familie ein glückliches Weihnachtsfest und auch sonst nur Gutes wünschen.

Flora setzte sich aufrechter hin und zog die Knie bis unter das Kinn; dort hielt sie sie fest, indem sie die Arme um ihre Schienbeine legte. Bea betrachtete die Knubbel ihrer Wirbelsäule, die sich oben unter dem Kapuzenpulli aus Fleece abzeichneten. Sie beugte sich vor und rieb ihrer Enkelin den Rücken. »Ich bin froh, dass du ein Teil dieses Abenteuers bist, Flora. Ich glaube, ohne dich hätte ich das alles nicht gemacht. Wir wollten einander näherkommen, und das ist uns gelungen, findest du nicht?«

»Ja.« Flora zögerte. »Es ist so schön hier. Mir geht es viel besser. Und ich möchte, dass mit Mama und Papa alles wieder so wird wie früher. Wenn ich an sie denke, bin ich traurig.«

»Und warum ist das so, was glaubst du?«

Flora zuckte mit den Schultern und knabberte an einem Fingernagel. »Vielleicht hatten sie ja recht. Ich habe mich von den anderen zu allem Möglichen überreden lassen, dabei bin ich eigentlich zu schlau, um mich auf so was einzulassen. Aber ich wollte ja auch nicht schlau sein, ich wollte nur gemocht werden.«

»Das kann ich gut verstehen, mein Schatz.«

»Als ich heute diese Familie gesehen habe und gehört habe, was ihr durchgemacht habt, du und Papa, da ist mir klar geworden, wie viel Glück wir haben und dass wir das Beste aus der Familie machen müssen, die wir tatsächlich haben. Ich will nicht, dass Mama und Papa sich meinetwegen Sorgen machen müssen.« Tränen stiegen ihr in die Augen.

»Du bist ein kluges Mädchen, mein Schatz, und alles wird wieder gut, warte nur ab.«

Flora nickte. »Ich weiß. Und ich hatte recht – du bist echt 'ne richtig coole Oma.«

»Wenn du meinst. Auf jeden Fall bin ich eine fröstelnde Oma. Wollen wir zurück ins Hotel gehen und Tee trinken?«

»Klar.« Flora stand auf und hakte sich bei ihrer Großmutter unter, und so marschierten sie die Princes Street entlang auf das *Balmoral* zu.

Fünfzehn

Flora eilte voraus, nahm immer zwei Stufen gleichzeitig und stürmte durch die Drehtür in das Hotel hinein. Sie musste zur Toilette, also vereinbarten sie, sich später im Restaurant zum Nachmittagstee zu treffen.

Bea trat aus der eisigen Kälte, die draußen herrschte, in den warmen Empfangsbereich des Hotels. Jedes Mal wieder verschlug ihr die Pracht des Gebäudes die Sprache. Ihr Blick schweifte durch den Raum, sie nahm die verschnörkelten Kronleuchter in sich auf, das ausladende Treppenhaus und den prachtvollen Flügel. Sie lächelte die freundlichen Bediensteten an, die umherliefen, und auf einmal entdeckte sie ein vertrautes Gesicht.

»Alex! Was für eine nette Überraschung! Ich hoffe, du musstest nicht lange warten. Wir waren im Park, haben uns einen kalten Hintern geholt und die Welt wieder in Ordnung gebracht.« Sie musterte ihn aus schmalen Augen ein wenig verlegen, denn sie fragte sich, ob sie verabredet gewesen waren und sie ihn versetzt hatte.

Er stand auf und betrachtete sie mit feierlicher Miene. »Ich muss mit dir reden, Bea.«

»Oh, ja, natürlich. Ist alles in Ordnung?«

»Wollen wir einen Tee trinken?« Am Ellbogen führte er sie auf das Restaurant zu.

Sie wählten einen ruhigen Tisch im hinteren Bereich des Raumes, wo sie einander in nahezu vollkommener Stille gegenübersaßen, und bestellten zwei Tassen Earl Grey.

Alex' gedämpftes Auftreten beunruhigte Bea, und sie zerbrach sich den Kopf darüber, ob sie ihn vielleicht beleidigt hatte oder was er sonst auf dem Herzen haben konnte. »Ehrlich gesagt, bin ich ein bisschen beunruhigt, Alex. Du wirkst so ernst!«

Während sie noch versuchte, den Mann, der bislang die reinste Stimmungskanone gewesen war, mit diesem ziemlich nervösen Menschen zusammenzubringen, kam Flora hereingestürmt.

»Hi Alex!«

»Hi Süße. Ich wollte deiner Omi gerade einen Tee spendieren. Wäre es sehr dreist von mir, dich zu bitten, uns eine halbe Stunde allein zu lassen – wenn das für dich in Ordnung ist, Bea?«

»Ja, warum nicht?« Sie nestelte an ihren Armreifen herum, fühlte sich verwirrt und ein wenig in die Enge getrieben. »Geh hinauf ins Zimmer, Flora. Du kannst dir einen Film ansehen, und wir haben noch Knabbereien da. Ich bin ganz bald wieder oben, oder du kommst einfach zu uns, wenn du etwas brauchst oder dich langweilst. Ich bin hier.«

»Okay.« Schulterzuckend verließ Flora das Restaurant.

»Was in aller Welt ist denn los?«, fragte Bea mit ernster Stimme.

Alex fuhr sich mit der Hand durchs Haar und atmete langsam aus. »Ehrlich gesagt, weiß ich nicht recht, wo ich anfangen soll, außer dass ich dir sagen möchte, wie fabelhaft ich dich finde, Bea.« Er lächelte sie kurz an.

»O Gott, das wird doch wohl kein Heiratsantrag, oder?« Sie lachte.

Er sprach weiter, als hätte er den Witz überhört. »Ich vermisse Robert so sehr. In dem Augenblick, in dem ich ihn gesehen habe, *wusste* ich. Ich wusste nicht, *was* ich wusste, sondern nur, dass etwas Wichtiges vor sich ging. Mir war sofort klar, dass er in meinem Leben eine große Rolle spielen würde.«

»Das ist wundervoll, Alex. Klingt, als wäre es ein großes Glück für euch beide gewesen, einander zu haben.« Sie fragte sich, worauf er hinauswollte.

»Ja, das ist wahr. Danke.« Er lächelte den Kellner an, der ihre Teekannen und -tassen auf dem Tisch anordnete. Für die silbernen Teesiebe gab es eigens kleine Untersetzer, für die Zitronenschnitze eine winzige Gabel, um sie aufzuspießen.

Bea schenkte sich Tee ein und sah zu, wie ihr Begleiter mit zitternden Händen seine eigene Tasse füllte.

»Das Outing meiner eigenen Familie gegenüber war hart. Mein Vater verhielt sich großartig. Meine Mutter ... wie soll ich es ausdrücken ... sie hat sich widerwillig damit abgefunden, aber es hat unser Verhältnis grundlegend verändert. Ich glaube, ihre Fassade fing an zu bröckeln. Bedingungslose Liebe lässt sich leicht behaupten, wenn sie niemals auf die Probe gestellt wird.«

Die Formulierung gefiel Bea. »Das stimmt vermutlich. Ich bin der Meinung, jeder sollte lieben, wen er eben liebt, und wenn die Liebe erwidert wird, ist es das größte Geschenk, das es gibt. Es ist das Einzige, das wirklich zählt. Die alte Redensart stimmt: Liebe ist alles. Ich habe lange genug in Sydney gelebt, um zu begreifen, dass Liebe in allen möglichen Formen und Gestalten auftreten kann.«

»O Gott, du wärst eine von diesen enttäuschend verständnisvollen Müttern«, sagte Alex lächelnd, und der Überschwang vom Tag zuvor blitzte kurz wieder in seiner Miene auf.

»Oh, verstehe! Ich reagiere nicht schockiert genug. Wogegen soll man dann noch rebellieren, nicht wahr?«

»Genau.« Er trank einen Schluck Tee. »Sie sagte zu mir, ich gäbe so viel auf und ich sei noch zu jung, um wirklich zu wissen, was ich will. Hätte nur noch gefehlt, dass sie es als Phase bezeichnet.« Er verdrehte die Augen.

»Wahrscheinlich fiel es ihr einfach schwer, die Neuigkeit zu verdauen. Und irgendwie hat sie auch recht.«

»In welcher Hinsicht hat sie recht?«

»Na ja, wir Mütter wollen, dass das Leben für unsere Kinder möglichst einfach ist. Wir wollen, dass sie aufblühen, glücklich sind. Und wenn sie eine Richtung einschlagen, die dazu führt, dass es schwieriger wird, dieses Ziel zu erreichen, dann können wir das manchmal nur schwer akzeptieren. Es geht nicht um deine Sexualität – wen interessiert die schon? Es geht eher darum, dass du ein Leben führst, das dich möglicherweise den Vorurteilen anderer aussetzt. Die Vorstellung, dass die eigenen Kinder auch nur eine Sekunde lang unter der Ignoranz oder den altmodischen Ansichten anderer Leute zu leiden haben, dass sie auf Widerstand oder gar Hass treffen ... na ja, das ist eben schwer auszuhalten. Wahrscheinlich befürchtete sie, dass in deinem Leben nicht alles glattgehen würde.«

»Bei wem geht schon alles glatt?« Alex zwinkerte ihr zu.

»Stimmt auch wieder.« Lächelnd stellte sie die zarte Tasse aus weißem Porzellan auf die Untertasse zurück.

»Mein Vater war unglaublich. Er hat mich einfach in den Arm genommen und zu mir gesagt, dass er mich vom Tag meiner Geburt an geliebt hat und bis zum Tag seines Todes damit weitermachen würde, und daran könne nichts und niemand etwas ändern.«

»Das ist schön.«

»Und als ich dann Robert kennenlernte und meinem Vater erzählte, wie sich das anfühlte, dass ich *wusste,* wenn ich ihn nur ansah, da sagte er, er verstehe mich, denn etwas Ähnliches habe er selbst schon erlebt.«

Bea nickte leicht zerstreut, weil sie sich fragte, ob mit Flora alles in Ordnung war.

»Er sagte, es sei passiert, als er schon mit meiner Mutter verheiratet war.«

»Oje, deine arme Mama!«

Alex musterte sie. »Ja. Sie hat es nie erfahren. Meine Mutter ist vor zehn Jahren gestorben.«

»Es tut mir sehr leid, das zu hören.« Sie legte ihm eine Hand auf den Arm und drückte ihn leicht, um ihr Beileid zu bekunden.

»Ungefähr ein Jahr nachdem sie gestorben war, habe ich meinem Vater gesagt, dass er versuchen sollte, wieder glücklich zu werden, eine Frau zu finden, die er liebt. Ich werde nie vergessen, was er mir darauf geantwortet hat. Wir waren im Garten, und er schnitt gerade den Efeu zurück, er trug Gartenhandschuhe und seine alte Kricketkappe. Er sagte: ›Ich bin der Liebe einmal begegnet, und seitdem lebt sie in meinem Herzen. Ich muss nicht nach ihr suchen, ich trage sie in mir, hier drin‹, und er klopfte sich mit zwei Fingern im Rhythmus seines Herzschlags auf die Brust.« Alex zögerte. »Ich dachte, dass er meine Mutter damit meinte, aber wie sich herausstellte, war das nicht der Fall.« Alex sah ihr in die Augen. »Er sprach von einer sehr kurzen, aber sehr tiefen Liebe, die ihm begegnet war, als meine Schwester und ich noch klein waren und er in einem anderen Land arbeitete.«

Bea hatte das Gefühl, keine Luft mehr zu bekommen. Sie

konnte einatmen, aber nicht richtig ausatmen. Sie starrte Alex an, der ebenfalls von Gefühlen überwältigt zu werden drohte.

»Ich habe ihm gesagt, er sollte sich auf die Suche nach ihr machen, nach dieser Frau, die immer in seinem Herzen gelebt hatte.«

Bea konnte die Tränen nicht mehr zurückhalten. Sie schluckte und brachte mühsam heraus: »Warum hat er es nicht getan?« Ihre Stimme war schwach.

»Das hat er. Er hat es getan! Er ist auf die andere Seite des Erdballs gereist, und er hat sie gefunden. Er hat ihre Adresse herausgefunden, dann stellte er fest, dass sie verheiratet war und auch, dass sie einen Sohn hatte.«

Bea drückte sich die Serviette ans Gesicht. *O Gott. O John. Ich kann es nicht glauben. Ich kann es einfach…*

Alex griff über den Tisch und nahm ihre Hand. »Er ist einige Tag dortgeblieben, hat ihr Kommen und Gehen beobachtet. Er wollte sich nur vergewissern, dass sie glücklich war, wollte sehen, wo sie lebte. Er wollte ihr Leben nicht durcheinanderbringen, nun, da er wusste, dass sie eine Familie hatte und verheiratet war. Er sah sie lächeln, sah sie lachen, und sie war so schön, wie er sie in Erinnerung hatte. Er hat sie in Manly beobachtet, hat gesehen, wie sie am Strand mit einem kleinen Mädchen spielte…«

Meine Flora, meine kleine Flora.

»Und dann hat er sie mit ihrem Sohn gesehen, der ihm so vertraut vorkam, dass es ihm fast den Boden unter den Füßen wegzog. Er sagt, er sah aus wie Moira, meine Zwillingsschwester. Überhaupt nicht wie ich, Xander, Alexander.«

Bea brachte kein Wort über die Lippen. Sie schniefte, Tränen liefen ihr über die Wangen. *Das hier passiert nicht wirklich. Das kann einfach nicht sein.*

»Er hat sie ständig im Auge behalten: Beatrice Green-stock, früher Beatrice Gerraty. Er hat alles über sie gelesen, was er finden konnte. Zeitungsanzeigen, Berichte über ihr Café, alles, worauf er hier aus der Ferne Zugriff hatte. Und dann las er eines Tages, dass sie verwitwet war; ihr reizender Ehemann, der sie immer zum Lachen gebracht hatte, war gestorben. Er wartete ein Jahr und bat mich dann, mit dir in Kontakt zu treten. Es war seine Idee, dass ich dir von dem Forum erzählen könnte. Und schließlich fing er an, dir E-Mails zu schreiben.«

Bea blickte auf und schniefte. »Er fing an, mir E-Mails zu schreiben?«

»Ja. Er war es, mit dem du geplaudert, dich angefreundet und über die Dinge des Lebens ausgetauscht hast. Nicht ich. Tag und Nacht klebte er vorm Bildschirm und wartete auf Nachrichten von dir. Er ist der Spaziergänger, der von nebligen Mooren und friedlichen Lochs erzählen kann.« Er lächelte.

»O Gott! Ich bekomme keine Luft mehr…« Bea legte ihren Pashmina-Schal ab und rieb sich den Hals.

»Er war gerade dabei, sich zu überlegen, wie er vorgehen sollte, wie er dir die Wahrheit beibringen sollte, da hast du angekündigt, dass du herkommst! Er war außer sich vor Freude und Sorge. Und heute, aus heiterem Himmel, hat Moira ihm eine Geschichte über eine Frau erzählt, die im *Balmoral* wohnt und deren Auto eine Panne hatte, eine Frau, die aus Australien hierhergekommen war…«

»Ich… ich weiß nicht, was ich sagen soll. Ich… ich kann es nicht glauben! Ich glaube es einfach nicht.« Bea rang um Fassung. »Ich dachte, das wäre alles. Ich dachte, ich würde einen Blick auf ihn erhaschen, und das müsste reichen. Und ich war tatsächlich damit zufrieden, ihn glücklich zu sehen.«

»Sei uns nicht böse.«

Sie schüttelte energisch den Kopf. »Ich bin nicht... nicht böse, nur überwältigt, ängstlich, glücklich... alles Mögliche!«

»Er ist unterwegs, Bea.«

»Was?« Sie richtete sich auf, spähte über den Tisch und versuchte zu begreifen, was Alex gerade gesagt hatte.

»Er ist auf dem Weg zu dir, genau jetzt. Er wird sich mit dir im *Christmas Café* treffen.«

»O Gott! O mein Gott!«

Alex hielt Beas Hand, als sie Flora abholten und sich gemeinsam auf den Weg zu der kleinen Teestube machten, die ein wenig abseits der Royal Mile lag.

»Und? Was habe ich verpasst?«, fragte Flora, begierig, die Einzelheiten zu erfahren, und zugleich ein wenig besorgt wegen Beas ziemlich benommener Miene.

»O Schätzchen, es gibt eine Menge zu erzählen!« Lachend hob Alex sie hoch und wirbelte sie durch die Luft. Alle drei hüpften förmlich durch den Schnee und hinterließen ihre Fußabdrücke auf dem weißen Teppich.

Beim *Christmas Café* angekommen, schloss Alex ihnen auf und schaltete das Licht ein, während Flora aufgeregt auf der Stelle tänzelte. »O Bea! Er hat dich gefunden! Er hat dich wirklich gefunden! Stell dir nur vor, wenn du dich nicht gezeigt hättest, wäre das niemals passiert, aber so hat er dich gefunden!« Sie schwelgte in romantischen Gefühlen und in der Vorfreude auf das Wiedersehen.

»Komm, Flora, wir zwei gehen jetzt nach oben und sehen

fern. Lassen wir den beiden ein bisschen Zeit für sich. Fühl dich ganz wie zu Hause, Bea.« Alex bückte sich, um eine ziemlich arrogant blickende Katze aufzuheben, die Bea geringschätzig musterte und dann den Kopf in die entgegengesetzte Richtung drehte. »Ja, Professor Richards, das ist die Dame, von der ich dir erzählt habe und die Katzen nicht besonders mag.«

»Tut mir leid!«, platzte Bea heraus. »Nicht, dass ich Katzen nicht gernhätte, ich habe nur selbst keine.« Sie wusste nicht recht, ob sie sich bei Alex oder bei Professor Richards entschuldigte.

Alex streichelte die Ohren des Katers. »Keine Sorge, Bea, er mag dich auch nicht besonders, sagt er.« Er grinste. »Ich bin so froh, dass du mir nicht böse bist. Ich habe mir schon Sorgen gemacht, dass Miss Klitschko ihre boxerischen Fähigkeiten womöglich von dir hat und dass du mir eine ordentliche Tracht Prügel verpasst, wenn du es herausfindest!« Er atmete hörbar ein. »Ich freue mich so für dich, Bea. Es ist einfach wundervoll. Wie im Märchen.« Er presste die Lippen zusammen, als könnte er damit seine Tränen zurückhalten.

»Was ich dich noch fragen wollte: Woher kommt der Name McKay?«

»So hieß Robert«, sagte er leise.

»Ach ja, natürlich.« Sie zögerte. »Ist Moira einverstanden?«

»Sie will nur, dass Papa glücklich ist. Das wollen wir beide.« Liebevoll schloss er sie in die Arme. »Komm, gib mir deinen Mantel.« Alex half ihr, sich aus den Ärmeln zu befreien, und führte sie zum Kamin, in dem das Feuer jetzt lichterloh brannte. »Du siehst großartig aus.« Er trat zurück,

279

bewunderte ihre gut sitzende Jeans und die weit geschnittene Bluse aus cremefarbener Seide.

»Ich wusste nicht, was du gern isst, also habe ich ein paar Knabbereien vorbereitet – Käse, salzige Haferplätzchen, selbst gemachtes Chutney und solche Sachen.« Er rückte die Schälchen auf dem Tisch zurecht, stellte Salz und Pfeffer dazu und verschob den winzigen Weihnachtsbaum, bis alles am richtigen Platz stand. »Wir sind oben, falls ihr etwas braucht. Egal was. Ihr müsst nur rufen oder an die Decke klopfen, und in null Komma nichts bin ich wieder unten!« Drohend hob er einen Finger, als wäre sie sechzehn und nicht schon über fünfzig.

»Danke, Alex. Danke für alles.« Seine Freundlichkeit rührte sie.

Er zwinkerte ihr zu, dann verschwand er mit der plappernden Flora die Treppe hinauf.

Bea betrachtete die geöffnete Flasche Rotwein, setzte sich in einen der Sessel vor dem Feuer, öffnete den obersten Knopf ihrer Bluse und schloss ihn wieder, übermäßig darum besorgt, nicht zu förmlich zu wirken, aber auch nicht allzu viel von ihrem faltigen Dekolleté zu zeigen. Sie schob sich die Haare hinter die Ohren und ließ sie wieder nach vorn fallen. Ihr Herz hämmerte, ihre Hände waren feucht. Sie fühlte sich, als wäre sie gerannt und müsste nun nach Luft ringen.

Sie versuchte sich zu beruhigen, indem sie langsam ausatmete. »Um Himmels willen, Bea, er weiß, dass du älter geworden bist. Beruhige dich!« Sie nickte, als die Stimme in ihrem Kopf schrie: *Er ist unterwegs! John, dein John, ist unterwegs hierher, genau jetzt! Du wirst ihn jeden Augenblick wiedersehen!* Erneut nickte sie und versuchte, sich an

280

die Tatsache zu gewöhnen, dass Alex Xander war. Sie war verwirrt und freudig erregt zugleich.

Bea schloss die Augen in der Hoffnung, wieder einen klaren Kopf zu bekommen und einen inneren Ort zu finden, wo sie in aller Ruhe nachdenken konnte. Aber kaum hatte sie tief eingeatmet, hörte sie auch schon ein leises Klopfen an der Tür. Sie schob ihre Armreife zurück, setzte eine ausdruckslose Miene auf, erhob sich und durchquerte den Raum. Sie ging langsam, hielt sich eine zitternde Hand vor den Mund und versuchte zu begreifen, was mit ihr geschah. Sie drehte den Türknauf, trat zurück und öffnete die Tür.

Vor ihr stand ein Mann, so schön und unerwartet, dass es ihr den Atem verschlug und ihr Herz einen Schlag aussetzte. Sie spürte, wie die Beine unter ihr nachzugeben drohten. Ihr wurde schwindelig; aus Furcht, sie könnte ohnmächtig werden, legte sie sich eine Hand auf die Brust. Sie wollte sich bewegen, wusste aber nicht, wie. Sie zitterte am ganzen Körper, alles um sie herum verschwamm. Das Einzige, das sie sah, war der Mann, der dort auf der Straße stand, während ihm Schnee auf die Schultern fiel. *Ich kann es nicht fassen! Du bist echt, und du bist hier!* Sie machte einen Schritt nach vorn, bis sie kaum einen halben Meter von ihm entfernt war.

»O mein Gott!«, murmelte er. »Beatrice … «

Bea nickte ganz langsam. »John.« Zum ersten Mal seit Jahrzehnten sprach sie tatsächlich mit ihm und nicht nur mit einem Bild in ihrem Kopf.

Sie waren überwältigt, sprachlos und ziemlich verlegen. Sie machten keinen Small Talk; es wäre ihnen lächerlich vorgekommen, über das Wetter und ihre Pläne für das Weihnachtsfest zu reden, während die Gefühle in ihnen brodelten wie ein Vulkan.

Bea trat einen Schritt zur Seite und ließ ihn herein. Rasch setzten sie sich in die Sessel vor dem Kamin, blickten einander verstohlen ins Gesicht und versuchten, die Züge wiederzuerkennen, die von der Zeit und vielen Erfahrungen so verändert worden waren.

»Erkennst du mich wieder?«, flüsterte sie. Sie blickte auf ihre Hände, die sie im Schoß gefaltet hatte. Sie fragte sich, ob er die Krähenfüße in ihren Augenwinkeln musterte, die überschüssige Haut unter ihrem Kinn, ihr graues Haar.

»Irgendetwas war da heute … nur ein flüchtiger Blick, aber es fühlte sich komisch an. Irgendetwas war falsch, aber ich wusste nicht, was es war. Als Moira mir dann erzählte, dass du aus Australien kommst, ergab plötzlich alles einen Sinn.« Er legte sich eine Hand auf die Herzgegend. »Ich habe dich gespürt.«

Seine Worte ließen sie bis ins Mark erschauern. *Ich habe dich auch gespürt, in all jenen Nächten, in denen wir getrennt waren, als ich unser neugeborenes Kind hielt, während ich zusah, wie er sich in das Ebenbild seines Vaters verwandelte.* »Ich wollte nicht einfach so hereinplatzen, John, oder bei dir und deiner Familie irgendwie für Aufregung sorgen. Ich möchte dich nicht in Schwierigkeiten bringen. Ich wollte dich nur sehen. Nie hätte ich gedacht … «

»Es ist in Ordnung. Wirklich«, unterbrach er sie. »Margaret ist vor zehn Jahren gestorben.« Indem er ihren Namen laut aussprach, brach er das Tabu. Offen nannte er den Grund für ihrer beider Schuld und beantwortete zugleich eine Frage, die nicht gestellt worden war. Was hatte er in seiner E-Mail geschrieben? *Ich weiß, wie sich das anfühlt, wir sitzen im selben Boot; bei mir ist es jetzt zehn Jahre her.*

Natürlich! Er hatte vergessen, Alex zu sein, und die Wahrheit gesagt; zehn Jahre, seine Wahrheit.

»Alex hat es mir erzählt, und es tut mir sehr leid.« Bea verabscheute die kleine Welle schuldbewusster Freude, die sie durchströmte.

Er beantwortete ihre Beileidsbekundung mit einem offenen Lächeln. »Als sie starb, änderte sich alles für mich. Ich dachte an dich – vermutlich fühlte ich mich endlich frei genug dazu. Ich fragte mich, ob ich mich mit dir in Verbindung setzen sollte, aber mir fehlte der Mut. Also tat ich es heimlich. Ich glaube, ich hatte Angst, dein Leben durcheinanderzubringen, dich zu stören, wenn ich mich einmischte.«

Bea nickte rasch; seine Bedenken spiegelten ihre eigenen wider.

»Ich habe dich gesehen, Bea, und ich habe auch deinen Sohn gesehen.« Aufmerksam musterte er sie und wartete auf eine Reaktion.

Doch sie starrte ihn nur sprachlos an.

Er drehte sich in dem Sessel so, dass er ihr direkt ins Gesicht sehen konnte. »Wir müssen unbedingt miteinander reden, richtig reden.« Seine Stimme klang sanft, aber bestimmt. »Es muss nicht heute Abend sein. Wir haben alle Zeit der Welt, wir können es langsam angehen lassen.«

Sie sah zu, wie er aufstand, Schal und Mantel ablegte und den Raum durchquerte, um beides über einen leeren Stuhl zu legen. Die Versuchung, aufzuspringen, sich verzweifelt an ihn zu klammern, war groß.

»O mein Gott«, brachte sie mit leiser Stimme heraus. »Ich kann nicht glauben, dass ich wirklich hier bin.«

Sie zitterte am ganzen Körper.

»Meine Beatrice.« John ließ den Blick über ihr Gesicht

283

wandern, während sie einander betrachteten, dort, vor dem Kamin im *Christmas Café*. »Du bist es wirklich, nicht wahr?«, sagte er, und Fältchen bildeten sich um seine Augen, als er auf die Art lächelte, wie er es schon immer getan hatte.

»Ja. Ich bin es.«

Dr. John Wyatt Brodie stand da und machte einen Schritt auf dem knarzenden Holzfußboden des gemütlichen Cafés. Es war nur ein einziger Schritt, aber in ihm verkörperten sich Tausende von Kilometern und mehrere Jahrzehnte. Er streckte die Hand aus und zog sie an sich. Behutsam legte Bea die Arme um den Rücken ihres Geliebten, kuschelte sich in die Aussparung unter seinem Kinn, in die sie immer so vollkommen hineingepasst hatte. Ungefähr eine Minute lang standen sie einfach da, genossen die Gegenwart des anderen, atmeten den Duft ein.

»Mit den Jahren habe ich angefangen zu glauben, dass ich mir dich vielleicht nur eingebildet habe. Dass ich die ganze Sache nur geträumt habe. Ich bezweifelte, dass ein Mensch so starke Gefühle haben kann, wie ich sie für dich empfunden habe.« Seine Stimme klang sanft.

Bea nickte. Genauso war es auch ihr ergangen.

»Aber jetzt bist du hier!« Ohne sie loszulassen, trat er zurück, um sie besser sehen zu können.

»Ja. Hier bin ich.« Sie blickte zu ihm auf. »Ich bin alt geworden!«, sagte sie und senkte den Blick auf den Boden.

»Das sind wir beide. Und nicht alt – nur älter. Aber du bist immer noch du, und du bist genauso…« Er schüttelte den Kopf, als hätte die Wahrheit ihn überrascht. »Genauso wunderschön.«

Bea schluckte, um die überschäumende Freude zu unterdrücken, die in ihr aufstieg. »Wir haben Wein.« Sie setzte sich an den Tisch, wollte Abstand zwischen ihn und sich bringen, weil die körperliche Nähe und das Bedürfnis, sich an ihn zu schmiegen, Haut an Haut, und ihn nie wieder loszulassen, sie zu überwältigen drohten.

Auch John setzte sich, streckte die Beine aus und kreuzte die Knöchel. »Ist Xander oben?«

»Ja.« Noch immer konnte sie keine rechte Verbindung zwischen dem Mann herstellen, der ein guter Freund für sie geworden war, und dem kleinen Xander, der jahrelang in ihren Gedanken gewohnt hatte.

»Und wo ist Flora?«

Sie mochte es, wie er den Namen aussprach. »Sie ist bei ihm, bestimmt hat sie die Fernbedienung und eine extra große Tüte Popcorn in der Hand.«

»Was für ein schöner Gedanke, dass die beiden sich kennenlernen.«

»Ja.«

»Wie lange wirst du bei mir bleiben?«, fragte John vor der knisternden Glut.

»Heute Abend?« Sie fragte sich, ob er noch irgendwohin musste.

»Nein!«, sagte er lachend. »Wie lange bleibst du hier in Edinburgh?«

»Oh! Noch ein paar Tage.« Sie wollte nicht an die Abreise denken, noch nicht. Diesmal würde sie diejenige sein, die auf die andere Seite des Erdballs reiste.

»Du kannst dir nicht vorstellen, was das für ein Gefühl war, eine E-Mail von dir zu bekommen. Zu wissen, dass du auf der anderen Seite an der Tastatur sitzt und mir Nachrichten schickst!« Er schüttelte den Kopf.

»Na ja, genau genommen habe ich sie nicht dir geschickt.« Sie lächelte verlegen, als sie an die persönlichen Dinge dachte, die sie ihm anvertraut hatte.

»Ich wusste nicht, wie ich dir die Wahrheit sagen sollte. Ich habe unsere Plaudereien genossen – es war lustig, stimmt's?«

»Ja.« Das musste sie zugeben. »Es war lustig.« Sie beschloss, John nicht zu erzählen, wie groß ihre Verwirrung tatsächlich gewesen war, als sie begriffen hatte, dass ihre elektronische Brieffreundin ein Mann war. Und nun stellte sich heraus, dass er noch dazu ein anderer war. *Die ganze Zeit schon warst du da.* Es war zu viel, um es in so kurzer Zeit zu verarbeiten.

John ließ den Blick über die Bilder an den Wänden schweifen. »Mir gefällt es hier. Ich denke gern über all die Weihnachtsfeste nach, die diese Menschen miteinander gefeiert haben. Weihnachten war immer eine Zeit, in der ich viel an dich gedacht habe.« Er betrachtete die Motive auf den Bildern, und Bea fragte sich, ob er genau wie sie an die vielen Feste dachte, die sie getrennt voneinander verbracht hatten.

»Weißt du noch, wie ich dich gefragt habe, ob es nur um diese Jahreszeit *Christmas Café* heißt, ob es zu Ostern, zum Valentinstag und so weiter einen anderen Namen hat?«

»O ja, ich erinnere mich! Ich fand die Idee sehr gut!« Er lachte.

»Warst du es, der mir damals geantwortet hat?«, fragte Bea.

»Ja. Den ersten Kontakt hat Alex hergestellt, er hat dir den Brief geschrieben. Ich dachte, ich wäre zufrieden, wenn er mir einfach deine Briefe vorliest, aber das war ich nicht, es war nicht genug. Also habe ich dir selbst geschrieben.«

Einige Sekunden lang saßen sie schweigend da, lauschten dem Zischen und Knistern der Scheite im Feuer.

286

»Ich kann nicht glauben, dass wir hier sind. Ich weiß immer noch nicht, ob du echt bist«, murmelte Bea.

»Bin ich.« Er griff über den Tisch und nahm ihre Hand. Ihre Finger zitterten im Gleichtakt, während sie beide die Wirklichkeit dessen, was vor sich ging, in sich aufzunehmen versuchten.

»Ich träume schon so lange von dir, dass ich mich davor fürchte, vielleicht aufzuwachen«, flüsterte sie.

»Auch ich träume immer wieder dasselbe. In unserer letzten gemeinsamen Nacht bist du eingeschlafen ... «

»Bin ich nicht!«

»Doch, bist du.« Er nickte. »Nur für wenige Minuten. Ich habe dich gehalten, als du in den Schlaf hinübergeglitten bist. Ich habe gesehen, wie deine Lider flatterten und dein Mund zuckte, und ich habe dich geküsst. Dich schlafen zu sehen war ein großes Privileg, und ich wusste, dass es mir kein zweites Mal zuteilwerden würde. Schon der Gedanke brach mir das Herz. Bis heute träume ich oft von dir: Du liegst in meinen Armen, und ich halte dich, während du schläfst. Es ist vollkommen. Und dann wache ich auf und bin gleichzeitig sehr traurig und sehr glücklich.«

»O John! Ich habe mir oft vorgestellt, du seist gestorben. Es hat mich fast zerrissen, aber trotzdem war die Vorstellung, dass du tot bist, endgültig fort und nicht in der Lage, bei mir zu sein, leichter zu ertragen als der Gedanke, dass du irgendwo lebst und beschlossen hast, im Verborgenen zu bleiben wie ein Gegenstand in der Dunkelheit.«

»Ich habe nie beschlossen, mich vor dir zu verbergen, Bea. Aber ich konnte es nicht ertragen, dich noch mehr zu verletzen, als ich es ohnehin schon getan hatte. Dich so verzweifelt zu sehen und zu wissen, dass es meine Schuld war, das hat mich gequält.« Er schluckte. »Das hier fällt mir nicht leicht. Ich bin es nicht gewöhnt, meine Gedanken so offen mitzuteilen – ich rede selten auf diese Art über meine Gefühle.«

»Für mich ist es auch nicht einfach. Es fühlt sich an wie Untreue, wie Schuld.« Bea leckte sich über die Lippen, als könnte sie sich so von einem schlechten Nachgeschmack befreien. »Ich war mit einem sehr lieben Mann verheiratet.«

John atmete hörbar ein. »Das freut mich, Bea. Ich freue mich sehr, dass du Liebe und Glück gefunden hast.«

Ich habe ihn wirklich geliebt. Aber nicht so, wie ich dich geliebt habe. Bea schüttelte den Kopf, um ihre Gedanken zu ordnen. »Er hieß Peter. Letztes Jahr ist er gestorben, kurz vor Weihnachten.«

Tröstend drückte er ihr die Hand. »Ich weiß. Ich habe kein Recht, eifersüchtig zu sein, aber ich bin es trotzdem.«

»Als du an jenem Morgen fortgegangen bist...« Bea schluckte die Tränen hinunter, die sich in ihrer Kehle gesammelt hatten. Sie wusste, dass sie das Thema bald ansprechen musste, andernfalls würde es wie eine Mauer zwischen ihnen stehen. »Ich dachte, ich müsste sterben. Das habe ich wirklich geglaubt. Ich fühlte mich so zerstört, so beraubt. Der Schmerz war körperlich.«

»Ich bin nie wieder so traurig gewesen«, sagte John mit erstickter Stimme. »Ich habe mich selbst gehasst. Jahrelang habe ich mich gehasst. Es war, als hätte ich dich getäuscht und betrogen, aber nichts hätte weiter von meiner Absicht entfernt sein können.« Er starrte auf eine Stelle auf dem Tisch.

»Ich war dreiundzwanzig Jahre alt, Tausende Kilometer von Schottland entfernt, und hatte meinen ersten Job als Arzt, da draußen unter der Sonne. Das Leben schien voller

Möglichkeiten. Es war, als ob ... als hätte ich mich auf einmal selbst gefunden. Als wäre ich ein anderer Mensch, ein freier Mensch. Frei, jung zu sein und noch einmal von vorn anzufangen. « Er blickte sie an. »Ich konnte nicht einmal mir selbst eingestehen, was mich hier in Schottland erwartete, und noch viel weniger konnte ich es dir erzählen. «

»Als du wieder zu Hause warst, muss die Sache anders für dich ausgesehen haben«, sagte Bea zögernd.

»Zu Hause«, wiederholte John kopfschüttelnd. »Es fühlte sich nicht wie ein Zuhause an. Manchmal eher wie ein Gefängnis. Margaret und ich waren immer echte Freunde gewesen, aber die Leidenschaft, die du und ich ...« Er verstummte. »Nein, das ist nicht fair. Wir sind Freunde geblieben und haben als Freunde die Kinder großgezogen. Moira lebt auch hier vor Ort. Die Kinder sind großartig. «

»Ich habe Moira heute kennengelernt«, rief Bea ihm ins Gedächtnis.

»Ach ja, stimmt. « Er tätschelte ihr die Hand. »Du hast mir das Herz gebrochen, Beatrice, ganz glatt, in zwei Teile. «

»Und du mir. «

»Ich bin Arzt. Ich kann dir versichern, dass es niemals wieder ganz verheilen wird. « Er lächelte sie an.

Bea nickte. Auch das stimmte, sie wusste es. »In meinen Träumen habe ich tausendmal mit dir getanzt. Das Trommeln unserer Füße auf dem Deck. Du hast mir deinen Schal gegeben ...«

»Ja. «

»Ich habe ein Kissen daraus machen lassen und lege es mir jede Nacht unter die Wange. «

»Du hast nach Rosen geduftet. «

»Das war Rosenwasser. Ich hatte es mir geliehen. «

»Ich kann ihren Duft nicht mehr riechen, ohne melancholisch zu werden.«

»Meine Hand schien in deine zu passen, als wäre sie dafür gemacht.«

»Das habe ich mir in vielen kalten Nächten vorgestellt, wenn ich im Bett lag.« Er blickte sie an.

»Und dann der Tag, an dem du fortgingst...« Ganz unerwartet stockte ihr der Atem, und wie eine Welle schlug die Traurigkeit über ihr zusammen. Tränen liefen ihr über die Wangen, ihr Gesicht war schmerzverzerrt. Entsetzt bemerkte sie, dass auch John weinte. Er rutschte aus dem Sessel, kniete sich auf den Boden, legte den Kopf in ihren Schoß, und sie schluchzten beide.

Bea fuhr ihm mit den Fingern durch das Haar, streichelte seine bärtigen Wangen. »John, mein John! Ich habe dein Kind großgezogen, so gut ich konnte. Ich hatte solche Angst, ich war so allein.« Sie hob seinen Kopf an, bis er zu ihr aufblickte, und sie sah den dreiundzwanzigjährigen Mann vor sich, der sie bei Sonnenaufgang verlassen hatte. »Er war ein goldiges Kind und ist ein liebenswerter Mann.«

»Ich wusste es! Ich wusste, dass er von mir ist!« Erneut verlor John die Fassung. »Was haben deine Eltern gesagt? Sie waren so rechtschaffen, so hart in ihrem Urteil. Gott, ich kann nur ahnen, wie sie die Nachricht aufgenommen haben.«

»Sie haben mir befohlen, Byron Bay zu verlassen, und das habe ich getan. Seitdem habe ich weder sie noch Diane wiedergesehen.«

»Mein Gott!« Er griff in den Stoff ihrer Bluse und vergrub das Gesicht darin. »Ich wusste, dass er mein Sohn ist. Ich habe ihn gesehen und wusste Bescheid! Ich musste all meine Kraft zusammennehmen, um nicht nach ihm zu rufen, um nicht zu dir zu laufen! Aber ich wusste, dass ich das nicht durfte. Es wäre nicht fair gewesen. «

»Nichts von alldem ist fair«, murmelte sie. »Ich habe ihn Wyatt genannt, und er sieht genauso aus wie sein Papa. «

»Wyatt! Weiß... weiß er über mich Bescheid? «, stieß er mit rauer Stimme hervor.

»Nein. Noch nicht. Ich habe es ihm nicht erzählt, weil ich nicht riskieren konnte, dass er Kontakt zu dir aufnimmt; das hätte dein Leben ruinieren können. Ich wusste nichts von deinen Lebensumständen, wusste auch nichts über Margaret. «

»Mein Gott! «, sagte John noch einmal.

Zusammengesunken saßen sie minutenlang da, versuchten die Wahrheit zu verarbeiten und spielten in Gedanken durch, was als Nächstes passiert war.

Schließlich straffte John die Schultern. Er erhob sich und stellte sich vor den Kamin. »Ich kann Geheimnisse nicht mehr ertragen, Beatrice. Keine Ahnung, was uns noch erwartet, aber ich kann nicht mehr im Schatten unausgesprochener Wahrheiten leben. «

Auch Bea stand auf und schmiegte sich in seine Arme. Sie schloss die Augen, ließ sich im warmen Licht des Kaminfeuers im *Christmas Café* von ihm halten. Mochte sie auch Tausende von Kilometern von dem Ort entfernt sein, an dem sie wohnte, so war sie dennoch zu Hause.

Eine Stunde war vergangen. Die Treppenstufen über ihnen knarrten. Bea und John lösten sich voneinander, traten beide einen Schritt zurück und blieben in gebührender Entfernung voneinander stehen, nervös wie Teenager. Bea überlegte noch, wie sie sich verhalten sollte, da durchbrach Floras Stimme bereits die Stille.

»Ach du Scheiße! Wow!« Sie stand in der Tür und starrte sie an.

»Das ist Flora, meine Enkeltochter.« Bea lächelte ihre schöne Enkelin mit dem karamellfarbenen Haar an. »Und deine auch«, sagte sie zögerlich. Sie spürte, wie ihr die Röte in den Nacken kroch, als ihr plötzlich bewusst wurde, dass auch Flora ein Teil von Johns Geschichte war, sein eigen Fleisch und Blut.

John nickte ihr zu. »Hallo Flora.« Er sprach mit dem leicht singenden schottischen Akzent, der ihrem Namen gerecht wurde.

Bea fragte sich, ob ihm Floras Farben aufgefallen waren, ob er wie sie die Ähnlichkeit zwischen Flora und seinem Enkel Callum gesehen hatte.

»Also, was habe ich verpasst?« Flora drehte sich zu ihrer Großmutter.

Bea lachte. »Ach, Flora, zu viel, um dich auf der Stelle über alles ins Bild zu setzen!«

Alex kam die Treppe herunter. »Wenn ich du wäre, würde ich ihr lieber alles erzählen, Papa. Sie hat einen üblen rechten Haken.« Er zwinkerte und ging mit großen Schritten auf seinen Vater zu, der ihn umarmte und an sich drückte.

Auf dem Rückweg zum Hotel war Bea noch immer erschüttert, Flora hingegen äußerst aufgeregt.

»Von nahem sieht er wirklich sehr gut aus!«

»Ja, das finde ich auch«, stimmte Bea zu.

»Alles in Ordnung mit dir, Bea?« Sie hakte sich bei ihrer Großmutter unter.

»Ich glaube schon.«

»Ich habe gerade meinen Großvater kennengelernt!«, quiekte Flora.

»Ja.« Bea grinste.

Mitten auf der Straße blieb Flora stehen. »Und Peter... Peter bleibt mein Opa, für immer«, sagte sie, denn sie wollte weder ihre Großmutter kränken noch das Andenken ihres Großvaters trüben – des Großvaters, der ihr sogar einmal eine Zigarre geschenkt hatte.

»Das weiß ich, Liebes, und er wusste es auch. Er hat dich sehr geliebt.«

Flora starrte Bea an. »Du siehst aus, als hättest du ein Gespenst gesehen.«

»Nein, kein Gespenst.« Sie schluckte. »Mit einem Gespenst habe ich über dreißig Jahre lang gelebt. Das hier war ein lebendiger, atmender Mensch!« Sie umarmte ihre Enkelin und drückte sie fest an sich. »Ich kann es einfach nicht glauben! Mein John! Ich habe meinen John gesehen!«

»Ich freue mich für dich, Bea.«

»Versprich mir, Flora, dass du dich später, wenn du alt genug bist, niemals mit einem Mann begnügst, bei dem du nicht das Gefühl hast, dass dir vor Freude fast das Herz zerspringt! Ich hatte das Glück, Johns Liebe zu erfahren, als ich jung war, und dann hat Peter, mein lieber Mann, dein lieber Opa, sich für den Großteil meines Lebens um mich gekümmert. Er war ein Segen für mich. Ich möchte, dass du dasselbe bekommst. Versprich mir, dich niemals mit weniger zufriedenzugeben als mit dem, was dir zusteht.«

Flora nickte an der Schulter ihrer Großmutter und schloss die Augen. »Ich verspreche es.«

Bea öffnete ein Auge und setzte sich im Bett auf. Sie nahm die Sprossenfenster wahr, die bedruckte Tapete, den Teppich mit dem Schottenmuster, und war überaus erleichtert, als sie erkannte, dass sie nicht geträumt hatte – sie war hier in Edinburgh. Am Abend zuvor hatte sie tatsächlich mit John zusammengesessen, ihre Hand in seiner! Wie ein aufgeregter Teenager am Abend vor dem Abschlussball kniff Bea die Augen fest zu, zappelte auf der Matratze herum, spannte Muskeln und Fäuste fest an und strampelte mit den Füßen.

»Was machst du da?« Flora hob ihren zerzausten Kopf vom Kissen.

»Was ich hier mache?« Bea setzte sich auf und schlug die Bettdecke zurück. »Ich bin lebendig! Ich fühle! Und zum ersten Mal seit langer Zeit freue ich mich auf die Zukunft!« Sie schwang sich aus dem Bett und wirbelte wie eine Tänzerin mit hoch erhobenen Armen durch den Raum, wobei sie sich an Möbelstücken und Wänden stieß.

»Du bist total durchgedreht«, stellte Flora fest. Sie ließ sich zurück auf das Kissen fallen und zog sich das Laken über das Gesicht. Sollte ihre Großmutter doch verrücktspielen, sie selbst würde lieber noch ein wenig Schlaf nachholen.

Bea tanzte ins Badezimmer. Sie schlüpfte aus ihrem Baumwollpyjama und trat unter den Wasserstrahl der Dusche. Mit geschlossenen Augen hob sie das Gesicht zum Duschkopf, ließ sich warmes Wasser über Gesicht und Nacken laufen. Summend schäumte sie ihr Haar auf und seifte ihren Körper ein, während ihre Gedanken umherschweiften und es in ihrem Bauch vor Erregung kribbelte.

Sie stellte sich vor den großen Spiegel, griff nach einem Handtuch und betrachtete ihren Körper. Das war etwas, das sie nur selten tat, zu eilig hatte sie es normalerweise, aus der

Dusche zu steigen, um zur Arbeit oder ins Bett zu gehen. Aber heute war das anders; sie nahm sich Zeit, versuchte sich vorzustellen, wie ihre nackte Gestalt aus der Sicht eines Fremden aussehen würde. Da sie so lange verheiratet gewesen waren, hatte sie sich sehr an Peters Körper gewöhnt und er sich an ihren. Vertrautheit hatte sie eingehüllt wie eine gemütliche Decke, nur selten hatte sie darüber nachgedacht, wie er sie körperlich wahrnahm. Ohne sich zur Schau zu stellen oder einander zu umwerben, hatten sie sich in ihrer Nacktheit wohlgefühlt, ließen sich unbekümmert die Morgenmäntel von den Schultern gleiten oder putzten sich entspannt die Zähne, während der andere tropfnass in der Dusche stand. Keiner musterte den anderen verstohlen, wenn er ihm das Handtuch hochhielt, damit er unbeobachtet in seine Badesachen schlüpfen konnte. Freundschaft hatte die Leidenschaft abgelöst, Kameradschaft das Verlangen, und das war, zusammen mit dem Respekt, den sie immer füreinander empfunden hatten, das Rezept für ein schönes, von Liebe erfülltes Leben gewesen.

Doch was Bea heute empfand, war anders. Am Abend zuvor, in Johns unmittelbarer Nähe, hatte sie verblüfft ein plötzliches Aufwallen sexueller Energie erlebt. Sie hatte fast vergessen, dass so etwas überhaupt möglich war. Zwar waren sie zusammen einhundertundelf, aber offensichtlich war das kein Hindernis für die Flammen des Verlangens, die lichterloh in ihr gebrannt hatten. Sie stellte sich ihren Körper vor, wie John ihn das letzte Mal gesehen hatte, und spielte in Gedanken jene Nacht durch, wie sie es häufig tat – ein Film, in dem sie ihr jüngeres Selbst aus der Ferne beobachtete. Als sie sich diesmal an ihre gemeinsamen letzten Stunden erinnerte, die ihr so viel bedeuteten, ließ sie die Gefühle außer

Acht und konzentrierte sich darauf, ihre Figur zu betrachten. Ihre Beine waren schlank gewesen, die Schenkel und Waden leicht gewölbt und gut definiert; jetzt wirkten ihre Beine weniger muskulös, die Knie knochiger, die Haut nicht mehr so straff. Ihr Bauch, einst milchweiß und flach, war nun schlaff, die Haut, von silbrigen Dehnungsstreifen durchzogen, schien mindestens eine Kleidergröße zu groß. Ihre Arme waren zwar noch muskulös, schwabbelten aber ein wenig, und dagegen vermochte auch noch so viel Walking nichts auszurichten.

Sie hatte den Körper einer Frau über fünfzig – einen großartigen Körper, der aber ganz anders war als der, den John damals in der Dunkelheit an sich gedrückt hatte. Ein leichter Schauer der Furcht überlief sie, doch er wurde besänftigt von einer besonderen Art Frieden: Resignation. Sie war eine Frau, die gelebt, geliebt und überlebt hatte; das allein machte sie zu einem schönen Menschen. Bea dachte an ihr Gespräch mit Kim. »*Es gibt keinen Schalter, der sich im Alter von siebenundvierzig Jahren umlegt und dafür sorgt, dass du nicht mehr an Sex denkst, nicht mehr verwöhnt werden möchtest und dir keine Erotik mehr wünschst!*« Sie lachte ihr Spiegelbild an. »Weißt du was, Bea, wenn Kreuzworträtsel und Tomatenzüchten an Johns Seite das Beste sind, was du noch bekommen kannst, dann gibt es weiß Gott schlechtere Arten, dein Leben zu verbringen!«

»Mit wem redest du?«, rief Flora aus dem Schlafzimmer.

»Mit mir selbst!«, antwortete Bea.

»Wusste ich doch, dass du durchgeknallt bist! Als Nächstes redest du mit deinen Katzen wie Miss McKay!«

»Ach, Flora, wenn Verrücktsein sich so anfühlt, dann hoffe ich, dass es noch lange so bleibt!«

Eine halbe Stunde später saßen sie in der mittlerweile

vertrauten Umgebung des Restaurants im *Balmoral* beim Frühstück. Flora lehnte sich auf ihrem Stuhl zurück, als die freundliche Kellnerin ihnen frischen Orangensaft und eine Kanne Tee brachte.

»Willst du John etwas zu Weihnachten schenken?«

»Darüber habe ich noch gar nicht nachgedacht. Was glaubst du, was würde ihm gefallen? Geld für Uggs?« Bea zwinkerte Flora zu.

»Wohl kaum«, sagte Flora spöttisch. »Ich glaube nicht, dass so alte Männer noch Uggs tragen.«

»Ich habe dir schon mal gesagt, er ist nicht alt!« Bea erhob scherzhaft die Stimme.

»Für dich vielleicht nicht!«, konterte Flora. Gleich darauf schwieg sie, während sie im Geist ihre nächste Frage formulierte: »Hast du eigentlich Angst, dass ihr euch vielleicht gar nicht mehr versteht?«

Bea, die gerade dabei war, sich eine Tasse Tee einzuschenken, hielt inne und musterte ihre Enkeltochter. Das war tatsächlich eine berechtigte Frage. Hatte sie ihre Verbindung im Laufe der Zeit so romantisch verklärt, in Gedanken ein tragisches Drehbuch »verbotener Liebe« à la *Romeo und Julia* dafür geschrieben, dass ihre Sicht getrübt und ihre Erinnerungen verzerrt waren? Durchaus möglich. Aber da war dieser John, der sie am vorangegangenen Abend begrüßt hatte, der über den Tisch hinweg ihre Hand gehalten, der geweint hatte, als er sich daran erinnerte, wie er seinen Sohn zum ersten Mal gesehen hatte... »Eigentlich nicht, Flora. Ich meine, wir kennen uns zwar im Grunde kaum, jedenfalls nicht richtig, aber ich glaube, wir haben ein solides Fundament, auf dem wir aufbauen können.«

Flora kaute ihren Toast und dachte über Beas Worte nach.

»Aber was verbindet euch? Welche gemeinsamen Interessen habt ihr?« Sie dachte daran, dass Marcus ebenso wie sie das Meer liebte und dass sie beide Käse verabscheuten.

Bea lachte. »Uns verbindet ein gemeinsames Kind!«

»Immerhin etwas.« Flora betrachtete ihre Großmutter aufmerksam. »Du siehst so glücklich aus.«

»Ich bin auch glücklich.«

»Kann ich dich noch was fragen?«

»Schieß los.« Bea wappnete sich innerlich, denn sie wusste, dass Floras Fragen unverblümt sein konnten, beleidigend, willkürlich oder auch alles auf einmal.

»Wie soll das funktionieren? Ich meine, es ist gut, dass ihr euch gefunden habt, aber du lebst in Sydney und er in Edinburgh.«

»Ganz ehrlich, Liebes? Ich habe keine Ahnung. Bis wir anfangen, uns darüber zu unterhalten, wer alle Brücken hinter sich abbrechen soll, wird noch viel Zeit vergehen.«

»Weiß ich, Bea, aber wird es die Sydney Harbor Bridge oder die Forth Road Bridge sein? Das ist doch die Frage.«

»Ich weiß es nicht, Liebes.«

»Darf ich dir noch eine letzte Frage stellen?«

»Sicher.«

»Was ist, wenn du Moira besser kennenlernst und sich herausstellt, dass sie dich hasst? Oder wenn Papa das mit John herausfindet und ihn dann hasst? Was ich meine, ist: Was würdet ihr beiden tun, wenn all eure Kinder euch hassen?«

Bea starrte ihre Enkeltochter an. »Iss deinen Toast, Flora«, sagte sie.

Sechzehn

Im Flugzeug lehnte Bea sich in ihrem Sitz zurück. Wie die meisten ihrer Mitreisenden auch schlief Flora auf dieser letzten Etappe ihrer Reise tief und fest. Bea betrachtete die Tüte von Topping, die aus dem Netz des Sitzes vor ihr herausragte, und lächelte, als sie den wundervollen Tag in St. Andrews Revue passieren ließ.

»Bist du sicher, dass ich da auch noch reinpasse?«, hatte John mit einem Seufzer gefragt, nachdem Bea in der kleinen roten Christbaumkugel vorgefahren war.

»Du wirst staunen, innen ist der Wagen sehr geräumig!«, sagte Bea aufmunternd.

»Es ist wie in der Tardis!«, fügte Flora hinzu.

»Na, dann bin ich ja in guter Gesellschaft – bei Dr. Who gab es einige Ärzte aus Schottland. Sylvester McCoy, David Tennant, Peter Capaldi.«

»Bist du ein Fan von Dr. Who?« Flora war beeindruckt.

»Eigentlich nicht, aber ich löse ziemlich viele Kreuzworträtsel.«

»Genau wie du, Bea, dann habt ihr also etwas gemeinsam!« Sie lächelte ihre Großmutter an, die sie mit schmalen Augen über das Dach des kleinen Fiats hinweg anblickte.

Am Ende beschlossen sie, in Johns Wagen umzusteigen, einen komfortablen Landrover, dessen große Bodenfreiheit Bea und Flora auf der Fahrt nach St. Andrews, Johns alter Universitätsstadt, eine ausgezeichnete Aussicht auf die schottische Küste und die Landschaft davor gewährte. Nachdem sie die Vororte von Edinburgh hinter sich gelassen hatten und über die A90 auf Queensferry zusteuerten, blickte Bea wiederholt nach rechts, als müsste sie sich vergewissern, dass es tatsächlich John war, der sie an diesem kalten Wintertag fuhr.

»Und da ist sie, die Forth Road Bridge!«, verkündete er, als sie auf die hohe Hängebrücke fuhren, die den Firth of Forth überspannt.

Flora duckte sich und reckte den Hals, um durch die Fenster die hohen Stahlträger zu betrachten, die bis in den grauen Himmel über ihnen zu reichen schienen. »Die ist aber schön!«

»Ich habe eine Schwäche für Brücken«, sagte John über die Schulter.

»Bist du schon mal über die Sydney Harbour Bridge gefahren?«, fragte Flora von der Rückbank.

»Nein, würde ich aber gern mal.« John warf Bea einen Seitenblick zu.

»Was glaubst du, welche Brücke lässt sich leichter abreißen, die Forth Road Bridge oder die in Sydney?«, fragte Flora mit unschuldiger Miene.

»Oje, Flora, das ist ja eine geradezu wissenschaftliche Frage. Die kann ich dir aus dem Stegreif nicht beantworten, ich komme später darauf zurück.« Er lachte.

Bea drehte sich um und warf ihrer Enkeltochter einen warnenden Blick zu.

St. Andrews war schön. Schnee türmte sich auf den Dächern und den hohen Bordsteinen der gepflegten Straßen; die Schaufenster der zahlreichen Geschäfte hinter den georgianischen Fassaden waren allesamt weihnachtlich dekoriert. Scheckige Fensterscheiben mit Sprühschnee an den

Rändern und blinkenden Lichtern rundherum verliehen der Stadt ein märchenhaftes Flair; mit karierten Schleifen dekorierte Kränze aus Heidekraut schmückten die Haustüren vieler kleiner Häuser aus Naturstein. Der berühmte Golfplatz St. Andrews Links, die Heimat des Golfs, wirkte sogar mitten im Winter makellos, und die schäumenden weißen Wellen der Nordsee sorgten im Osten für den perfekten Hintergrund. Der ganze Ort wirkte wie eine Filmkulisse.

John führte sie um die Ruinen der St.-Andrews-Kathedrale und des St.-Rules-Turms herum. Begierig nahm Bea sein Wissen in sich auf, begeistert, dass er ihnen diesen besonderen Ort zeigte. Stolz präsentierte er ihnen die beeindruckende St. Salvator's Hall, das Studentenwohnheim, in dem er einige Jahre gelebt hatte, bevor er sich auf den Weg auf die andere Seite des Globus machte, wo er ein Mädchen traf, das …

Zu dritt schlugen sie den Weg nach Greyfriars Garden ein, um bei Topping Books zu stöbern. Der Laden empfing sie mit dem Duft von frischem Kaffee, im Kamin brannte ein Feuer, und natürlich gab es Bücher in Hülle und Fülle. Bea und Flora verloren sich in den Gängen, fasziniert von den abwechslungsreich gestalteten Buchrücken und den vielfältigen Themen. Am wohlsten fühlten sie sich bei den Kochbüchern. Mit den Fingern fuhren sie über Bilder von ortstypischen Gerichten wie Fischsuppe aus Arbroath mit Cheddar-Fladenbrot oder Frühlingslamm von den Hebriden mit Stampfkartoffeln, ein Anblick, der ihnen das Wasser im Mund zusammenlaufen ließ.

»Was glaubst du, Flora? Würde Mr Giraldi die Fischsuppe mögen?«

»Na ja, nicht zum Frühstück, aber sonst? Klar, warum nicht? Er würde erst meckern, und dann würde er sie lieben!«

Bea lachte über diese präzise Einschätzung ihres reizenden Freundes, und in Gedanken wünschte sie ihm über die große Entfernung hinweg alles Gute.

Während John noch immer die Regale durchstöberte, verließen Bea und Flora den Buchladen für eine Weile, um die Geschäfte in der Umgebung zu erkunden. Als sie eine halbe Stunde später zurückkamen, entdeckte Bea John an der Ladentheke. Er reichte der Verkäuferin seine Kreditkarte und klemmte sich ein sorgfältig in Papier eingeschlagenes Buch unter den Arm. Aus dem Augenwinkel sah er sie, und ein Lächeln breitete sich in seinem Gesicht aus. Sie ging auf ihn zu. Er musterte sie, als wären sie die einzigen Personen im Laden, als gäbe es die anderen Kunden überhaupt nicht. *Ich kenne dich...*

Während der Zahlungsvorgang noch lief, blieb Bea neben John stehen. Das Mädchen hinter dem Tresen zog seine Kreditkarte aus dem Lesegerät und reichte sie Bea. »Oh! Verzeihung, Sir, fast hätte ich sie Ihrer Frau gegeben!« Lachend drückte sie John die Karte in die Hand.

Bea war machtlos gegen die Tränen, die ihr in die Augen stiegen, so überwältigend war es, mit ihm hier zu sein, und so traurig war der Gedanke an all die Jahre, die ohne ihn vergangen waren.

John nahm ihre Hand. »Na komm, Beatrice, kein Grund, traurig zu sein. Bitte, nicht weinen.«

Sie vergrub ihr Gesicht im Revers seines Mantels und atmete seinen wundervollen Duft ein.

Zu dritt gingen sie langsam zum Auto zurück.

»Was hast du da?« John deutete auf das Päckchen unter Beas Arm, das in Zeitungspapier eingeschlagen war.

»Ach, ich konnte einfach nicht widerstehen! Das ist ein

Stickmustertuch, ich habe es in einem tollen Laden namens Ramsch & Trödel gefunden, genau mein Ding. Ich mag es sehr.« Bea schob das Zeitungspapier ein wenig zur Seite, sodass John das Bildmotiv sehen konnte.

John verzog das Gesicht. »Nun, in diesem Fall gilt wohl die Feststellung ›Die Schönheit liegt im Auge des Betrachters‹. Ich finde es ein bisschen verstaubt!« Mit gerümpfter Nase wischte er sich die Finger an seinem Schal ab.

»Ja«, stimmte Bea zu, »aber den Staub darfst du nicht beachten. Sieh dir diesen antiken Holzrahmen an. Und die Art, wie perfekt jedes einzelne Wort mit winzigen Kreuzstichen gestickt ist. Das muss ewig gedauert haben! Es ist von 1860, da ist eine Signatur. Schau mal!« Sie deutete auf die untere rechte Ecke. »Eine Miss E. H. Arbuckle hat es gestickt. Ich frage mich, wer sie war und wo sie gelebt hat.«

»Hoffentlich hat sie nicht Abend für Abend dagesessen und viel zu viele von diesen Dingern gestickt!« John lachte, und auch Flora kicherte. »Arme Miss E. H. Arbuckle! Da sitzt sie in ihrem Zimmer und stickt Bilder, die sich niemand, der noch ganz bei Trost ist, in sein Haus hängt!«, sagte John und lachte schallend.

»Ich werde es mit Freuden in meinem Haus aufhängen!«, versetzte Bea.

»Na, dann wissen wir ja Bescheid, nicht wahr, Flora?« John blinzelte ihr zu.

Beim Gedanken an das Stickmustertuch, das jetzt sicher in ihrem Koffer im Laderaum des Flugzeugs verstaut war, musste Bea lächeln. Sie schloss die Augen, bereit, sich dem Schlaf zu überlassen. Ihre Gedanken wanderten zu ihrem Abschied. Es war nicht annähernd so schmerzhaft gewesen, wie sie befürchtet hatte. So lange hatte sie auf ihn verzichten müssen, sich gefragt, ob er überhaupt noch lebte und ob sie ihn jemals wiedersehen würde – sie war es gewöhnt, sich nach ihm zu sehnen. Da sie vereinbart hatten, sich innerhalb weniger Monate wiederzusehen, war der Abschied im Vergleich zu all den Jahren davor keine besondere Härte. Was waren schon einige Monate?

John hatte erleichtert gelächelt bei der Aussicht, ihr endlich offen und aus tiefstem Herzen schreiben zu können, ohne Alex als Schutzschild zu benutzen. »Ich werde Tag und Nacht an dich denken.« Dabei hatte er sie fest im Arm gehalten und sie auf die Stirn geküsst.

»Wirklich?« Bea strahlte.

Er nickte. »So, wie ich es immer getan habe.«

Vor Freude hatte Bea Schmetterlinge im Bauch; die Verbindung, die sie in all den Jahren gespürt hatte, war tatsächlich echt. Mit einem Lächeln im Gesicht schob sie sich das grüne Kissen unter die Wange und versank in tiefen Schlaf.

»Du siehst anders aus als bei unserer Abreise«, bemerkte Flora, als Bea sich den Rucksack über die Schulter warf und sich die Sonnenbrille auf den Kopf setzte. Peter hatte diese Brille immer das teuerste Haarband von Sydney genannt.

»Ich fühle mich auch anders«, bestätigte Bea.

Die beiden nahmen im Kingsford-Smith-Flughafen ihre Koffer vom Gepäckband und traten hinaus in die glühende Hitze der australischen Mittagssonne.

»Gott, ist das heiß!« Mit der Vorderseite ihrer Tunika fächelte Bea sich Luft zu.

»Es ist wirklich heiß«, sagte Flora, und sie brachen in hemmungsloses Gelächter aus.

Wyatt winkte ihnen von seinem Holden aus zu und betätigte die Lichthupe. Bea ging auf ihren Sohn zu, der gerade die Heckklappe öffnete, um ihr die schwere Tasche abzunehmen und hineinzuheben.

»Wie war es auf Bali?«, fragte sie.

»Teuer und sehr heiß«, sagte Wyatt. Das brachte die beiden erneut zum Kichern. Er zog die Brauen hoch, als hätte er den Witz nicht verstanden. Überdies schien er überzeugt, dass nichts auf der Welt so lustig sein konnte.

»Papa!« Flora schlang ihrem Vater die Arme um den Leib und drückte ihn.

Bea sah, wie sich ein Lächeln in seinem Gesicht ausbreitete.

»Willkommen zu Hause, Flora. Bereit für Weihnachten?«

Flora nickte. »Ich habe dich vermisst, Papa. Und Mama auch. Und es tut mir leid.« Tränen kullerten ihr über die Wangen.

Wyatt hielt sie fest und lächelte in ihr Haar. »Bald ist das Jahr zu Ende, und ein neues beginnt. Ein guter Zeitpunkt für einen Neuanfang, meinst du nicht?«

»Ja. Und ich werde vierzehn! Darf ich mir Ohrlöcher stechen lassen?« Sie grinste.

»Mal sehen.« Wyatt schüttelte den Kopf. Sie wussten beide, dass »Mal sehen« im Grunde so viel bedeutete wie »Ja«.

»Willst du sofort mit uns nach Manly fahren, Mama, oder willst du erst nach Hause, deine Sachen auspacken, und ich hole dich morgen ab?«

»Oh. Äh... also, wenn du mich morgen abholen könntest, wäre das schön. Danke, mein Lieber. Ich würde gern noch einmal alle in der Kitchen sehen, bevor wir für einige Tage schließen.«

»Kein Problem.« Ein kleines Lächeln schlich sich in Wyatts Gesicht.

»Sie ist da! Sie ist wieder da!«, rief Kim, als der Holden in die Reservoir Street einbog. Kim und Tait warteten auf dem Gehweg vor dem Café. Kim hüpfte auf und ab, Tait strahlte über das ganze Gesicht.

»Sieht so aus, als hätten sie dich vermisst.« Flora lächelte ihre Großmutter an. »Bis morgen.«

»Aber so was von!« Bea warf Flora eine Kusshand zu. Auf dem Rückflug hatte ihre Enkelin ihr versprechen müssen, dass sie es Bea überlassen würde, Wyatt die Neuigkeiten mitzuteilen.

Die goldenen Worte ihrer Enkeltochter klangen ihr noch deutlich im Ohr. »Du musst Papa alles erzählen – wie du dich fühlst, wie dein Leben war, John, Alex, einfach alles! Rede mit ihm!«

Bea hatte eine Weile gebraucht, um ihre Antwort zu formulieren. »Ja, Flora, aber ich weiß nicht recht, wo und wie ich anfangen soll. Wie es eben bei Dingen ist, die ewig ungesagt geblieben sind. Ein Thema bekommt sehr viel mehr Gewicht, wenn es lange begraben war.«

»Dann grab es doch einfach wieder aus!« Genervt hatte Flora die Augen verdreht.

Bea kicherte bei der Erinnerung daran, wie sie ihre Worte wiederholt hatte. »Danke, dass du mich nach Hause gebracht hast, Wyatt.«

»Kein Problem.« Er lächelte und sah John so ähnlich, dass sie schlucken musste.

»Wie war Mr McKay?«, platzte Kim heraus. »Hat er nach Katzenpipi gerochen und dir aus Katzenfell gestrickte Geschenke gemacht?«

»Nein, Kim! Ganz im Gegenteil. Der reizende Alex ist charmant, sehr gut aussehend, ausgesprochen witzig und schwul.«

»Verstehe! Ich hatte also recht. Wusste ich's doch, dass es in dem Club um Würstchen geht«, witzelte Kim.

Bea lachte. »Alex ist ein wunderbarer Mensch, und ich bin seine neue beste Freundin.«

»Irgendwie strahlst du so.« Tait zwinkerte ihr zu. »Gibt es etwas, das du uns erzählen musst?«

»O Tait, wenn du wüsstest!« Bea lächelte ihn an. »Wie ist es euch in der Zwischenzeit ergangen?«

»Wir haben viel zu tun, stimmt's, Kimmy?«

»Ja. Es ist viel, aber wir kommen zurecht. Die Buchführung ist auf dem neuesten Stand, die Bestellungen sind erledigt. Wir haben klar Schiff gemacht und freuen uns auf das neue Jahr!« Kim nickte energisch.

»Fantastisch! Ich sollte öfter mal wegfahren.« Bea war beeindruckt von Kims geschliffenem Vortrag.

»Tu das nicht, Bea. Wir sind zwar zurechtgekommen, aber du hast uns gefehlt!« Lächelnd setzte Tait sich seinen Rucksack auf. Kim beugte sich vor und flüsterte ihrer Chefin ins Ohr: »Ich habe es geschafft, Bea; ich habe beherzigt, dass das Leben dem Tapferen gehört, und ich werde es mir nehmen! Es wird noch etwas dauern, bis ich es zu fassen bekomme, aber ich krieg das hin.« Sie lächelte.

»Freut mich für dich, mein Schatz!« Bea klatschte in die Hände. »Geht es Mr Giraldi gut?«

»Jep. Hat sich beklagt, dass das Müsli mit Honig während deiner Abwesenheit seinen Ansprüchen nicht genügte, aber er hat es trotzdem jeden Tag gegessen, wahrscheinlich nur, um seinen Worten Nachdruck zu verleihen.« Tait seufzte.

Bea lachte. »Gott sei Dank! Also, jetzt fahrt ihr erst mal nach Hause, und in einer Woche sehen wir uns wieder.« Sie drückte erst Kim, dann Tait. »Vielen Dank euch beiden. Ich weiß nicht, was ich ohne euch gemacht hätte. Euer Geschenk findet ihr auf eurem Konto.« Bea hatte ihnen wie üblich ein mehr als großzügiges Weihnachtsgeld gezahlt.

»Bea, du Gute!« Tait strahlte.

Kim wirkte ehrlich gerührt. »Danke.« Sie legte ihrer Chefin die Arme um den Hals.

»Ich bin so stolz auf dich, Kim«, flüsterte Bea, während sie die Umarmung erwiderte.

Beim Abschied winkte Bea den beiden in entgegengesetzte Richtungen zu, dann sah sie sich im Café um. Es war großartig, wieder zu Hause zu sein. Sie ließ ihre Tasche fallen und durchstöberte den Abstellraum nach einem Hammer und einem Nagel. An einer leeren Stelle an der Wand hängte sie das staubige Stickmustertuch aus St. Andrews auf. Sie las die Worte, die sie zum Lächeln brachten, und fragte sich, was Miss E. H. Arbuckle wohl gedacht hätte, hätte sie gewusst, dass ihre schöne Arbeit mit der freundlichen Botschaft, die sie vor mehr als hundertfünfzig Jahren gestickt hatte, schließlich in einem Café in Surry Hills landen würde, auf der anderen Seite des Erdballs.

Siebzehn

»Wer möchte den letzten Rest Mousse au Chocolat?« Sarah stand auf der Terrasse und hielt die Schüssel hoch wie ein Auktionator sein letztes Los. »Kommt schon, heute ist der erste Weihnachtsfeiertag, und das hier ist Mousse au Chocolat nach Beas weltberühmtem Rezept!«

Bea registrierte, mit welch liebevoller Miene Wyatt seine Frau musterte. Sie waren offenkundig sehr glücklich miteinander. Bea fragte sich, warum sie so lange gebraucht hatte, diese schlichte Tatsache zu akzeptieren. Hätte sie mehr tun können, um Sarah im Laufe der Jahre in ihre kleine Familie aufzunehmen? Sich mehr Mühe geben können, damit sie sich wohlfühlte? Die Antwort, die sie sich auf diese Frage geben musste, gefiel ihr nicht. Zum ersten Mal dachte sie darüber nach, auf welche Art sie selbst dazu beigetragen hatte, dass ihr Sohn und seine Frau sich von ihr distanziert hatten. Sie hatte Wyatt so vieles verheimlicht; war es tatsächlich so überraschend, dass ihnen die Verständigung schwerfiel?

»Bea, lässt du dich verführen?« Sarah hob die Schüssel noch höher, als könnte sie sie so wirksamer anpreisen.

»Ich kann nicht mehr. Ich bin pappsatt.« Bea lächelte. »Das Essen war köstlich, Sarah. Danke.«

»Oh, gern geschehen!« Sie erwiderte das Lächeln. »Was ist mit dir, Flora? Du hast kaum etwas gegessen.«

Flora war den ganzen Tag schon ziemlich still gewesen. Bea fragte sich, ob der Jetlag sie eingeholt hatte.

»Ich bin satt, Mama, aber es war lecker.«

309

»Also, ich weiß nicht, wie es euch geht, aber ich hätte Lust auf einen kleinen Spaziergang auf der Promenade.« Wyatt erhob sich vom Tisch auf der weitläufigen Terrasse und blickte auf das Meer hinaus.

»Okay, Wyatt, ich komme mit.«

»Oh.« Wyatt warf seiner Frau einen Blick zu. Seine Mutter am Hals zu haben, während er versuchte, einen klaren Kopf zu bekommen und das Weihnachtsessen abzuarbeiten, war offensichtlich nicht Teil seines Plans gewesen. »Klar.« Er schenkte ihr ein kurzes Lächeln.

Heimlich, sodass nur Bea es sehen konnte, hob Flora einen Daumen.

Mutter und Sohn verließen das Haus und steuerten auf die Promenade zu. Schweigend gingen sie nebeneinander her, verlangsamten den Schritt nur gelegentlich, um Freunden und Nachbarn zuzuwinken, die ihnen frohe Weihnachten wünschten und großen Wirbel um ihre Kinder veranstalteten, die auf dem Gehweg ihre neuen Tretroller und Dreiräder ausprobierten.

»Sarah freut sich, dass du hier bist, Mama. Ihr bedeutet es unendlich viel, dass du mit Flora geredet hast. Seitdem sie wieder da ist, scheint alles besser zu laufen. Du hattest recht, die Auszeit hat ihr gutgetan.«

»Ich freue mich, dass Sarah zufrieden ist. Ich würde ihr gern näherkommen, so, wie es mir bei Flora gelungen ist. Die Zeit, die wir in Schottland miteinander verbracht haben, war wirklich schön. Wunderschön«, setzte Bea zu dem Gespräch an, das hoffentlich einen Teil der Mauer zwischen ihr und ihrem Sohn abtragen würde.

»Sie ist ein gutes Mädchen.« Wyatt nickte und blickte auf das Meer hinaus.

»Ja, das ist sie. Und du hattest ganz recht, diese Clique, in die sie da geraten ist, scheint wirklich ein ziemlich schlimmer Haufen zu sein. Aber Flora ist intelligent; du musst darauf vertrauen, dass sie das Richtige tut. Sie wird merken, was dort wirklich los ist – im Grunde weiß sie es jetzt schon. Allerdings glaube ich, dass ihre Schwäche für diesen Marcus ihr größere Probleme bereiten könnte.«

»Dieser Marcus, den sie geschlagen hat?« Wyatt gab sich alle Mühe, mitzukommen.

»Jep. Genau der.«

»Verdammt, das ist mir neu. Nicht auszudenken, was Sarah gemacht hätte, wenn sie das von Anfang an gewusst hätte!« Er grinste.

Bea bemerkte, wie er die Schultern sinken ließ und die Spannung wich, als hätte er damit gerechnet, sich mit ihr über das weitere Vorgehen in Sachen Flora streiten zu müssen. »Ich nehme an, du möchtest einfach nur, dass sie jemanden findet, der sie glücklich macht?«

Wyatt nickte. »Ja.«

»Sarah macht dich glücklich, stimmt's?«

Wyatt blickte seine Mutter an. »Ja. Immer schon.«

»Ich weiß. Und das ist alles, was wir uns für unsere Kinder wünschen.« Bea zögerte. »Flora hat erwähnt, dass du dich manchmal meinetwegen mit Sarah streitest.«

Wyatt warf ihr einen Blick zu. »Das stimmt.«

»Und worum geht es da genau?«

Wyatt schwieg.

»Ich frage nur, weil ich es vielleicht in Ordnung bringen kann, wenn ich weiß, womit ich euch Probleme bereite.«

»Warum gerade jetzt?«, fragte er mit ausdrucksloser Stimme.

Bea zuckte mit den Schultern, eine Geste, die sie von ihrer Enkeltochter übernommen hatte. »Weil ich die Dinge in Ordnung bringen möchte, bevor es zu spät ist.«

Wyatt seufzte. »Sarah glaubt, dass du sie nicht magst.«

»Aber das stimmt nicht! Ich mag sie durchaus.«

»Na ja, sie hat aber das Gefühl, also wird schon etwas dran sein!«, entgegnete er. »Sie hatte immer das Gefühl, dass du von meiner Wahl irgendwie enttäuscht warst.«

Bea blickte auf ihre Füße, weil sie spürte, wie kleine Körnchen einer unangenehmen Wahrheit umherwirbelten und sich in ihrem Inneren ganz langsam setzten.

Wyatt fuhr fort: »Ich habe ihr tausendmal gesagt, dass es keine Rolle spielt, was du oder sonst jemand empfindet oder nicht empfindet. Das Einzige, was zählt, sind ihre und meine Gefühle. Wir sind stark und glücklich miteinander. Wenn andere nicht dazugehören wollen, ist das nicht unser Problem.«

»Ich möchte aber dazugehören, das habe ich mir immer schon gewünscht.« Bea schluckte die aufsteigenden Tränen hinunter.

»Ich glaube, du merkst gar nicht, wie oft du sie ablehnst.« Er seufzte.

»Ablehnen? Wie meinst du das?« Beas Stimme klang schrill und angespannt.

Wyatt schlug sich auf die Oberschenkel und suchte nach einem Beispiel. »Ich weiß nicht… Weihnachten zum Beispiel. Jedes Mal fragt sie mich, ob du dir etwas Bestimmtes wünschst, sie zerbricht sich regelrecht den Kopf, aber du sagst immer dasselbe: ›Um Gottes willen, nein! Ich habe schon viel zu viel Zeug.‹ Jedes Jahr versagst du ihr das Vergnügen, dir etwas zu schenken. Damit hältst du sie auf Abstand.«

Bea war wie vor den Kopf geschlagen. »Ich dachte, ich erspare ihr die Mühe – ich brauche keine Geschenke!«

»Ich habe ihr gesagt, dass sie dir nicht hinterherlaufen soll, aber sie tut es trotzdem. Sie wünscht sich verzweifelt deine Anerkennung, sehnt sich nach irgendeinem Kompliment, so winzig es auch sein mag. Himmel, sie versucht sogar, deine blöde Mousse au Chocolat nachzumachen! Ich hasse es, sie so zu sehen – es ist furchtbar schwer für sie, aber sie ist wild entschlossen, alles richtig zu machen. Alle anderen sind wichtiger als sie selbst, so ist sie eben. Und wenn du herkommst, neigt sie dazu, ein bisschen mehr zu trinken, als sie sollte, weil sie nervös ist. Ich sehe, wie du ihr Glas beäugst, aber was du nicht siehst, ist, dass sie sich vor deiner Ankunft vor Nervosität übergibt.«

»Ich hatte ja keine Ahnung.« Bea schämte sich. Sie blickte auf den Horizont hinaus. »Ich wünschte, wir hätten einen verdammten Dolmetscher.«

»Einen was?«

»Egal. Mir kommt es darauf an, die Sache in Ordnung zu bringen, Wyatt. Wirklich.«

Er nickte nur. Sie kannte ihn gut genug, um zu wissen, dass Worte ihm nicht viel bedeuteten. Erst ihre Taten würden ihn überzeugen.

»Hat Flora euch von unserer Reise erzählt?« Bea versuchte, das Gespräch zu beginnen, vor dem sie sich schon länger fürchtete, als sie sich erinnern konnte.

»Sie hat gesagt, dass es kalt war!« Ein Lächeln blitzte in seinem Gesicht auf, entblößte kurz seine ebenmäßigen, weißen Zähne. »Sehr kalt! Tatsächlich schien das ihr stärkster Eindruck zu sein.«

»Wir haben ein richtiges Abenteuer erlebt.«

»Ach ja? Habt ihr das Ungeheuer von Loch Ness gesehen?«, fragte er, ohne sie anzublicken, weil er noch immer ein kleines Stück vor ihr ging.

»Nein, besser.«

Wyatt zog leicht das Tempo an. Er wollte schweigend gehen, wie er es für gewöhnlich tat, um einen klaren Kopf zu bekommen.

»Wyatt, jetzt bleib doch mal einen Augenblick stehen, verdammt!« Bea sprach lauter, und ihr Ton war schärfer, als sie beabsichtigt hatte.

Wyatt sah sich um, ob jemand sie gehört hatte, dann blieb er neben ihr stehen und blickte wieder auf das Meer hinaus. Surfer tanzten auf den weiß schäumenden Wogen; sie trugen Neoprenanzüge und Nikolausmützen. In der Ferne funkelte es auf dem Meer wie lauter Diamanten.

Bea rieb sich die Nasenwurzel und nahm bewusst das Klirren der Armreife an ihrem Handgelenk wahr. »Komm, gehen wir hinunter ans Wasser.« Sie schlüpfte aus ihren Sandalen und lief auf die breiten, flachen Stufen zu, stieg vorsichtig hinunter, bis sie den heißen, weichen Sand unter den Füßen spürte.

Wyatt folgte ihr.

»Als du klein warst, hat das Wasser dich magisch angezogen. Egal, was du anhattest oder wohin du gerade unterwegs warst, wenn du Wasser gesehen hast, bist du mit Karacho losgerannt und hast dich in die Fluten gestürzt. Und das, obwohl ich jedes Mal so streng wie möglich gerufen habe: ›Wehe, du gehst ins Wasser!‹ Als hätte das irgendetwas genützt!«

Wyatt schnaubte leise, denn er erinnerte sich, dass es genauso gewesen war.

»Ich bin vor Angst fast gestorben, aber du warst ein Naturtalent, eine richtige kleine Wasserratte. Ich erinnere mich, wie ich dich eines Tages zur Schule gebracht habe, du warst tropfnass. Ich hatte mir große Mühe gegeben, dich abzutrocknen, aber trotzdem warst du völlig durchnässt. Dein Lehrer fand das lustig. Du hast in der Unterhose im Klassenraum gesessen, bis deine Shorts wieder trocken waren.« Bea lächelte bei dieser überaus glücklichen Erinnerung.

Die beiden bahnten sich ihren Weg durch Familien und Freundescliquen, die an Dosen mit kalten Getränken nippten und den Tag genossen. Bea suchte sich einen Platz direkt am Wasser. Sie stellte ihre Tasche ab und ließ sich in den Sand plumpsen. Wyatt setzte sich neben sie, zog die Knie an und stützte die Ellbogen darauf. Acht Mädchen, alle im Bikini, mit Nikolausmützen und weißen Bärten, stellten sich für ein Gruppenfoto untergehakt im flachen Wasser auf, die beiden Mädchen an den Rändern hielten Champagnerflaschen in die Kamera.

Eine Weile schwiegen Mutter und Sohn, ließen zu, dass der hypnotische Rhythmus des Meeres den Aufruhr ihrer Gefühle besänftigte. Das unerbittliche Heranrollen der weißen Schaumkämme bot Bea den perfekten Hintergrund, um ihre Neuigkeiten loszuwerden. Sie biss sich auf die Lippe und atmete tief ein, dann sagte sie kurz und bündig, aber unmissverständlich:

»Ich habe deinen Vater gesehen.«

Wyatt drehte Kopf und Schultern, um seiner Mutter ins Gesicht zu blicken. Ohne zu blinzeln, starrte er sie an. »Du hast *was*? Wie bitte?«

Erneut atmete Bea tief ein. »Ich habe deinen Vater gesehen«, wiederholte sie und hielt seinem Blick stand.

Es dauerte eine Weile, bis er etwas sagte. »Soll das ein Witz sein?«

Bea schüttelte den Kopf. »Nein.«

Wyatt beugte sich leicht vor, streckte die Beine im Sand aus und saß mit gesenktem Kopf da. Neben ihnen rannte ein Pärchen in die Brandung, stürmte Wasser spritzend und lachend Hand in Hand ins Meer. Wyatt wartete, bis sie weg waren, versuchte, Beas Worte zu verarbeiten.

»Du hast meinen Vater gesehen?«

»Ja.«

»Du weißt, wer er ist?« Seine Stimme war ruhig.

»Ja. Ich habe es immer gewusst«, flüsterte sie.

»Und du hast es mir nie gesagt? Du… du hast nie daran gedacht, dass das wichtig sein könnte?« Nun war es mit Wyatts Ruhe vorbei. Ohne es zu wollen, fing er an, mit den Zähnen zu knirschen.

»Ich wusste nicht, was ich tun sollte. Ich wusste nicht, wann der richtige Zeitpunkt war, darüber zu sprechen, und je länger ich es hinausgezögert habe, desto schwieriger wurde es.«

»Ach du Scheiße.« Wyatt legte sich eine Hand auf die Brust. Einige Sekunden lang schwiegen sie beide und fragten sich, was sie jetzt tun sollten. »Hast du immer Kontakt zu ihm gehabt?«

»Nein. Nie. Bis zu dieser Reise wusste ich nicht mal, ob und wo er lebt. Dass wir uns getroffen haben, kam völlig unerwartet. Ich werde dir alles erzählen.«

»Ich glaube es einfach nicht!«, sagte Wyatt. »Ich fühle mich wie betäubt. Mir ist schlecht.«

»Ich weiß, es ist ziemlich viel auf einmal.«

»*Viel auf einmal?* Das ist ja wohl die Untertreibung des Jahres«, fauchte er sie an.

»Ich wusste einfach nicht, was ich tun sollte. Ich wollte, dass ihr euch nahe seid, Peter und du, und ich dachte…«

»Nein, Mama, du hast nicht gedacht!« Wyatts Stimme war jetzt eine Oktave höher. »Du hast so sehr versucht, Peter und mich in eine Beziehung zu drängen, dass wir gar keine Chance hatten, einander nahe zu sein! Nur um deine Schuldgefühle loszuwerden, um dir das Leben zu erleichtern.«

»Wovon sprichst du?« Bea starrte ihn an. »Ich habe immer nur das Beste für dich gewollt. Bei jeder Entscheidung, die ich je getroffen habe, ging es immer darum, was gut für dich war! Peter hat dir ein gutes Leben ermöglicht, er hat die Schule für dich bezahlt…«

»Ja. Ja, das hat er. Er war ein anständiger Mann. Aber du warst wie eine Wächterin, weil du uns immerzu beobachtet hast. Es fühlte sich an wie ein Experiment. Ich wusste nicht, wie man glückliche Familie spielt, weil du alles, was wir taten, analysiert und überinterpretiert hast. Du hättest einfach…«

»Ich hätte einfach *was?*« Bea hörte, wie ihre Stimme brach.

»Du hättest es einfach uns überlassen sollen, damit zurechtzukommen. Du hättest uns nicht ständig bedrängen, als Schiedsrichterin fungieren, Vorschläge machen dürfen. Auf diese Weise konnten wir uns unmöglich besser kennenlernen; du hast mir das Gefühl gegeben, ein Gast zu sein, wenn er in der Nähe war. Wir waren immer nervös, alles musste über dich laufen, weil du Angst hattest, dass wir deinen Erwartungen nicht gerecht werden, dass dein Traum zerplatzen würde.« Wyatt hob seine Sonnenbrille an und wischte sich den Schweiß um die Augen ab.

Bea fühlte sich erschöpft. »Das wusste ich nicht.«

Mit einem Finger stocherte Wyatt im Sand herum. »Ich kann nicht glauben, dass du wusstest, wer mein Vater ist. Ich dachte immer, wenn du es wüsstest, hättest du es mir gesagt. Immer hatte ich das Gefühl, dass da ein großer Teil von mir selbst fehlt – schließlich hatte ich keinerlei Kontakt zu deiner Familie, und die andere Hälfte von mir war mir ein komplettes Rätsel! Und du hast die ganze Zeit…«

»So einfach war das nicht.«

»Ach nein? Und warum nicht? Warum hattest du nicht das Bedürfnis, mich zu beruhigen, das Gedankenkarussell anzuhalten, in dem ich Nacht für Nacht saß? Warum wolltest du nicht, dass ich aufhöre, mich so mies zu fühlen und mich zu fragen, woher ich komme, wer *er* wohl sein könnte? Dabei hast du es die ganze Zeit gewusst!«

»Was hast du denn geglaubt, Wyatt? Dass dein Vater nur einer von vielen für mich war?« Ihre Lippen zitterten.

»Ganz ehrlich? Ja! Das ist mir in den Sinn gekommen wie viele andere Gedankenspiele auch, eines so abstoßend wie das andere.«

»Meine Güte, kein Wunder, dass du mich verurteilst!«

»Wer ist er, Mama?« Wyatt nahm die Sonnenbrille ab und sah seiner Mutter in die Augen. »Wer ist er?«

»Sein Name ist John Brodie«, flüsterte Bea. »Er ist Arzt. Er stammt aus Edinburgh, und du siehst genauso aus wie er.« Sie konnte die Tränen nicht länger zurückhalten. Sie senkte den Kopf, weinte leise und rieb sich verlegen die Augen.

Wyatt legte die Hände auf die Oberschenkel und atmete tief durch wie ein Athlet, der sich auf seinen Wettkampf vorbereitet. »O Gott! Ich glaube es einfach nicht. Edinburgh! Ist Flora ihm begegnet?«

Bea nickte. »Ja.«

»Herr im Himmel! Flora hat ihn kennengelernt?«

»Ja. Er ist ein wunderbarer Mann. Wir waren verliebt. Wirklich verliebt, aber er war verheiratet und musste nach Hause zurückkehren. Wie du weißt, war ich sehr jung. Er hat mir wirklich das Herz gebrochen«, stammelte Bea unter Tränen, »und ich ihm. Er hat nie von dir erfahren, ich habe es ihm verschwiegen, und ich wusste nicht, dass er es wusste; erst auf dieser Reise habe ich es erfahren. Ich hatte nicht vor, mich mit ihm zu treffen, aber ich habe es getan. Was ich für ihn empfinde ...« Sie schüttelte den Kopf.

»Wusste Peter über ihn Bescheid?«

»Ja.« Bea nickte. »Peter wusste alles. Wir hatten keine Geheimnisse voreinander. Er hat mich dennoch geliebt, und dafür werde ich ihm immer dankbar sein.«

»Scheiße.« Wyatt rieb sich Kinn und Nacken, als könnte er sich auf diese Art besser konzentrieren. »Ich weiß nicht, was ich sagen soll.«

»Ich habe immer getan, was ich für das Beste für dich hielt, Wyatt. Mir ist sehr wichtig, dass du das weißt.«

»Das weiß ich doch.«

Dieses Eingeständnis brachte Bea erneut zum Weinen.

»Er ist Arzt?«

»Ja.«

»Ist er noch verheiratet?« Nun überschlugen sich die Fragen sich fast.

»Nein, seine Frau ist vor ungefähr zehn Jahren gestorben.«

»Hat er noch mehr Kinder?«

Bea zögerte. »Ja. Du hast eine Halbschwester, Moira, und einen Halbbruder, Xander; sie sind nur wenige Jahre älter als du, Zwillinge.«

»Ach du Scheiße!« Wyatt lehnte sich zurück, die Hände hinter dem Kopf gefaltet, die Ellbogen abgewinkelt wie Flügel. »Wissen sie von mir?«, fragte er mit weit aufgerissenen Augen und ähnelte sehr dem kleinen Jungen, den sie so vergöttert hatte.

»Ja. John hat mit ihnen gesprochen. Xander weiß es schon eine ganze Weile, Moira erst seit Kurzem. Ich habe herausgefunden, dass John vor etwa neun Jahren in Australien war. Er hat uns gesehen, Peter und mich, aus der Entfernung, und er hat dich und Flora beobachtet.«

»Herr im Himmel! Ist das verrückt!« Wyatt fiel es ausgesprochen schwer, diese Enthüllungen zu verarbeiten. »Warum hat er nicht mit mir geredet? Warum hat er den weiten Weg auf sich genommen und dann nicht mit mir gesprochen?«

»Aus demselben Grund, aus dem ich ihm nicht nachgelaufen bin. Er wollte nicht, dass alles aus den Fugen gerät, und er hatte keine Ahnung, wie viel du wusstest oder eben nicht wusstest.«

»Wie man sieht, wusste ich nichts«, erwiderte Wyatt. Erneut beugte er sich vor, als hätte ihm jemand einen Schlag in den Magen versetzt.

»Er hat mich gebeten, dir das hier zu geben.« Bea griff in ihre Handtasche und zog eine Papiertüte mit der Aufschrift *Topping* heraus.

Vorsichtig nahm Wyatt die Tüte in die Hand. Er öffnete sie und nahm ein schmales Buch heraus. »*Rudyard Kipling: Gesammelte Werke*«, las er laut vor und blickte sie dann fragend an. »Kipling war einer von Peters Lieblingsautoren ...«

»Ja«, sagte Bea. »Und zufällig ist er auch einer von Johns Lieblingsautoren. Das ist der Grund, warum ich so viele der Gedichte auswendig kann.«

Wyatt strich sanft über den Buchdeckel, als handele es sich um einen kostbaren Gegenstand. Behutsam öffnete er die vordere Klappe des Schutzumschlags. Dahinter steckte eine Postkarte, auf der die Ruine der Kathedrale von St. Andrews abgebildet war.

»Dort hat er die Universität besucht – in St. Andrews«, sagte Bea, erleichtert, weil sie endlich beginnen konnte, die Wissenslücken zu füllen.

Wyatt drehte die Karte um und sah zum ersten Mal die krakelige Handschrift seines Vaters, mit dunkelblauer Tinte zu Papier gebracht. Er hüstelte, dann las er die Worte laut vor, ohne die Surfer und Schwimmer zu beachten, die in der Sonne des ersten Weihnachtsfeiertages herumtollten.

Wenn du die erbarmungslose Minute füllen kannst
mit sechzig vollen Sekunden eines Langstreckenlaufs,
gehört dir die Erde und alles, was darauf ist,
und – was mehr ist – du wirst ein Mann sein, mein Sohn!
Mit besten Wünschen, John Wyatt Brodie

Wyatt schniefte, um seine Rührung zu unterdrücken. Energisch schob er sich die Sonnenbrille wieder auf die Nase. »Du hast mich nach ihm benannt?«

»Ja.«

Sie saßen da, blickten auf das Meer hinaus und versuchten, mit den Veränderungen in ihrer Welt zurechtzukommen.

»Was werden wir jetzt tun, Mama?«, fragte Wyatt. Er klang ein bisschen verloren.

Bea stand auf. Sie wischte sich den Sand vom Po, zog ihre Tunika glatt und straffte die Schultern. Auch Wyatt erhob sich, das Weihnachtsgeschenk seines Vaters fest in der Hand.

»Wir tun das, was Peter uns beigebracht hat«, sagte sie unter Tränen. »Wir denken daran, dass das Leben dem Tapferen gehört, und machen verdammt noch mal das Beste daraus – wir haben nur dieses eine Leben!«

Wyatt drückte sie an sich; auf dem Weg zurück zum Haus hielt er sie fest im Arm.

»War der Spaziergang schön?« Sarah reichte ihrer Schwiegermutter ein Glas kühlen Weißwein, sobald sie die Terrasse betreten hatte.

»Sehr schön. Und übrigens, Sarah, ich möchte dir noch dein Weihnachtsgeschenk geben.«

Sarah blickte von ihrer Schwiegermutter zu ihrem Mann. »Aber das hast du doch schon – den Wellnessgutschein, das ist sehr großzügig! Ich werde mir einen richtig schönen Tag machen.«

»Ich komme mit, Mama!«, bot Flora großmütig an. »Ich kann meine neuen Uggs anziehen!«

»Und die neuen Ohrstöpsel benutzen.« Bea zwinkerte ihr zu. Sie stand auf und nahm einen Armreif nach dem anderen ab. Sorgfältig las sie jede einzelne Inschrift, legte einige Armreife auf einen kleinen Stapel, bevor sie sich die übrigen wieder auf den Arm schob. Sie nahm den ersten Reif von dem Stapel und las, was auf der Innenseite stand: »Zur Feier von Wyatts Einundzwanzigstem! Meilenstein erreicht!«, dann gab sie den Armreif an Sarah weiter. Und noch einer: »Zur Hochzeit deines Sohnes! Lasst die Glocken läuten!« und so weiter, bis Sarah sechs silberne Armreife bekommen hatte, jeder mit einer Gefühlsäußerung oder einer Erinnerung an ein wichtiges Ereignis im Leben ihres Mannes versehen.

»Die sind für dich, Sarah.«

»Aber ... *Was?* Warum denn?« Sarah legte sich eine Hand

auf die Brust. »Du liebst deine Armreife, Bea, sie sind ein Teil von dir.«

»Ja, ich liebe sie, aber du bist meine Tochter. Dies ist unsere gemeinsame Geschichte, und es ist nur recht und billig, wenn du einige davon bekommst. Ich würde mich sehr freuen, wenn du sie trägst.« Sarah war sichtlich überwältigt.

»Ich weiß nicht, was ich sagen soll!« Sie errötete, ihre Augen füllten sich mit Tränen. »Ich bin so gerührt!« Sie lächelte ihren Ehemann an. »Sieh nur, Wyatt! Deine Mama hat mir ein paar von ihren Armreifen geschenkt!« Sie streckte den Arm aus, und die Silberreifen an ihrem Handgelenk klirrten.

»Das sehe ich.« Er lächelte.

Epilog

Bea öffnete ein Auge und lächelte, dann stieg sie aus dem Bett. Es war der erste Weihnachtstag, und zum ersten Mal seit zwei Jahren graute ihr nicht davor. Ganz im Gegenteil. Ein Schauer der Erregung überlief sie, in ihrem Bauch kribbelte es vor Nervosität. Sie nahm ihren Seidenkimono vom Bett und schlich barfuß und auf Zehenspitzen durch den Flur zur Küche.

Die einzigen Laute stammten von den Vögeln, die in den Bäumen zwitscherten, und von den Holzdielen, die knarrten, als sie darübertapste. Sie zog sich den Kimono über, reckte sich und band sich das Haar zum Pferdeschwanz.

»Ach, die Mousse au Chocolat!«, murmelte sie, während sie den Wasserkessel füllte. Sie ermahnte sich, später daran zu denken, die riesige Sahnekreation aus dem Tiefkühlfach zu nehmen.

Bea hüpfte vor Glück das Herz in der Brust. Sie drehte den Kopf einmal nach links und einmal nach rechts, damit sich der Nacken ein wenig einrenkte, und lächelte. Bald wurde sie fünfundfünfzig. *Du lieber Himmel, wo ist nur die Zeit geblieben?* Wenn die Zeit sie etwas gelehrt hatte, dann, dass die Welt ein schönerer Ort war, wenn man weder Bedauern noch Groll im Herzen trug. Die vergangenen zwölf Monate waren bedeutsam gewesen. Sie hatte viel über das Verhalten ihrer Eltern nachgedacht und versucht, sich in ihre Lage zu versetzen, sich ihren sehr realen Schmerz und die Enttäuschung vorzustellen, als sich die Dinge für ihr kleines Mädchen nicht so entwickelten, wie sie es geplant hatten. Nicht, dass sie ihr Verhalten gebilligt hätte, ganz und gar nicht, aber sie hatte sich selbst erlaubt, es zu verstehen. Nun waren sie schon lange tot, davon war Bea überzeugt, und endlich hatte sie es fertiggebracht, ihnen zu verzeihen. Dass sie die Vorwürfe losgelassen hatte, die ihr so lange schwer im Magen gelegen hatten, erleichterte ihre Seele in einem Ausmaß, das sie sich nie hätte vorstellen können. Sie hatte das Gefühl, geheilt zu sein.

Bea lächelte, denn sie erinnerte sich an die außergewöhnlichen Ereignisse des Dezembers im Jahr zuvor, an ihre Reise nach Schottland und, als Höhepunkt, den Spaziergang mit ihrem Sohn am Weihnachtstag; all dies hatte ihr Leben für immer verändert. Sie holte tief Luft und betätigte den Schalter an der Wand. Die Lichterkette an dem bescheidenen Weihnachtsbaum in der Ecke begann zu blinken. Sie berührte die zierlichen Schleifen mit Karomuster in Rot und Gold, die am Ende jedes Zweiges hingen. Sie sahen zauberhaft aus.

»Was machst du hier um diese unchristliche Zeit?«

Sie drehte sich zu der Stimme hinter ihr um und spürte, wie ihr der Atem stockte; wie immer war es ein Schock und eine Wonne zugleich, die Gegenwart des Menschen zu fühlen, den sie liebte, des Mannes, mit dem sie lebte, der auf die andere Seite des Erdballs gereist und nie wieder weggefahren war, dieses Mal nicht.

»Ich denke nur darüber nach, was ich für ein Glück habe.«

»Was wir für ein Glück haben.«

»Ja.« Sie strahlte. »Was wir für ein Glück haben.«

John kam näher und zog sie an sich, barg ihren Kopf an seiner Brust. »Mir ist so friedlich zumute.«

Sie nickte an seiner nackten Brust. »Mir auch. Obwohl ich eigentlich überhaupt keinen Grund dazu habe – ich muss noch tausend Dinge erledigen!«

»Ach, du hast jede Menge Hilfe. Soll ich Flora wecken?«

»Nein! Sie und Callum waren gestern Abend wer weiß wie lange aus. Lass sie schlafen.«

»Sie bringt den Jungen vom rechten Weg ab! Dauernd erinnert sie mich daran, dass sie bald fünfzehn wird, wer weiß, was sie vorhat! Der arme Callum ist noch so naiv und überhaupt nicht an das rauschende Nachtleben gewöhnt, das seine Cousine hier in Sydney führt. Wenn das so weitergeht, ist er in einem Monat erschöpft und froh, wieder nach Schottland zurückzufliegen.« John lachte leise.

»Ha! Er ist sehr gut in der Lage, sich selbst vom rechten Weg abzubringen, das kann ich dir versichern!«

»Du bist eine gute Omi.« Er lächelte.

»Ich versuche es. Wie dem auch sei, Kim und Tait haben fast alles vorbereitet. Wahrscheinlich überschätze ich meine Rolle dabei – sie haben tatsächlich alles unter Kontrolle.«

»Oh, gut. In dem Fall kannst du mit dem Tee wieder ins Bett kommen, und wir lesen noch ein bisschen Zeitung. Außerdem kämpfe ich gerade mit dem Kreuzworträtsel in der Lokalzeitung.« Er nahm ihre Hand in seine, in die sie so vollkommen passte, und führte sie zum Schlafzimmer.

»Wie lautet die Beschreibung?«, fragte sie.

»Kopie einer frühbarocken Bronzestatue, berühmte Sehenswürdigkeit in der Nähe des Sydney Hospital, soll Glück bringen. Zehn Buchstaben, endet auf ›O‹.«

»Ach, das ist unser berühmter Keiler, Il Porcellino.« Bea lächelte Peters Foto an der Wand an. Er lächelte zurück.

Am Vormittag öffnete Bea die Tür zur *Reservoir Street Kitchen* – oder zum *Christmas Café*, wie es an diesem Tag heißen sollte. Darauf wies ein Transparent hin, das Flora und Callum gemalt und an die Wand gehängt hatten. Das Lokal sah fantastisch aus. Tait hatte Lichterketten von einem Tragebalken zum nächsten gezogen, und der gewaltige Baum mit seiner Fülle von roten und goldenen Karoschleifen war eine Pracht. Die Tische hatten sie zu einem großen U zusammengestellt, die weißen Leinentischdecken waren mit verschnörkelten Arrangements aus Kerzen, Zweigen von Monterey-Kiefern, goldfarbenen Tannenzapfen, Nüssen und Zuckerstangen dekoriert. Jeder Platz war mit einem hübschen Gedeck aus antikem Porzellan und einem Namensschild versehen.

Bea ließ den Blick über den gedeckten Tisch schweifen. Mr Giraldi würde natürlich bei seiner Familie sitzen: Sein Sohn Giovanni hatte sich mit seiner Frau und den Jungen angekündigt, Claudia und Roberto brachten ihre beiden Kinder mit, und Berta war aus Melbourne angereist. Tait und seine Eltern sollten in der Mitte, Kim links neben Tait sitzen. Beas Schwester Diane, ihr Mann und ihre Tochter Lou saßen neben Wyatt, Sarah und Flora. Bea freute sich unbeschreiblich darüber, dass ihre Schwester Diane nun wieder Teil ihres Lebens war; nach fast vierzig Jahren würden sie zum ersten Mal wieder gemeinsam Weihnachten feiern. Bea strich mit dem Zeigefinger über das Namensschild für Marcus. Der großartige, liebenswerte Marcus mit den fantastischen Schulnoten und den vielversprechenden Zukunftsaussichten. Er hatte Miss Klitschko verziehen, dass sie ihm ungefähr ein Jahr zuvor einen gut gezielten rechten Haken verpasst hatte, und war nun völlig in sie vernarrt. Das selbstbewusste Duo hatte die widerwärtige Lori mit den dicken Titten einfach abserviert. Alexander würde Flora gegenübersitzen, sie und John sollten neben Moira und deren Ehemann Platz nehmen und neben ihnen schließlich Callum.

Tait rauschte zur Tür herein. »Frohe Weihnachten, Bea!« Er winkte und hängte seine Tasche an einen Haken bei der Tür. »Das sieht toll aus!« Er stemmte die Hände in die Hüften und fing an zu zählen. »Wie viele sind es jetzt zum Mittagessen?«

»Siebenundzwanzig.« Bea lächelte.

»Ich sehe mal nach, ob Kim und Mario Hilfe brauchen.« Bea folgte ihm in die Küche, wo jeder Quadratzentimeter Arbeitsfläche mit Saucieren, Platten voller Meeresfrüchte, Salaten, gebratenem Fleisch unter Alufolie und hübsch anzusehendem Gebäck vollgestellt war, das ihr das Wasser im Mund zusammenlaufen ließ.

»Hey, Leute, frohe Weihnachten! Kann ich euch irgendwie helfen?«, fragte Tait und band sich das lange blonde Haar zu einem Knoten.

»Ja! Du kannst dich um die Würstchen im Schlafrock dort drüben kümmern und dann die Sahne fürs Dessert schlagen.« Energisch brachte Kim ihre Anweisungen vor. Sie blies sich den Pony aus der Stirn, als sie mit einem Spieß in die Putenbrust stach, um zu prüfen, ob sie schon gar war. Bea lachte.

»Sonst noch was, Frau General?«, fragte Tait spöttisch.

Kim blickte auf. »Ich glaube, das war's fürs Erste, aber wenn mir noch was einfällt, sage ich dir Bescheid.«

»Ich bin's nur!«, rief Alex an der Eingangstür. In Tanktop und abgeschnittener Jeans, dem idealen Outfit, um seine tiefe Sonnenbräune zur Schau zu stellen, kam er in die Küche

329

marschiert. »Ich weiß, keine Geschenke, haben wir gesagt, aber da du meine beste elektronische Brieffreundin bist…« Augenzwinkernd überreichte er Bea ein rechteckiges Päckchen.

»Ach, Alex! Das solltest du doch nicht!« Bea zog an der roten Geschenkfolie, und zum Vorschein kam ein Set mit bunten Briefkarten. »Danke, mein Schatz. Genau so etwas habe ich mir gewünscht.«

»Ich fand es ziemlich toll, dein Brieffreund zu sein. Und das soll dich ermuntern, mir auch weiterhin zu schreiben!«

»Das mache ich, mein Lieber.« Sie lächelte.

»Außerdem musst du mich auf dem Laufenden halten, was der alte Knabe so treibt.«

»Mach ich, Alex. Du fehlst ihm, das weißt du. Schön, dass du hier bist. Du musst unbedingt bald wiederkommen!«

»Warum soll er denn bald wiederkommen? Kaum habe ich mich hier niedergelassen, schon verfolgen mich diese Kinder! Es gibt einfach kein Entkommen.« Lachend betrat John die Küche.

»Du brauchst mich hier, weil ich den besten Weihnachtskuchen diesseits von Dundee backe!« Alex zwinkerte ihm zu.

»Das tust du zweifellos.« John lachte leise. »Wer hilft mir dabei?« Er hielt eine Lichterkette mit Lampions hoch, die er an den Tragebalken entlang aufhängen wollte.

»Ach, das sieht bestimmt hinreißend aus!« Bea strahlte.

Bea blickte in die glücklichen Gesichter am Tisch, während John unter rauschendem Beifall den riesigen, goldbraun gebratenen Truthahn hereintrug. Er stellte ihn ab und stand da,

330

das Tranchiermesser in der Hand, bereit, zur Tat zu schreiten. Seit einer guten Stunde schon floss der Wein in Strömen, die Gäste unterhielten sich angeregt.

»Ich glaube, jetzt ist eine kleine Tischrede angebracht.« John hob das Glas und sprach zu den versammelten Gästen: »Unsere heutige Feier ist etwas ganz Besonderes. Wer hätte letztes Jahr um diese Zeit geglaubt, dass wir alle hier versammelt sein würden, als Familie, an einem Tag wie diesem.«

Mr Giraldi saß aufrecht auf seinem Stuhl. Er strahlte vor Stolz auf seinen Nachwuchs und dachte zweifellos an seine geliebte Angelica.

Bea lächelte Diane an, die wiederum ihrer Schwester zuzwinkerte, die sie endgültig verloren geglaubt hatte. »Keine Sorge, Di, zum Plumpudding gibt es Paradiescreme!« Sie lachte.

»Bananengeschmack?«, fragte Di.

»Natürlich!«, versicherte Bea ihr.

Sarah legte Flora den Arm um die Schulter und genoss das Geräusch der silbernen Armreife, die an ihrem Handgelenk klimperten. Sie war sehr stolz auf ihre Tochter und vollkommen einverstanden mit dem Freund, den sie sich ausgesucht hatte. Bea zwinkerte ihrer Schwiegertochter zu. Demonstrativ betastete sie den traumhaft schönen Schal um ihren Hals, den Sarah ihr zu Weihnachten geschenkt hatte. Sie musste zugeben, dass Sarah einen außergewöhnlich guten Geschmack hatte. Moira und Alex lächelten Bea an, die Frau, die ihren Vater so glücklich machte, wie sie ihn nie zuvor erlebt hatten, und die die wohlverdiente Freude in seinen Lebensabend brachte.

John hustete, dann fuhr er fort: »Ich möchte einen

Trinkspruch auf uns alle ausbringen anlässlich der ersten, aber definitiv nicht letzten Feier im *Christmas Café*, dessen Sinn und Zweck es ist, miteinander ins Gespräch zu kommen, gemeinsam zu feiern und Fremden ein herzliches Willkommen zu bereiten.« Er hob sein Glas. »Wohl bekomm's!«

»Prost!«, »Zum Wohl!« und »Auf das *Christmas Café*!«. Zwischen Jauchzern und Freudenrufen erklangen Trinksprüche im Raum.

»Und schließlich«, sagte John langsam und mit fester Stimme, »möchte ich das Schlusswort heute einer gewissen Miss E. H. Arbuckle überlassen, die die Dinge meines Erachtens besser ausdrückt, als ich es je könnte.« Er drehte sich zu dem gestickten Bild, das neben den anderen Bildern an der Wand von Beas Café hing, und las die Worte laut vor: »Habe den Mut zu wachsen, den Mut fortzugehen und den Mut zurückzukehren, denn nur dem Tapferen winkt am Ende das wahre Glück.«

»Hört, hört!«, riefen Stimmen rund um den Tisch.

Dieses Mittagessen würde keiner der Anwesenden je vergessen. Das Essen, eine Kombination traditioneller Weihnachtsgerichte, köstlicher australischer Meeresfrüchte und vorzüglicher italienischer Desserts, war ein üppiges Festmahl. Jeder ließ etwas Platz für Sarahs weltberühmte Mousse au Chocolat. Alex amüsierte die Gesellschaft mit rauen Scherzen, Gelächter erscholl und stieg bis unter das Dach. Liebe und Lachen waren der Leim, der diese sehr spezielle Familie miteinander verband.

Bea betrachtete ihren Mann. Er plauderte mit Diane. Bestimmt lachten sie über alte Geschichten aus Byron Bay, zum Beispiel darüber, wie sie an Bord eines Windjammers gegangen waren, ohne zu ahnen, dass diese kurze Reise zum Leuchtturm von Cape Byron viele Leben verändern würde.

Es klopfte an der Tür. »Wir haben geschlossen!«, ertönte die Antwort wie aus einem Mund, nicht zum ersten Mal an diesem Tag, gefolgt von Gelächter.

»Ach, wartet mal, das müssen meine Gäste sein!« John flitzte zur Tür. Dort angekommen, sah er sich um. »Räumt die Tische ab! Los! Schiebt sie an die Seite!«

Alle erhoben sich und taten wie ihnen geheißen. Bea stand vor der Wand, wusste nicht, was vor sich ging, und war ziemlich nervös.

Kurze Zeit später tauchte John wieder auf, vier Männer in irischer Tracht im Schlepptau: einer hatte eine Konzertina in Händen, ein anderer eine Geige, ein dritter hielt sowohl eine Tin Whistle als auch eine hölzerne Querflöte, und der vierte Mann brachte eine Bodhrán mit.

Bea schlug sich die Hand vor den Mund. Sie versuchte, ruhig zu atmen und die Tränen zurückzuhalten.

Die Band brachte sich in einer Ecke des Cafés in Stellung und fing an zu spielen. Die Musik war mitreißend, nach wenigen Minuten waren alle aufgestanden, und der Tanz begann. Flora sprang auf, packte ihren Vater am Handgelenk, wirbelte ihn zum immer schneller werdenden Rhythmus herum. Ihrer Großmutter rief sie zu: »*Das* nenne ich mal 'ne Party!«

Bea strahlte, denn Flora hatte absolut recht. Wyatt schlug alle Vorsicht in den Wind und lachte, während die Füße der Tänzer auf den Betonboden stampften. So entspannt hatte Bea ihn noch nie gesehen. Marcus nahm Flora ritterlich bei der Hand.

333

Kim lief zu Tait hinüber und packte ihn am Arm. »Mir ist noch etwas eingefallen.«

»Wie meinst du das?«, fragte Tait neugierig.

Kim lächelte. »Ich habe dir doch gesagt, ich gebe dir Bescheid, wenn mir noch was einfällt, und jetzt ist es so weit.«

»Und? Was kann ich für dich tun?«, fragte Tait. Er rechnete damit, dass sie ihn in die Küche schicken würde, um etwas zu holen.

»Ich möchte, dass du mit mir tanzt.« Sie legte ihm die andere Hand um die Taille.

»Wirklich? Du willst mit mir tanzen? Das ist toll!« Er strahlte.

»Sie liebt dich, Tait, immer schon. Stimmt's, Kim?« Alex konnte es nicht lassen.

»Ja. Das trifft es ziemlich gut.« Kim blickte ihrem geliebten Surfer ins Gesicht und nickte.

Tait zog sie an sich. »Du nimmst mich auf den Arm! Du bist viel zu gut für mich!«

»Hab ich's nicht gesagt?«, rief Flora, als sie an den beiden vorbeiging. »Und bloß keine Faxen machen, ihr beiden!«

»He!« Kim lachte, wurde aber sogleich zum Schweigen gebracht, weil Tait ihr einen Kuss auf den Mund drückte.

»Ich finde dich so wunderschön«, flüsterte er atemlos.

»Und ich bin lustig, richtig lustig!« Kim lachte, als sie wieder in die Schar der Tänzer gezogen wurden.

Mr Giraldi schlug mit seinem Stock den Takt der Musik, während seine Enkelkinder im Kreis um ihn herumtanzten. Er blickte himmelwärts, denn er wusste, wie sehr Angelica dieser Anblick gefallen hätte.

John nahm Beas Hand in seine.

»Weißt du noch, wie es geht?«, fragte er. Eine Haarsträhne fiel ihm in die Stirn.

Bea nickte.

»Geh schonend mit ihr um, John, sie ist nicht mehr so jung wie früher!« Wyatt beugte sich über die Schulter seines Vaters und flüsterte ihm über die Musik hinweg ins Ohr.

»Für mich ist sie noch jung, mein Sohn!« Er lächelte.

»Du hättest Peter gemocht«, sagte Wyatt, denn er hatte das Gefühl, dass es richtig war, den Mann zu erwähnen, der ihn großgezogen hatte.

John drehte sich zu seinem Sohn und sah ihm in die Augen. »Gemocht? Ich liebe diesen Mann! Er hat für die Menschen gesorgt, die mir am meisten bedeuten. Ich stehe für immer in seiner Schuld.«

Wyatt schlang die Arme um seinen Vater und drückte ihn an sich. Die Umstehenden applaudierten. Durch ihren Tränenschleier konnte Bea kaum etwas sehen.

John zog sie in die Mitte des Raumes, und die beiden fingen an zu tanzen. Mit jedem Schritt fielen die Jahre von ihnen ab, bis sie wieder jung und verliebt waren, bis das ganze Leben noch vor ihnen lag. Bea blickte in das Gesicht des Mannes, den sie liebte. Seine Worte erfüllten ihren Kopf wie liebliche Musik. »Ich glaube, es gibt keinen Ort auf Gottes weiter Welt, an dem ich lieber wäre.«

Er hielt sie eng an sich gedrückt, als sie durch den Raum wirbelten, und flüsterte ihr ins Ohr: »Ich habe auf dich gewartet, meine Geliebte, und das lange Warten ertragen. Frohe Weihnachten, Beatrice.«

Sie schloss die Augen und legte ihm eine Hand auf die Brust, fühlte den Rhythmus seines Herzens, das unter ihren Fingern tanzte. »Frohe Weihnachten, mein John.«